Les Misérables 1

* 이 책은 《레 미제라블》(전5권)의 축약본(전2권)입니다.

The Classic Books

레 미제라블 1

빅토르 위고

북로드

—
차
례
—

1. 버림받은 사람

1815년 10월 초 어느 날 저녁 무렵 한 남자가 디뉴 시내에 나타났다.

마을 사람들 가운데 몇몇이 창문과 현관문을 통해 그를 목격하고는 하나같이 눈살을 찌푸렸다. 그토록 초라한 행색을 한 나그네를 지금껏 한 번도 본 적이 없었던 것이다.

40대 중후반으로 보이는 나그네는 키가 크지는 않았지만 몸집이 크고 단단한 근육질이었다. 나그네는 후줄근한 가죽 모자를 쓰고 있었는데, 축 처진 모자 차양이 햇빛과 바람에 검게 그을리고 땀으로 질척한 얼굴을 반쯤 가려주었다. 누렇게 색이 바랜 셔츠 윗부분은 은핀으로 헐겁게 여며져 있어서 가슴의 털이 훤히 드러나 보였다.

목에 두른 넥타이는 새끼줄처럼 꼬여 있었고, 바지는 한쪽 무릎이 허옇게 닳았고 다른 쪽 무릎은 구멍이 뚫려 있었다. 게다가 남루한 잿빛 윗옷 소매의 한쪽 팔꿈치는 초록색 천 조각을 덧대어 굵은 실로 기웠다.

나그네는 병사들이 가지고 다니는 배낭을 메고 있었다. 새것으로 보이는 그 배낭은 속이 꽉 차 불룩했고, 끈으로 단단히 매여 있었다. 여기에 긴 지팡이를 들고, 징이 박힌 신발을 신고 있었는데, 양말은 신지 않은 채였다.

머리는 삭발을 했는지 뻣뻣한 머리털이 삐죽빼죽하게 자라나 있었다. 짧은 머리는 길고 덥수룩한 수염과 뚜렷한 대조를 이루었다. 온종일 걸어 다니며 뒤집어쓴 먼지와 한낮의 햇볕에 줄줄 흘러내리는 땀은 초라하기 그지없는 그의 행색에 불결함마저 더해주었다.

마을 사람들 가운데 그를 아는 사람은 아무도 없었다. 다만 그가 여기저기 떠돌아다니는 나그네인 것은 분명했다. 그는 과연 어디에서 오는 길이었을까? 남쪽 지방, 어쩌면 해안 지방에서 왔을 것이다. 왜냐하면 그가 디뉴로 들어온 길은 바로 7개월 전 나폴레옹 황제가 남쪽 해안 지방 칸에서 군사를 이끌고 파리로 향할 때 지나갔던 그 길이었기 때문이다.

나그네는 몹시 지쳐 있었다. 하루 종일 걸어온 것이 분명했다. 디뉴의 아래쪽 변두리에 사는 아낙네들이 본 바에 따르면, 나그네는 가상디 가로수길의 나무 아래에서 걸음을 멈추고 산책로 끝의 샘에서 물을 마셨다고 한다. 그는 무척이나 목이 말랐던 듯 얼마 가지도 않아 장터에 있는 샘에서 또다시 물을 마셨다는 것이다.

푸아슈베르 거리 모퉁이에 이르자 나그네는 왼쪽 길로 접어들어 시청으로 갔다. 나그네가 왜 느닷없이 시청으로 들어갔는지는 알 수 없으나 어쨌든 그는 15분쯤 뒤에 밖으로 나왔다. 그는 시청 출입문 근처 돌 벤치에 앉아 있는 헌병에게 모자를 벗고 깍듯이 인사했다. 그러나 헌병은 인사를 받지도 않고, 그가 걸어가는 뒷모습만 물끄러미 바라볼 뿐이었다.

그 무렵 디뉴에는 '콜바의 십자가'라는 이름의 고급 여관이 있었다. 여관 주인은 자캥 라바르라는 사람이었는데, 그는 지역에서 존경받는 인물이었다.

문 열리는 소리가 나자 여관 주인 자캥은 고기가 익고 있는 화덕에서 눈도 떼지 않고 말했다.

"어서 오세요, 손님."

"빈방 있습니까?"

나그네가 물었다.

"물론이죠."

여관 주인은 대답하고 나서 곧바로 고개를 돌려 나그네의 초라한 행색을 쓱 훑어보더니 다짜고짜 물었다.

"돈은 있나요?"

나그네는 윗옷 주머니에서 큼지막한 가죽 지갑을 꺼내 보이며 대답했다.

"물론입니다."

"그렇다면 뭐든 부탁만 하십시오."

여관 주인이 말했다.

나그네는 지갑을 다시 넣고 배낭을 벗어서 문 옆에 내려놓았다. 그러고는 여전히 지팡이를 잡은 채 난로 옆 작은 의자에 앉았다.

디뉴는 산간 마을이라 10월에도 저녁때가 되면 겨울 날씨 같았다. 주인은 난롯가에 앉아 있는 나그네를 뜯어보면서 계속 왔다 갔다 했다.

"저녁은 바로 됩니까?"

나그네의 물음에 주인이 답했다.

"곧 되지요."

나그네가 등을 돌리고 난롯불에 몸을 녹이는 동안, 여관 주인은 호주머니에서 연필을 꺼내 창가 작은 탁자 위에 놓인 헌 신문 귀퉁이를 찢어서 여백에다 서둘러 몇 자 적었다. 그러고는 그 쪽지를 대충 접어서 한 아이에게 건네주며 귓속말로 뭔가 소곤거렸다. 심부름이나 부엌에서 잡일을 하는 소년인 듯했다. 그러자 아이는 곧바로 시청 쪽으로 달려갔다.

나그네는 아무런 낌새도 채지 못하고 다시 물었다.

"저녁은 곧 됩니까?"

"네, 곧 됩니다."

주인이 대답했다.

심부름 갔던 아이가 여관으로 들어오자마자 주인에게 종잇조각을 건넸다. 주인은 답장을 기다리고 있었던 듯 곧바로 종잇조각을 펼쳐서 거기에 적힌 내용을 찬찬히 읽어보았다. 그러고는 고개를 끄덕이며 곰곰이 생각에 잠겼다.

　잠시 후 주인은 나그네에게 다가갔다. 나그네는 무슨 고민거리라도 있는 듯 심각한 표정으로 앉아 있었다.

　"손님은 받을 수 없습니다."

　주인이 말했다.

　나그네가 벌떡 일어나 따지듯 물었다.

　"뭐라고요? 돈을 안 낼까 봐 그러는 겁니까? 돈은 낸다고 했잖습니까? 미리 줄 수도 있습니다."

　"그런 문제가 아닙니다."

　"그럼 뭐가 문제입니까?"

　"당신에게 내줄 방이 없습니다."

　주인의 말에 나그네는 마음을 가라앉히고 나직하게 말했다.

　"정 그렇다면 마구간이라도 좋습니다."

　"그것도 안 됩니다."

　"아니, 어째서요?"

　"말들이 꽉 차 있기 때문이오."

　"그럼 헛간 짚 더미라도 좋습니다. 우선 저녁부터 먹고 나서 헛간으로 안내해주시오."

　나그네는 여관 주인의 말을 맞받아쳤다.

　"식사도 안 됩니다!"

　주인의 말투는 차분했지만 너무나 단호해서 나그네는 자못 숙연

해졌다.

"배가 고파 죽을 지경이란 말입니다. 새벽부터 지금까지 계속 걸었어요. 오늘 하루 종일 120리도 더 걸었을 겁니다. 선불로 드릴 테니 먹을 것 좀 주세요."

"없다고 하잖습니까!"

주인이 딱 잘라 말했다.

그러자 나그네는 어이없다는 듯 너털웃음을 치더니 벽난로와 화덕에서 익어가는 음식들을 가리키며 물었다.

"없다고요? 그럼 저것들은 대체 뭐란 말입니까?"

"저건 다른 손님들이 예약해놓은 겁니다."

"예약한 손님들이 누굽니까?"

"수레꾼들입니다."

"몇 명이나 됩니까?"

"12명이오."

"저 정도면 20명이 먹고도 남겠군요."

"나머지는 다른 손님들이 먹을 겁니다. 돈도 미리 지불했고요."

나그네는 다시 의자에 털썩 주저앉았다. 그러나 여전히 목소리는 돋우지 않고 또다시 말했다.

"나는 지금 여관에 있고 배가 고픕니다. 난 여기 있겠습니다."

그러자 주인이 몸을 숙여 나그네의 귀에 대고 말했다.

"나가!"

그 말투에 나그네는 저도 모르게 깜짝 놀랐다. 나그네는 잠시 아무런 대꾸도 하지 못했다. 몸을 구부려 끝 부분이 쇠로 된 지팡이로 벽난로 속의 숯을 부질없이 쑤셔대기만 했다. 잠시 후 그가 무슨 말인가 하려는데, 주인이 그를 노려보며 차분하면서도 완강한 투로 말했다.

"그만! 당신 말은 더 이상 들을 필요 없어! 당신이 누군지 말해볼까? 당신은 장 발장이지? 당신이 여기 들어왔을 때부터 흉악한 놈이란 걸 눈치챘지. 그래서 시청에 사람을 보내 알아봤어. 방금 답장이 왔는데, 글은 읽을 줄 아나?"

여관 주인은 종이쪽지를 펼쳐 나그네에게 들이밀었다. 나그네는 여관을 떠나 시청을 거쳐 다시 여관으로 돌아온 그 쪽지를 힐끗 쳐다보았다.

주인이 계속 말했다.

"난 누구에게나 친절하지만, 당신만은 예외야. 당장 나가!"

낙담한 나그네는 고개를 숙인 채 배낭을 메고 여관 밖으로 나가 힘없이 발걸음을 옮겼다. 좋다고 소문난 그 여관의 문은 굳게 닫혔다. 나그네는 하는 수 없이 다른 여관을 찾아야 했다.

나그네는 싸늘한 저녁 공기 속을 걸어가다 길 끄트머리에 불빛이 깜박거리는 것을 보았다. 소나무 가지 하나가 쇠 간판을 가리고 있는 것이 석양빛에 또렷이 보였다. 그는 간판 아래께로 다가갔다. 초저녁의 어둑신한 빛으로 보니 그것은 선술집 간판이었다.

샤포 거리 모퉁이에 있는 그 초라한 선술집은 여인숙도 겸하고 있었는데, 출입문이 2개였다. 하나는 거리 쪽으로 나 있었고, 나머지 하나는 선술집 안마당을 향해 있었다. 작은 안마당에는 거름이 잔뜩 쌓여 있었다.

나그네는 거리 쪽 출입문은 감히 엄두도 못 내고, 안마당으로 살며시 들어갔다. 그러고는 조금 망설이다가 조용히 문을 열었다.

"누구요?"

선술집 주인이 물었다.

"먹을 것과 잠자리를 찾고 있습니다."

나그네가 대답했다.

"잘 왔소. 먹을 것과 잠자리는 얼마든지 있소. 저녁거리는 지금 솥에서 끓고 있소. 저기 벽난로도 있고요. 어서 들어와서 몸 좀 녹이시오."

선술집 주인이 말했다.

지치고 배고픈 나그네는 이제야 살 것 같은 기분이 들었다. 그러나 그의 안도감은 그리 오래가지 않았다. 선술집 탁자에 앉아 있던 남자가 그를 알아보았던 것이다.

그 남자는 이곳에 오기 전 자캥 라바르가 운영하는 여관에도 들렀던 어부였다. 30여 분 전에 그 어부는 나그네와 여관 주인이 옥신각신하는 장면을 목격했던 것이다.

어부는 선술집 주인에게 손짓을 했고, 두 사람은 서로 귓속말을 주고받았다. 그동안 나그네는 다른 곳을 보고 있었다.

주인이 벽난로 앞으로 돌아와 나그네의 어깨에 손을 올리더니 차갑게 말했다.

"당장 나가주시오!"

나그네는 여전히 조용한 목소리로 물었다.

"나를 아시오?"

"그렇소이다."

"여기서 묵게 해주시오. 제발 부탁입니다. 다른 곳에서도 거절당했어요."

"우리도 거절하겠소."

"그럼 난 어디로 가란 말이오?"

"그건 내가 알 바 아니오."

주인이 매몰차게 말했다.

나그네는 더 이상 아무 말 없이 지팡이와 배낭을 집어 들고 다시 거리로 나왔다. '콜바의 십자가' 여관에서부터 그의 뒤를 졸졸 따라온 아이들이 그에게 돌을 던졌다. 너무도 지친 나그네는 휘청거리며 지팡이를 휘둘러 아이들을 쫓아버렸다.

잠시 후 나그네는 교도소 앞을 지나갔다. 교도소 문 옆에는 종이 달린 쇠사슬이 늘어뜨려 있었다. 나그네가 종을 울리자 쇠창살이 달린 손바닥만 한 창문으로 간수의 얼굴이 나타났다.

"교도관님, 오늘 하룻밤만 묵게 해주실 수 없습니까?"

나그네가 모자를 벗으며 공손히 말했다.

창문 안쪽에서 간수가 대답했다.

"여기는 감방이지 여관이 아니야. 죄를 짓고 잡혀 오면 들여보내 줄 수 있지."

간수는 말을 마치기 무섭게 창문을 쾅 닫아버렸다.

나그네는 다시 걸음을 옮겨 어느 작은 길로 접어들었다. 한쪽으로 집 정원들이 늘어서 있었는데, 난쟁이 울타리로 둘러친 아름다운 정원들로 인해 밝고 경쾌한 분위기를 풍기는 길이었다.

그중 어느 자그마한 이층집이 나그네의 눈에 들어왔다. 불빛이 환하게 비치는 창문 안쪽으로 커튼이 드리운 몹시 매혹적인 침대가 보였다. 침실 옆방 벽에 장총이 걸려 있었고, 방 한가운데 식탁과 의자들이 놓여 있었다. 식탁에는 저녁 식사가 차려져 있었는데, 구리 램프가 하얀 식탁보를 환하게 비췄다. 포도주가 가득 담긴 주석 주전자가 불빛을 받아 은빛으로 반짝였고, 수프 그릇에서는 하얀 김이 모락모락 피어났다.

40대로 보이는 유쾌한 표정의 남자가 식탁 앞에 앉아 있었다. 남자는 어린아이를 무릎에 올려놓은 채로 까불거리고 있었고, 그 옆에서 젊은 여자가 아기에게 젖을 먹이고 있었다. 아버지는 큰 소리로 웃었고, 아이도 신이 나서 깔깔댔다. 어머니는 미소를 머금고 남편과 아이를 바라보았다.

한동안 그 행복한 광경을 바라보던 나그네는 창문을 살짝 두드렸다. 집 안에서 아무런 반응이 없었다. 노크 소리가 너무 작아 아무도 듣지 못한 모양이었다. 나그네는 다시 한번 창문을 똑똑 두드렸다. 안주인이 그 소리를 듣고 남편에게 물었다.

"방금 창문 두드리는 소리 못 들었어요?"

"난 못 들었는데."

남편이 대답했다.

나그네는 세 번째로 문을 두드렸다. 그 소리를 들은 남편이 자리에서 일어나 램프를 들고 현관문을 열었다.

나그네가 말했다.

"실례합니다. 돈은 드릴 테니 수프 한 접시와 헛간 구석이라도 좋으니 잠자리 좀 얻을 수 있을까요? 제발 부탁입니다."

집주인이 물었다.

"당신은 누구요?"

"나는 퓌무아송에서 여기까지 하루 종일 걸어왔습니다. 120리나 걸었죠. 그러니 오늘 하룻밤만이라도 묵게 해주세요. 돈은 드리겠습니다."

"돈을 내겠다는데 마다할 이유는 없지만……. 그런데 여관은 왜 안 가시오?"

집주인이 나그네를 훑어보며 물었다.

"방이 없답니다."

"그럴 리가 있나? 장날도 아닌데. 라바르네 여관은 가봤소?"

"물론 가봤습니다."

"그런데요?"

나그네는 당황한 표정으로 대답했다.

"나도 모르겠습니다. 나에게 방을 내주지 않았습니다."

"샤포 거리의 여인숙도 가보았소?"

집주인이 계속 묻자 나그네는 당황한 나머지 더듬거리며 말했다.

"거기서도 받아주지 않았습니다."

나그네의 말에 집주인의 얼굴 표정이 싹 바뀌었다. 그는 의심스러운 눈초리로 나그네를 위아래로 훑어보더니 떨리는 목소리로 말했다.

"아니 그럼……, 당신이 그 사람……?"

집주인은 집 안으로 뒷걸음질쳐 들어가더니 식탁에 램프를 내려 놓고 벽에 걸린 장총을 집어 들었다. 그 모습을 본 아내는 두 아이를 품에 안고 남편 뒤로 몸을 숨겼다.

남편은 이방인을 다시 한번 찬찬히 훑어보더니 한 걸음 다가서며 소리쳤다.

"당장 나가!"

"이 불쌍한 사람에게 물 한 잔이라도, 제발……."

나그네가 간곡하게 부탁했다.

"당장 꺼지지 않으면 쏜다!"

집주인은 경고하고는 문을 쾅 닫아버렸다. 곧이어 서둘러 빗장을 지르는 소리가 문밖까지 들려왔다. 덧문이 닫히고 쇠막대기를 단단히 가로지르는 소리도 들렸다.

이제 한밤중이 되었고, 알프스에서 불어온 매서운 바람이 나그네의 옷깃을 파고들었다. 나그네는 희미한 황혼 속에서 어느 집 정원에 펫장으로 지은 듯한 움막 하나를 발견했다. 이제야 쉴 만한 곳을 찾았나 싶었다. 그는 나무 울타리를 넘어 정원으로 들어갔다. 움막은 입구가 매우 낮고 좁았다. 아마도 길 가던 일꾼들이 잠시 추위를 피하는 곳이려니 생각되었다.

나그네는 추위와 배고픔에 지칠 대로 지쳐 있었다. 그러나 적어도 추위를 피할 곳을 구해서 그나마 다행이었다. 이런 움막이라면 보통 밤에는 비어 있게 마련이어서 그는 아무 망설임 없이 안으로 기어들어 갔다. 제법 온기가 느껴졌고, 깔고 누울 만한 멍석도 하나 있었다. 그는 온몸이 녹초가 되었지만, 베개로 삼기 위해 배낭을 벗으려고 했다.

바로 그때였다. 사납게 으르렁거리는 소리가 들려서 돌아보니 황소만 한 개 한 마리가 버티고 있는 게 아닌가.

불쌍한 나그네는 그곳이 개집인 줄도 모르고 들어갔던 것이다. 그는 지팡이를 무기로, 배낭을 방패 삼아 개와 씨름하다 겨우 그곳을 빠져나왔다. 그 바람에 그의 낡은 옷은 숫제 누더기가 되어버렸다.

그는 간신히 울타리를 넘어 다시 인적 없는 거리로 나왔다. 이제 그는 몸 하나 가릴 곳도 없이, 개집에서도 쫓겨난 비참하기 이를 데

없는 신세가 되었다. 그는 마침내 차디찬 돌 위에 쓰러져 무기력하고도 슬프게 중얼거렸다.

"아, 내 꼴이 개만도 못하구나!"

앉아 있을 힘도 남아 있지 않았지만, 그는 다시 몸을 일으켜 고달픈 걸음을 옮겼다. 밤이슬이라도 피할 수 있는 나무 밑이나 건초 더미라도 찾아볼 요량으로 시내 반대쪽으로 걸음을 옮겼다.

그는 몸을 잔뜩 웅크린 채 한참을 걸었다. 주택가를 멀리 벗어난 것 같아 주위를 둘러보니 그곳은 황량한 들판이었다. 이제 막 추수를 끝낸 허허한 땅에는 그루터기만 남아 있었고, 앞쪽 낮은 언덕에는 앙상한 나무 한 그루가 서 있었다. 바람에 흔들리는 나무가 쓸쓸한 기분을 더해주었다.

몇 번이고 주위를 둘러보았지만 몸을 피할 곳은 한 군데도 없었다. 나그네는 할 수 없이 왔던 길을 되돌아갔다. 디뉴 시로 돌아왔을 때 성문은 이미 굳게 잠겨 있었다. 디뉴는 옛날 전쟁을 치르면서 수도 없이 공격을 받은 곳으로, 1815년인 그때에도 여전히 망루가 세워진 오래된 성벽으로 에워싸여 있었다. 나그네는 허물어진 성벽을 넘어 시내로 들어갔다.

밤 8시경이었다. 디뉴 지리를 잘 모르는 나그네는 발길 닿는 대로 걸었다. 그는 도청과 신학교를 지나갔다. 이어 광장을 지나가면서 그 앞에 있는 대성당에 대고 삿대질을 했다.

광장 한 모퉁이에는 인쇄소가 하나 있었다. 그곳은 엘바 섬에 있던 나폴레옹이 직접 구술하여 완성한, '황제 및 친위대의 성명서'가 처음으로 인쇄된 곳이었다.

먹을 것도 잘 곳도 아무 희망도 없이 완전히 지쳐버린 나그네는 인쇄소 문간의 돌 벤치 위에 몸을 눕혔다.

그때 성당에서 나온 한 노파가 어두컴컴한 돌 벤치에 누워 있는 나그네를 보고 물었다.

"이봐요, 여기서 뭐 하는 거죠?"

나그네는 성가시다는 듯 퉁명스럽게 대답했다.

"보면 모릅니까? 자고 있소."

친절한 노파는 그렇듯 아무에게나 퉁명스런 소리를 들을 신분이 아니었다. 노파는 디뉴의 지체 높은 후작 부인이었다.

"여기서 잔다고요?"

후작 부인이 물었다.

"나는 19년이나 딱딱한 나무 요에서 잤습니다. 오늘은 돌 요에서 자는 것뿐입니다."

나그네가 대답했다.

"군인이셨나요?"

"네, 친절하신 부인."

"왜 여관에 가지 않나요?"

"돈이 없어서요."

"이를 어쩌나? 지금 나한테는 4수밖에 없는데."

후작 부인이 난감하다는 듯이 말했다.

"그거라도 주시죠."

나그네가 말했다.

후작 부인은 나그네에게 돈을 주면서 말했다.

"이 돈으로는 여관방을 못 얻을 거예요. 하지만 한번 사정은 해보시구려. 이렇게 추운 날씨에 한데서 밤을 보내면 안 돼요. 보아하니 배도 무척 고프고 추울 텐데……. 당신을 딱하게 여겨 하룻밤 재워 줄 사람이 분명 있을 거예요."

"문이란 문은 모조리 두드려봤지요."

"그랬더니요?"

"가는 곳마다 거절당했습니다."

친절한 부인은 나그네의 몸을 콕 찌르더니 길 건너편에 있는 작은 집을 가리키며 말했다.

"저 집도 두드려봤나요?"

"아니요."

"그럼 가서 두드려보세요."

2. 주교에게 불어온 끈끈한 바람

그날 밤, 디뉴의 주교 샤를 프랑수아 비앵브뉘 미리엘 주교는 교구를 순회하고 집으로 돌아와 자신의 저술에 몰두하고 있었다. 그는 주교와 사제의 의무는 물론 모든 사람들이 각자의 위치와 계급에서 지켜야 할 의무에 대해 정리해서 그것을 사람들에게 보여주고자 했다. 그날 저녁도 주교는 여느 때처럼 그 일에 열중하고 있었다.

저녁 8시, 그는 무릎 위로 펼쳐놓은 큼지막하고 두꺼운 책에 종잇조각을 올려놓고 무언가 꼼꼼히 적고 있었다. 마글루아르 부인은 늘 그렇듯 주교의 방에 들어와 침대맡 벽장에서 은식기를 꺼내 갔다.

잠시 후 주교는 책장을 덮고 자리에서 일어났다. 지금은 저녁 시간이라 식당에서 누이동생이 자기를 기다리고 있을 터였다.

그가 식당으로 들어섰을 때는 마침 마글루아르 부인이 저녁을 차린 직후였다. 식탁 위에는 램프 하나가 놓여 있었고, 벽난로에서는 장작불이 활활 타오르고 있었다.

마글루아르 부인은 주교의 누이동생에게 한창 열변을 토하고 있는 중이었다. 그 열변이란 평소 부인이 누이동생에게 곧잘 하는 이야기였다. 그것은 다름 아니라 문단속을 철저히 해야 한다는 것이었다.

그날 저녁 마글루아르 부인은 장을 보러 나갔다가 무슨 특별한 이야기를 들은 모양이었다. 마을에 낯선 부랑자가 나타났는데, 한눈에 보기에도 험상궂고 행색 또한 수상하기 그지없다는 것이었다. 그녀는 마치 그 부랑자가 눈앞에 있기라도 한 듯 몸을 부르르 떨며 말했다.

"그 부랑자가 지금까지 시내를 돌아다니고 있을 텐데, 밤늦게 사람들이 집으로 돌아가다 변이라도 당할까 봐 걱정이에요. 지금 도지사와 시장 사이가 나빠서 경찰 조직력이 어느 때보다 느슨하잖아요. 이럴 때일수록 사람들은 상식선에서 자기 몸은 자기가 지켜야 해요. 창문은 물론이고 현관문도 단단히 잠가야 하고요."

부인은 주교님도 새겨들어야 한다는 듯 마지막 말을 힘주어 말했다. 그러나 이제 막 추운 방에서 나온 주교는 벽난로 앞에서 불을 쬐느라 부인의 말이 귀에 들어오지 않았다. 주교가 아무런 반응을 보이지 않자 마글루아르 부인은 그 말을 다시 한번 되풀이했다. 그러자 바티스틴 양이 오라버니의 심기를 건드리지 않고 마글루아르 부인이 서운함을 느끼지 않도록 조심스럽게 말했다.

"오라버니, 마글루아르 부인이 한 말 들으셨어요?"

"대충 들은 것 같은데."

주교가 대답했다.

그는 의자를 돌려 두 손을 무릎 위에 올려놓고 인자함이 가득한 표정으로 늙은 가정부 마글루아르 부인의 얼굴을 쳐다보았다. 벽난로 불빛이 그의 자애로운 얼굴을 더욱 환하게 밝혔다.

"그래서 무슨 일이라도 일어났나요? 무슨 위험한 일이라도 생겼나요?"

주교가 이렇게 말하자 마글루아르 부인은 마을 사람들로부터 들은 이야기를 다시 한번 들려주었다. 그녀는 사실 잘 알지도 못하면서 소문을 과장해서 말하기까지 했다.

"어떤 거지가 지금 시내에 들어와 있대요. 엄청 위험한 부랑자라네요. 그자가 자캥 라바르의 여관에 묵으려다가 거절당했다네요. 그러고는 가상디 가로수길에서 밤이 될 때까지 배회했답니다. 그자는 전과자인데 얼굴도 험악하게 생겼대요."

"정말이오?"

주교가 짤막하게 물었다.

그가 관심을 보이자 마글루아르 부인은 신이 난 눈치였다. 그녀는 자신의 말이 주교의 경각심을 일깨웠다 생각하고는 의기양양하게 덧붙였다.

"마을 사람들 모두 오늘 밤 무슨 불상사가 일어날 거라고 해요. 지금 우리 마을은 '치안 부재 상태'예요. 게다가 이 산간 마을에 가로등 하나 없어요. 어두울 때 밖에 나가보면 시커먼 솥단지 속이나 다름없다니까요. 주교님, 좀 전에 아씨도 제 말이 맞다고 했어요.”

“나는 아무 말도 안 했는데요!”

주교의 누이동생이 그녀의 말을 가로막았다.

그러거나 말거나 마글루아르 부인은 못 들은 척 계속 떠들었다.

“아씨와 저는 이 집의 안전에 문제가 있다고 생각해요. 지금 당장이라도 열쇠장이를 불러서 튼튼한 빗장을 달아야 해요. 주교님께서 허락하신다면요. 아마 이 집 문은 거리를 지나가는 사람 아무나 열 수 있을 거예요. 제발 지금이라도 빗장을 달았으면 해요. 주교님은 사람들이 밖에서 문을 두드리면 ‘들어오세요’라고 말씀하시지만, 실은 그렇게 하실 필요도 없어요. 문은 그냥 밀고 들어오면 되니까요.”

마침 그때 누군가 문을 세게 두드리는 소리가 들렸다.

주교는 늘 하던 대로 소리쳤다.

“들어오시오.”

문이 활짝 열렸다. 흡사 누군가 미리 작정하고 밀어붙인 것처럼.

방문객은 다름 아닌 잘 곳을 찾아 헤매던 그 나그네였다.

나그네는 문을 닫지도 않고 집 안으로 들어왔다. 그는 여전히 한 손에는 지팡이를 짚고 등에는 배낭을 메고 있었다. 그의 눈에는 거칠고 두려움을 모르는 기운이 서려 있었지만, 동시에 지칠 대로 지친 듯 눈동자가 잔뜩 풀려 있었다. 벽난로 불빛을 받은 그의 모습은 얼핏 무시무시한 유령 같았다.

마글루아르 부인은 차마 비명을 지르지도 못하고 바르르 떨고 있었다. 바티스틴 양은 깜짝 놀라 벌떡 일어날 뻔했지만, 벽난로 앞에 앉은 오라버니를 보고는 이내 안정을 되찾았다.

주교는 태연하게 나그네를 바라보았다. 주교가 찾아온 용건을 물어보려는데, 그가 지팡이 위에 두 손을 올려놓고 주교와 두 여자를 번갈아 쳐다보고는 주교가 입을 열기도 전에 큰 소리로 말했다.

"제 말 좀 들어보십시오. 제 이름은 장 발장이고, 전과자입니다. 19년이나 징역을 살다가 바로 나흘 전에 출소했습니다. 지금은 퐁타를리에로 가는 길입니다. 툴롱을 출발해 나흘 동안 쉬지 않고 걸어왔습니다. 오늘 하루만도 120리나 걸었습니다. 오늘 저녁 이 마을에 도착했는데 가는 곳마다 거절당했습니다. 시청에서 제게 준 황색 통행증 때문이죠. 여관을 가도 술집을 가도 저를 받아주지 않았습니다. 어디를 가도 물 한 모금 얻어 마시지 못하고 쫓겨났습니다. 교도소까지 가봤습니다. 하지만 거기서도 저를 받아주지 않더군요. 심지어 개집에 들어갔다가 개한테 쫓겨났습니다. 하는 수 없이 야영이라도 할 생각에 들판으로 나가봤죠. 하늘을 지붕 삼아 잠을 자보려고 했는데, 하늘에는 별빛 하나 보이지 않는 겁니다. 비가 올 것 같아 도로 시내에 들어왔습니다. 남의 집 처마 밑이라도 찾을까 해서요. 그러다가 광장 한쪽 돌 벤치에 누워 잠을 청하려는데, 어느 친절하신 노부인께서 여기로 가보라고 일러주었습니다. 그래서 이렇게 찾아온 겁니다. 그런데 여기는 뭐 하는 곳입니까? 여관인가요? 숙박비는 드릴 수 있습니다. 저한테 돈이 좀 있습니다. 1백 프랑 조금 넘는데, 19년 동안 옥살이를 하면서 노역으로 번 돈이죠. 돈은 얼마든지 내겠어요. 지금 내라고 하시면 바로 드리겠습니다. 오늘 너무 많이 걸어서 몹시 지치고 배가 고픕니다. 하룻밤만이라도 저를 재워주실 수 있겠습니까?”

나그네가 말을 마치자 주교가 마글루아르 부인에게 말했다.

“부인, 저녁 식사를 한 사람분 더 차려주세요.”

나그네는 몇 걸음 더 들어와 식탁 위에 놓인 램프 옆으로 다가왔다. 그는 무슨 말인지 모르겠다는 듯 다시 말했다.

“잠깐만요, 제 말을 잘못 알아들으신 것 아닌가요? 저는 엊그제 감옥에서 나온 전과자란 말입니다.”

나그네는 호주머니에서 황색 통행증을 꺼내 보였다.

“이게 제 통행증입니다. 이놈의 통행증 때문에 가는 곳마다 쫓겨났죠. 통행증에 쓰인 걸 죄다 읽어드릴 수도 있어요. 감옥에서 글을 배웠거든요. 여기에는 이렇게 적혀 있습니다. ‘장 발장, 19년 징역형을 살고 석방된 죄수. 가택 침입과 절도죄로 5년형, 네 번의 탈옥 시도로 14년형 추가 선고. 위험인물.’ 자, 이제 잘 아시겠죠? 가는 곳마다 저를 쫓아냈는데, 여기서는 저를 받아주실 건가요? 이곳은 여관인가요? 저 같은 놈한테 먹을 것과 잠잘 곳을 주시겠다 이 말씀입니까? 마구간이라도 좋습니다.”

“마글루아르 부인, 기도실 침대에 깨끗한 시트를 깔아두세요.”

주교가 말했다.

마글루아르 부인은 늘 그렇듯 주교의 지시를 순순히 따랐다.

주교는 나그네를 보며 말했다.

"자, 우선 불부터 쬐시구려, 선생. 이제 곧 저녁을 드실 수 있을 겁니다. 그리고 식사를 하는 동안 잠자리도 봐놓을 겁니다."

나그네는 그제야 주교의 말뜻을 알아듣는 눈치였다. 줄곧 어둡고 사나웠던 나그네의 표정이 놀라움과 의혹과 기쁨이 뒤섞인 복잡한 표정으로 바뀌었다. 그는 마치 정신 나간 사람처럼 주절댔다.

"정말인가요? 저를 재워주시는 겁니까? 전과자인데요! 그런데 저 같은 놈한테 '선생'이라 부르시다니요? 이놈 썩 나가, 이러실 줄 알았는데요. 이건 제가 사람들한테 항상 듣는 소리지요. 저는 여기서도 쫓겨나려니 생각했어요. 쫓겨날 게 뻔해서 차라리 제가 어떤 놈인지 먼저 알려드린 겁니다. 이곳을 일러주신 그 노부인은 정말 친절한 분이시군요. 진짜 먹을 수 있게 되다니! 그것뿐인가요? 잠잘 곳도 있고요. 그것도 매트리스와 시트가 깔린 침대라니요! 세상 사람들과 똑같이 말입니다. 당신은 참 선량한 분이시군요. 실례지만 주인 양반 성함이 어떻게 되십니까? 돈은 얼마든지 내겠습니다. 마음씨 좋은 양반, 당신은 이 여관의 주인이신가요?"

"나는 여기 사는 신부라오."

주교는 짤막하게 자신을 소개했다.

"오, 신부님이시군요! 이렇게 훌륭하신 신부님이 계실 줄이야! 그럼 제게 돈을 내라는 말씀은 안 하시겠네요? 이 교구의 주임 신부님이십니까? 저 큰 성당에 계시는? 아이고 제가 눈이 멀었나 보군요. 신부님이 쓰고 계신 모자도 미처 못 알아보았습니다."

나그네는 여전히 실성한 사람처럼 지껄이면서 한구석에 지팡이와 배낭을 내려놓았다. 그러고는 통행증을 호주머니에 도로 넣고 자리에 앉았다. 바티스틴 양은 따뜻한 눈길로 나그네를 줄곧 지켜보았다.

"신부님은 정말 자비로운 분이십니다. 저를 외면하거나 멸시하지도 않으시고요. 신부는 정말 훌륭한 사람이로군요. 돈을 드리지 않아도 됩니까?"

"돈은 가지고 계세요."

주교가 대답하고 나서 물었다.

"조금 전에 돈이 얼마나 있다고 하셨지요? 1백 프랑이라고 했던가요?"

"네, 정확히 109프랑 15수입니다."

나그네가 대답했다.

"109프랑 15수라……. 그 돈을 버는 데 얼마나 걸렸다고요?"

"19년입니다."

"19년이라……!"

주교는 이렇게 중얼거리고 깊은 한숨을 내쉬었다.

그때 마글루아르 부인이 새로 가져온 은식기 한 벌을 식탁 위에 놓았다. 그러자 주교가 그녀에게 말했다.

“그 식기를 벽난로 가장 가까운 곳에 놓으세요.”

그러고는 나그네를 쳐다보며 말했다.

“알프스의 밤바람이 아주 매섭지요. 굉장히 추웠을 겁니다, 선생.”

주교가 ‘선생’이라고 말할 때마다 그 느낌이 얼마나 부드럽고 온화하던지 나그네의 얼굴이 환하게 빛나기까지 했다. 그에게 있어 전과자를 선생이라고 부르는 것은 난파선의 조난자에게 건네주는 한 잔의 생명수와도 같은 것이었다. 그는 진심으로 그렇게 느꼈다. 오랜 세월 너무나 치욕스러운 삶을 살아온 그는 작은 친절에도 굶주려 있었던 것이다.

“이 램프 불빛은 밝지 않군.”

주교가 말했다.

마글루아르 부인은 주교의 말뜻을 눈치채고 곧바로 찬장에서 은촛대 2개를 가져와 환히 불을 밝혔다.

“신부님은 정말 좋은 분이세요. 저 같은 놈을 쫓아내지도 않고 손수 집 안으로 들이시고, 게다가 저 같은 놈을 위해 촛불까지 밝혀주시고요. 제가 어떤 놈인지, 예전에 어떤 짓을 저질렀는지 다 말씀드렸는데 말이에요.”

주교는 나그네의 손을 부드럽게 잡으며 말했다.

“당신이 과거에 어떤 사람이었는지는 말할 필요 없소. 이곳은 내 집이 아니라 예수그리스도의 집이오. 이 집은 들어오는 사람한테 이름을 묻지 않고, 무엇이 필요한지를 물을 뿐이오. 선생은 배고프고 목마른 사람이오. 그리고 괴로운 사람이오. 그러니 이 집은 당연히 당신을 환영하오. 그리고 당신을 이 집에 맞아들였다고 해서 감사할 필요도 없소. 안식처를 구하는 사람 말고는 아무도 이 집의 진정한 주인이라고 할 수 없기 때문이오. 사실 따지고 보면 나보다 선생이 이 집의 진짜 주인이오. 여기 있는 모든 게 당신 것이오. 그러니 어찌 내가 당신 이름을 물을 수 있겠소. 그리고 난 이미 선생의 이름을 알고 있소."

깜짝 놀란 나그네의 눈이 휘둥그레졌다.

"정말입니까? 제 이름을 알고 계셨다고요?"

"그렇다오. 당신의 이름은 바로 나의 형제라오."

"오, 신부님. 저는 이곳에 배가 고파서 들어왔는데, 신부님께서 저를 과분하게 대해주시니 배고픔이 싹 사라졌습니다. 도대체 어찌된 영문인지 모르겠습니다."

주교는 나그네를 온화한 눈길로 바라보며 말했다.

"지금까지 고생이 참 많았겠소."

"말도 마십시오. 감옥에서는 발목에 쇠사슬을 차고 지냈습니다. 더울 때나 추울 때나 널빤지 위에서 잠을 잤고, 걸핏하면 매 맞기 일쑤였고, 아무것도 아닌 일에 쇠사슬을 겹겹이 차야 했지요. 말 한마디라도 잘못했다간 독방에 처넣었고, 잠잘 때나 몸져누워 있을 때도 그놈의 쇠사슬을 차야 했습니다. 개 팔자가 상팔자죠. 19년을 그렇게 살았다니! 이제 제 나이 마흔여섯인데, 어딜 가든지 이 저주스러운 통행증을 혹처럼 달고 다녀야 합니다. 이게 바로 저의 인생이랍니다."

"참으로 안타까운 일이오. 그러나 선생, 천국의 기쁨은 의로운 자보다 회개한 죄인의 눈물 젖은 얼굴에 깃드는 것입니다. 당신이 슬픈 과거를 탓하고 인간에 대한 원망과 증오를 품고 산다면 당신은 동정만 받을 뿐이오. 허나 호의와 평화를 품고 산다면 당신이야말로 세상 그 누구보다 훌륭한 사람입니다."

그사이 저녁 식사가 준비되었다. 물과 기름, 빵, 소금으로 만든 수프, 베이컨 몇 점, 양고기 한 조각, 치즈, 무화과 열매, 그리고 큼직한 호밀빵 한 덩이가 전부였다.

마글루아르 부인은 주교의 평소 저녁 식단에 오래된 포도주 한 병을 특별히 추가했다.

주교는 손님 대접하기 좋아하는 사람 특유의 쾌활한 표정을 지으며 명랑하게 말했다.

"자, 앉으세요."

손님에게 식사 대접을 할 때 늘 그렇듯 주교는 나그네를 자기 오른편에 앉혔다. 그리고 줄곧 조용히 있던 바티스틴 양은 그의 왼편에 앉았다.

주교는 식전 기도를 드리고 나서 국자를 들어 다른 사람들의 접시에 손수 수프를 떠주었다. 나그네는 허겁지겁 먹기 시작했다.

그런데 주교가 갑자기 말했다.

"식탁에 뭔가 빠진 것 같은데……."

주교는 식사에 손님을 초대할 때면 늘 여섯 벌의 은식기를 모두 식탁에 차려놓는 버릇이 있었다. 그런데 지금은 마글루아르 부인이 사람 수에 맞춰 식기를 세 벌만 차려놓았던 것이다. 주교는 그 검소한 호사를 어린애 같은 순진한 허세라고 여겼다. 그러나 그렇듯 소박한 호사는 금욕적인 집안에는 애교를, 가난한 집안에는 약간의 품위를 더해주는 것이었다.

마글루아르 부인은 주교의 뜻을 대번에 알아차렸다. 잠시 후 식탁 위에 여섯 벌의 은식기가 자리마다 보기 좋게 놓였다. 은식기가 모두 놓이자 식탁이 눈부시게 빛났다.

식사가 끝나자 주교는 식탁 위에 놓인 2개의 은촛대 가운데 하나는 자신이 들고, 다른 하나는 손님에게 건네면서 말했다.

"선생이 주무실 방으로 안내해드리죠."

나그네는 주교를 따라갔다.

주교의 집에는 기도실이 있었는데, 그곳에는 손님이나 나그네들이 묵는 작은 방과 침대가 마련되어 있었다. 기도실은 주교의 방을 거쳐 들어가야 했다.

마글루아르 부인은 은식기를 주교의 침대맡 벽장에 도로 넣었다. 이것이 그녀의 하루 일과 중 가장 마지막 일이었다.

주교는 나그네를 기도실 안쪽으로 안내했다. 거기에는 깨끗한 시트가 깔린 침대가 있었다. 나그네는 들고 있던 촛대를 작은 탁자 위에 올려놓았다.

"편히 주무시오, 선생. 오늘 밤 푹 쉬시고, 내일 아침 길 떠나기 전에 여기서 직접 짠 따뜻한 우유 한 잔 들고 가시구려."

주교가 말했다.

"감사합니다, 신부님."

친절하고 온화한 주교의 말에 입으로는 이렇게 대답했지만, 나그네의 태도가 이상하게 돌변했다. 두 여자가 그를 보았다면 놀랍고도 섬뜩했을 것이다.

그가 무엇 때문에 그랬는지는 알 수 없다. 어쩌면 일종의 경고를 하려고 그랬는지 모른다. 아니면 자기도 모르게 어떤 본능적인 충동에 사로잡혔는지도 모른다. 이유야 어쨌든 그는 갑자기 팔짱을 끼고 주교를 쏘아보면서 날카로운 목소리로 말했다.

"진짜 저를 재워주시는군요! 그것도 신부님 바로 곁에!"

그러고는 음산한 웃음소리를 내며 덧붙였다.

"후회하시지 않겠습니까? 제가 살인범이라면 어쩌시려고요?"

"그건 천주님께서 관여하실 일이오."

주교는 기도하듯 말하며 엄숙하게 오른손 두 손가락을 들어 나그네의 축복을 빌어주었다. 그러나 나그네는 고개를 숙이지도 않고 주교의 얼굴을 빤히 쳐다보았다.

주교는 고개 한 번 돌리거나 뒤도 돌아보지 않고 방을 나갔다. 작은 방에 손님이 묵을 때는 기도실 벽에 매단 커다란 커튼을 쳐서 제단이 보이지 않게 했는데, 주교는 그 커튼 옆을 지나갈 때 무릎을 꿇고 잠시 기도를 올렸다.

잠시 후 주교는 정원을 천천히 거닐면서 명상에 잠겼다. 그의 영혼은 밤마다 신이 마음의 눈을 크게 뜬 사람들에게 보여주는 저 웅대하고 신비스런 기운들과 함께하고 있었다.

나그네는 너무 고단한 나머지 깨끗하고 하얀 침대 시트를 제대로 음미할 겨를도 없이 촛불을 끄자마자 옷도 벗지 않은 채 그대로 잠들었다.

주교가 정원에서 침실로 들어왔을 때, 괘종시계가 12시를 치고 있었다. 얼마 후 그 작은 집에 있는 모든 이들이 깊은 잠 속으로 빠져들었다.

3. 뜨거운 눈물

장 발장은 파리 근교 브리의 가난한 농가에서 태어났다. 그는 어릴 때 글을 배우지 못했고, 커서는 정원수 가지치기 일을 했다. 그의 아버지 이름은 그와 같은 장 발장이었고, 어머니의 처녀 적 이름은 잔 마티외였다.

어린 시절 장 발장은 우울한 성격은 아니었지만 생각이 많은 편이었는데, 그것은 천성적으로 인정 많은 아이들에게서 흔히 나타나는 특성이기도 했다. 어쨌든 그는 생각에 잠겨 있을 때가 많았다.

그는 어린 나이에 부모를 여의었다. 어머니는 산후열이라는 병에 걸려 약 한 번 제대로 못 써보고 세상을 떠났다. 아버지 역시 가지치기 일꾼이었는데, 얄궂게도 나무에서 떨어지는 사고로 세상을 떠났다.

그에게 남은 혈육이라고는 나이 차이가 많은 누나 하나뿐이었다. 장 발장은 누나의 손에 자랐다. 누나는 남편이 살아 있을 때는 어린 장 발장의 어머니 노릇을 할 수 있었다. 하지만 장 발장이 스물다섯 살 되던 해에 남편이 죽고 나서 사정이 달라졌다. 누나한테는 한 살부터 여덟 살짜리까지 자식이 7명 있었는데, 그때부터 역할이 바뀌어 장 발장이 누나와 조카들을 돌보게 되었다. 그는 자신의 처지를 농사꾼 팔자가 다 그렇거니 하며 별스럽게 생각지 않았다.

청년 시절 장 발장은 죽어라 일해봐야 몇 푼 못 받는 막노동을 하며 보냈다. 누나와 조카들을 부양하기 위해 눈코 뜰 새 없이 일해야 했기 때문에 여자를 사귀거나 사랑 한 번 못 해봤다.

가지치기는 하루 벌이가 고작 24수(1프랑은 20수)밖에 안 되었고, 그나마 철이 지나면 허드렛일이라도 가리지 않고 닥치는 대로 해야 했다. 그의 누이는 일곱이나 되는 어린 자식들을 돌보느라 다른 일은 엄두도 내지 못할 형편이었다.

장 발장의 가족은 점점 가난해질 수밖에 없는 비참하고 슬픈 운명의 사람들이었다. 1795년, 그들은 더 이상 나빠질 수 없는 최악의 상황에서 혹독한 겨울을 맞이해야 했다. 장 발장에게는 일이 없었고, 집에는 먹을 것이 떨어졌다. 땔감도 없이 굶주리고 추위에 떠는 7명의 아이들만 있었던 것이다.

그 모진 겨울 어느 날 저녁이었다. 파브롤 성당 앞 광장에 빵가게가 하나 있었는데, 가게 주인이 장사를 끝내고 잠자리를 펴고 있을 때 밖에서 쨍그랑 소리가 들렸다. 빵가게 진열대 유리창에서 나는 소리 같았다. 주인이 서둘러 나가보니 주먹으로 쳐서 깨뜨린 유리문 구멍 안으로 팔 하나가 들어와 있는 것이 아닌가. 그 손은 빵 한

덩이를 집더니 잽싸게 유리창 밖으로 사라졌다.

빵가게 주인은 밖으로 후다닥 뛰어나갔다. 도둑은 전속력으로 달아났다. 하지만 주인이 끈질기게 따라붙어 마침내 그 도둑을 잡았다. 도둑은 도망치던 중에 빵을 던져버렸지만, 피가 흐르는 그의 팔이 절도의 증거로 남아 있었다. 그 도둑이 바로 장 발장이었다.

장 발장은 '야간 가택 침입 절도' 혐의로 법정에 서게 되었다. 그에게 총 한 자루가 있으며 뛰어난 명사수로 소문이 자자하다는 것, 게다가 밀렵 전과가 있다는 사실이 판결에 절대적으로 불리하게 작용했다. 결국 장 발장은 유죄 판결을 받았는데, 빵 한 덩이를 훔친 죄로 무려 5년 징역형을 선고받았다. 형벌이 곧 파멸인 그런 시기였다.

철창에 갇힌 장 발장은 여러 번 우는 모습을 보였다. 그는 복받치는 감정을 못 이겨 울먹이면서 이렇게 중얼거렸다.

"나는 가지치기 일꾼일 뿐인데……."

힘든 노역을 하러 다른 감옥으로 이송될 때마다 그는 목에 쇠사슬을 둘러야 했다. 한때 그의 인생을 이루었던 모든 것들이 이제는 완전히 사라져버렸다. 그의 이름마저 사라져 그는 더 이상 장 발장이 아니라 죄수 '24601'번일 따름이었다.

장 발장은 감옥에서 누나의 소식을 딱 한 번 들었다. 4년째 되던 해 끝 무렵 툴롱 감옥에서였다. 누나는 어찌 된 일인지 막내아들 하나만을 데리고 파리 빈민가에 살면서 인쇄소에 일을 나간다고 했다. 나머지 여섯 아이가 어떻게 되었는지는 아무도 알지 못했다. 그 후로 장 발장은 영원히 그들을 만나지도, 소식을 듣지도 못했다.

4년 동안 징역살이를 하고 형기를 1년 남겨둔 어느 날, 그는 첫 번째 탈옥을 시도했다. 그러나 이틀째 되던 날 그는 36시간 동안 먹지도 자지도 못한 상태에서 붙잡히고 말았다. 그는 다시 법정에 끌려가 새로 저지른 범행 때문에 추가 3년형이 더해져 8년형을 선고받았다.

감옥살이 6년째 되던 해에 또 한 번 탈옥할 기회가 왔다. 그는 그 기회를 십분 이용했으나 또다시 실패했다. 저녁 점호 때 그가 빠진 것이 드러나 그 즉시 체포조가 수색에 나섰다. 장 발장은 교도소 근처에서 건조 중이던 선박 밑에 숨어 있다가 순찰대에 발각되고 말았다. 붙잡힐 때 저항했다는 이유로 탈옥한 죄에 반항죄까지 추가되어 5년형이라는 중형이 떨어졌다. 그중 2년은 이중 쇠사슬을 차고 살아야 했다. 이제 장 발장에게 선고된 형기는 모두 13년이 되었다. 감옥살이 10년째 되던 해에 또 한 번 탈옥을 시도했으나 이번에도 실패했다. 그 결과 3년형이 더해져 모두 합쳐 16년형이 되었다. 그리고 13년이 되던 해에 그는 최후의 탈옥을 감행했다. 이번에는 고작 4시간 만에 붙잡혔다. 그 4시간의 대가로 3년이 더 추가되었다. 형이 다시 연장되어 모두 합쳐 19년형이 선고되었다.

1815년 10월, 마침내 장 발장은 석방되었다. 유리창을 깨고 빵 한 덩이를 훔친 죄로 1796년 감옥에 들어가 무려 19년이나 징역을 살았던 것이다.

장 발장은 처음 감옥에 들어갈 때는 눈물을 흘리며 울었지만, 나올 때는 아무 감정도 없는 무표정한 사람이 되어 있었다.

"너는 이제 자유다."라는 말을 들었을 때 장 발장은 도무지 믿기지 않았다. 마치 강한 광선이 순식간에 그의 존재를 꿰뚫는 듯했다. 그는 자유와 해방감에 사로잡혔다. 그러나 자유와 해방감의 벅찬 빛은 곧 스러져버렸다. 그는 새로운 삶을 살고자 했으나 그의 삶은 황색 통행증이 상징하는 전과자의 삶일 뿐이었다.

감옥을 나온 다음 날, 장 발장은 그라스 시내를 지나가다가 사람들이 일하는 것을 보았다. 일꾼들은 오렌지꽃 증류소 앞에서 짐을 내리고 있었다. 그가 일을 거들겠다고 하자 일손이 달렸던 현장에서는 그 제안을 받아들였다. 그는 곧바로 팔을 걷어붙이고 일하기 시작했다. 그는 원래 힘이 좋고 일을 잘했다.

장 발장이 한창 일하고 있는데 한 경찰관이 지나가다가 장 발장을 유심히 지켜보았다. 경찰은 장 발장을 부르더니 신분증을 제시할 것을 요구했다. 그는 할 수 없이 황색 통행증을 보여주었다. 경찰관은 통행증을 훑어보고는 돌려주었다. 장 발장은 다시 일을 했다. 장 발장은 다른 일꾼들을 통해 하루 일당이 30수라는 것을 알았다. 그런데 일이 끝나자 사장은 아무런 설명도 없이 장 발장에게 25수만 주는 것이었다. 장 발장이 따지자 이런 소리가 돌아왔다.

"넌 그것도 감지덕지야!"

장 발장이 계속 따지자 사장이 인상을 찌푸리며 으름장을 놓았다.

"또 철창신세 지고 싶어?"

장 발장은 또다시 버림받은 느낌이었다. 국가와 사회가 자신이 감옥에 있는 동안 조금씩 모아두었던 그 알량한 적립금을 제외하고는 모든 것을 빼앗아가 버리더니, 자유의 몸이 된 지금에 와서도 이런 꼴을 당하는 것이었다.

비록 육신은 풀려났지만 그것은 진정한 자유가 아니었다. 쇠사슬에서 벗어나기는 했으나 전과자라는 이름의 쇠사슬이 여전히 그를 옥죄고 있었다.

*

괘종시계가 새벽 2시를 쳤을 때 장 발장은 잠에서 깨어났다. 그가 잠을 깬 것은 오히려 너무 근사한 침대 때문이었다. 침대에 누워본 것이 거의 20년 만이라 너무 생소하고 어색해서 제대로 잠을 이루지 못했던 것이다.

오랜 시간 편히 잠자는 것에 익숙지 않았던 그는 4시간 정도 자고 나니 여독이 웬만큼 풀렸다. 눈을 뜨자마자 어둠이 그의 눈으로 파고들었다. 다시 잠을 청하려고 눈을 감았지만 좀처럼 잠이 오지 않았다. 머릿속이 잡다한 생각들로 가득 차 있었다.

그러나 다른 많은 생각들을 물리치고 유독 하나의 생각이 그의 머릿속에 줄곧 남아 있었다. 그것은 저녁 식사 때 식탁 위에 놓여 있던 은식기였다.

장 발장은 꼬박 한 시간 동안이나 그런 생각들과 씨름하고 있었다. 시계가 3시를 알리자 그는 침대에서 벌떡 일어나 골방 한쪽 구석에 던져놓았던 배낭을 끌어당겼다. 그러고는 침대에 걸터앉았다. 이어 몸을 구부려 신발을 집어 침대 옆 짚방석 위에 살며시 내려놓았다. 그리고 한동안 머릿속 생각과 끊임없이 싸우며 꼼짝도 하지 않았다. 시계가 3시 30분을 알리는 종을 쳤다. 괘종시계가 없었다면 그는 날이 밝을 때까지 그렇게 있었을지도 모른다. 시계 종소리는 그에게 '자, 어서!'라고 말하는 것 같았다.

장 발장은 몸을 일으켰다. 그리고 잠시 망설이다가 귀를 쫑긋 세웠다. 집 안은 쥐 죽은 듯 조용했다. 그는 살금살금 창문 쪽으로 걸어갔다. 창밖으로 보이는 하늘은 그리 어둡지 않았다. 보름달이 떠 있었고, 간혹 짙은 구름이 바람에 흘러 달을 가리곤 했다. 그 정도 빛이라면 집 안을 살펴보기에 충분했다.

그는 다시 창문을 살펴보고 창살이 없다는 것을 확인했다. 창문은 정원 쪽으로 향해 있었고, 작은 빗장 하나만 질러 있었다. 그는 창문을 열어젖혔다. 차가운 바람이 방으로 몰아치자 그는 곧장 창문을 닫고 정원을 살펴보았다. 정원을 에워싼 흰 담벼락은 낮아서 쉽게 넘을 만했다.

장 발장은 다시 침대로 돌아가 신발을 배낭 주머니에 쑤셔 넣고,

모자를 푹 눌러쓴 뒤 배낭을 둘러멨다. 그리고 손을 더듬어 지팡이를 찾아내 창문 옆에 세워놓았다. 그는 배낭에서 꺼낸 쇠촛대를 들고 심호흡을 한 번 하고는 살금살금 주교의 침실 쪽으로 걸어갔다. 문이 조금 열려 있었다. 주교는 방문을 잠그지 않았던 것이다.

장 발장은 귀를 쫑긋 세웠다. 안에서는 아무 소리도 나지 않았다. 그가 손끝으로 살며시 밀자 문이 스르르 밀려 나갔다. 그는 잠시 뜸을 들였다가 이번에는 과감하게 문을 밀었다. 문은 아무 소리도 내지 않고 열렸다. 그러나 문 옆에 있는 작은 탁자 모서리가 걸리적거렸다. 아무래도 들어가기 어려울 것 같았다. 위험을 무릅쓰고 문을 더 열어야 했다.

그는 조금 전보다 더 힘을 주어 세 번째로 문을 밀쳤다. 그러자 뻑뻑한 경첩에서 갑자기 삐걱거리는 소리가 났다. 그 소리는 길게 이어지며 집 안의 정적을 깼다. 장 발장은 소스라치게 놀랐다. 그 소리는 심판의 날을 알리는 나팔 소리처럼 무시무시하게 울려 퍼지며 좀처럼 끊이지 않았다.

그는 굳은 듯 제자리에 서서 털끝 하나 움직이지 않았다. 그렇게 몇 분이 지났다. 문은 이제 활짝 열렸다. 그는 조심스레 주교의 방을 둘러보았다. 그때까지 집 안에서는 아무 소리도 나지 않았다. 그제야 그는 경첩 소리에 잠을 깬 사람이 아무도 없다고 확신했다.

장 발장은 방으로 들어갔다. 주교의 고른 숨소리가 들려왔다. 장 발장은 우뚝 멈춰 섰다. 생각보다 빨리 주교의 침대에 다다른 것이다. 주교는 장 발장이 겁에 질린 눈으로 쳐다보고 있는 줄도 모르고 어린아이처럼 평화롭게 잠들어 있었다.

달빛이 벽난로 위쪽의 십자가상을 비추었다. 십자가상은 두 팔을 활짝 벌려 두 사람을 모두 껴안으려는 것 같았다. 한 사람에게는 축복을 주고, 다른 한 사람은 용서를 하기 위해.

장 발장은 주교의 침대 옆을 서둘러 지나쳐 곧장 벽장으로 갔다. 그는 자물쇠를 부수려고 쇠촛대를 쳐드는 순간 열쇠가 꽂혀 있는 것을 발견했다. 그는 재빨리 벽장 문을 열었다. 은식기가 가득 담긴 바구니가 눈에 들어왔다. 그는 바구니를 들고 다시 침대 곁을 지나갔다. 이번에는 발소리를 죽이지도 않고 성큼성큼 걸어갔다. 그리고 기도실로 돌아와 창문을 열고, 지팡이를 들고는 창턱을 넘어갔다. 은식기는 배낭에 집어넣고 바구니는 아무 데나 던져버렸다. 그리고 서둘러 정원을 지나 비호처럼 담을 뛰어넘어 달아났다.

다음 날 이른 아침 주교가 정원을 거닐고 있을 때 마글루아르 부인이 사색이 되어 달려오며 소리쳤다.

"주교님, 주교님!"

그녀는 다급하게 주교를 부르더니 물었다.

"은식기가 어디 있는지 아세요?"

"알다마다요."

주교가 태연스레 대답했다.

"오, 주여, 감사합니다! 저는 뭔가 잘못된 줄 알고 가슴이 철렁했네요."

주교는 방금 화단에서 주운 바구니를 마글루아르 부인에게 건네며 말했다.

"여기 있네요."

"어머, 은식기는 어디 갔어요?"

마글루아르 부인이 물었다.

"그 바구니가 아니라 은식기 때문에 그러는 거였구려. 글쎄, 그건 나도 모르겠소."

"맙소사! 도둑 맞았어요! 어젯밤 그 사내가 훔쳐간 거예요."

마글루아르 부인은 기도실 골방으로 황급히 달려갔다가 다시 주교에게 돌아왔다.

주교는 허리를 숙여 화초들을 살피고 있었다. 화초 일부가 바구니에 맞아 꺾여 있었다. 주교는 들릴 듯 말 듯 한숨짓더니 다시 몸을 일으켰다. 그때 마글루아르 부인이 다급하게 외쳤다.

"주교님, 그자가 달아났어요! 은식기를 훔쳐 달아났다고요!"

그녀는 정원 구석 쪽 담벼락을 쳐다보았다. 담벼락에는 누군가 기어오른 흔적이 또렷이 남아 있었다.

"저것 보세요! 저리로 넘어가 코슈필레 거리로 내뺀 거예요."

주교는 한동안 말없이 있다가 마글루아르 부인에게 나지막이 일렀다.

"은식기가 원래 우리 것이었는지 한번 생각해보구려."

마글루아르 부인은 하도 어이가 없어서 아무 대꾸도 하지 못했다.

잠시 후 주교가 말을 이었다.

"마글루아르 부인, 그 은식기는 이제야 주인을 만났어요. 그건 가난한 사람들 것인데, 그 나그네야말로 가난한 사람 아니었나요?"

"제가 이러는 게 저나 바티스틴 아씨 때문인 줄 아세요? 우리는 아무래도 괜찮아요. 주교님 때문에 그러는 거예요. 앞으로 뭘로 진지를 드실 거죠?"

주교는 휘둥그레진 눈으로 그녀를 쳐다보았다.

"그거야…… 뭐, 놋그릇 없나요?"

마글루아르 부인이 고개를 가로저으며 대답했다.

"놋그릇에서는 냄새가 나요."

"그럼 쇠그릇을 쓰면 되지 않겠소?"

그녀는 얼굴을 찡그리며 말했다.

"쇠에서는 몹쓸 맛이 나요."

"그럼 나무 그릇을 쓰면 되겠구려."

주교가 말했다.

마글루아르 부인은 더 이상 할 말이 없어 집 안으로 들어갔다.

주교는 어제저녁 장 발장과 함께 앉았던 식탁에서 아침 식사를 했다. 주교는 식사를 하면서 누이동생과 마글루아르 부인에게 이런 말들을 쾌활하게 늘어놓았다. 사실 빵 조각을 우유에 적셔 먹는

데 은포크며 은숟가락이 무슨 소용인가, 나무로 된 것조차 필요 없다……. 주교의 말에 마글루아르 부인은 들릴 듯 말 듯 구시렁거렸지만, 바티스틴 양은 아무 말도 하지 않았다.

"도대체 어쩌자고 그런 부랑자를 집 안에 끌어들였을까?"

마글루아르 부인은 음식 시중을 들면서 입속말로 계속 투덜댔다.

"게다가 도둑을 옆방에 재우시고! 도둑질만 한 게 천만다행이야. 맙소사! 생각만 해도 소름 끼치네!"

아침 식사를 막 마치려는데 밖에서 문 두드리는 소리가 들렸다.

"들어오시오."

주교가 외쳤다.

문이 열리자 어수선한 광경이 나타났다. 남자 셋이 한 남자의 멱살을 움켜쥐고 서 있는 것이었다. 셋은 경찰관이었고, 나머지 한 사람은 다름 아닌 장 발장이었다.

우두머리로 보이는 경관이 방으로 들어서더니 곧바로 주교에게 거수경례를 했다.

"주교님!"

줄곧 눈을 내리깔고 있던 장 발장이 '주교님'이라는 소리에 깜짝 놀라 고개를 들었다.

"그냥 신부님인 줄 알았는데……."

"입 닥쳐! 이분은 주교님이시다."

경관이 소리쳤다.

그때 주교는 최대한 빠르게 앞으로 걸어가서 장 발장을 쳐다보며 반색을 했다.

"아니, 선생이시구려! 다시 보게 돼 반갑구려. 그런데 은촛대는 왜 두고 가셨소? 그것도 순은으로 만든 것이라 팔면 2백 프랑은 너끈히 받을 텐데. 내가 준 그 은식기와 함께 은촛대도 가져갔어야죠."

장 발장은 얼떨떨한 표정으로 주교를 바라보았다. 그는 너무 놀란 나머지 가슴이 세차게 두근거리기까지 했다.

경관이 주교와 장 발장을 번갈아 쳐다보며 말했다.

"주교님, 그럼 이자의 말이 사실입니까? 저희가 보기에 이자는 도망치는 게 분명했습니다. 붙잡아서 몸수색을 해보니 은식기들이 나왔는데, 이자가 하는 말이……."

주교가 태연스레 웃으며 말을 가로챘다.

"하룻밤 묵게 해준 어느 친절한 노신부가 준 것이라고 했겠죠. 이 사람을 왜 여기까지 데려왔는지는 잘 알겠어요. 허나 그건 경관께서 오해한 거요."

"그럼 이자를 그냥 보내도 되겠습니까?"

경관이 물었다.

"물론이오."

주교가 말했다.

경찰들은 할 수 없이 장 발장을 놓아주었다. 순간 장 발장은 몸을 웅크리고 두어 발짝 뒷걸음질치며 마치 잠꼬대라도 하듯 웅얼거리는 소리로 물었다.

"정말 나를 풀어주시는 겁니까?"

"그렇다. 아직도 못 알아듣겠어!"

다른 경관이 신경질적으로 소리쳤다.

"선생, 은촛대도 가져가시오. 이번에는 잊지 마시고."

주교는 벽난로 쪽으로 가더니 선반에서 은촛대 2개를 가져와 장 발장에게 건넸다. 그동안 두 여자는 가만히 주교를 지켜보기만 했다. 장 발장은 온몸이 떨렸다. 그는 넋 나간 얼굴로 은촛대를 받아 들었다.

"이제 편히 가시오."

주교는 이렇게 말하고 다시 덧붙였다.

"이 집을 다시 찾아올 때는 정원 쪽으로 돌아서 오지 말고 한길 쪽 정문으로 들어오시오. 정문은 낮이든 밤이든 항상 열려 있으니까."

주교는 다시 경관들을 둘러보며 말했다.

"이젠 돌아가시지요."

경관들은 경례를 하고 그곳을 떠났다.

그 순간 장 발장은 곧 졸도할 것처럼 보였다. 주교는 그런 장 발장에게 다가가 나직하게 말했다.

"잊지 말아요. 당신은 이 은식기를 정직한 사람이 되는 데 쓰겠다고 했죠? 그 약속 절대 잊지 마시오."

그 어떤 약속도 한 적 없는 장 발장은 아무 말도 못 하고 멍한 표정만 짓고 있었다. 하지만 주교는 다시 한번 힘주어 근엄한 어조로 말했다.

"당신은 이제 악의 편이 아니라 선의 편에 선 사람입니다. 나는 당신의 영혼을 샀습니다. 나는 그 영혼을 사악함으로부터 꺼내 천주님께 바친 겁니다."

*

장 발장은 도망치듯 시내를 떠났다. 황급히 들판을 가로질러 발길 닿는 대로 걷고 또 걸었다. 하지만 저도 모르게 이미 지나갔던 길을 계속 돌고 있었다. 하루 종일 그렇게 들판을 맴돌았다. 아무것도 먹지 않았지만 배고픈 줄은 전혀 몰랐다.

그는 일찍이 경험하지 못했던 새로운 생각과 감정에 사로잡혀 있었다. 분노가 숏구쳤지만 그것이 누구를 향한 것인지 알 수 없었다. 주교의 말을 떠올려봤지만 자신이 그 말에 감동했는지, 아니면 수치심을 느꼈는지도 알 수 없었다. 그는 이상하리만큼 낯선 감정에 사로잡혔는데, 그것은 지난 세월 동안 험난한 삶을 살면서 익숙하게 받아들이던 냉혹한 마음과 정면으로 배치되는 것이었다. 그렇듯 낯설고도 벅찬 감정이 지속되자 그는 지쳐버렸다.

저녁 해가 들판 위로 기다란 그림자를 드리우고 있었다. 기나긴 하루가 고즈넉하게 사라질 무렵, 장 발장은 적막하기 그지없는 광활

한 들판에 서 있었다. 지평선 위로 알프스 산줄기가 끝없이 이어져 있었다. 들판 위로는 그 산줄기 외에 아무것도 보이지 않았다. 멀리 떨어진 시내의 첨탑마저 눈에 띄지 않았다. 그는 디뉴에서 30리쯤 벗어난 들판을 가로지르는 조붓한 오솔길에 앉아 있었다.

여전히 어지러운 상념에 빠져 있을 때, 어디선가 흥겨운 노랫소리가 희미하게 들려왔다. 열 살이 갓 넘은 듯한 소년이 노래를 흥얼거리며 오솔길을 걸어오고 있었다. 소년은 교현금(중세의 현악기)을 허리춤에 차고, 마르모트를 담은 상자를 짊어지고 있었다. 소년은 초라한 옷차림으로 이 마을 저 마을 떠돌아다니는 아이들 중 하나였다. 생김새나 차림새로 보아 사부아 출신이 분명했다.

소년은 걸어가면서 동전 몇 닢을 공중으로 던졌다가 받아내는 놀이를 하고 있었다. 그 동전들은 아마도 소년의 전 재산이리라. 소년은 장 발장이 있는 덤불 근처까지 와서 걸음을 멈췄다. 그때까지 장 발장을 미처 못 본 듯했다. 소년은 또다시 동전 받기 놀이를 했다. 조금 전까지는 솜씨 좋게 모두 받아냈지만, 이번에는 40수짜리 은전을 떨어뜨리고 말았다. 동전은 장 발장이 있는 곳으로 데굴데굴 굴러갔다. 장 발장은 무심코 한쪽 발로 동전을 지그시 밟았다.

동전이 굴러가는 방향을 쫓던 소년이 장 발장 쪽으로 다가와 그의 신발을 내려다보며 말했다.

"아저씨, 그건 내 돈이에요."

소년의 목소리에는 아이다운 순진함과 당돌함이 배어 있었다.

"이름이 뭐냐?"

장 발장이 물었다.

"프티제르베요."

"저리 가."

장 발장이 퉁명스레 뱉었다.

"내 돈 돌려주세요."

장 발장은 아무 대답도 하지 않고 고개를 떨궜다. 소년이 다시 말했다.

"내 돈 주세요."

그러나 장 발장은 꼼짝도 하지 않았다.

"내 돈 돌려줘요!"

이윽고 아이는 울먹이며 소리쳤다.

장 발장은 들은 척도 하지 않았다. 그러자 아이가 장 발장에게 달려들더니 옷자락을 잡고 흔들면서 동전을 밟고 있는 큼지막한 신발을 움직여보려고 안간힘을 썼다. 그의 발이 꼼짝도 하지 않자 소년은 다시금 소리쳤다.

"내 돈 내놔요! 내 40수짜리 은화 내놓으라고요!"

소년은 눈물을 흘리기 시작했다. 장 발장은 여전히 앉은 채로 소년을 바라보았다.

"넌 누구냐?"

"프티제르베요! 내 40수짜리 은화 돌려주세요, 제발! 그 발 좀 치

위요."

소년이 대들듯이 소리쳤다.

장 발장은 여전히 무표정한 얼굴로 은화를 밟은 채 벌떡 일어서
더니 소년에게 소리쳤다.

"귀찮게 굴지 말고 저리 썩 꺼지지 못해!"

소년은 잔뜩 찌푸린 장 발장의 얼굴을 보더니 두려움에 몸을 떨
었다. 소년은 몸을 홱 돌려 있는 힘을 다해 도망쳤다. 소년은 감히
돌아볼 엄두도 내지 못했다. 그러나 짐 때문에 얼마 못 가 멈춰 서
서 잠시 헐떡거리며 숨을 골랐다. 그때 장 발장은 소년이 흐느껴 우
는 소리를 들었다.

얼마나 지났을까? 아이는 사라졌고, 해는 지평선 너머로 기울었
다. 장 발장은 서서히 어둠 속에 잠겼다. 그는 온종일 아무것도 먹
지 못했고, 몸에는 약간의 열도 있었다. 잠시 후 숨소리가 점점 거
칠어지더니 갑자기 몸이 으슬으슬했다. 저녁의 한기가 엄습했던 것
이다. 그는 모자를 깊숙이 눌러쓰고, 윗옷 앞자락을 당겨 단추를 채
운 다음 지팡이를 잡으려고 몸을 구부렸다. 그때 발밑에 있던 동전
이 그의 눈에 들어왔다. 동전은 흙 속에 반쯤 묻혀 있었지만, 조약
돌 사이에서 빛나고 있었다. 그 순간 그의 얼굴이 사색이 되었다.

"이게 뭐야?"

장 발장은 동전을 보며 중얼거렸다.

그는 몇 걸음 뒤로 물러섰다. 하지만 동전에서 눈을 뗄 수가 없

었다. 동전은 마치 자기를 쏘아보고 있는 눈동자 같았다. 그는 얼른 동전을 집어 들고 온몸을 떨면서 멀리 지평선 쪽을 바라보았다. 그는 소년이 간 방향으로 뛰어가기 시작했다. 한참을 내달린 뒤 멈춰 선 그는 적막한 허공에 대고 소리 질렀다.

"프티제르베! 프티제르베!"

장 발장은 소년을 부르면서 멀리까지 가보았지만 소년은 끝내 보이지 않았다. 어느덧 그는 들판을 지나 세 갈림길에 이르렀다. 하늘에는 달이 떠올라 있었다. 그는 끝없는 허공을 응시하며 마지막으로 소리쳐 소년을 불렀다.

"프티제르베! 프티제르베!"

그 소리는 메아리도 만들지 못하고 안개 속으로 사라졌다. 그러나 그는 계속 중얼거렸다.

"프티제르베, 프티제르베……."

그것이 그의 마지막 노력이었다. 마치 보이지 않는 힘이 그가 저지른 악행의 무게만큼 그를 짓누르는 것 같았다. 그는 다리에 힘이 빠져 큰 돌 위에 털썩 주저앉았다. 완전히 기진맥진한 그는 얼굴을 무릎에 묻고 두 손으로 머리를 움켜쥐었다. 그러고는 비탄에 잠겨 울부짖었다.

"아, 나는 비열하기 짝이 없는 놈이야!"

그는 북받쳐 오르는 감정을 억제하지 못해 흐느껴 울기 시작했다. 19년 만에 처음으로 우는 것이었다. 그는 자신도 모르는 사이에 소년의 돈을 훔쳤다. 물론 강탈한 것은 아니었지만 습관과 본능으로 자신도 모르게 동전을 밟고 있던 발을 꾹 누르고 있었던 것이다.

뜨거운 눈물이 흘러내리면서 밝고 거룩한 어떤 빛이 그의 영혼 깊숙이 스며드는 것 같았다. 눈부시도록 밝은 그 빛은 기쁨과 동시에 두려움을 주었다. 지나간 세월이 주마등처럼 머릿속을 스쳐갔다. 그가 맨 처음 지은 죄, 그의 내면에 가득한 냉혹함, 19년간의 징역살이, 복수를 꿈꾸던 계획들, 그리고 주교의 집에서 저질렀던 도둑질과 힘없는 소년에게서 40수짜리 은화를 빼앗은 죄에 이르기까지……. 그중 마지막 죄는 주교로부터 용서를 받자마자 범한 것이었기에 더 가증스럽고 비겁한 짓이었다. 장 발장은 자신이 얼마나 돌이킬 수 없는 범죄를 저질렀는지 그처럼 선연하고도 통렬하게 느껴본 적이 지금까지 단 한 번도 없었다. 자신의 지난날이 너무도 끔찍하게 느껴졌다. 자신의 음울한 마음도 무섭게만 느껴졌다. 그러는 한편 밝고 온화한 빛이 그의 인생과 영혼을 감싸는 듯했다. 그것은 악행으로 가득 찬 한 남자의 가슴속으로 천국의 빛이 내리비치는 순간이었다.

장 발장이 얼마나 오랫동안 그렇게 울었는지, 혹은 그 뒤에 어떻게 했는지는 아무도 알지 못한다. 그리고 그가 어디로 떠났는지 또한 아무도 모른다. 다만 그날 밤 디뉴에 도착한 한 마차꾼의 전언에 따르면, 새벽 3시쯤 주교관 앞에서 한 남자가 길바닥에 무릎을 꿇고 기도를 드리고 있었다는 것이다.

4. 종달새라 불리는 소녀

1800년대 초, 파리 근교 몽페르메유라는 곳에 싸구려 식당 겸 여관이 하나 있었다. 식당 문 위 간판에는 한 사내가 피 같은 빨간 자국이 몸에 덕지덕지 붙은 장교복 차림의 사내를 업고 있는 그림이 그려져 있고, 그 아래에 '워털루 상사'라고 적혀 있었다.

식당 이름은 주인이 직접 지은 것인데, 그의 이름은 테나르디에였다. 그는 아내와 함께 식당을 운영하고 있었다. 그가 하는 말을 곧이곧대로 믿는다면, 그는 1815년 워털루전투에 상사로 참전해 용감하게 싸웠다는 것이다. 말하자면 식당 이름은 물론 간판도 그가 직접 만든 것으로 '전쟁터에서 세운 공적'을 말해주는 일종의 광고물인 셈이었다. 사실 그에게는 뭐든 조금씩 흉내 낼 줄 아는 재주가 있었다. 비록 조잡한 솜씨였지만.

그러나 워털루전투에서 있었던 일을 사실대로 말하면, 테나르디에는 야밤에 피비린내 나는 전쟁터를 헤집고 돌아다니면서 시체에서 값비싼 물건을 갈취한 비열한 좀도둑에 지나지 않았다.

그는 전쟁터에서 한 장교를 둘러업고 언덕 위로 올라갔다. 훔칠 만한 것이 있는지 좀더 밝은 곳에서 살펴보기 위해서였다. 그러다 전혀 의도하지 않게 그 장교의 목숨을 구하게 되었다.

부상당한 장교는 그때 막 정신이 돌아왔고, 힘없는 팔을 가까스로 들어 올려 테나르디에를 잡으며 말했다.

"당신이 내 생명을 구해줬군요! 당신은 누구십니까?"

도둑은 자신의 도둑질을 숨기며 태연하게 대답했다.

"나도 당신과 같은 프랑스군입니다. 적군이 나를 발견하면 총을 쏠 겁니다. 내가 당신의 생명을 구했지만, 지금부터는 당신 스스로 헤쳐 나가야 합니다."

"계급이 어떻게 됩니까?"

장교가 물었다.

"상사입니다."

"이름은?"

"테나르디에."

도둑은 짧게 대답했다.

"그 이름 잊지 않겠습니다. 내 이름도 기억해주십시오. 내 이름은 퐁메르시입니다."

*

1818년 봄 어느 날 석양이 질 무렵 '워털루 상사' 식당 앞에 긴 쇠사슬을 늘어뜨린 부서진 마차 한 대가 있었다. 쇠사슬은 거의 땅에 닿을 정도로 길게 늘어져 있었고, 어린 두 자매가 마치 그네를 타듯 그 위에 걸터앉아 있었다.

언니는 세 살쯤 되어 보였고, 두 돌이 채 안 된 듯한 동생은 언니의 팔에 안겨 있었다. 쇠사슬에서 떨어지지 않도록 목도리처럼 생긴 긴 끈으로 자매를 단단히 비끄러매어 놓았다. 깨끗하고 예쁘장한 옷을 입은 아이들은 까불대는 모습이 무척이나 생기발랄해 보였다.

바로 앞에는 약간 심술궂게 생긴 여인이 식당 문턱에 웅크리고 앉아 아이들을 지켜보고 있었다. 인상이 좋은 편은 아니었지만 아이들을 바라보는 눈빛만큼은 여느 어머니들 못지않게 따뜻하고 다정했다. 사슬이 앞뒤로 움직일 때마다 날카로운 쇳소리가 울려 퍼졌고, 그때마다 아이들은 까르르 웃음을 터뜨렸다.

아이들을 위해 쇠사슬 그네를 흔들어주면서 어머니는 유행가를 흥얼거렸다. 입으로는 가락도 맞지 않는 노래를 흥얼거리고, 눈으로는 딸들을 지켜보느라 그녀는 주위에 신경 쓸 겨를이 없었다.

누군가 그녀 곁으로 다가오더니 갑자기 그녀의 귀에 대고 속삭이듯 말했다.

"아이들이 정말 귀엽네요, 아주머니."

웬 젊은 여자였다. 그녀는 어린 여자아이를 품에 안은 채 굉장히 크고 무거워 보이는 여행가방을 들고 있었다.

두 살이나 세 살쯤 됐을까? 아이는 남부럽지 않게 곱고 세련된 옷차림을 하고 있었으나 여자의 행색은 초라하기 그지없었다. 가난한 시골 출신의 여직공 같은 차림새라고나 할까? 한때는 아름다웠을지도 모르는 용모가 세파에 찌든 행색 때문에 전혀 빛을 발하지 못했다.

수녀들이 쓰는 것 같은 때 묻은 모자 밑으로 한 줌의 금발 머리가 헝클어진 채로 흘러내린 것으로 보아 머리숱은 많은 듯했으나 모자에 가려 확인할 길이 없었다. 그녀의 눈빛은 몹시 슬퍼 보였고, 이미 오래전에 웃음을 잃어버린 듯했다. 게다가 얼굴빛이 파리한 것이 어딘가 아픈 것 같았다.

품속에 잠들어 있는 아이를 물끄러미 바라보는 여자의 표정에는 수심이 가득했다. 그녀의 이름은 팡틴이었다.

아름다운 이와 금발을 가진 팡틴은 애초에 밑바닥에서 태어났다. 부모도, 성도, 세례명도 없었다. 팡틴이라는 이름도 길거리를 지나가던 사람이 붙여준 것이었다. 열다섯 살 때 돈을 벌러 파리에 온 팡틴은 서른 살의 나이 많고 부자인 학생 펠릭스 톨로미에스를 만났다. 당시 파리의 학생들은 쾌락을 쫓던 여공들과 사귀곤 했는데, 톨로미에스를 비롯한 학생 넷과 팡틴을 포함한 젊은 여공 넷이 종종 어울려 다녔다. 바람둥이에 늙고 머리가 벗어진 톨로미에스는 팡틴의 첫사랑이었다. 그러나 그녀는 톨로미에스에게 자신의 몸을 허락한 뒤 버림받았다. 사내들과 연이 끊어지자 여자들하고도 연락하지 않게 되었다.

남자에게 버림받은 지 2주 정도 지난 뒤에 누군가 너희는 서로 친구 사이 아니냐고 말했다면 그녀들은 깜짝 놀랐을 것이다. 친구가 될 만한 이유 따위는 이미 없어져버렸기 때문이다. 팡틴은 그렇게 홀로 남겨졌다.

팡틴은 아이 아버지에게 편지를 보냈으나 어떤 답장도 오지 않았다. 이러한 종류의 파경은 두 번 다시 돌이킬 수 없는 것이었다. 그리하여 그녀는 완전히 외톨이가 되었다. 일에 대한 의욕은 사라졌고 쾌락의 구렁텅이에 빠져들었다. 그러다 결국 오라는 곳 하나 없는 실업자 신세가 되고 말았다.

그녀는 자신이 최악의 상황으로 굴러떨어지기 직전이라는 위기감을 느꼈다. 이 상태로 파멸하지 않으려면 용기가 필요했던 그녀는 늦게나마 마음을 단단히 먹었다.

고향에 가면 혹시 누구라도 아는 사람이 있어 일자리를 얻게 될지도 모른다. 그러려면 철저하게 과거를 숨기고 살지 않으면 안 될 것이다. 이제부터 그녀는 첫 이별의 아픔보다 더 큰 이별의 아픔을 견디며 살아야 한다. 딸아이와 헤어진다는 생각만 해도 가슴이 미어졌지만 그녀는 마침내 결단을 내렸다.

팡틴은 스스로에게 가혹하리만큼 생활력이 강한 여자였다. 결심이 선 순간 그녀는 사치스러운 습관부터 미련 없이 버렸다. 비단이나 레이스 대신 무명옷을 걸치고 값비싼 옷감은 오직 딸을 위해서만 썼다. 그것은 그녀의 유일하고도 신성한 허영이었다.

고향으로 가려면 여비가 있어야 했다. 그녀는 자신이 가진 물건들을 모두 팔아 2백 프랑을 만들었다. 그 돈으로 자질구레한 빚을 갚고 나니 80프랑 정도밖에 남지 않았다. 스물두 살 되는 해 어느 봄날 아침, 그녀는 자신의 젖을 먹여 키운 아이를 등에 업고 파리를 떠났다. 세상에는 이제 두 모녀뿐이었다. 그녀에게는 이 세상에 딸 하나 말고는 아무도 없었고, 아이 또한 이 세상에 그녀 말고는 아무도 없었다.

＊

팡틴은 아이들 엄마에게 말을 걸었다.

"아이들이 참 예뻐요, 부인."

아이들이 예쁜 건 사실이었다. 그러나 팡틴은 누구든 제 자식을 칭찬해주면 상대에 대한 경계심을 푼다는 것을 잘 알고 있었다.

테나르디에 아내는 팡틴에게 고마움을 표하며 자기 옆에 있는 의자에 앉으라고 권했다. 두 여인은 이야기를 나누기 시작했다.

"나는 남편과 함께 이 식당을 운영하고 있지요."

테나르디에 아내가 먼저 말했다.

그녀는 붉은색 머리칼에 몸집이 사내처럼 우락부락한 서른 살 전후의 여자였다. 그러나 군인 같은 겉모습 이면에 묘하게도 교태가 엿보이기도 했다. 쪼그리고 앉은 모습은 그녀의 본성을 숨기고 있었는데, 그녀가 똑바로 서 있었다면 팡틴은 결코 그녀를 신뢰하지 않았을 것이다.

이야기를 나누다가 팡틴은 신세 한탄을 했다. 자신은 직공이었고, 남편과는 사별했으며, 파리에는 더 이상 일할 데가 없어서 다른 곳으로 일자리를 찾으러 가는 길이라고 했다. 그녀는 그날 아침에 파리를 출발해 주로 걸어서 여기까지 왔다고 했다. 아이가 너무 어려서 줄곧 안고 걸어야 했는데, 그사이 그녀의 작은 보석은 잠들어 버렸다는 것이었다.

여기까지 말하고 나서 팡틴은 딸에게 입을 맞추었다. 그러자 잠자던 아이가 눈을 떴다. 아이의 눈동자는 제 엄마를 닮아 크고 파란 색이었다. 아이는 방실방실 웃기 시작하더니 뛰어놀고 싶은 듯 바닥으로 내려갔다.

"같이 놀아라."

테나르디에 아내가 세 아이들에게 말했다.

아이들은 서로 어울려 흙장난을 하며 신나게 놀았다.

"아이 이름이 뭐예요?"

테나르디에 아내가 물었다.

"코제트예요."

팡틴이 대답했다.

"몇 살이죠?"

“곧 세 살이 돼요.”

“우리 큰애랑 같네요.”

두 어린 자매는 마치 오래전부터 알고 지낸 사이처럼 새 친구와 잘 어울렸다. 아이들은 신나게 땅을 파다가 통통한 벌레가 나오자 무서워하면서도 신기해했다.

테나르디에 아내가 그 모습을 보고 소리쳤다.

“애들은 금방 친해진다니까. 누가 보면 셋이 친자매인 줄 알겠네.”

그 말이야말로 팡틴이 내심 고대하던 말이었다. 팡틴은 테나르디에 아내의 손을 덥석 잡고는 그녀의 눈을 똑바로 쳐다보며 말했다.

“우리 아이를 맡아주시지 않겠어요?”

테나르디에 아내는 깜짝 놀라 몸을 뒤로 젖혔지만, 그 몸짓은 부탁에 대한 동의도 거절도 아니었다.

팡틴이 계속 말했다.

“보시다시피 나는 아이를 고향에 데려갈 수 없어요. 아이가 있으면 일자리를 거절당하기 십상이거든요. 사실 아이 딸린 여자들은 일자리를 찾기가 여간 어려운 게 아니죠. 내가 부인을 만난 것은 하느님의 뜻인 것 같네요. 게다가 부인의 사랑스러운 아이들, 저렇게 예쁘고 깔끔한 아이들을 보고 정말 감동했답니다. 그래서 나는 이렇게 생각했죠. ‘참 훌륭한 어머니시구나! 셋이 친자매처럼 지내기에 더없이 좋아!’라고요. 부인, 곧 돌아올 테니 그동안 우리 코제트를 좀 맡아주세요. 부탁드립니다.”

"글쎄요. 생각을 좀……."

테나르디에 아내가 말꼬리를 흐렸다.

"매달 6프랑씩 보내드릴게요."

팡틴의 말이 떨어지자마자 식당 안쪽에서 남자의 목소리가 들려왔다.

"7프랑씩 줘야 하오. 여섯 달치는 미리 내야 하고!"

그러자 테나르디에 아내가 대뜸 거들고 나섰다.

"그러면…… 6 곱하기 7은 42, 42프랑이네요."

"드릴게요."

팡틴이 곧바로 동의했다.

그러자 또다시 사내의 목소리가 들려왔다.

"그리고 처음에 이래저래 비용이 들 테니 15프랑 더 내시오."

"다 합쳐서 57프랑이네요."

테나르디에 아내가 맞장구를 쳤다.

"그 돈도 드릴게요. 내가 가진 돈이 모두 80프랑이니까 그 돈을 드리고도 고향에 갈 여비는 될 거예요. 걸어서 간다면요. 그리고 거기서 돈을 벌면 저축할 수도 있고, 돈이 모이면 곧바로 내 딸을 찾으러 올 거예요."

"애가 입을 옷은 여벌로 더 있소?"

사내의 목소리가 다시 들렸다.

"저 사람은 내 남편이에요."

테나르디에 아내는 그제야 남편 소개를 했다.

팡틴은 사내의 물음에 먼저 대답했다.

"있다마다요."

이렇게 말한 다음, 테나르디에 아내에게 작은 소리로 말했다.

"저분이 부인의 남편인 줄 알고 있었어요."

그러고는 사내의 물음에 계속 대답했다.

"코제트는 내 보물인데 어디 한 벌뿐이겠어요? 어떤 옷은 호사스러울 만큼 예쁘답니다. 그런 예쁜 옷이 열두 벌이나 있고, 지체 높은 집안 아가씨들이 입는 비단옷도 있답니다. 여기 다 있어요. 내 가방에요."

"그걸 모두 우리한테 넘겨줘야겠소."

남자는 박정한 투로 말했다.

"물론이죠. 다 드리고 갈게요. 코제트 옷을 내가 가져가다니, 그건 말도 안 되죠."

팡틴이 대답했다.

테나르디에는 흡족한 표정으로 식당 문을 열고 얼굴을 드러냈다. 이렇게 해서 흥정이 끝났다. 팡틴은 그날 밤 그 여관에서 묵었다.

다음 날 아침, 팡틴은 코제트의 옷들을 여관 주인에게 넘겨주고 떠날 채비를 했다. 물론 양육비 명목으로 돈도 지불했다. 코제트의 옷을 덜어내자 가방이 한결 가벼웠다. 그녀는 곧 돌아올 결심을 하고 눈물을 흘리며 고향으로 향했다.

테나르디에 부부는 대체 어떤 자들인가?

우선 그들에 대해 짧게 언급하기로 한다. 그런 다음 차차 이 스케치를 완성할 것이다. 이 두 사람은 좀 먹고살 만한 속물과 타락한 지식층의 중간쯤에 해당한다. 이런 유형의 인간들은 소위 중류계급과 하층계급의 중간에 속한다. 그러니까 후자의 결점을 어느 정도 갖고 있으면서 전자의 악덕을 거의 전부 고루 갖추었다고 해도 무방하다. 그들에게는 일반적인 노동자의 기특한 열의도 없으려니와 중류층의 고지식한 성실성도 기대할 게 못 된다. 두 사람은 간혹 어떤 정열의 불길이 당겨지기라도 하면 금세 흉악하게 돌변하는 뒤틀린 성격의 소유자들이다. 여자의 내면에는 들짐승과 같은 본성이, 남자한테는 거지 근성이 있다. 둘 다 나쁜 쪽으로는 아무리 지독한 일이라도 태연하게 해치우는 성질이다.

특히 남편 테나르디에는 관상부터 고약하게 생겼다. 세상에는 한번 흘깃 보기만 해도 본능적으로 경계심이 느껴지는 인간이 있다. 그런 인간은 처음과 끝이 다 어둡다. 뒤에는 불안이, 앞에는 위협이 서린 인간들이다. 우선 정체가 분명하지 않다. 과거에 무슨 짓을 했는지 알 수 없고, 또 앞으로 무슨 짓을 할지도 알 수 없다. 눈초리에 깃든 음산한 그림자가 그것을 말해준다. 그들의 말 한 마디, 혹은 몸짓 하나만으로도 과거의 어두운 비밀과 장래의 음모를 짐작할 수 있는 것이다.

테나르디에 부부가 운영하는 싸구려 식당은 허구한 날 파리만 날렸다. 어음 만기일이 다가오는데도 돈을 마련할 길이 없어 전전긍긍하던 차에 팡틴이 코제트를 맡기면서 주고 간 57프랑 덕택에 위기를 모면할 수 있었다. 하지만 다음 날 또 돈이 필요하게 되자, 그 아내가 코제트의 옷가지를 가지고 파리에 가서 전당포에 잡히고 60프랑을 만들어 왔다.

부부는 그 돈마저 다 써버리자 코제트를 애물단지 취급을 했다. 코제트는 이제 옷도 없어서 테나르디에의 딸들이 입던 누더기나 마찬가지인 낡은 속옷들을 입어야 했다. 음식도 그들이 먹다 남긴 찌꺼기만 먹었다. 코제트가 먹는 음식은 개보다는 조금 나았으나 고양이보다는 못한 것들이었다. 코제트는 밥도 개와 고양이와 함께 식탁 밑에서 먹었다. 그들은 코제트의 밥을 개나 고양이 먹이처럼 나무 접시에 담아 주었다.

코제트의 어머니는 몽트뢰유쉬르메르에 자리를 잡은 뒤 딸의 소식을 알기 위해 매달 편지를 썼다. 여섯 달이 지난 뒤부터는 매달 양육비로 7프랑을 보냈다. 송금은 다달이 정확하게 이루어졌다. 그러나 1년도 채 되기 전에 테나르디에의 마음이 바뀌었다.

"선심깨나 쓴다만 이깟 7프랑으로 대체 뭘 어떻게 하라는 거지?"

그는 매달 12프랑씩 보내라고 편지를 보냈다. 아이가 잘 지내고 있다고 믿었던 어머니는 그의 요구대로 순순히 돈을 보내주었다.

한쪽을 사랑하면 반드시 다른 한쪽을 미워하지 않고 못 견디는 인간이 있다. 테나르디에의 아내가 그런 부류였다. 그녀는 자기 딸들을 지나치게 사랑하는 한편 남의 딸인 코제트를 지나치게 미워했다. 모성이라고 다 아름답기만 한 건 아니다. 어머니의 사랑에도 추한 일면이 있다는 것은 생각만 해도 기막힌 일이었다.

테나르디에의 집에서 코제트가 차지하고 있는 영역은 하찮은 공간에 불과했으나, 그 아내는 그만큼 자기 자신과 딸들이 마시는 공기가 줄어드는 것 같은 가당찮은 피해의식에 사로잡혔던 것이다. 더구나 이 여자는 같은 부류의 다른 여자들과 마찬가지로, 하루에 일정량의 애정 표현과 일정량의 매질과 욕지거리 없이는 직성이 풀리지 않는 성격이었다.

코제트가 없었다면 그녀의 두 딸, 에포닌과 아젤마는 사랑뿐 아니라 어미의 흉포한 짓거리를 온몸으로 감당해야 했을 것이다. 그런데 남의 딸이 그 역할을 도맡아 해주니 딸들은 오직 애정만을 받았다.

제 어미가 하는 것처럼 에포닌과 아젤마도 코제트를 못살게 굴었다. 그 나이 또래의 어린애들은 어머니의 축소판에 지나지 않는다. 다만 그 형체가 비교적 작을 뿐이다.

1년, 그리고 또 1년이 지났다.

"테나르디에 내외는 참 무던한 사람들이야. 넉넉지도 못한 살림에 부모한테 버림받은 불쌍한 애까지 돌봐주고 있으니!"

코제트가 버려진 아이인 줄 아는 마을 사람들은 입에 침이 마르도록 테나르디에 부부를 칭찬했다.

한편 테나르디에는 어디선가 우연히 코제트가 사생아이고 그 어미는 자신을 떳떳이 드러낼 수 없는 처지라는 얘기를 듣고는, 아이가 커서 이제는 더 많이 먹게 되었으니 한 달에 15프랑씩 보내라는 편지를 보냈다. 그러면서 자신의 요구대로 하지 않으면 아이를 돌려보내겠다고 으름장을 놓았다. 숨겨둔 자식을 코앞에 내팽개친다고 하면 돈을 더 내놓지 않고 못 배길 거라고 믿었던 것이다. 결국 아이 어머니는 매달 15프랑씩 보내지 않을 수 없었다.

코제트는 점점 자랐고, 더불어 고생도 늘어갔다. 코제트는 다른 두 아이의 놀림감이었다. 자랐다고 해봤자 채 다섯 살이 되기도 전에 그녀는 온갖 집안일을 도맡아 하는 하녀가 되었다. 심부름은 물론 집 안팎을 청소하고, 접시를 닦고, 심지어 무거운 짐을 나르기도 했다.

테나르디에와 그 아내는, 여전히 몽트뢰유쉬르메르에 살고 있는 코제트의 어머니로부터 송금이 잘되지 않자 그런 취급을 한층 더 당연하게 생각했다. 양육비가 몇 달이나 밀린 것이었다.

3년이 지난 즈음에 그 어머니가 몽페르메유로 돌아왔다고 해도 자기 아이를 전혀 알아보지 못했을 것이다. 처음 이 집에 왔을 때 그토록 귀엽고 생기 넘치던 코제트는 이제 빼빼 마르고 안색이 창백한 아이로 변해 있었다.

"앙큼한 것!"

어딘지 수심에 잠긴 아이의 표정을 볼 때마다 테나르디에 내외는 코웃음을 쳤다. 불공평한 세상은 어린 코제트를 퉁명스러운 아이로 만들었고, 불행은 추한 모습으로 바꿔버렸다. 아름다운 눈만큼은 예전 그대로였지만 시간이 지날수록 큰 슬픔이 서린 듯한 커다란 눈망울은 보는 사람을 고통스럽게 만들었다.

겨울에 아이의 모습은 차마 보기 애처로울 지경이었다. 아직 여섯 살도 되지 않은 어린 소녀가 너덜너덜한 누더기를 걸친 채 빨갛게 언 조그만 손으로 커다란 빗자루를 쥐고, 해가 뜨기도 전에 커다란 눈에 눈물을 글썽이면서 마당을 쓸고 있는 모습을 보면 누구라도 그런 마음이 들 수밖에 없었다.

마을에서는 그녀를 '종달새'라고 불렀다. 새처럼 작은 몸집으로 맨 먼저 일어나 날이 밝기도 전에 추위와 두려움에 떨면서 한길이나 밭에 나가 있곤 했기 때문이다. 다만 이 가련한 종달새는 결코 노래를 부르는 법이 없었다.

5. 이상한 이방인

팡틴이 딸 코제트를 테나르디에 부부에게 맡기고 떠난 해는 1818년이었다. 그녀가 일자리를 찾아 고향 몽트뢰유쉬르메르로 돌아오기 2년 전쯤 중대한 사건을 계기로 그 지역 산업이 눈부시게 발전했고, 동시에 그 작은 도시에 엄청난 부를 가져다주었다.

몽트뢰유쉬르메르는 독일의 흑구슬이나 영국의 흑옥 모조품 생산지로 유명했다. 그런데 이 산업은 너무 비싼 원료 때문에 난항에 부딪혀 침체되기에 이르렀다. 그러다 1815년 말 타지에서 온 한 사람이 그 지역에 정착해 살면서 흑구슬 제조 과정에 혁신적인 방법을 고안해냈다. 그것은 지금까지 사용해온 수지를 칠로 대체하고, 장신구를 제작할 때 땜질 대신 쇠고리를 끼워 연결하는 방법이었는데, 이 단순한 변화를 통해 그는 하나의 엄청난 혁명을 일으켰다.

3년 남짓한 기간 동안 그 사업가는 큰 부자가 되었다. 그런데 부는 그 사업가에게만 찾아온 결실이 아니었다. 그보다 더 큰 결실은 그 주위에 있는 거의 모든 사람들까지 부자가 된 것이었다. 그 사업가가 그 도시에 처음 왔을 당시 그는 낯선 이방인에 지나지 않았다. 그의 출신 배경에 대해 알려진 것이 전혀 없었다. 다만 소문에 따르면 마을에 처음 왔을 때 그가 지닌 돈은 기껏해야 몇백 프랑밖에 되지 않았다는 것이다. 자본은 형편없었지만 그는 뛰어난 발상으로 큰 부를 이루었으며, 동시에 그 지방 전체에 엄청난 부와 번영을 가져다주었다.

몽트뢰유쉬르메르에 도착했을 때 그는 외모로 보나 말투로 보나 지극히 평범한 노동자에 지나지 않았다. 12월 어느 날 저녁, 그는 배낭을 짊어지고 지팡이를 짚은 초라한 모습으로 이 작은 도시에 나타났다. 마침 그날 저녁 시청에 화재가 발생했는데, 그가 생명의 위험을 무릅쓰고 불길 속으로 뛰어들었다. 그는 아이들의 목숨을 구했는데, 그 아이들이 다름 아닌 헌병대장의 자식들이었다. 이 일로 그는 이 지역의 영웅으로 떠올랐고, 그런 영웅에게 통행증을 요구할 수는 없었다. 이곳 사람들은 그를 마들렌 씨라고 불렀다.

쉰 살가량 된 그는 늘 생각에 잠긴 듯한 친절한 사내였다. 그에 관해 말할 수 있는 것은 이것뿐이었다.

그로 인해 눈부신 발전을 이룬 몽트뢰유쉬르메르는 중요한 산업 중심지 가운데 하나가 되었다. 흑옥을 대량으로 소비하는 스페인에서는 해마다 막대한 양을 주문했다. 이 사업으로 몽트뢰유쉬르메르는 런던이나 베를린과 거의 맞먹는 수익을 올렸다.

마들렌 씨는 사업이 승승장구하자 공장 문을 연 지 2년 남짓할 때 2개의 넓은 작업장을 만들어 하나는 남자 직공, 다른 하나는 여자 직공이 사용했다. 배고픈 사람들은 누구든 이 공장에서 일자리와 빵을 얻을 수 있었다.

마들렌 씨는 남자에게는 성실을, 여자에게는 정숙을, 모든 사람에게는 정직을 요구했다. 그는 미혼 여성이나 유부녀들의 품행이 문란해지지 않도록 작업장을 둘로 나눈 것이다. 이 부분만큼은 절대 예외를 두지 않은 것은 물론이고, 결코 관대하지 않았다.

몽트뢰유쉬르메르는 군대 주둔지여서 타락의 유혹이 많은 곳이기도 했다. 바로 이런 이유로 마들렌 씨는 직공들 관리에 더욱 엄격했다.

아무튼 그가 이 도시에 나타난 것은 신의 축복이었다. 그가 오기 전까지 이 지방은 극심한 침체 상태에 있었다. 그러나 지금은 모든 것이 달라졌다. 신성한 노동으로 인해 도시는 활기를 되찾았다. 실업이나 빈곤은 이제 찾아볼 수 없었다. 아무리 미천한 자의 주머니에도 몇 푼이나마 돈이 없는 때가 없었고, 아무리 가난한 집이라도 소소한 기쁨이 없는 날이 거의 없었다.

마들렌 씨가 요구하는 것은 단 한 가지뿐이었다. 정직한 남자여야 한다! 정직한 여자여야 한다!

그는 스스로 이 도시 발전의 원동력이자 중심이 되어 활동하면서 재산을 축적했다. 그런데 한낱 상인으로 치부하기에는 조금 애매한 구석이 있었다. 그는 돈벌이에만 치중하는 것 같지 않았던 것이다.

1820년에 그가 라피트 은행에 예금한 돈은 63만 프랑으로 알려져 있었다. 그러나 그 전에 그는 이미 시와 가난한 사람들을 위해 백만 프랑 이상을 썼다. 또한 그는 학교를 2개 건립했고, 당시 프랑스에서는 거의 없었던 보육원을 세웠으며, 늙어서 일을 할 수 없는 노동자들을 위한 구제 기금을 마련했다.

마들렌 씨의 공장은 어느덧 가난한 사람들의 중심지 역할을 하게 되어 그 주변으로 주택가가 들어섰다. 그는 여기에 무료 약국을 설치했다. 일부에서는 그가 또 다른 야망이 있어서 그러는 게 분명하다고 떠들어댔다.

1819년 어느 날 아침, 다음과 같은 소문이 거리에 퍼졌다. 내용인즉, 마들렌 씨가 몽트뢰유쉬르메르의 시장에 임명되리라는 것이었다. 타지에서 떠돌다 온 그를 못마땅해하던 사람들은 이때다 싶어 수선을 떨었다.

"거봐, 내가 뭐랬어!"

소문은 거짓이 아니었다. 며칠 뒤 그를 시장으로 임명한다는 통보가 신문에 실렸다. 그러나 이튿날 마들렌 씨는 고사했다. 이어서 그가 발명한 제조법으로 만든 제품이 공업 박람회에 출품되었고, 국왕은 그에게 레지옹 도뇌르 훈장을 수여했다. 조그만 도시는 다시 술렁거렸다. 몇몇 사람들은 그가 노린 것은 훈장이었다고 떠들어댔다. 그러나 마들렌 씨는 그 훈장마저 거절했다. 그들은 그가 도무지 종잡을 수 없는 위인이라며 이번에는 이렇게 말했다.

"어쨌든 저자는 사기꾼 같아."

이미 알려졌듯이 이 지역 사람들은 대부분 그의 신세를 지고 있었다. 그는 이제 없어서는 안 될 존재였다. 사람들에게 그는 온화한 인품의 소유자였고 존경의 대상이었다. 특히 공장 직공들은 그를 숭배해 마지않았다.

그가 부자라는 것이 널리 알려지자 사교계 사람들은 그에게 고개를 숙였고, 시내에서는 그를 '마들렌 선생님'이라고 불렀다. 그러나 공장 직공들이나 어린아이들은 여전히 그를 '마들렌 씨', 또는 '마들렌 아저씨'라고 불렀다. 그는 남들이 자신을 '선생님'이라고 부르기보다 그저 편하게 '마들렌 아저씨'라고 부르는 것을 더 좋아했다.

지위가 높아짐에 따라 초대장이 쏟아져 들어왔다. 사교계 사람들은 앞다퉈 그를 끌어들이려고 했다. 몽트뢰유쉬르메르의 잘나가는 살롱들도 그에게 초대장을 보내왔다. 물론 처음에 그들은 이런 공장 기술자 따위 거들떠보지도 않았지만 지금은 상황이 180도 달라졌다. 호사가들은 백만장자를 향해 닫힌 문을 활짝 열었고, 각종 사교 모임으로부터 초대장이 날아들었다. 그러나 그는 모든 초대를 거절했다. 이번에도 사람들은 그에 대해 온갖 악의적인 험담들을 퍼뜨리며 자기들끼리 수군거렸다.

"무식하고 근본 없는 작자다. 대체 어디서 굴러들어 온 자인지 알 게 뭔가! 상류사회에 끼고 싶어도 교양이며 예절을 알 까닭이 없으니 못 섞이는 거겠지. 글을 읽을 줄 모르는 것 아냐?"

그가 몽트뢰유쉬르메르에 온 지 5년째 되는 1820년, 국왕은 그가 지역사회 발전에 끼친 공로를 인정하여 다시 시장으로 임명했다. 그는 재차 거절했다. 그러나 이번에는 지역의 명망 있는 유지들은 물론 시민들까지 나서서 그가 시장직을 수락하기를 간청했으므로 마침내 받아들이기로 했다.

사실 그가 결심을 굳히게 된 데는 결정적인 이유가 있었다. 하루는 그가 주택가를 걷고 있는데 한 노파가 거의 분노에 찬 목소리로 항의하듯 고함을 질렀다.

"우리는 좋은 시장이 필요해요. 충분히 할 수 있는데 왜 자꾸 뒷걸음질을 치는 거죠?"

그에게 이 일은 출세의 세 번째 단계였다. 그는 마들렌 아저씨에서 마들렌 씨로, 그리고 다시 마들렌 시장님으로 불리게 된 것이다.

*

마들렌 씨는 시장이 되고 나서도 맨 처음 이곳에 왔을 때와 마찬가지로 소탈한 모습을 잃지 않았다. 반백의 머리에 여전히 눈빛은 진지했고 피부는 노동자처럼 그을렸지만 늘 사색에 잠긴 철학자와 같은 모습이었다. 그리고 항상 차양 넓은 모자를 쓰고, 턱 밑까지 단정하게 단추를 채운 모직 프록코트를 입고 다녔다.

그는 시장의 직무를 충실히 이행했으나 그 외에는 조용한 생활을 즐겼다. 가급적 사람들과의 교류를 피했고 대화를 나누지도 않았다. 사람들을 만나더라도 형식적인 인사치레는 생략하고 간단히 인사하고 얼른 자리를 뜨는 편이었다. 그는 이야기하는 대신 주로 잠자코 미소만 짓고 있거나, 필요에 따라 돈을 베풀어주기도 했다. 이 지역 부인들은 그를 가리켜 이렇게 말했다.

"호인이긴 한데 정말 붙임성이라고는 없단 말이야!"

그가 혼자 있을 때 주로 하는 일은 독서와 산책이었다. 그는 식탁에 책을 펼쳐놓고 언제나 혼자 식사했다. 그는 책을 무척이나 좋아했다. 책은 냉정하지만 확실한 벗이었다. 그는 재산과 더불어 시간적 여유가 생기자 책을 통해 정신적 교양을 쌓았다. 해를 거듭함에 따라 그의 말투는 한결 고상하고 부드러워졌다.

산책할 때는 총을 갖고 다녔지만 여간해서는 그것을 사용하지 않았다. 그러나 간혹 총을 쏠 일이 생겼을 때는 결코 총알이 빗나가는 법이 없었다. 그러면서도 해를 끼치지 않는 동물이나 작은 새들은 절대 쏘지 않았다.

사람들은 그가 이제 젊다고 할 수 없는 나이인데도 놀라운 힘의 소유자라고들 했다. 필요하다면 몸을 써서 남을 도와주는 일도 마다하지 않았다. 가령 쓰러진 말을 일으키고, 수렁에 빠진 수레바퀴를 밀어내는가 하면 도망치는 황소의 뿔을 잡아 붙든 적도 있다.

그가 집을 나설 때는 호주머니에 돈을 가득 넣고 나가지만 돌아올 때는 항상 텅 비어 있곤 했다. 마을을 지나가면 누더기를 걸친

아이들이 쫓아와 파리 떼처럼 그를 에워쌌기 때문이다.

어쩌면 그는 전에 농부였던 게 분명하다. 왜냐하면 그는 온갖 농사법을 꿰뚫고 있었고, 종종 농사꾼들에게 유익한 비법을 알려주곤 했던 것이다.

아이들도 그를 몹시 좋아했다. 그는 틈날 때마다 아이들에게 지푸라기나 야자수 열매 껍질로 재미있는 장난감을 만들어주곤 했다.

성당 문에 검은 장막이 드리운 것을 보면 그는 누구의 장례식이든 기꺼이 들어가 참석했다. 그는 정이 많은 사람이었다. 과부나 홀아비의 불행에 자기 일처럼 가슴 아파했다. 그는 언제나 부모를 잃은 슬픔에 잠긴 자식들과 상복을 입은 유족들, 관을 따라가는 사제들 사이에 섞여들었다. 때론 죽은 자의 영혼을 달래주는 장송곡을 사색의 경전으로 삼는 듯 보였다. 마치 죽음의 어두운 늪가에서 무한한 세계의 신비를 동경하는 눈빛으로 그 구슬픈 곡조에 귀를 기울이는 듯했다.

그는 사람들이 남몰래 나쁜 짓을 하듯이 숱한 선행을 남모르게 베풀었다. 저녁때 그는 사람들의 눈을 피해 이집 저집 찾아가 살그머니 층계를 올라가곤 한다. 그러면 어떤 가난한 사람이 자신의 다락방으로 돌아와 문이 열려 있는 것을 발견한다. 간혹 잠긴 문을 억지로 비틀어서 연 흔적이 남아 있을 때도 있다.

"도둑이 들었구나!"

집주인은 놀라서 이렇게 외친다. 그러나 그가 안으로 들어가 맨 먼저 발견한 것은 탁자 위에 놓인 금화 한 닢이다. 침입자는 다름 아닌 마들렌 아저씨였던 것이다. 그는 조용한 은둔자 같았다. 사람들은 그가 부자이면서 전혀 빼기지 않으며, 남부러울 것 없이 사는데도 우쭐거리지 않는다고 칭송했다.

어떤 사람들은 그를 정체불명의 인물이라고 주장했다. 아무도 들어가 본 적 없는 그의 방에는 날개 달린 모래시계가 있고, 십자 모양으로 걸어둔 정강이뼈와 해골이 장식되어 있어 마치 수도원 깊숙한 곳에 있는 동굴 같을 거라고 말하는 사람도 있었다. 소문이 날로 퍼지자 어느 날 몽트뢰유쉬르메르의 잘나가는 젊은 부인들이 떼 지어 그의 집으로 몰려갔다.

"시장님, 방 좀 보여주세요. 모두 그 방이 동굴 같다고 한답니다."

그는 부인들의 요청이 빗발치자 빙그레 웃으면서 그들을 자신의 '동굴'로 안내했다. 사람들의 상상은 보기 좋게 깨졌다. 막상 들어가보니 별로 신기할 것도 없는 방에 어디서나 볼 수 있는 마호가니 가구와 싸구려 벽지가 있었다. 눈에 띄는 것이라고는 고작 벽난로 위에 놓인 구식 촛대 2개뿐이었는데, 극성맞은 부인들은 그것을 세밀히 살펴보고는 은제품이라는 것을 알았다. 과연 소도시 사람들다운 안목이었다.

그런데 소문은 사라질 줄을 모르고 꼬리에 꼬리를 물었다. 사람들은 누구도 그의 방에는 들어가 본 적이 없으며, 실상 그곳은 은둔자의 독방이자 동굴이며 무덤이라고 수군댔다. 또한 그가 엄청난 돈을 라피트 은행에 예금해두고 언제든지 인출할 수 있도록 해두었다는 소문도 있었다. 그러니까 마들렌 씨는 어느 때고 은행에 가서 영수증에 서명만 하면 10분 안에 2, 3백만 프랑쯤 손쉽게 꺼낼 수 있다는 것이었다. 그러나 실제로는 이미 앞서 말한 바와 같이 63만 프랑 정도였다.

*

1821년 초, 신문에 미리엘 씨의 부고를 알리는 기사가 실렸다. 기사는 그가 디뉴의 주교이며 '비앵브뉘 각하'로 불렸고, 여든두 살의 나이로 성자처럼 영면했다고 전했다.

주교는 사망하기 몇 년 전부터 시력을 완전히 잃었지만 여동생이 곁에서 시중을 들어주었기 때문에 특별한 불편 없이 살았다고 했다. 그의 부음은 몽트뢰유쉬르메르의 지방신문에도 실렸다. 마들렌 씨는 그 이튿날 모자에 상장을 두르고 검은 상복을 입었다.

시내에서는 마들렌 씨가 상복을 입은 사실이 또 한 번 화제에 올랐다. 사람들에게 이것은 마들렌 씨가 지체 높은 신분에 속할지 모른다는 한 가닥 단서가 되었다. 아마도 그가 만인이 우러러보는 주교와 모종의 관계가 있을 것이라 판단한 것이다.

사교계에서는 '마들렌 씨가 디뉴의 주교님 상을 당했다'는 말이 흘러나왔다. 이 일로 마들렌 씨의 지위가 격상되었고, 그동안 폐쇄

적이었던 몽트뢰유쉬르메르의 귀족사회도 그에게 경의를 표하지 않을 수 없었다.

이곳 소도시의 상류층 사람들은 주교라는 어마어마한 신분의 사람과 친척일지도 모르는 마들렌 씨를 더 이상 배척하지 말아야겠다고 생각했다. 마들렌 씨는 부인네들의 미소가 한결 부드러워진 것을 보고 자신에 대한 신망이 높아졌다는 것을 알아차렸다.

어느 날 밤 이 소도시 상류 사교계의 좌장 격인 한 노부인이 호기심을 못 이기고 느닷없이 물었다.

"시장님은 돌아가신 디뉴의 주교님과 친척 간이라면서요?"

"그렇지 않습니다, 부인."

마들렌 씨의 대답에 노부인이 의아한 표정으로 물었다.

"시장님은 주교님 상을 당하신 게 아니었나요?"

그는 이렇게 대답했다.

"젊었을 때 주교님 댁에서 하인 노릇을 한 적이 있습니다."

사람들의 주목을 끈 사건은 또 있었다. 종종 여기저기 떠돌아다니며 굴뚝 청소부 일을 하는 사부아 출신 소년들이 시내로 들어오곤 했는데, 시장은 그때마다 아이들을 불러 이름을 물어보고 얼마간의 돈을 쥐어주곤 하는 것이었다. 이 일은 사부아의 소년들 사이에 화제가 되었고, 더러는 일부러 찾아와 돈을 받아 가는 아이들도 있었다.

세월이 지나면서 마들렌 씨에 대한 사람들의 반감은 말끔히 가셨다. 처음에는 출세한 사람들에게 쏟아지게 마련인 중상모략이 그를 에워쌌으나 그것들은 험담이나 빈정거림에 불과한 것이 돼버렸고, 끝내는 그것마저 완전히 자취를 감추었다.

그는 모든 시민들의 존경을 한 몸에 받았다. 그리하여 1821년 무렵 몽트뢰유쉬르메르에서 시장님이라는 호칭은, 과거 디뉴에서의 주교 각하라는 호칭과 같은 의미를 갖게 되었다. 백 리 밖에 사는 사람들까지 마들렌 씨를 찾아와 고민을 상담했다. 그는 사람들의 곤란한 문제를 해결해주었고, 법적 분쟁이 일어나지 않도록 갈등 관계에 놓인 사람들을 화해시키기도 했다. 그러므로 사람들은 누구나 그를 자신의 올바른 재판관이라 믿었다. 그는 자연의 법칙이라는 책을 자기의 근본정신으로 삼고 있는 듯했다. 그에 대한 사람들의 존경심은 마치 전염병처럼 6, 7년간 점차 지역 전체에 퍼졌다.

그런데 언제부터인지 그가 사람들의 축복에 에워싸여 사려 깊은 모습으로 조용히 거리를 걸어갈 때면 짙은 쥐색 프록코트 차림에 굵은 지팡이를 들고 앞 차양이 축 처진 모자를 쓴 키 큰 사내가 뒤에서 나타나 그가 보이지 않을 때까지 그의 뒷모습을 눈으로 좇곤 했다. 사내는 팔짱을 긴 채 천천히 고개를 흔들다 윗입술을 밀어 올리면서 도대체 모를 일이라는 듯이 얼굴을 찡그리곤 했다. 아마도 그 표정은 이렇게 말하는 듯했다.

"누굴까? 확실히 어디서 본 적이 있는 것 같은데. 수상한 냄새가 나는군. 아무튼 저런 놈한테 속으면 절대 안 돼!"

눈매가 몹시 날카롭고 왠지 흘깃 보기만 해도 위협적으로 느껴지는 그 사내의 이름은 자베르였다. 직업은 몽트뢰유쉬르메르 경찰서의 형사로 어렵지만 대단히 중요한 직책이었다.

자베르는 마들렌 씨가 이 고장에 왔던 당시의 일을 모르고 있었다. 그가 현재의 직책을 얻게 된 건 당시 파리의 경찰청장이었던 국무대신 앙글레스의 비서관 샤부이예가 힘써 준 덕택이었다. 그가 처음 이 도시에 왔을 때 대공장주의 재산은 이미 구축되어 있었고, 마들렌 아저씨는 마들렌 씨가 되어 있었다.

자베르는 형무소에서 트럼프로 점을 치는 여자의 아들로 옥중에서 태어났다. 아버지도 그 감옥에서 징역을 사는 죄수였다. 자라면서 그는 자신이 세상의 바깥에 있음을 깨닫고 그 속으로 돌아갈 희망을 꺾어버렸다. 그는 세상 사람들을 두 부류로 나누고 그중 어느 한쪽은 절대로 다른 부류를 자신들의 사회에 들여놓지 않는다는 것을 알아차렸다. 즉, 이 사회를 공격하는 인간과 호위하는 인간으로 구분되며, 전자에 해당하는 인간은 가차 없이 내몰려 버려지고 만다는 것이었다.

그는 두 종류의 인간 중 어느 하나를 선택해야 했다. 동시에 그는 편협하고 고지식하며 결벽에 가까운 본성이 자기 속에 뿌리박혀 있음을 느꼈고, 자신이 속해 있는 부랑자 계급에 대해 더할 나위 없는 증오심을 품고 있었다. 그는 경찰이라는 직업을 선택했고, 그 선택은 성공적이었다. 그는 마흔 살에 형사가 된 것이다. 젊어 한때는 남부 지방의 형무소에서 근무한 적도 있었다.

이야기가 앞으로 더 나아가기 전에 자베르의 인상에 대해 좀더 설명해두고자 한다. 자베르의 얼굴을 처음 본 사람들은 누구나 무시무시함을 느낀다. 그는 좀처럼 웃는 일이 없었고, 어쩌다 웃더라도 그 웃음조차 무서웠다. 보통 때는 불도그 같고, 웃을 때는 호랑이 같으며, 전체적으로는 포악한 인상을 풍기는 인간이었다.

그는 의혹과 억측이 가득한 눈길로 끊임없이 마들렌 씨를 주시했다. 마침내 마들렌 씨도 이런 사실을 알아차렸으나 그는 전혀 개의치 않는 것처럼 보였다. 왜 그런 눈으로 자신을 쳐다보는지 자베르에게 물어보는 일도 없었고, 그를 살펴보려고도 하지 않았으며 피하지도 않았다. 그 위압적인 눈초리를 받으면서도 별로 주의를 기울이는 것 같지 않았다. 그는 다른 어떤 사람들과 마찬가지로 호의를 가지고 허물없이 자베르를 대했다.

자베르는 그 부류의 인간들 특유의 호기심, 즉 의지와 더불어 본능에서 우러나오는 호기심을 가지고 과거에 마들렌 씨가 다른 곳에 남긴 모든 발자취를 은밀히 탐색하고 있는 것 같았다. 이따금 그가 말하는 바에 따르면, 어느 지방에서 자취를 감춘 한 가족에 대한 어떤 정보를 탐지한 것처럼 보였다. 그는 간혹 혼잣말로 이렇게 중얼거렸다.

"그놈의 꼬리가 잡힌 것 같군!"

그러고는 사흘 동안 아무 말 없이 골똘한 생각에 잠겼다. 잡았다고 여겼던 단서가 딱 끊어진 모양이었다.

그는 마들렌 씨의 몸에 밴 자연스러움과 침착성으로 인해 조금 혼란을 느끼는 것 같기도 했다. 그러던 어느 날 자베르의 기묘한 태도에 마들렌 씨가 바짝 긴장했다.

마들렌 씨가 어느 골목길을 가고 있을 때였다. 길 저편에서 떠들썩한 소리와 함께 사람들이 모여 있는 것이 보였다. 한눈에 보기에도 무슨 사고가 난 것이 분명했다. 그가 사고 현장으로 가보니 포슐르방이라는 노인이 마차 밑에 깔려 있었다. 마차를 끌던 말이 꼬꾸라지는 바람에 마부석에서 떨어진 것이었다.

포슐르방은 당시 마들렌 씨에게 반감을 갖고 있는 사람들 가운데 하나였다. 이 노인은 한때 공증인을 지낸 제법 학식 있는 사람이었다. 그런데 마들렌 씨가 나타난 무렵부터 공교롭게도 그의 사업이 내리막길을 걷기 시작했다. 점점 몰락해가던 포슐르방은 일개 노동자에 불과하던 마들렌 씨가 점차 부자로 커가는 과정을 누구보다 유심히 지켜보았다.

마들렌 씨의 성공은 포슐르방의 마음에 질투의 불을 질렀다. 포슐르방은 마들렌 씨와 그의 사업을 방해하는 일이라면 뭐든지 팔을 걷어붙이고 나섰다. 그러나 그는 결국 파산했고, 그에게 남은 재산이라고는 마차와 말 한 필이 전부였다. 가족이나 자식도 없었던 그는 생계를 위해 마지막 남은 알량한 재산을 이용해 짐마차꾼이 되었다.

말은 뒷다리가 부러져 주저앉았고, 포슐르방은 마차 바퀴에 깔려 꼼짝도 하지 못했다. 엎친 데 덮친 격으로 마차에는 짐이 가득 실려 있어서 그 엄청난 무게가 노인의 가슴을 짓눌렀다. 몰려든 남자들이 노인을 끌어내려고 안간힘을 썼지만 허사였다. 게다가 이제는 조금이라도 잘못 움직였다간 마차가 주저앉아 노인이 즉사할 수도 있는 위험천만한 상황이었다. 이제 남은 유일한 방법은 마차를 들어 올려 노인을 끌어내는 수밖에 없었다. 그래서 기중기를 가져오라고 누군가를 보낸 터였다. 마들렌 씨가 현장에 도착하자 사람들은 그에게 인사를 하고 양옆으로 비켜 길을 터주었다. 포슐르방은 고통에 겨워 비명을 지르며 도와달라고 애원했다.

마들렌 씨가 주위를 둘러보며 다급하게 외쳤다.

"누가 기중기 좀 구해오시오!"

"이미 사람을 보냈어요."

누군가가 대답했다.

"얼마나 걸릴 것 같소?"

마들렌 씨가 물었다.

"여기서 가장 가까운 대장간에 갔는데, 아무리 빨라도 15분은 걸릴 겁니다."

또 누군가가 대답했다.

"15분이나?"

마들렌 씨가 소리쳤다.

마차는 진창 속으로 점점 더 깊이 내려앉고 있었다. 전날 저녁에 내린 비로 땅이 질척질척했다. 15분은 고사하고 단 5분도 못 가 노인의 가슴이 짓뭉개질 판이었다.

"계속 기다리고 있을 수는 없어요! 마차가 내려앉고 있잖소!"

마들렌 씨가 소리쳤다.

"달리 방법이 없어요, 기다리는 수밖에."

한 남자가 대답했다.

마들렌 씨는 사람들을 계속 종용했다.

"아직은 마차 밑으로 사람 하나 정도 들어갈 공간이 있어요. 거기로 들어가서 등으로 마차를 받쳐 올릴 수 있을 것이오. 저 불쌍한 노인이 곧 돌아가시게 생겼소. 튼튼한 등과 다리가 필요하오. 누구 없소? 5루이(루이는 20프랑짜리 금화)를 드리겠소!"

그러나 아무도 나서는 사람이 없었다.

"그럼 10루이 주리다!"

마들렌 씨가 다급하게 외쳤지만 여전히 아무도 나서지 않았다. 현장에 있던 남자들은 모두 시선을 내리깔고 있을 뿐이었다. 그때 사람들 속에서 한 남자가 중얼거렸다.

"엄청난 장사라야 해. 제아무리 장사라 해도 까딱하다가는 박살이 날 거야."

"누구 없소? 20루이 주겠소!"

사람들은 금화 20루이라는 제안에 모두 놀라기는 했지만 서로 얼굴만 쳐다볼 뿐 여전히 침묵만 지켰다. 그러자 한 남자가 말했다.

"저 노인을 구하고 싶지 않아서 그러는 게 아니오! 단지 우리는 힘이 부족할 따름이오."

이렇게 말한 사람은 자베르였다.

사실 자베르는 처음부터 지금까지 줄곧 사고 현장에 있었다. 마들렌 씨는 그때까지 자베르를 보지 못한 터였다.

자베르는 번뜩이는 눈으로 마들렌 씨를 직시하면서 또박또박 힘주어 말했다.

"마들렌 씨, 지금 저 노인을 구할 수 있는 사람은 내가 아는 한 이 세상에 단 한 사람밖에 없소."

마들렌 씨는 순간 머리카락이 곤두섰다. 자베르는 다시 한마디 덧붙였는데, 무심결에 내뱉은 말 같았지만 두 눈은 여전히 마들렌 씨에게 고정되어 있었다.

"그 장사는 죄수였소."

"정말이오?"

마들렌 씨가 물었다.

"그렇소. 툴롱 감옥의 죄수였소."

이 말이 떨어지자 마들렌 씨의 안색이 창백하게 변했다.

짐마차는 서서히 내려앉고 있었고, 포슐르방은 연신 비명을 질러 대며 애원했다.

"아아, 숨을 못 쉬겠어! 어떻게 좀 해봐요!"

마들렌 씨는 다시 한번 주위를 둘러보며 외쳤다.

"여기 가련한 노인의 목숨을 구해주고 20루이를 벌고 싶은 사람 아무도 없습니까?"

그러나 아무도 나서지 않았다. 자베르가 다시 끼어들었다.

"좀 전에도 말했지만 기중기를 대신할 사람은 딱 한 사람뿐이오. 바로 그 죄수 말이오."

마들렌 씨의 눈이 자베르의 눈과 마주쳤다. 마들렌 씨는 이내 서 글픈 미소를 지으며 아무 말 없이 무릎을 굽혀 짐마차 밑으로 기어 들어 갔다.

사람들은 숨을 죽이고 마들렌 씨를 지켜보았다. 그는 가슴이 땅 바닥에 붙을 정도로 납작 엎드렸다. 그는 두 번이나 마차를 들어 올 리려고 시도해보았지만 허사였다. 군중들은 어서 제발 마차 밑에서 나오라고 소리 질렀다. 마차 밑에 깔린 노인까지 이렇게 소리쳤다.

"마들렌 씨, 어서 나가요! 난 어차피 죽을 팔자니 그냥 놔둬요! 이 러다간 당신마저 요절날 거요!"

그런데 수레바퀴가 더 깊이 빠지는 바람에 이젠 마들렌 씨조차 빠져나올 수 없을 듯했다. 그런데 그때였다. 육중한 수레가 흔들리는가 싶더니 마차 바퀴가 조금씩 지면으로부터 들리기 시작했다. 그러자 사람들이 일제히 달려들어 마차를 들어 올리는 데 힘을 모았다. 그리고 마침내 노인을 마차 밑에서 끌어낼 수 있었다. 한 남자의 헌신적인 행위가 모든 사람들에게 힘과 용기를 주었던 것이다.

마들렌 씨는 포슐르방 노인을 자기 공장의 부속 진료소로 보내 치료를 받게 했다. 공장 노동자들을 위해 만든 그 진료소는 자선 수녀 둘이 맡고 있었다.

다음 날 아침, 포슐르방 노인은 일어나자마자 침대 머리맡 탁자 위에 놓인 천 프랑짜리 수표와 마들렌 씨가 남긴 쪽지를 발견했다. 쪽지에는 이렇게 씌어 있었다.

"어르신의 말과 마차를 내가 사겠습니다."

물론 말은 죽었고, 마차는 고칠 수도 없이 망가져버렸다.

얼마 후 포슐르방은 거의 회복되었다. 하지만 마차에서 떨어질 때 망가진 무릎 관절은 고치지 못했다. 마들렌 씨는 자선단체의 수녀들과 사제들의 추천을 받아 포슐르방에게 파리의 한 수녀원 정원사 자리를 구해주었다.

짐마차 사고가 있은 후 얼마 안 되어 마들렌 씨는 시장에 임명되었다. 시장의 휘장을 달고 있는 마들렌 씨를 보는 순간 자베르는 늑대 냄새를 맡은 개와 같은 전율을 느꼈다. 그때부터 자베르는 그를 피했다. 그러나 경찰 직무상 그와 부득이하게 마주치는 일이 있었는데, 그때마다 자베르는 공손한 태도를 보였다. 적어도 겉으로는.

6. 이 빠진 삶

팡틴이 고향에 돌아왔을 때 그녀를 기억하는 사람은 아무도 없었다. 하지만 다행스럽게도 마들렌 씨의 공장은 옛 친구처럼 그녀를 반겨주었다. 그녀는 여직공들의 작업장에서 일하게 되었다.

공장에서 하는 일은 팡틴에게 너무 생소한 분야였다. 처음에는 적응을 못해서 하루 종일 일해도 벌이가 변변치 않았다. 그러나 직장을 구했다는 것만으로 만족했다. 문제는 점차 해결되었고, 마침내 그녀는 자활에 성공했다.

자기 힘으로 살아갈 수 있다는 사실에 팡틴은 무척 행복했다. 남에게 의지하지 않고 스스로 돈을 벌어 정직하게 살아갈 수 있다는 것이 얼마나 고마운 일인가! 그녀는 진심으로 일하는 즐거움을 느꼈다. 복잡한 과거의 일은 다 잊어버리고 오직 코제트와 함께할 밝은 장래만을 생각하기로 했다. 그녀는 작은 방을 얻은 다음 외상으로 가구를 들여놓았다. 비용은 앞으로 버는 돈으로 치르면 될 터였다. 이것만은 어쩔 수 없이 그녀의 지난 생활에서 묻어 나온 습성이라 할 수 있었다.

어린 딸에 대해서는 입 밖에 내지 않도록 항상 조심, 또 조심하면서 살았다. 그러면서 처음 얼마 동안은 테나르디에 내외에게 꼬박꼬박 돈을 보냈다. 글을 배우지 못한 그녀는 자신의 이름밖에 쓸 줄 몰랐기 때문에 할 수 없이 대서소에 가서 편지를 써달라고 부탁해야만 했다.

그녀는 자주 편지를 보냈는데 이것이 사람들의 주목을 끌었다. 작업장의 여자들은 팡틴이 '틈만 나면 편지질을 한다'느니 '하는 짓이 수상쩍다'느니 하고 수군대기 시작했다. 세상에는 무작정 남의 일을 캐내려고 기를 쓰는 사람들이 있었다.

'저 양반은 왜 꼭 저녁 무렵에만 찾아오는 것일까?'

'아무개 씨는 왜 목요일이면 꼭 외출하는 것일까?'

'저 남자는 왜 항상 골목길로만 다닐까?'

'저 부인은 어째서 늘 집에 도착하기 전에 미리 마차에서 내리는 것일까?'

'그 여자는 자기 집 서랍 속에 편지지가 잔뜩 있는데도 왜 또 편지지를 사러 가는 것일까?' 등등.

이렇듯 자기와는 아무 상관 없는 수수께끼를 풀기 위해 아까운 돈과 시간과 에너지를 낭비하는 사람들이 있었다. 그것도 단지 자신의 호기심과 재미를 위해서 말이다. 그들은 며칠이고 남의 뒤를 밟는가 하면, 날씨가 궂은 날이건 한밤중이건 몇 시간이고 길모퉁이나 골목길 입구에 지키고 서서 계속 감시했고, 상대방과 거래하는 상인들이나 마차꾼들에게 술을 사 주거나 하인들을 매수하기도 했다.

이유가 뭘까? 물론 아무런 이유도 없다. 그저 궁금한 걸 들춰내지 않고는 못 배기는 성질 때문이었다. 그리고 그렇게 알아낸 것을 다른 사람들에게 지껄이고 싶은 욕구를 참지 못하기 때문이다. 가끔 누군가의 숨겨진 비밀이 발각되어 그러한 수수께끼가 만천하에 드러나면, 그 결말이 비극으로 끝나든 결투나 파산, 또는 한집안의 몰락과 파탄을 불러오거나 말거나 신경 쓰지 않았다. 그들은 다만 단순한 본능에 따라 자신과는 아무런 이해관계도 없는 사실을 폭로하고 거기서 기쁨을 느끼는 것이다. 실로 어이없는 짓이었다.

단지 수다를 떨기 위해 남을 곤경에 빠뜨리는 사람들도 있다. 그들의 잡담은 순식간에 장작을 태워버리는 벽난로와 같다. 이 벽난로에는 땔감이 많이 드는데 이때의 땔감은 주로 그들의 이웃이다.

사람들은 그런 눈으로 팡틴을 관찰했다. 더구나 그녀의 금발과 유난히 하얀 치아를 질투하는 여자들도 많았다.

팡틴은 작업장에서 누가 보든 말든 곧잘 고개를 돌리고 슬그머니 눈물을 닦곤 했다. 대개 어린 딸을 생각할 때였다. 또 가끔은 예전에 사랑했던 남자를 생각하기도 할 것이다. 과거의 서글픈 인연을 끊기란 고통스러운 일이었다.

그녀가 적어도 한 달에 두 번 대서소에 들러 항상 같은 주소로 편지를 보내는 모습도 사람들 눈에 띄었다. 그리고 마침내 그 수취인의 이름이 알려지게 되었다. 사람들은 대서소 주인에게 술을 진탕 먹여서 상대가 남자이며, 몽페르메유의 여관 주인 테나르디에라는 것을 실토하게 만들었던 것이다. 대서소 주인은 비밀 주머니를 열어준 대가로 적포도주를 양껏 얻어 마셨다.

결국 사람들은 팡틴에게 아이가 있다는 사실을 알아냈다. 마침내 어느 수다스러운 여편네가 몽페르메유까지 가서 테나르디에 내외를 만나고 돌아와 이렇게 떠들고 다녔다.

"35프랑을 투자한 덕분에 가슴속 안개가 확 걷혔어요."

그런 짓을 한 당사자는 빅튀르니앵 부인이라고 불리는 쉰여섯 살의 밉살맞게 생긴 여자였다. 본래 못생긴 얼굴이 나이를 먹어가면서 더욱 추해졌다. 염소 울음소리 같은 목소리에 타고난 옹고집이라 이런 할망구에게도 젊은 시절이 있었다는 게 불가사의할 지경이었다. 게다가 냉정하고 퉁명스러우며 앙칼진 데다 표독스럽기조차 했다. 바로 이 빅튀르니앵 부인이 몽페르메유에 다녀와서 이렇게 말했던 것이다.

"그 아이 얼굴도 확인했다니까요!"

상황이 걷잡을 수 없는 지경으로 번지기까지는 꽤 긴 시일이 걸렸다. 팡틴이 공장에 근무한 지 1년도 더 지났을 때였다.

그러던 어느 날 아침 작업장의 여감독이 시장님이 주는 것이라며 50프랑을 그녀에게 건네주었다. 그러면서 시장님의 말씀이니 더 이상 작업장에 나오지 말고 이 고장을 떠나라고 말했다. 테나르디에 내외가 6프랑에서 12프랑으로 양육비를 올려달라고 요구한 뒤, 여기에 다시 3프랑을 더 보내라고 통고해온 바로 그달의 일이었다.

팡틴은 느닷없이 땅바닥에 내동댕이쳐진 것이나 마찬가지였다. 그녀는 이 고장을 떠날 수 없었다. 밀린 방세와 가구를 사느라 진 빚을 갚으려면 50프랑으로는 어림도 없었다. 그녀는 겨우 몇 마디 더듬거리며 애원해보았다. 그러나 여감독은 당장 작업장에서 나가라고 호통을 쳤다. 팡틴은 직공으로서 솜씨가 썩 좋은 편이 못 되었다. 그녀는 절망보다 부끄러움에 견딜 수가 없어 작업장을 나와 자기 방으로 돌아왔다. 결국 지난날의 과오가 여러 사람들에게 알려진 것이다.

그녀는 더 이상 말할 기력조차 없었다. 시장님을 만나 사정 얘기를 해보라고 권하는 사람도 있었으나 차마 그럴 용기가 나지 않았다. 시장님이 50프랑을 준 것은 친절하기 때문이며, 자신을 해고한 것은 그가 올바른 사람이기 때문이라고 생각했다. 그러므로 그녀는 자신에 대한 판결을 받아들일 수밖에 없었다.

*

마들렌 씨는 팡틴이 공장에서 쫓겨난 일에 대해 전혀 모르고 있었다. 대개 인생의 많은 사건들이 그렇게 얽히는 것은 예삿일이었다. 마들렌 씨는 좀처럼 여자 작업장에 출입하지 않았다. 대신 나이든 독신 여감독에게 작업장의 모든 책임을 맡겼다. 그는 사제가 추천한 그 여감독을 전적으로 신뢰했다.

그녀는 주관이 뚜렷하고 빈틈 없는 성격으로 남에게 존경받았으며, 물질적인 자비를 베푸는 데는 인색하지 않았으나 사람을 이해하고 포용하는 자비심은 그다지 깊지 않았다. 여감독이 팡틴에 대한 사람들의 악의적인 평판을 조사해본 결과 그녀를 내치기로 한 것은 마들렌 씨가 그만한 권한을 주었기 때문이며, 그녀는 자신이 공정하게 일을 처리했다고 확신했다.

그렇다면 시장님이 주었다는 50프랑은 어떻게 된 것인가? 사실 그것은 마들렌 씨가 여공들의 생활 보조와 복지를 위해 여감독에게 맡겨놓은 금액 중 일부였고, 그 용도는 일일이 보고하지 않아도 되었다.

한편 공장에서 쫓겨난 팡틴은 하녀 자리라도 구해보려고 이집 저집 돌아다녔으나 아무도 그녀를 받아주지 않았다. 하지만 그녀는 이 고장을 한 발짝도 떠날 수 없었다. 그녀에게 엉터리 가구를 외상으로 팔았던 고물상 주인 영감이 도망치면 절도범으로 고소하겠다고 으름장을 놓았기 때문이다.

그녀는 50프랑을 집주인과 고물상에게 반반씩 나눠 주었으며, 가구는 꼭 필요한 것 몇 개만 남겨놓고 나머지는 모조리 고물상에 돌려주었다. 이제 그녀는 직업도 없고, 가진 것이라고는 달랑 방 한 칸과 1백 프랑가량의 빚뿐이었다.

그녀는 인근 부대 병사들의 내의를 꿰매주고 하루에 12수씩 벌었다. 그중 10수는 딸에게 보내지 않으면 안 되었다. 팡틴이 테나르디에 내외에게 송금을 제대로 하지 못하기 시작한 게 이 무렵이었다. 팡틴은 점차 궁핍 속에서 살아가는 방법들을 터득하게 되었다. 어느 날 그녀는 옆방 여자에게 이렇게 말했다.

"괜찮아요! 나는 이렇게 자신을 타이르고 있어요. 하루 5시간만 자고 바느질을 하면 어떻게든 빵값은 벌 수 있을 것이라고요. 게다가 슬플 때는 식욕도 별로 없거든요. 그러니 고통이나 걱정 같은 것도 약간의 빵과 슬픔만 있으면 그럭저럭 견딜 수 있을 거예요."

실의에 빠진 삶일지라도 어린 딸만 곁에 있었다면 더없이 행복했을 것이다. 그녀는 딸을 데려올까도 생각했다. 그러나 어떻게! 그녀는 테나르디에 부부에게 빚을 지고 있었다. 그 많은 돈을 무슨 수로 갚을 것인가! 그리고 거기까지 갈 여비는 또 어디서 구한단 말인가!

한동안 팡틴은 밖으로 나다니지도 못했다. 거리에 나가면 사람들이 흘깃거리며 손가락질하는 것을 느낄 수 있었다. 모두가 그녀를 쳐다보았지만 누구 하나 인사를 건네는 사람이 없었다. 경멸감에 가득 찬 사람들의 날카롭고 싸늘한 눈초리가 모진 바람처럼 그녀의 살갗과 영혼을 마구 찔러댔다.

작은 도시에서는 그녀의 불행이 모든 사람의 비웃음과 호기심의 제물이 되는 것 같았다. 적어도 파리에서는 이런 일이 모든 사람들에게 알려지지는 않는다. 아아! 그녀는 얼마나 파리로 돌아가고 싶었는지 모른다. 그러나 현실은 그것을 허락하지 않았다.

그녀는 가난에 익숙해진 것과 마찬가지로 남들의 업신여김에도 익숙해질 필요가 있었다. 시간은 모든 걸 체념하도록 만들었다. 두어 달이 지난 뒤부터 그녀는 아무 일도 없었던 듯이 문밖 출입을 하기 시작했다.

"남들이 뭐라고 하든 상관없어."

그녀는 스스로에게 말했다. 그러면서 고개를 바짝 쳐들고 입가에는 야릇한 미소를 띤 채 거리를 활보했다. 한편으로는 점점 뻔뻔스러워지는 자신을 느끼면서.

과도한 노동으로 팡틴의 육신은 점점 지쳐갔다. 기침이 점점 심해졌다. 그녀는 가끔 옆방에 사는 마르그리트 노파에게 이런 말을 하곤 했다.

"좀 만져보세요. 내 손이 너무 뜨거워요."

＊

팡틴이 해고된 것은 겨울이 끝날 무렵이었다. 봄여름이 가고 다시 겨울이 찾아왔다. 날씨가 추워지면서 해는 짧아지고 일거리는 줄어들었다.

팡틴은 형편없는 수입으로 빚만 계속 늘어났다. 양껏 돈을 뜯어내지 못한 테나르디에 내외는 하루가 멀다 하고 독촉 편지를 보내서 그녀를 슬픔과 곤경에 빠뜨렸다. 그들은 편지도 꼭 미납으로 보내서 팡틴이 우편 요금을 치러야 했다. 어느 날 날아온 편지에는 이렇게 씌어 있었다.

"어린애가 이 추위에 입을 것이 하나도 없어요. 털 치마 한 벌이 필요한데 적어도 10프랑은 보내줘야 해요."

팡틴은 하루 종일 편지를 손에 꼭 쥐고 있었다. 그날 저녁 그녀는 길모퉁이 이발소로 뛰어들어 허리께까지 내려오는 금발 머리를 풀었다.

"머릿결이 참 좋군요!"

이발사는 그녀의 윤기 흐르는 머릿결을 보며 감탄했다.

"얼마나 받을 수 있겠어요?"

팡틴이 물었다.

"10프랑."

"잘라주세요."

다음 날 그녀는 털실로 짠 치마 한 벌을 테나르디에 집으로 부쳤다. 그러나 치마를 받은 테나르디에 내외는 화가 머리끝까지 치밀었다. 그들이 원했던 것은 돈이었다. 결국 치마는 에포닌 차지가 되었다. 가엾은 '종달새'는 여전히 추위에 떨었다.

그 사실을 알 리 없는 팡틴은 생각했다.

'내 머리를 입혀주었으니 우리 아기는 춥지 않겠지.'

그녀는 까까머리를 감추려고 동그랗고 조그만 모자를 쓰고 다녔다. 머리칼이 없어도 그녀는 여전히 예뻤다.

그 무렵 어떤 알 수 없는 변화가 팡틴의 마음속에 일기 시작했다. 이제 빗을 머리칼이 없다는 것을 알았을 때, 그녀는 사람들을 증오하기 시작했다. 그리고 오랫동안 존경해왔던 마들렌 아저씨를 떠올리며 '나를 쫓아낸 것은 저 사람이다', '나의 불행은 저 사람 때문이다'라고 몇 번이고 되뇌며 누구보다도 그를 미워하게 되었다. 그녀는 직공들이 공장 문을 나올 시각에 그 앞을 지나가면서 일부러 깔깔대며 웃기도 하고 큰 소리로 노래를 부르기도 했다. 나이 든 여직공이 그녀를 보며 이렇게 말했다.

"저런 여자는 끝이 안 좋아."

팡틴은 되는 대로 아무 남자나 붙잡아 정부로 삼았다. 사랑이 필요해서가 아니라 세상에 대한 반발심과 자포자기에서 비롯된 행동이었다. 상대 남자는 대개 보잘것없는 인간들이었다. 말하자면 놀고먹는 백수나 떠돌이 악사, 거리의 부랑자들이었다. 그들은 여자한테 손찌검하기를 밥 먹듯이 하다가 싫증 나면 가차 없이 어디론가 가버렸다.

사내들이 곁에 있을 때나 없을 때나 팡틴은 오직 딸만을 그리워하며 살았다. 생활이 타락할수록, 환경이 암담해질수록 그 귀여운 천사는 그녀의 영혼 저 안쪽에서 한결 빛을 더했다.

"부자가 되면 코제트하고 같이 살 거야."

팡틴은 가끔 혼자 중얼거리며 소리 내어 웃었다. 기침은 여전히 가시지 않았고, 등에는 항상 후줄근하게 땀이 배어났다. 어느 날은 테나르디에 내외로부터 다음과 같은 편지가 왔다.

"코제트가 지금 이곳에 유행하고 있는 속립열이라는 병에 걸렸어요. 비싼 약이 필요한데 돈을 다 써버렸기 때문에 집에서는 더 이상 방법이 없네요. 일주일 내로 40프랑을 보내지 않으면 아이는 죽고 말 거예요."

팡틴은 공연히 큰 소리로 웃더니 이웃 노파에게 말했다.

"어머나, 세상에! 정말 대단한 양반들이야! 글쎄, 나더러 40프랑을 보내라니. 나폴레옹 금화 두 닢 아니에요? 나더러 그걸 어디서 훔쳐 오라는 거지? 시골 양반들이 참 어리석기도 하지!"

말은 그렇게 하면서도 그녀는 계단에 앉아서 편지를 몇 번이고 다시 읽었다. 그리고 한참 뒤 계단을 내려가 여전히 큰 소리로 웃으면서 밖으로 뛰어나갔다.

그녀의 모습을 보고 어떤 사람이 물었다.

"대체 무슨 일로 그래요?"

그녀가 대답했다.

"말도 안 되는 편지를 받았지 뭐예요. 글쎄, 시골 양반들이 40프랑이나 보내달라는군요. 말도 안 되는 소리지!"

그녀가 광장을 지나가는데 많은 사람들이 이상하게 생긴 마차를 에워싸고 있는 것이 눈에 띄었다. 빨간 옷을 입은 남자가 마차 위에 서서 무슨 말을 늘어놓고 있었다. 그는 틀니와 치약, 그 밖에 잡다

한 약품들을 팔고 다니는 돌팔이 치과의사였다.

팡틴은 사람들 틈에 끼여 비속어와 고상한 말이 뒤섞인 돌팔이 의사의 우스꽝스런 호객 행위를 지켜보았다. 청중들이 웃음을 터뜨리면 그녀도 같이 웃었다. 그러다 그 돌팔이 의사와 눈이 마주친 순간 그가 갑자기 소리쳤다.

"거기 웃고 있는 아가씨, 고운 치아를 가졌군요. 당신의 전치를 팔겠다면 나폴레옹 금화 한 닢씩 쳐줄게요."

"그게 뭐죠? 전치라는 게?"

팡틴이 물었다.

"앞니 말이에요. 윗니 2개."

돌팔이 의사가 말했다.

"어떻게 그런 끔찍한 말을!"

"나폴레옹 금화가 두 닢이라고? 아이고, 아가씨는 복도 많네."

팡틴의 외침은 곁에 서 있던 이 빠진 노파의 중얼거림에 묻혀버렸다.

노파의 말에 팡틴은 얼른 뒤돌아섰다. 그녀는 도망치듯 뛰어가면서 뒤에서 자신을 쫓듯이 외치는 돌팔이 의사의 쉰 목소리를 듣지 않으려고 귀를 막았다.

"잘 생각해봐요, 예쁜 아가씨! 나폴레옹 금화가 두 닢이면 결코 적은 돈이 아니오. 마음 바뀌면 오늘 저녁에라도 와요. 난 티야크 다르장 여관에 묵고 있으니까."

팡틴은 잔뜩 화가 나서 집으로 돌아왔다. 그러고는 옆방의 친절한 마르그리트 노파에게 좀 전에 있었던 이야기를 했다.

"세상에! 그런 돼먹지 못한 인간이 다 있죠? 어떻게 그런 자들이 여길 돌아다니게 내버려두는지 모르겠어요! 내 앞니를 2개나 빼달라니! 아유, 망측스러워! 머리는 또 자라지만 이가 어디 그런가요? 진짜 기분 나쁜 놈이에요. 그런 짓을 하느니 차라리 6층 꼭대기에서 거꾸로 떨어져버리는 게 낫겠어요! 그자가 또 그러더라고요. 오늘 저녁에 티야크 다르장에 있겠다고."

"그래서 얼마를 주겠다는 거야?"

마르그리트가 물었다.

"나폴레옹 금화 두 닢요."

"40프랑?"

"그래요."

팡틴은 덧붙여 말했다.

"네, 40프랑이래요."

말을 마친 그녀는 깊은 생각에 잠겨 바느질을 하기 시작했다. 그렇게 한 15분쯤 지나자 그녀는 바느질하던 손을 멈추고 테나르디에 내외의 편지를 들고 층계로 나갔다. 이윽고 그녀는 다시 방으로 돌아와 일하고 있는 마르그리트에게 물었다.

"속립열이란 게 어떤 병인지 혹시 아세요?"

"알고말고. 아주 지독한 병이지."

마르그리트가 말했다.

"그럼 약을 많이 써야겠네요?"

"그럼, 엄청 많이 들지."

"그런 병은 어떻게 걸리나요?"

"잘 옮는 병이야."

"애들도 걸리는 거예요?"

"주로 어린애들이 걸리지."

"걸리면 죽을 수도 있나요?"

"많이 죽지."

마르그리트가 말했다.

팡틴은 또다시 편지를 들고 층계로 나갔다.

그날 저녁 그녀가 집을 나와서 여관들이 즐비한 길목으로 들어가는 모습이 보였다. 그리고 이튿날 새벽, 마르그리트가 팡틴의 방문을 열었다. 두 여인은 초 한 자루를 가지고 한방에서 일해왔다.

팡틴은 얼굴이 새파랗게 질린 채 얼음덩어리처럼 굳은 모습으로 침대에 앉아 있었다. 모자는 무릎 위에 떨어져 있었고, 밤새도록 켜져 있던 촛불은 거의 다 닳아 있었다. 마르그리트는 놀란 표정으로 문턱에 멈춰 서서 이렇게 소리쳤다.

"아니, 이게 어떻게 된 거야! 초가 다 타버리다니! 무슨 일이 있었군그래!"

그녀는 팡틴을 물끄러미 쳐다보았다. 팡틴이 까까머리를 마르그리트 쪽으로 돌렸는데 그 모습이 어제저녁보다 열 살은 더 늙어 보였다.

"세상에! 대체 무슨 일이야, 팡틴?"

마르그리트가 걱정스럽게 물었다.

"난 괜찮아요."

팡틴의 말이 이어졌다.

"차라리 잘됐죠, 뭐. 그래요. 난 무서운 병에 걸린 우리 아기를 살릴 수 있게 돼서 기쁘기만 한걸요."

그녀는 탁자 위에서 번쩍거리고 있는 나폴레옹 금화 두 닢을 가리켰다.

"어머나, 세상에! 이렇게 큰돈이 어디서 났어?"

마르그리트가 소리쳤다.

"그냥 생겼어요."

팡틴은 말하면서 조용히 미소 지었다. 촛불이 그녀를 비추었다. 그녀가 미소 짓는 모습은 그야말로 처절해 보였다. 입술에는 피 섞인 침이 말라붙어 있었고, 2개의 이가 뽑혀 나간 입속은 시꺼먼 구멍이 뚫려 있었다.

아침 일찍 그녀는 몽페르메유에 40프랑을 보냈다. 그러나 이것은 돈을 뜯어내기 위한 테나르디에의 수작에 불과했다. 코제트는 병에 걸리지 않았다.

팡틴은 거울을 창밖으로 던져버렸다. 오래전 그녀는 3층 방을 나와 문고리도 없는 다락방으로 옮겼다. 그 방은 천장이 너무 낮아서 일어설 때마다 머리를 짓찧었다. 가난한 팡틴은 마치 운명의 밑바닥으로 빠져들듯 자기 방 안쪽으로 들어가려면 더욱더 몸을 구부려야 했다.

이제 그녀에게는 침대도 없었고, 남은 것이라고는 담요라고 부르는 누더기 한 장과, 마룻바닥에 깔아놓은 요, 그리고 낡아빠진 걸상 하나뿐이었다. 그녀가 존재조차 잊어버린 장미 화분은 한쪽 구석에서 말라비틀어져 있었다. 다른 한쪽 구석에는 물통으로 쓰는 버터 깡통이 있었는데, 겨울에는 물이 얼어서 둥근 얼음 테가 생겼다.

그녀는 이미 수치심도 체면도 잃어버렸다. 좀더 아름답게 몸을 가꾸거나 멋 부릴 생각은 할 수도 없었다. 이쯤 되면 여자로서는 마지막이었다. 그녀는 때가 꼬질꼬질한 모자를 쓰고 바깥으로 나다녔다. 겨를이 없어 그러는지, 아니면 그럴 마음이 없는 것인지, 이젠 속옷조차 꿰매 입지 않았다. 양말 뒤꿈치에 구멍이 뚫리면 바깥으로 보이지만 않도록 신발 안쪽으로 끌어 내려서 신었다. 낡아서 닳아빠진 코르셋은 헝겊 조각을 덧대어 꿰매 입었는데, 그나마 걸핏하면 찢어지곤 했다.

빚쟁이들은 줄곧 그녀를 따라다니며 잠시도 가만히 놔두지 않았다. 거리나 집 앞에서 그녀의 얼굴을 보기만 하면 돈을 갚으라고 호통을 쳐댔다. 그녀는 수많은 밤을 눈물로 지새우며 온갖 생각을 다 해보았다. 갈수록 눈은 벌겋게 충혈되었고 왼쪽 어깨뼈에 고질적인 통증을 느꼈다. 기침도 더욱 잦았다.

그녀는 마들렌 아저씨를 마음속 깊이 증오했으나 그렇다고 입 밖으로 욕설을 내뱉지는 않았다. 한때는 일감이 몰리기 시작해 하루 17시간이나 바느질을 해야 했다. 그러나 형무소의 작업 담당자가 헐값에 여죄수들에게 일을 넘기면서 갑자기 품삯이 내려갔다. 바느질꾼의 일당은 9수로 줄어들었다. 17시간 일한 대가가 고작 9수라니! 빚쟁이들은 더욱더 지독하게 그녀를 몰아붙였다. 거의 모든 가구를 도로 가져가 버린 고물상 영감은 그러고도 성이 차지 않는지 고래고래 소리를 질렀다.

"이런 화냥년 같으니! 가구 값은 언제 갚을 거야?"

아아, 어쩌란 말인가! 그녀는 날이 갈수록 점점 더 궁지에 몰렸다. 그녀의 마음속에는 사나운 들짐승 같은 무언가가 싹트고 있었다. 그 무렵 또 테나르디에로부터 편지가 왔다. 이제까지는 호의를 가지고 기다려주었으나 더 이상 어쩔 수 없으니 당장 1백 프랑을 보내라, 안 그러면 이제 막 중병에서 회복된 코제트를 엄동설한에 거리로 내쫓아버릴 테다, 그따위 계집애는 어떻게 되든 상관 않겠다, 뒈지거나 말거나 나는 모른다……, 이런 내용이었다.

팡틴은 생각했다.

'1백 프랑이라니.'

그리고 또 생각했다.

'일당을 1백 수씩이나 주는 일이 어디 있단 말인가?'

마침내 그녀는 이렇게 중얼거렸다.

"그래, 나에게 마지막으로 남은 것을 팔자."

그 불행한 여자는 결국 매춘부가 되었다.

7. 거리의 여자, 거리의 사냥개

1823년 1월 어느 눈 내리는 날 저녁이었다.

팡틴은 앞가슴을 드러낸 야회복 차림에 머리에 꽃을 꽂고 군 장교 카페 앞을 서성이고 있었다. 그러던 중 한 남자가 그녀에게 모욕적인 말을 던졌다. 그는 팡틴이 지나갈 때마다 담배 연기를 훅 불어대며 야유를 퍼부었다.

"상판대기하고는!"

"꺼져버려!"

"이빨 빠진 고양이로군!"

바마타부아 씨라고 불리는 그는 마치 대단한 유머감각이라도 발휘하듯 툭툭 내뱉곤 했지만, 팡틴에게는 상대할 가치도 없는 농지거리에 지나지 않았다. 아무리 놀려대도 별 반응이 없자 이 한심한 인간은 비위가 상한 듯 작전을 바꿨다. 그는 팡틴이 발길을 돌리는 순간 웃음을 참으며 살금살금 다가가 길바닥에서 한 줌의 눈을 집어 들었다. 그런 다음 느닷없이 그녀의 목덜미에 그것을 집어넣었다. 순간 그녀는 고함을 지르며 휙 돌아서더니 표범처럼 몸을 날려 그에게 덤벼들었다. 그리고 얼굴을 마구 할퀴며 추잡하고 끔찍스러운 욕설을 퍼부어댔다.

팡틴의 거친 목소리에 카페 안에 있던 장교들이 우르르 몰려나왔다. 행인들까지 모여들어 구경꾼들이 두 사람을 빙 둘러싸고 서서 낄낄거렸다. 가운데는 두 사람이 서로 뒤엉킨 채로 누가 남자인지 누가 여자인지 분간할 수도 없을 만큼 엎치락뒤치락하고 있었다. 사내는 모자를 땅바닥에 떨어뜨린 채 버둥거리고 있었고, 앞니 빠진 팡틴은 모자까지 벗겨져 까까머리를 훤히 드러낸 채, 분노로 납빛이 된 무서운 얼굴로 고함을 지르며 죽어라 발길질과 주먹질을 해댔다.

그때 갑자기 키가 큰 사내가 군중 속에서 성큼성큼 걸어 나왔다. 그는 팡틴의 흙투성이 윗옷을 움켜잡으면서 낮은 목소리로 말했다.

"따라와!"

길길이 날뛰던 팡틴은 고개를 쳐드는 순간 고함 소리를 뚝 그쳤다. 그녀의 눈은 유리알처럼 커졌고, 납빛 얼굴은 희다 못해 푸르뎅뎅했으며, 공포에 질려 온몸을 떨었다. 그녀는 상대가 자베르라는 것을 알았던 것이다. 시비를 걸었던 남자는 그 틈을 타서 도망쳐버렸다.

자베르는 팡틴을 뒤에 거느린 채 구경꾼들의 울타리를 헤치고 나가 광장 끝에 있는 경찰서 쪽으로 성큼성큼 걸어갔다. 그녀는 그가 시키는 대로 기계처럼 움직였다. 말은 한 마디도 하지 않았다. 구경꾼들은 마침 심심한데 잘됐다는 듯 그녀에게 야유를 퍼부으며 뒤따라갔다.

당직 경찰 하나가 지키고 있는 경찰서에는 난롯불이 피워져 있었고, 창살이 달린 지저분한 유리문이 한길 쪽으로 나 있었다. 자베르는 팡틴과 함께 안으로 들어간 뒤 문을 닫아버렸다. 실망한 구경꾼들은 까치발로 흐릿한 유리창 안을 기웃거렸다.

팡틴은 입을 꾹 다물고 겁먹은 개처럼 한쪽으로 가서 몸을 웅크리고 앉았다. 당직 경찰이 촛불을 탁자 위에 갖다 놓았다. 자베르는 자리에 앉아 관인이 찍힌 종이에 무엇인가 쓰기 시작했다.

법률상 이런 부류의 여자들은 전적으로 경찰의 처분에 맡기도록 되어 있다. 경찰은 그녀들을 제멋대로 취급하고 함부로 처벌을 내리기 일쑤였다. 이 과정에서 상대의 자유와 인권 따위는 일방적으로 박탈해버렸다. 자베르는 무표정하고 근엄한 얼굴을 하고 있었다. 표정만으로는 그가 무슨 생각을 하고 있는지 알 수 없었다. 이윽고 글쓰기를 마친 그는 서명한 종이를 접어 당직 경찰에게 건네주었다.

"부하 셋을 데리고 가서 이 여자를 감옥에 집어넣어."

그런 다음 팡틴에게도 한마디 했다.

"넌 여섯 달 동안 거기서 썩어야 돼."

불행한 여자는 몸을 벌벌 떨었다.

"여섯 달이라고요? 하루에 7수밖에 벌지 못하는 곳에서? 더구나 저는 아직도 테나르디에한테 1백 프랑 넘게 빚을 지고 있어요. 형사님, 사정 좀 봐주세요."

그녀는 일어서지도 못한 채 두 손을 비비며 경찰들의 흙 묻은 장화로 더럽혀진 마룻바닥 위를 무릎으로 기었다.

그녀가 애원하듯 말했다.

"자베르 님! 용서해주세요. 제 잘못은 절대로 아니에요. 처음부터 보셨다면 형사님도 아셨을 거예요. 하느님께 맹세코 제가 잘못한 게 아닙니다. 그 알지도 못하는 남자가 제 등에다 눈을 집어넣었기 때문이에요. 누구한테 폐를 끼치지도 않고 그저 조용히 걸어가는 사람 몸에 눈을 집어넣으면 안 되잖아요? 저는 다만 너무 분해서 발끈했던 것뿐이에요. 저는 이렇게 몸도 성치 않단 말이에요! 게다가 그 사람은 싸우기 전부터 계속 저를 놀려댔어요. 상판대기가 어떠니, 이빨 빠진 고양이라느니 하면서요! 이가 없는 것은 사실입니다. 그래서 아무 대꾸도 하지 않았어요. 그 양반이 장난질을 하고 있는 것이라 여기고 가만히 있었다고요. 그런데 느닷없이 제 등에 눈을 집어넣은 거예요. 자베르 님, 친절하신 형사 나리! 처음부터 그 모습을 지켜본 사람이 있다면 제 말이 사실이라는 걸 증명할 수 있을 거예요. 화를 낸 것은 제 잘못인지도 모르죠. 하지만 그 순간 전 정말 참을 수가 없었어요. 발끈하는 성질 탓이에요. 게다가 조금 넋이 나간 상태에서 그렇게 차가운 눈을 등에 집어넣었으니 더 화가 난 거예요! 그 사람의 모자를 망가뜨린 건 사과할게요. 그런데 그 사람은 왜 도망쳤을까요? 여기 계시면 용서를 빌 텐데. 아아! 하느님, 저는 얼마든지 그 사람에게 빌 수 있어요. 그러니 한 번만 봐주세요. 형사님은 모르시겠지만, 형무소에서는 7수밖에 벌지 못해요. 물론 그렇다고 정부를 비판하는 건 아니지만 아무튼 7수밖에 못 벌어요. 그런데 생각 좀 해보세요. 저에게는 1백 프랑이 넘는 빚이 있답니다. 빚을 갚지 않으면 어린 딸이 쫓겨나고 말아요. 아아, 하느님! 저는 그 아이를 데리고 있을 수가 없어요. 저는 너무도 추잡스러운 짓을 하고 있는걸요. 아아, 우리 코제트는, 순결한 성모마리아의 작은 천사인 우리 아기는, 얼마나 가여운 신세가 되겠어요. 그러니 제 말 좀 들어보세요. 딸아이를 맡아 기르는 사람은 테나르디에라는 여관 주인이고 시골 양반인데, 이해심이라고는 눈곱만큼도 없답니다. 돈만 밝히는 사람들이에요. 제발 저를 감옥에 넣지 말아주세요. 딸아이는 아직 어린데, 이 한겨울에 죽든 말든 한길로 내쫓아버릴 거예요. 아아, 친절하신 자베르 님, 그 어린것이 가엾지도 않으세요? 좀더 큰 아이라면 무슨 일이든 해서 굶어 죽진 않겠지만, 지금 나이로는 아무것도 못해요. 저도 사실은 나쁜 여자가 아니에요. 게으름을 피우며 혼자 잘 먹고 잘살다 이렇게 된 게 아니라고요. 술을 마시는 건 괴로워서 견딜 수 없기 때문이에요. 원래 술 같은 건 좋아하지 않지만 고통을 잊게 해주거든요. 제가 지금보다 행복한 생활을 했을 무렵에 제 옷장을 보셨다면 그저 멋이나 부리는 바람난 여자가 아니라는 것을 아셨을 거예요. 속옷도 많이 있었어요. 제발 저를 불쌍히 여겨주세요, 자베르 님!"

그녀는 끝도 없이 뇌까렸다. 흐느낌으로 몸을 떨면서, 두 눈에 눈물이 가득 고인 채 마주 잡은 두 손을 비틀며, 컥컥 마른기침을 뱉어내면서, 곧 죽을 듯이 꺼져가는 목소리로 하소연을 하고 있었다. 크나큰 고통은 비참한 자의 모습을 바꾼다. 이때 팡틴의 얼굴에는 아름다웠던 예전의 눈부신 미모가 되살아나는 듯했다. 그녀는 중간중간 말을 멈추었고, 자베르의 코트 자락에 다정하게 입을 맞추었다. 차라리 상대가 화강암 같은 마음을 가졌다면 따뜻한 온정을 베풀 수도 있었으리라. 그러나 목석 같은 마음은 결코 움직이지 않는 법이다.

"그래, 네가 하는 말은 다 들었다. 이제 더 할 말 없나? 그럼 어서 가라! 징역 6개월이야. 하느님 아버지가 와도 이젠 별 도리가 없다."

자베르가 말했다.

'하느님 아버지가 와도 이젠 별 도리가 없다'는 그 엄숙한 목소리에 팡틴은 이미 판결이 내려졌다는 것을 깨달았다.

"제발 살려주세요."

그녀는 신음하듯 중얼대며 그 자리에 쓰러졌다.

자베르가 등을 돌리자 헌병들이 그녀의 팔을 잡아끌었다. 그들 모두 어느 틈엔가 한 남자가 경찰서 안에 들어와 있다는 것을 눈치채지 못했다. 그는 닫힌 문에 기대서서 팡틴의 절망적인 애원을 처음부터 모두 듣고 있었다.

바닥에 쓰러진 그 불행한 여자를 일으키려고 헌병들이 손을 대자, 그가 한 발 앞으로 나서면서 입을 열었다.

"잠깐 기다려주시오!"

말소리에 고개를 돌린 자베르는 곧 마들렌 씨를 알아보았다. 그는 모자를 벗고 약간 불쾌한 듯 무뚝뚝한 태도로 인사했다.

"어서 오십시오, 시장님."

시장님이라는 말을 듣고 팡틴은 기묘한 충격에 휩싸였다. 그녀는 마치 땅속에서 솟아난 유령처럼 벌떡 일어나더니 헌병들이 미처 제지할 겨를도 없이 마들렌 씨 앞으로 다가가 광기 어린 눈초리로 그를 쏘아보며 외쳤다.

"그래, 네가 바로 그 시장이라는 작자로구나!"

그러고는 돌연 큰 소리로 웃더니 그 얼굴에 침을 탁 뱉었다.

마들렌 씨가 얼굴을 닦고 말했다.

"자베르 형사, 이 여자분을 석방하시오."

자베르는 잠깐 자신이 과연 제정신인지 의심했다. 그 순간 그는 이제까지 한 번도 느껴본 적 없는 온갖 격렬한 감정이 한꺼번에 뒤얽히는 것을 느꼈다. 매춘부가 시장의 얼굴에 침을 뱉다니, 이건 너무도 엄청난 일이라 감히 있을 수 없는 일이라고 생각하는 것조차 모욕적인 일이었다. 한편으로는 이 여자의 직업과 시장이라는 자의 떳떳지 못한 관계를 어렴풋이 그려보기도 했다.

마들렌 씨의 말에 팡틴도 자베르 못지않은 충격을 받았다. 그녀는 맨살이 드러난 한쪽 팔을 쳐들고 비틀거리며 난로 연통을 붙들었다. 그러면서 주위를 둘러보며 마치 혼잣말을 하듯이 낮은 목소리로 중얼대기 시작했다.

"석방! 보내줘라! 6개월 징역은 살지 않아도 된다! 누가 그런 말을 했을까? 아무도 그런 말을 했을 리가 없지. 내가 잘못 들은 거야! 이 시장이라는 작자가 그런 말을 했을 리는 없고! 친절하신 자베르 님, 당신인가요? 저를 석방하라고 말씀하신 것이? 아, 그랬군요! 그럼 좀더 들어보세요! 제 말을 들어보시면, 저를 용서해주신 게 옳다는 걸 알게 될 거예요. 따지고 보면 저 시장이라는 자가, 저 시장이라는 늙은이, 바로 저자가 나쁜 놈이에요. 글쎄, 자베르 님, 저자가 저를 해고하지 않았겠어요! 작업장에서 함부로 쑥덕거리는 더러운 계집년들 때문에요. 세상에 이런 법이 어디 있어요! 저처럼 열심히 일하는 불쌍한 여자를 쫓아내다니! 그 때문에 저는 변변한 일자리 하나 얻지 못하고 인생을 망쳐버렸어요."

마들렌 씨는 그녀의 말에 귀를 기울이고 있었다. 그는 그녀가 지껄이고 있는 동안 조끼 속에서 지갑을 꺼내 열어보았다. 돈이 하나도 없었다. 그는 지갑을 다시 주머니에 넣었다. 그리고 팡틴에게 말했다.

"빚이 얼마나 된다고 했지요?"

자베르 쪽만 쳐다보고 있던 팡틴이 그를 돌아보았다.

"누가 네놈하고 얘기한대?"

그러고는 헌병들을 향해 말했다.

"당신들도 똑똑히 보았지요? 내가 이 작자의 얼굴에 침을 뱉어준 것을? 이 악질 시장 놈아! 또 날 겁주려고 온 모양이지? 흥! 미안하지만 이제 너 따위 인간은 무섭지 않아. 내가 무서워하는 건 자베르 님이야. 친절하신 자베르 님이 화낼까 봐 두려운 거라고!"

그녀는 다시 형사를 돌아보며 말했다.

"그러니까 형사님, 만사 공평하게 해주세요. 저는 형사님이 공평한 분이라는 걸 잘 알고 있어요. 따지고 보면 지극히 간단한 일이에요. 어떤 남자가 여자의 등에 장난삼아 눈을 조금 집어넣었고, 그 광경을 보고 장교들이 웃은 것뿐이에요. 사람들은 재미있는 장난을 좋아하잖아요. 어차피 저 같은 여자는 사람들의 장난감이고요! 그런데 거기에 형사님이 오신 거예요. 형사님은 사회 기강을 바로잡아야 하기 때문에 질서를 어지럽힌 여자를 경찰서로 끌고 오셨죠. 하지만 당신은 친절한 분이라, 다시 잘 생각해본 뒤에 저를 석방하라고 하셨어요. 이유는 제게 어린 딸이 있기 때문이에요. 그래요, 감옥에 여섯 달이나 들어가 있으면 아이를 돌볼 수가 없거든요. 다만 형사님은 이렇게 말씀하시는 것이지요? 이제 다시는 그런 짓 하면 안 돼! 어리석은 년 같으니라고! 정말이지 이제 두 번 다시 그런 짓 하지 않을게요, 자베르 님! 이젠 누가 별의별 짓을 다 하더라도 가만히 있을게요. 오늘은 기분이 좀 나빠서 너무 크게 소란을 피웠어요. 그건 정말 생각 밖의 일이었거든요. 그 양반이 눈덩이를 등짝에 집어넣으리라고는 상상도 못 했던 거예요. 그리고 아까도 말씀드렸지만 저는 몸이 상당히 안 좋아요. 기침이 나고, 배 속에 뜨거운 덩어리가 있어서 의사 선생님도 조심하라고 말씀하셨어요. 자, 손으로 한번 만져보세요. 괜찮아요. 여기요.”

그녀는 이제 울고 있지 않았다. 목소리에 애교가 철철 넘쳤다. 이어 그녀는 자베르의 거칠고 커다란 손을 자신의 희고 보드라운 가슴에 갖다 대고는 생긋 웃으면서 그를 바라보기까지 했다. 그런 다음 재빨리 흐트러진 옷매무새를 고치고, 웅크리고 앉아 있느라 거의 무릎까지 말려 올라간 치맛자락을 내리고, 문 쪽으로 걸어가면서 헌병들에게 고개를 끄덕여 인사하고 속삭이듯 말했다.

“여러분, 형사님이 석방하라고 말씀하셨으니 저는 집으로 돌아갑니다.”

그녀가 문손잡이를 잡았다. 이제 한 걸음이면 밖으로 나갈 수 있었다. 이때까지 눈을 내리깔고 꼿꼿이 선 채로 꼼짝도 하지 않던 자베르가 경관에게 소리쳤다.

“저 계집이 나가는 게 안 보이나? 누가 내보내도 좋다고 했나?”

“그 말은 내가 했소.”

마들렌 씨가 말했다.

팡틴은 순간 몸이 오그라들었다. 이어서 붙잡힌 도둑이 훔친 물건을 놓듯이 문손잡이를 놓아버렸다. 그리고 천천히 뒤돌아섰다.

이때부터 그녀는 숨도 제대로 쉬지 않고 두 사람의 대화에 온 신경을 쏟으며 그들을 번갈아 쳐다보았다.

시장이 팡틴을 석방하라고 권고했는데도 자베르가 감히 경관을 꾸짖은 것은 확실히 건방진 수작임이 틀림없었다. 그는 시장이 그 자리에 있다는 것을 잊어버린 것일까? 아니면 제아무리 막강한 권력을 가진 사람이라도 그런 명령은 내릴 수 없다는 확신을 가지고, 시장이 어떤 착각에 사로잡혀 불쑥 그렇게 말했을 것이라고 생각했던 것일까?

이유가 무엇이든 간에 마들렌 씨가 방금 사람들 앞에서 '그 말은 내가 했소'라고 말한 순간, 자베르는 얼굴이 파랗게 질렸고, 싸늘하게 굳은 눈초리는 여전히 내리깔고 있었으나 온몸을 바르르 떨면서 결연한 태도로 말했다.

"시장님, 그건 안 됩니다."

"왜죠?"

마들렌 씨가 물었다.

"건방지게도 이 여자는 한 시민을 모욕했습니다."

마들렌 씨가 타이르듯 침착한 어조로 말했다.

"자베르 형사, 당신은 정직한 사람이니 이 사건의 진상을 이해하기 어렵지 않을 것이오. 당신이 이 여자를 끌고 갈 때 나는 광장을 지나가고 있었소. 나는 사람들에게 까닭을 물어 자초지종을 알게 되었소. 잘못을 저지른 건 오히려 그 남자요. 그 사람이야말로 체포되어 마땅하단 말이오."

자베르가 말했다.

"이 돼먹지 못한 여자는 지금도 이 자리에서 시장님을 모욕했습니다."

"그거야 나 한 사람에 관한 문제 아니오? 나에 대한 모욕은 개인적인 거요. 그건 내가 알아서 처리하면 될 일이오."

"대단히 죄송합니다만, 시장님에 대한 저 여자의 모욕은 한 개인에 대한 것이 아니라 법에 대한 모욕입니다."

마들렌 씨는 가만히 자베르를 쳐다보았다.

"자베르 형사, 법의 근본은 양심입니다. 나는 이 여자가 한 이야기를 들었고, 내가 어떻게 해야 옳은지도 알고 있소."

"솔직히 저는 무슨 영문인지 통 모르겠습니다."

"그럼 잠자코 내 말을 따르시오."

"저는 제 의무를 다할 뿐입니다. 제 의무는 이 여자를 6개월 동안 감옥에 가두는 것입니다."

마들렌 씨가 부드러운 어조로 자베르를 타이르듯 말했다.

"잘 들어요. 이 여자는 단 하루도 감옥에 있어서는 안 됩니다."

시장의 단호한 어조에 자베르는 정색을 하고 그를 쏘아보았다. 하지만 그는 여전히 공손한 말투로 입을 열었다.

"시장님 뜻을 거역하게 된 건 유감입니다. 이런 일은 평생 처음입니다. 하지만 어디까지나 제가 직권을 남용하지 않았다는 것만은 인정해주시리라 믿습니다. 시장님이 말씀하신 그 현장에 마침 저도 있었습니다. 바마타부아 씨한테 먼저 덤벼든 것은 이 여자입니다. 그는 선거권을 갖고 있으며, 광장 모퉁이에 있는 4층짜리 훌륭한 석조 건물의 소유자입니다. 이런 상황도 참작해주십시오! 그리고 어쨌거나 이 일은 제 소관입니다. 풍기문란 혐의로 저는 이 여자, 팡틴을 구속하겠습니다."

자베르가 말을 마치자, 마들렌 씨는 팔짱을 낀 채로 여태껏 아무도 들어보지 못한 준엄한 목소리로 말했다.

"사건은 시내 경찰에 관한 사항이오. 그리고 형사소송법 제9조, 11조, 15조 및 66조에 의하면, 이 일의 최종 책임자는 바로 시장인 나요. 나는 이 여자를 석방할 것을 명령하겠소."

자베르는 최후의 반격을 시도하려고 했다.

"그렇지만 시장님……."

마들렌 씨가 자베르의 말을 잘랐다.

"분명히 경고하겠소. 불법 감금에 관한 1799년 12월 13일자 법령 제81조에 따라……."

"시장님, 주제넘은 말 같지만……."

"그만하시오."

"그렇지만……."

"이제 그만 나가봐요."

시장이 냉정하게 말했다.

자베르는 가슴 한복판을 강타당한 듯 러시아 병정처럼 똑바로 버티고 서 있었다. 곧이어 그는 시장에게 정중하게 경례하고 밖으로 나갔다.

팡틴은 문에서 비켜서며 자기 앞을 지나가는 자베르를 멍하니 쳐다보았다. 자베르가 나간 뒤 마들렌 씨는 느린 목소리로 몹시 조심스럽게 입을 열었다.

"당신이 말한 것과 같은 그런 일은 전혀 모르고 있었습니다. 그러나 당신이 거짓말을 하지 않았다는 것만은 분명히 느끼고 있습니다. 나는 당신이 내 공장을 그만둔 사실조차 모르고 있었습니다. 왜 내게 아무 말도 하지 않았죠? 아무튼 이렇게 합시다. 빚은 내가 갚아주겠소. 어린아이를 데려오도록 할게요. 아니면 당신이 아이 있는 곳으로 가도 좋습니다. 어디든 원하는 곳에서 살아도 돼요. 아이하고 당신의 생활은 내가 책임지겠소. 그게 싫다면 이제부터 필요한 돈은 얼마든지 줄 테니 일은 하지 않아도 좋소. 생활이 나아지면 당신은 전처럼 정숙한 여자가 될 것이오. 그리고 또 하나, 잘 들어요. 모든 게 당신이 말한 그대로라면 당신은 타락한 것도 아니고 더러워진 것도 아니오. 하느님 앞에서 깨끗한 몸이오. 당신은 참으로 가엾은 여자요!"

가엾은 팡틴은 더 이상 가만히 있지 못했다. 코제트와 함께 살게 된다, 이 참담한 생활에서 빠져나올 수 있게 되었다, 이제부터 자유롭고 넉넉한 환경에서 코제트와 함께 행복하게 살 수 있다, 비참

하기 짝이 없는 현실의 한복판에서 돌연 천국의 꽃밭을 보게 되다
니! 그녀는 지금 이 모든 얘기를 해주고 있는 상대를 바보처럼 멍하
니 바라보며 짧게 흐느꼈다. 그리고 무너지듯 다리를 구부리며, 자
기도 모르게 마들렌 씨 앞에 무릎을 꿇었다. 마들렌 씨가 미처 말릴
겨를도 없이 어느새 그녀는 그의 두 손을 잡았고, 곧바로 그녀의 입
술이 그의 손등에 닿았다. 그리고 그녀는 혼절하듯 그 자리에 쓰러
졌다.

8. 복제 인간 장 발장

　마들렌 씨는 자신의 공장에 있는 진료소로 팡틴을 옮겼다. 수녀들이 팡틴을 침대에 눕혔다. 팡틴은 열이 상당히 높았다. 그녀는 밤중까지 정신을 차리지 못하고 계속 헛소리를 하다가 잠이 들었다.

　다음 날 정오경 잠에서 깨어난 팡틴은 침대 바로 곁에서 숨소리가 나는 것을 들었다. 커튼을 걷어보니 마들렌 씨가 고통과 연민에 찬 눈빛으로 그녀의 머리 위쪽에 있는 무언가를 바라보고 있었다. 그의 눈길은 벽에 걸린 십자가상을 향하고 있었다. 그는 기도를 드리고 있었다.

　그때부터 팡틴의 눈에는 마들렌 씨가 전혀 다른 사람으로 보였다. 일종의 기도에 심취한 그는 마치 빛에 싸인 존재 같았다. 그녀는 오래도록 잠자코 그를 지켜보다 마침내 조심스레 입을 열었다.

　"무얼 하고 계시나요?"

　마들렌 씨는 팡틴이 깨어나기를 기다리며 한 시간 전부터 그렇게 서 있었다. 그는 그녀의 손을 잡고 맥을 짚어보았다.

"좀 어떻소?"

"네, 자고 나서 그런지 아주 좋아요. 이제 곧 기운을 차릴 거예요."

그는 문득 생각난 듯 그녀가 물어본 말에 대답했다.

"하늘에 계신 순교자께 기도드리고 있었소."

그는 마음속으로 덧붙였다.

'그리고 지상의 고통받는 여인을 위해.'

마들렌 씨는 지난밤부터 오늘 아침까지 이 여자에 대해 알아보았다. 이제 그는 모든 것을 알게 되었다. 팡틴의 신상이며, 그 애처로운 사연들까지.

그가 계속 말했다.

"당신은 고생을 많이 했더군요. 아니, 그렇다고 슬퍼해서는 안 돼요. 이제 당신은 하느님이 선택한 자녀로서 귀한 자격을 갖고 있소. 신은 언제나 그렇게 해서 인간을 천사로 만든다오. 그것은 인간의 죄가 아니오. 달리 어떻게 해야 할지 몰랐기 때문이지요. 잘 들어요. 당신이 거쳐온 그 지옥은 천국으로 가는 첫 번째 길목이었소. 당신은 거기서부터 시작하지 않으면 안 되었던 것이오."

그는 깊은 한숨을 내쉬었다. 앞니가 2개나 빠진 그녀가 숭고한 미소를 지어 보였다.

그날 밤 자베르는 한 통의 편지를 썼다. 그리고 이튿날 아침 편지를 가지고 직접 몽트뢰유쉬르메르의 우체국으로 갔다. 그 편지의 주소란에는 이렇게 적혀 있었다.

"파리 경찰청장 비서 샤부이예 귀하."

전날 경찰서에서 벌어진 사건에 대한 소문이 널리 퍼진 상태였으므로 우체국장과 몇몇 직원들은 그 속에 사표가 들어 있을 것이라고 추측했다.

마들렌 씨는 테나르디에 내외 앞으로 편지를 보냈다. 팡틴은 그들에게 120프랑의 빚을 지고 있었다. 그는 3백 프랑을 동봉하며 병석에 누워 있는 어머니가 기다리고 있으니 아이를 즉시 몽트뢰유쉬르메르로 데려오라고 부탁했다.

편지를 읽은 테나르디에는 욕설을 내뱉으며 눈을 부라렸다.

"젠장, 빌어먹을!"

그는 아내에게 말했다.

"종달새가 젖소가 된 판국에 아이를 내놓으라고? 틀림없이 그 어미 년이 어디서 놈팡이 하나를 물어들인 모양이야."

테나르디에는 추가금을 요구하는 계산서를 교묘하게 만들어 답장을 보냈다. 계산서에는 3백 프랑으로는 어림도 없는 지출 내역이 2개나 붙어 있었다. 하나는 의사의 청구서였고 다른 하나는 약사의 청구서였는데, 사실은 에포닌과 아젤마가 오랫동안 앓으면서 들어간 약값과 치료비였다. 코제트는 앞에서 이미 말한 것처럼 병을 앓은 적이 없었다. 테나르디에는 다만 이름을 슬쩍 바꾸는 수고를 했을 뿐이었다. 그는 계산서 밑에 '이중 3백 프랑은 영수했음'이라고 적었다.

마들렌 씨는 편지를 받은 즉시 3백 프랑을 보내고 속히 코제트를 데려오라고 독촉했다.

"흥! 내가 이 아이를 순순히 내놓을 줄 알고?"

테나르디에는 콧방귀를 뀌었다.

한편 팡틴은 좀처럼 회복되지 않았다. 그녀는 여전히 마들렌 씨 공장 진료소에 있었다.

어느 날 간호를 하던 수녀들은 팡틴이 열에 들떠 중얼거리는 소리를 들었다.

"저는 죄 많은 여자예요. 그러나 우리 아기가 제 곁으로 오게 된다면 그건 하느님이 저를 용서해주신 거라고 믿어요. 제가 나쁜 짓을 하고 있을 때는 절대로 코제트를 데려오고 싶지 않았어요. 저는 우리 코제트의 놀라고 슬퍼하는 눈을 차마 볼 수 없었답니다. 하지만 제가 나쁜 짓을 한 건 그 아이를 살리기 위해서였어요. 그래서 하느님께서는 저를 용서해주실 거라고 믿어요. 코제트가 이리 온다면 저는 하느님의 은총을 확신하게 될 거예요. 저는 우리 아기만 쳐다볼 거예요. 그 죄 없는 아기를 보고 있으면 제 몸도 좋아질 거예요. 그 애는 정말 아무것도 모르는 천사예요. 그 나이에는 아직도 날개가 달려 있어요. 그렇죠, 수녀님?"

마들렌 씨는 하루에 두 번씩 그녀를 문병하러 왔다. 그때마다 그녀는 물었다.

"이제 곧 우리 코제트를 만날 수 있겠죠?"

그는 늘 이렇게 대답하곤 했다.

"아마도 내일 아침에는 만날 수 있을 거요. 나 역시 이제나저제나 기다리고 있소."

그 말에 어머니의 창백한 얼굴이 금세 환하게 밝아졌다.

"아아! 그렇게만 된다면 얼마나 행복할까요!"

그녀는 꿈꾸듯 중얼거렸다.

그녀가 좀처럼 회복되지 않는다고 말했지만, 엄밀히 말해서 회복은커녕 병세가 더욱더 심해지는 듯했다. 의사는 그녀를 진찰하고 나서 심각한 표정으로 머리를 가로저었다.

마들렌 씨가 의사에게 물었다.

"상태가 어떻습니까?"

"보고 싶어 하는 아이가 있다고 들었는데요."

의사가 말했다.

"네, 있습니다."

"그럼 속히 불러오도록 하십시오."

마들렌 씨는 소름이 돋았다.

팡틴이 그에게 물었다.

"의사 선생님이 뭐라고 하세요?"

마들렌 씨는 애써 미소 지으며 말했다.

"빨리 아이를 데려오라는군요. 그러면 병이 나을 거라고."

"네, 옳은 말씀이에요! 그런데 대체 테나르디에 내외는 왜 우리 코제트를 보내주지 않는 걸까요? 아아! 이제 곧 우리 아기가 오면 행복하게 살 수 있을 텐데!"

그녀가 말했다.

그러나 테나르디에는 갖은 구실을 붙여가며 아이를 보내지 않았다. 그는 코제트가 몸이 약해져서 겨울에는 도저히 길을 떠날 수 없으며, 더구나 이쪽에 아직도 자잘한 빚이 남아 있어 지금 그 계산서를 받고 있는 중이라는 등 온갖 핑계를 댔다.

"사람을 보내서 코제트를 데려옵시다."

마들렌 씨는 이렇게 말하고는 덧붙였다.

"필요하다면 내가 직접 갈 수도 있소."

그는 팡틴이 부르는 대로 다음과 같은 편지를 쓰고 나서 그녀가 손수 서명하게 했다.

테나르디에 씨

이분에게 코제트를 보내주십시오.

자질구레한 비용까지 전부 치르실 겁니다.

고맙습니다.

팡틴

그동안 중대한 사건이 벌어졌다. 우리의 인생을 둘러싸고 있는 신비로운 바윗덩이는 아무리 최선을 다해 잘 깎아내려고 노력해도 별 소용이 없는 것인가. 늘 그렇듯이 운명의 검은 광맥은 불시에 다시 솟아나곤 한다.

*

어느 날 아침 마들렌 씨는 자신이 직접 몽페르메유로 가게 될 경우에 대비해 시장으로서 긴급한 업무를 미리 처리하려고 시청 집무실에서 일에 몰두하고 있었다. 그때 자베르 형사가 면회를 신청했다.

"들어오라고 하시오."

자베르가 들어와 등을 돌리고 있는 시장에게 정중히 인사했다. 그러나 시장은 그를 돌아보지도 않고 서류를 작성하고 있었다. 자베르는 두어 걸음 다가와 조용히 멈춰 섰다. 이윽고 시장이 펜을 놓고 반쯤 몸을 돌렸다.

"그래, 무슨 일이오, 자베르 형사?"

자베르는 잠시 침묵을 지킨 뒤 착 가라앉은 어조로 입을 열었다.

"다름이 아니라 시장님, 어떤 사람이 죄를 범했습니다."

"무슨 죄 말이오?"

"한 하급 관리가 한 행정관을 모독했습니다. 저는 제 의무를 다하기 위해 보고를 드리러 왔습니다."

"누구요, 그 관리가?"

“저입니다.”

“당신이?”

“그렇습니다.”

“그러면 그 관리가 모독한 행정관은 누구요?”

“시장님이십니다.”

마들렌 씨는 의자에서 천천히 몸을 일으켰다. 자베르는 여전히 눈을 내리깔고 굳은 표정으로 말을 이었다.

“시장님, 당국에 저의 파면을 요청해주시기 바랍니다.”

마들렌 씨는 당황해서 무슨 말인가를 하려고 했지만 자베르가 가로막고 나섰다.

“시장님은 제 스스로 사표를 내면 된다고 하시겠지만 그건 절대 안 됩니다. 스스로 사직하는 것은 치욕이 아닙니다. 저는 실수를 범했습니다. 그러니 벌을 받아야 합니다. 파면되는 게 마땅하다고 생각합니다.”

그는 잠시 말을 멈췄다가 다시 덧붙였다.

“시장님은 지난번에는 저를 부당하게 대우하셨습니다만 오늘은 정당하고 엄격히 다스려주십시오.”

“무슨 말을 하는지 알아들을 수가 없소! 대체 뭐가 어떻게 됐다는 거요? 당신이 나에게 무슨 죄를 저질렀다는 거요? 내게 뭘 어떻게 했다고 이러는 거요? 어떤 나쁜 짓을 했는지도 모르는데 무조건 경질해달라니!”

132

마들렌 씨가 소리쳤다.

"경질이 아니라 파면해달라는 말씀입니다."

"파면, 그렇지. 어쨌든 아닌 밤중에 홍두깨라고, 대체 영문을 알 수 없군요."

"이제부터 설명해드리겠습니다, 시장님."

자베르는 깊은 한숨을 내쉬며 여전히 싸늘하게 가라앉은 어조로 말을 이었다.

"6주 전 그 여자의 사건이 있은 뒤 저는 격분하여 시장님을 고발했습니다."

"고발?"

"파리 경찰청에요."

자베르와 마찬가지로 별로 웃는 일이 없는 마들렌 씨였지만 상대가 이렇게 나오는 데는 웃지 않을 수 없었다.

"시장이 경찰권을 침해했다고?"

"아니요. 수배 중인 전과자로서입니다."

시장의 안색이 납빛으로 바뀌었다. 자베르는 눈을 내리깐 채 계속 말했다.

"저는 그렇게 믿고 있었습니다. 벌써 오래전부터 짐작 가는 바가 있었기 때문입니다. 시장님이 파브롤에서 조회하신 친척에 관한 일, 억센 허리 힘, 포슐르방 노인 사건, 사격의 명수라는 점, 약간 절룩거리는 다리, 더 이상 유사한 점들을 일일이 열거할 필요도 없습니다! 요컨대 저는 시장님이 장 발장이라는 이름의 전과자라고 생각했습니다."

"뭐, 뭐라고 그랬소, 그 이름이?"

"장 발장. 20년 전 제가 툴롱에서 간수보로 근무할 때 본 적이 있는 죄수의 이름입니다. 소문에 의하면 감옥에서 나간 장 발장은 어느 주교의 집에서 물건을 훔치고, 또 으슥한 길목에서 사부아의 소년을 위협하여 무언가를 강탈했다고 합니다. 그는 8년 동안이나 행방이 묘연한 상태라 그동안 어떤 일이 있었는지, 또 어떻게 살고 있는지 확실히 모르지만 수사는 계속되고 있었습니다. 저는 처음부터 뭔가 짚이는 것이 있었기 때문에 결국 이번에 일을 저질렀습니다. 격분한 나머지 경찰청에 시장님을 고발한 것입니다."

조금 전부터 마들렌 씨는 다시 무심한 태도로 돌아가 서류철을 손에 쥐고 있었다.

"그래서 뭐라고 회신이 왔소?"

"터무니없는 오해라는 겁니다."

"그리고?"

"그리고 그 회신이 옳았습니다."

"잘된 일이군요. 당신이 그렇게 인정했다면!"

"인정할 수밖에 없었습니다. 진짜 장 발장이 잡혔으니까요."

그 순간 마들렌 씨는 들고 있던 서류를 떨어뜨릴 뻔했다. 그는 고개를 들고 자베르를 바라보며 뭐라고 형언할 수 없는 기이한 어조로 "그래요!"라고 한마디 내뱉었다. 자베르의 말이 계속 이어졌다.

"시장님, 자초지종을 말씀드리면 이렇습니다. 아이르오클로셰 근처에 샹마티외라는 가난뱅이 영감이 살고 있었습니다. 그 늙은이는 지난가을 사과를 훔치다 체포됐습니다. 그 영감이 수감된 교도소가 너무 낡고 허술해서 예심판사는 그를 아라스에 있는 교도소로 보냈습니다. 그 교도소에 브르베라는 죄수가 있었는데, 샹마티외를 보자마자 이렇게 소리쳤답니다. '난 저 영감을 알아. 저자는 샹마티외가 아니야. 장 발장이야!' 물론 샹마티외는 아니라고 잡아뗐습니다. 그러나 교도소에는 다른 무기수가 2명 더 있었는데, 그자들은 옛날 장 발장과 같은 감방에 있었고, 현재로서는 장 발장을 알아볼 수 있는 사람은 그들뿐입니다. 샹마티외와 두 죄수를 대질해보니 그 둘 역시 조금도 망설이지 않고 브르베의 말이 틀림없다고 했습니다. 더구나 그 늙은이는 장 발장과 나이도 같고 키와 생김새도 똑같았습니다. 그자는 의심할 여지 없이 장 발장입니다. 제가 파리 경찰청에 시장님을 고발한 것은 바로 그 무렵이었습니다. 그쪽에서는 저더러 정신 나간 사람이라면서 이미 장 발장의 신병을 인수했다고 했습니다. 시장님이 장 발장이라고 확신했던 제가 그 소식을 듣고 얼마나 놀랐겠습니까? 그리고 예심판사가 샹마티외, 아니 장 발장과 저를 직접 대면하게 해주었습니다."

"그래서요?"

마들렌 씨가 중간에 말을 끊었다.

자베르는 변함 없이 침울한 얼굴로 대답했다.

"시장님, 어쩔 수 없는 사실입니다. 그자는 진짜 장 발장이었습니다. 저도 그것을 인정했습니다."

마들렌 씨는 지극히 낮은 목소리로 물었다.

"확실합니까?"

자베르는 깊은 확신에서 나오는 비통한 웃음소리를 내뱉었다.

"네, 확실합니다!"

그는 책상 위에 있는 잉크 흡수용 톱밥 상자에서 톱밥을 기계적으로 집어내며 한동안 생각에 잠겨 있다가 덧붙였다.

"그리고 이제 진짜 장 발장을 확인한 지금은 어떻게 그런 어처구니없는 생각을 할 수 있었는지 제 자신도 이해가 안 될 지경입니다. 시장님, 부디 저를 용서해주십시오."

"됐소, 자베르 형사. 어차피 나와는 상관없는 일이오. 서로 시간 낭비하지 맙시다. 그것 말고도 급한 일들이 쌓여 있지 않소?"

마들렌 씨는 자베르에게 그만 물러가라고 손짓했다. 그러나 자베르는 여전히 제자리에 선 채로 말했다.

"시장님, 한 가지 잊고 계신 일이 남았습니다."

"또 뭐가 있소?"

"제가 파면당해야 한다는 것 말입니다."

마들렌 씨가 자리에서 일어났다.

"자베르 형사, 당신은 명예를 중시하는 사람이오. 나는 당신의 그런 점을 존경하오. 지금 당신은 자신의 과실을 지나치게 확대하고 있소. 그리고 그것은 나 개인에 대한 모욕일 뿐이오. 자베르 당신은 승진하면 했지 직책에서 물러날 까닭이 없소. 나는 당신의 유임을 바라오.”

자베르는 진심 어린 눈빛으로 마들렌 씨를 쳐다보았다. 그리 총명하지는 못하나 엄격하고 구김살 없는 양심을 보여주는 듯한 눈빛이었다. 그가 다시 침착한 목소리로 말했다.

“시장님, 저는 그 말씀에 따를 수가 없습니다.”

“몇 번을 말하지만 그것은 나 개인에 관한 문제란 말이오.”

마들렌 씨가 말했다.

이어서 그는 부드러운 표정으로 악수를 청했다. 그러나 자베르는 뒷걸음질치며 날카로운 어조로 말했다.

“죄송합니다만 시장님, 그건 곤란합니다. 시장님은 밀정에게 악수를 청해서는 안 됩니다.”

그는 웅얼거리듯 다시 덧붙였다.

“그렇지요, 밀정. 경찰의 직권을 남용한 저는 밀정에 지나지 않습니다.”

그런 다음 자베르는 정중하게 경례하고 문을 향해 걸어갔다. 그리고 다시 한번 뒤를 돌아보고 여전히 눈을 내리깐 채 입을 열었다.

“시장님, 후임자가 올 때까지 계속 근무하겠습니다.”

마침내 자베르가 물러갔다. 마들렌 씨는 복도 끝으로 멀어져 가는 당당하고 힘찬 발소리에 귀를 기울이며 문득 깊은 상념에 잠겼다.

*

자베르가 찾아온 날 오후, 마들렌 씨는 다른 때와 마찬가지로 팡틴을 보러 갔다. 팡틴을 만나기 전에 그는 먼저 생플리스 수녀를 불렀다. 진료소에서 일하는 수녀는 나사로회에서 파견된 수녀들이었는데, 한 사람은 생플리스 수녀, 또 한 사람은 페르페튀 수녀였다.

둘 중 팡틴의 내면에 잠재된 덕성을 알아본 생플리스 수녀는 무한한 애정을 갖고 헌신적으로 그녀를 간호했다. 마들렌 씨는 생플리스 수녀를 따로 불러 간곡하게 팡틴의 일을 부탁한 다음 그녀에게 갔다. 수녀는 한참 뒤에야 그의 말투가 평소 같지 않았다는 것을 떠올렸다.

팡틴은 매일 즐거운 소식을 기다리듯 마들렌 씨가 나타나기만을 기다렸다. 그녀는 수녀에게 곧잘 이렇게 말했다.

"시장님이 곁에 계시는 동안에는 내가 살아 있는 것 같아요."

그날 그녀는 열이 몹시 높았다. 마들렌 씨를 보자마자 그녀가 물었다.

"코제트는요?"

그는 조용히 미소 지으며 대답했다.

"곧 올 거예요."

마들렌 씨는 여느 때와 다름없이 팡틴을 대했다. 다만 그날은 평소처럼 30분이 아니라 한 시간이나 곁에 있었다. 그러자 팡틴은 몹시 기뻐했다. 그는 아무런 불편이 없도록 환자를 보살펴달라고 주위 사람들에게 몇 번이고 당부했다. 그러다 잠깐 그의 표정이 어두워졌다. 의사가 그의 귀에 대고 팡틴의 병세가 몹시 악화되고 있다고 속삭였기 때문이다.

얼마 후 그는 시청으로 돌아갔다. 사환은 시장이 집무실 벽에 걸려 있는 프랑스의 도로지도를 유심히 들여다보고 있는 것을 목격했다. 한참을 그러고 있던 시장은 무슨 생각에서인지 연필로 종이에 숫자를 끄적거렸다.

시청에서 나온 마들렌 씨는 시내 변두리에 있는 플랑드르인의 집으로 향했다. 스코플레르 영감이라고 불리는 그 집 주인은 말과 마차를 임대하며 먹고살았다.

스코플레르 영감의 집으로 가려면 마들렌 씨가 살고 있는 교구의 사제관 근처 인적이 드문 거리를 지나가야 했다. 사제는 많은 사람들로부터 존경받는 인격자이자 훌륭한 조언자였다. 마들렌 씨가 사제관 앞을 지나갈 때 길에는 통행인이 한 사람밖에 없었는데, 그는 다음과 같은 광경을 목격했다.

사제관 앞을 지나가던 시장이 걸음을 멈추고 잠시 생각하더니 발길을 돌려 사제관 중문으로 걸어갔다. 길에서 조금 들어간 중문에는 쇠고리가 달려 있었는데 이것을 두드려 방문객이 왔음을 알린다. 시장은 재빨리 그 고리를 잡아 들어 올렸으나 곧 손을 멈추고 꼼짝도 하지 않은 채 생각에 잠겼다. 그러고는 소리 나지 않도록 고리를 살그머니 내려놓고 조금 전과 달리 약간 서두르는 걸음으로 다시금 가던 길을 걸어갔다.

마들렌 씨가 도착했을 때 스코플레르 영감은 마구를 수선하고 있었다.

"스코플레르 영감, 좋은 말이 있소?"

마들렌 씨가 물었다.

"시장님! 저희 집에 있는 말은 모두 좋은 말인데 어떤 말을 원하십니까?"

스코플레르 영감이 말했다.

"하루에 2백 리를 달릴 수 있는 말이면 되오."

"2백 리라!"

마들렌 씨가 고개를 끄덕였다.

"이륜마차를 달고서 말입니까?"

"그렇소."

"그만큼 달리고 나서 얼마나 쉬는데요?"

"글쎄, 어쩌면 그 이튿날 바로 출발해야 할 거요."

"갔던 길을 되돌아오는 거군요?"

"그렇소."

"그것도 2백 리를 말입니까?"

마들렌 씨는 연필로 숫자를 적은 종이를 주머니에서 꺼내 영감에게 보여주었다. 종이에는 '50, 60, 85'라는 숫자가 씌어 있었다.

마들렌 씨가 말했다.

"이것 보시오. 합계가 195이니, 대충 2백 리 맞잖소."

영감이 말했다.

"시장님, 아무튼 이렇게 해봅시다. 저희 집의 백마를 내드리지요. 시장님도 가끔 그놈이 지나가는 것을 보신 적이 있을 겁니다. 아주 기운 좋은 놈입니다. 원래 승마용으로 길들이려고 했는데 그리 될 수가 없었지요. 이놈 고집이 어찌나 센지 사람이 올라타는 족족 땅바닥에 내동댕이치지 않겠습니까? 결국 성질이 나쁘다고 소문이 나서 아무짝에도 쓸모없는 말이 되었지요. 그런 놈을 제가 사서 마차를 끌게 했습니다. 아, 그랬더니 글쎄, 이 녀석 마음에 꼭 들었던 모양이에요. 마차에 매달았더니 계집아이처럼 얌전해져서 바람같이 달리지 않겠어요! 아니, 정말 이런 녀석의 등에 올라타서는 안 되는 거였습니다. 처음부터 승마용이 될 생각이 없었던 모양이에요. 누구에게나 소망이라는 게 있는 법이니까요. 끄는 거라면 좋지만 태우는 건 싫다, 아마 이런 배짱이었던 모양입니다."

"그래, 그 말이라면 달릴 수 있겠다는 거요?"

"말씀하시는 대로 2백 리쯤이야. 꽤 빨리 달릴 테니 8시간도 채 걸리지 않을 겁니다. 하지만 한 가지 조건이 있습니다."

"말해보세요."

“첫째, 절반쯤 가서 한 시간쯤 쉬게 해주십시오. 그때 먹을 것을 주시고요. 그동안 경험한 바에 의하면 여관에서는 귀리가 말의 입으로 들어가는 것이 아니라 마구간지기의 술값이 되는 경우가 더 많더군요.”

“곁에서 지켜보면 되지 않소.”

“둘째, 마차는 시장님께서 직접 모는 겁니까?”

“그렇소.”

“고삐를 잡을 줄 아시나요?”

“당연하지 않겠소.”

“그럼 꼭 시장님 혼자 타도록 하십시오. 이 녀석이 가볍게 달리려면 다른 짐이 없어야 합니다.”

“알겠소.”

“그럼 시장님 혼자 타시니까 귀리를 지켜보는 일도 시장님이 친히 하셔야겠습니다.”

“물론이오.”

“임대료는 하루 30프랑은 받아야겠습니다. 쉬는 날도 쳐서요. 돈은 한 푼도 깎아드릴 수 없습니다. 물론 말먹이도 시장님께서 준비하시고.”

마들렌 씨는 나폴레옹 금화 세 닢을 꺼내 탁자 위에 놓았다.

“여기, 이틀치를 선불로 주겠소.”

“또 하나, 대형 마차로 그렇게 달리면 너무 무거워서 말이 쉽게 지칠 겁니다. 그러니 시장님께서는 소형 마차를 사용해주시면 감사하겠습니다."

"알겠소."

"대신 덮개가 없습니다."

"괜찮소."

"하지만 지금은 겨울인데요?"

마들렌 씨는 대답하지 않았다.

"추위가 만만치 않을 텐데요?"

마들렌 씨는 여전히 입을 다물고 있었다. 스코플레르 영감이 계속 말했다.

"비가 올지도 모르고요."

그러자 마들렌 씨가 말했다.

"소형 마차와 말을 내일 새벽 4시 30분까지 내 집 문 앞에 준비해주시오."

"알겠습니다, 시장님."

스코플레르 영감이 대답했다. 그는 나무 탁자의 얼룩을 엄지손톱으로 문질러대면서 플랑드르인 특유의 능청스러운 얼굴로 다시 말했다.

"아 참, 이제야 생각났는데, 시장님께서는 어디로 가신다는 말씀은 안 하셨네요. 거기가 어딥니까?"

애초부터 그의 관심은 여기에 있었지만 차마 물어보지 못하고 있었다.

"말은 앞다리가 튼튼합니까?"

마들렌 씨는 대답하지 않고 이렇게 물었다.

"물론입니다, 시장님. 하지만 내리막길에서는 조금 잡아당기십시오. 여기서 가시는 데까지 내리막길이 많습니까?"

"내일 새벽 4시 30분 정각에 내 집 앞에 갖다 주시오. 꼭 잊지 마시오."

마들렌 씨는 말을 마치고 나서 밖으로 나갔다. 그리고 2, 3분 지나서 다시 문을 열었다. 여전히 무표정한 얼굴의 그는 무언가에 온통 마음을 빼앗기고 있는 것 같았다.

"스코플레르 영감, 내게 빌려줄 말과 소형 마차는 값이 얼마나 되겠소? 말에 마차를 딸려서 말이오."

마들렌 씨가 물었다.

"말이 마차를 끌게 하는 거죠, 시장님?"

영감이 큰 소리로 웃으면서 물었다.

"그렇지."

"시장님께서 그걸 사시겠다는 겁니까?"

"혹시 몰라서 만일의 사고에 대비해 영감에게 보증금이라도 내놓으려는 거요. 그 돈은 나중에 돌아와서 찾아가면 되니까. 값이 얼마나 되겠소?"

"5백 프랑은 될 겁니다, 시장님."

“자, 여기.”

마들렌 씨는 탁자 위에 지폐를 놓고 나갔는데 이번에는 되돌아오지 않았다.

스코플레르 영감은 천 프랑이라고 말하지 않은 것을 몹시 애석해했다. 말과 소형 마차를 합치면 5백 프랑이 알맞은 값이었으나 시장의 태도로 보아 더 불러도 될 것 같았다는 생각이 들었던 것이다.

그는 아내에게 시장과 있었던 이야기를 했다.

“대체 시장님은 어디에 가시려는 것일까?”

“파리에 가실 거예요.”

아내가 말했다.

“내 생각에는 아닌 것 같은데.”

남편이 말했다.

마들렌 씨는 숫자를 적은 종이를 두고 갔다. 영감은 그것을 들고 유심히 살펴보았다.

“50, 60, 85, 이것은 역참이 있는 곳을 표시한 숫자가 틀림없어.”

그는 아내를 바라보았다.

“알았어.”

“어떻게요?”

“여기서 에스댕까지 50리, 에스댕에서 생폴까지 60리, 생폴에서 아라스까지 85리야. 시장은 아라스로 가는 거야.”

그사이 마들렌 씨는 이미 집에 돌아와 있었다.

9. 파멸을 향해 달리다

마들렌 시장은 다름 아닌 장 발장이었다. 프티제르베의 사건 이후 그는 극심한 죄책감에 시달렸고, 참회의 기도를 드리고 난 순간부터 완전히 다른 사람이 되었다. 바로 주교가 바라던 그런 사람이 된 것이다. 그것은 단순한 일신상의 변화가 아니라 기적처럼 완전히 새로운 존재가 탄생한 것이라고 할 수 있었다.

장 발장은 디뉴를 떠나 자취를 감추는 데 성공했다. 주교의 집에서 훔친 은제품은 촛대 2개만 남기고 은식기는 모두 팔았다. 그는 그 촛대를 주교가 자신에게 베푼 은혜와 가르침을 잊지 않고 항상 스스로를 감시하고 심판하기 위한 엄격한 기념물로 여기고 간직해 왔다. 촛대를 볼 때마다 주교의 말씀이 생생하게 떠오르곤 했다.

"잊지 말아요. 이 은식기를 정직한 사람이 되는 데 쓰겠다고 한 약속을 절대 잊지 말아요. 당신은 이제 악이 아니라 선의 편에 선 사람입니다. 나는 당신의 영혼을 샀습니다. 나는 그 영혼을 사악함에서 꺼내 천주님께 바치고자 합니다."

장 발장은 여러 도시들을 넘나들면서 프랑스 전역을 돌아다니다 마침내 몽트뢰유쉬르메르에 정착했다. 그곳에서 그는 엄청난 부와 성공을 이루었다. 그는 다시 경찰에 잡힐 것을 두려워하지 않아도 되었고, 그의 인생 역정 가운데 가장 평온한 삶을 살게 되었다. 장 발장의 과거는 우울했지만, 미래의 삶은 평화롭고 희망찬 것이었다. 그의 삶에는 오직 두 가지 목표만이 남아 있었다. 하나는 자신의 정체를 숨기는 것이고, 다른 하나는 성스러운 삶을 살며 하느님께 귀의하는 것이었다.

장 발장이 추구하는 이 두 가지 인생 목표는 그의 마음속에서 너무나도 견고하게 결합되어 거의 하나가 되어 있었다. 그러나 그 두 가지가 충돌할 때면, 세상 사람들이 마들렌 시장으로 알고 있는 그 남자는 아무 망설임 없이 두 번째를 위해 첫 번째를, 다시 말해 선행을 위해 자신의 안전을 희생했다.

보다 안전하고 무탈하게 살 수 있었는데도 그가 굳이 주교의 촛대를 간직하고, 주교의 죽음에 공공연히 슬픔을 표하고, 사부아 출신 굴뚝 청소부 소년들에게 돈을 주고, 파브롤의 가족에 대해 조사하고, 자베르의 의혹의 눈길에도 아랑곳하지 않고 포슐르방 영감의 생명을 구한 것도 모두 이 때문이었다.

장 발장은 성인과 의인의 가르침을 따라 자신이 책임져야 할 첫 번째 대상을 자신이 아닌 타인으로 삼는, 이른바 희생적인 삶을 추구했다. 그러나 자베르로 인해 야기된 이 같은 삶의 위기가 이전에

는 단 한 번도 없었다. 더구나 그렇게 고통스러운 싸움에 말려든 적
도 없었다.

자베르의 이야기를 듣고 곧바로 떠오른 생각이 있었는데, 그것은
자신의 정체를 세상에 밝혀 샹마티외를 구하고 감옥에 들어가는 것
이었다. 그것은 힘겹고도 아픈 결단이었다. 하지만 그 결단을 즉시
실행에 옮길 수는 없었다. 장 발장은 이렇게 중얼거렸다.

"조금 더 두고 보기로 하자."

그렇게 해서 그는 자신의 용기 있는 충동을 가까스로 억누르고
비장한 행위를 일단 유보하기로 했다. 주교의 거룩한 말씀을 마음
속 깊이 간직한 장 발장이 그렇게 망설이지 않았다면, 그것은 지극
히 아름다운 일이었을 것이다. 오랜 세월 진정한 회개의 삶을 살아
온 지금, 그는 자기 앞에 놓인 위기의 구렁텅이 속으로 결연히 들어
갔어야 했다. 그 구렁텅이 밑바닥에는 바로 천국이 있기 때문이다.
그랬다면 얼마나 좋았을까? 그러나 그는 그렇게 하지 않았다. 그는
처음 얼마간은 자기 자신을 지키기에 급급했다. 그 순간부터 그는
불투명한 앞날에 대해 일절 생각하지 않으려고 안간힘을 썼다. 그
는 의자에서 벌떡 일어나 문을 걸어 잠그고, 행여 누군가 자기를 볼
까 봐 촛불도 꺼버렸다. 하지만 그가 문을 잠그면서까지 들어오지
못하게 하려던 것은 이미 들어와 있었다. 그리고 눈을 가려 보지 못
하게 하고자 했던 것은 이미 그의 얼굴을 꿰뚫어보고 있었다. 그것
은 양심이었다. 아니 좀더 정확하게 말하면, 그것은 신이었다. 처음

에 그는 착각하고 있었다. 안전함과 고요함에 취했기 때문이었다. 문을 잠갔을 때, 그는 어느 누구도 자신을 어쩌지 못하리라 생각했다. 그리고 촛불을 껐을 때는 아무도 자신을 보지 못할 거라고 믿었다. 마침내 그는 마음을 가다듬었다. 그는 머리를 두 손으로 감싸 쥐고 깊은 생각에 잠겼다.

'지금 나는 어디에 있나? 이건 꿈이 아닐까? 자베르의 말이 사실일까? 샹마티외라는 자는 도대체 누구란 말인가? 그는 진짜 나를 닮았을까? 어제까지만 해도 더없이 평화롭던 삶이 이렇게 순식간에 뒤바뀔 수 있단 말인가? 이런 일이 닥치리라고는 꿈에도 생각지 못했는데. 이 사건은 어떻게 될까? 어떻게 해야 하나?'

끝없는 정신적 혼란은 끝없는 번민만 낳을 뿐이었다. 그는 자신의 의지와 이성으로 완전한 결론을 이끌어내려고 몸부림쳤지만, 그의 의지와 이성은 이미 기가 꺾인 상태였다. 그의 머릿속은 불타오르는 듯했다. 그러나 어느덧 어떤 흐릿한 윤곽이 그의 머릿속에 떠오르기 시작했다. 자신이 처한 상황을 정확히 이해하게 되면서 그의 생각도 점차 선명해졌다.

장 발장은 자신이 또다시 도둑이 되려 한다는 사실을 깨달았다. 가증스럽게도 그는 타인의 인생을 훔쳐서 자신의 삶과 행복, 그리고 더 나아가 자신의 존재 자체를 얻으려 하고 있었다. 그렇다면 그는 암살자와 다름없으리라. 그 가련한 늙은 남자를 도덕적으로 죽이려 하기 때문이다. 그는 그야말로 잔인하게도 그 남자에게 살아 있는 죽음을 선고하고 있었다. 감옥이라는 죽음을.

그를 구하기 위해 자수하는 것, 자신의 정체를 밝히는 것, 그래서 다시 한번 전과자 장 발장이 되는 것이야말로 진실로 그가 부활할 수 있는 유일한 방법이었다. 역설적으로 그 지옥으로 다시 떨어지는 것은 사실상 지옥으로부터 벗어나는 것이었다.

장 발장은 마치 주교가 부활해서 자신을 지켜보고 있는 것만 같은 느낌을 떨쳐버릴 수 없었다. 주교는 마들렌 시장의 탈을 쓰고 있는 장 발장을 혐오스런 눈빛으로 보고 있었다. 세상 사람들은 그의 겉모습을 보지만, 주교는 그의 양심을 보는 것 같았다.

그는 자신이 어떻게 해야 할지 알고 있었다. 아라스로 가서 가짜 장 발장을 가려내고 진짜 장 발장을 드러내야 했다. 그로서는 이것이 최대의 희생이지만, 동시에 가장 슬픈 승리이기도 했다. 이 얼마나 서글픈 운명인가! 이것은 그의 마지막 운명의 행로였다. 그는 중얼거렸다.

"상마티외를 구해야 한다. 그것이 나의 의무다!"

장 발장은 회계장부를 정리하고, 곤궁한 소매상인들한테 받은 차용증서들을 불태워버렸다. 그러자 불현듯 팡틴이 떠올랐다.

"잠깐! 가엾은 그 여자는 어떻게 해야 하나?"

장 발장은 스스로 놀라 소리쳤다.

개인적 고뇌 끝에 홀연히 나타난 팡틴은 그에게 뜻하지 않은 한 줄기 빛을 던져주었다. 갑자기 관점이 변하는 것 같았다. 그는 중얼거렸다.

"아, 지금까지 나는 내 생각만 했어. 그럼 이 여자는! 이미 세상의 온갖 고초를 다 겪은 이 여자는 어떻게 해야 하나? 나 때문에 엄청난 불행을 겪어야 했던 이 여자! 그리고 그녀의 딸은? 아이 어머니에게 굳게 약속하지 않았던가? 내가 갑자기 사라져버리면 어떤 일이 벌어질까? 어머니가 죽으면 그 아이는 평생 빈곤과 절망 속에서 허덕일 것이다."

그는 앞서 결심한 것을 완전히 뒤집었다.

"내가 자수하지 않는다면 마들렌 시장으로 남겠지. 장 발장으로 알려진 그 사람에게는 안된 일이지만! 나는 더 이상 장 발장이 아니다. 그리고 그를 알지도 못한다."

그는 거울 속 자신의 얼굴을 들여다보며 중얼거렸다.

"나는 장 발장이 아니다! 완전히 다른 사람이다. 새로운 결정을 내렸으니 어떤 결과가 나와도 뒤로 물러서서는 안 된다. 그런데 보아하니 이 방에는 나의 과거를 말해주는 물건들이 있군. 저것들을 모두 없애버려야 한다. 언젠가는 저것들이 내 발목을 잡을 수도 있으니까."

장 발장은 열쇠를 꺼내 벽에 설치된 비밀 문을 열었다. 이 비밀 문은 벽지에 가려져 있어 전혀 눈에 띄지 않았다. 자물쇠 구멍 또한 벽지 무늬 속에 숨겨져 있었다. 일종의 벽장과도 같은 그 속에는 색 바랜 푸른색 작업복과 해진 바지 한 벌, 낡은 배낭 하나, 그리고 끝

부분에 쇠가 박힌 지팡이 하나가 들어 있었다. 그는 자신의 과거를 잊지 않으려고 촛대와 함께 그것들을 남몰래 간직해왔는데, 다른 것들은 모두 감추었어도 촛대만은 숨기지 않았다. 그는 촛대만 빼고 나머지를 모두 벽난로 속에 던져 넣었다. 배낭이 완전히 타버리고 나자 뭔가 번쩍거리는 것이 눈에 띄었다. 그는 허리를 굽혀 자세히 살펴보았다. 그것은 굴뚝 청소부 프티제르베한테 빼앗은 40수 짜리 은화였다.

난롯불이 활활 타오르자 그는 벽난로 위에 놓인 2개의 은촛대로 시선을 옮겼다. 그는 촛대를 움켜쥐면서 생각했다.

'아직도 이 속에는 장 발장이라는 존재가 있어. 이것마저 없애버려야 해!'

그는 붉게 달아오른 석탄들을 촛대로 헤집었다.

'바로 그거야. 이 촛대들을 없애버리자! 주교 같은 건 잊어버리자! 모든 것을 잊어버리자! 샹마티외도 잊어버리자!'

그때 어떤 목소리가 불현듯 장 발장의 귓속으로 파고들었다. 그 목소리가 들리지 않았다면 그는 여지없이 촛대를 불길 속에 던져버렸을 것이다.

그 목소리는 마치 자신의 내부에서 울려 나오는 것 같았다.

"장 발장! 너의 이름 하나로 말미암아 죄 없는 사람의 인생 전체가 지옥불로 떨어지려 한다. 너의 이름은 그를 짓누르는 죄악을 범하고 있다. 그는 감옥이라는 절망과 공포 속에서 여생을 마치게 될 것이다. 그래, 너는 점잖은 시장님으로 남아 있어라. 명예롭고 존경받는 사람으로 남아라. 너의 공장으로 도시를 번영시키고, 가난한 자를 먹여 살리고, 고아들을 보살펴라. 아울러 네 인생의 행복을 맘껏 즐겨라. 다만 이것 하나만 기억하라. 네가 기쁨과 광명 속에 있는 동안, 누군가가 너의 죄수복을 입고 너의 불명예스러운 이름의 멍에를 지고 차디찬 감옥에서 너 대신 쇠사슬에 묶여 있다는 것을! 참으로 위대한 계획이다. 가증스러운 인간이여!"

촛대를 바라보는 그의 이마 위로 땀이 흘러내렸다. 그 목소리는 계속 이어지고 있었다.

"장 발장, 세상의 모든 목소리들이 너를 찬양할 것이다. 하지만 누군가가 어둠 속에서 너를 증오할 것이다. 그리하여 모든 축복의 소리는 땅에 떨어지고, 오직 그 저주의 소리만이 하늘로 올라갈 것이다."

그 목소리는 양심의 가장 깊은 심연으로부터 울려 나왔다. 마지막 말은 너무도 선명하게 들려 그는 두려움에 떨며 방 안을 이리저리 살펴보았다.

"누구냐?"

그는 큰 소리로 외쳤지만 아무 대답도 들려오지 않자 마치 실성한 사람처럼 웃으며 중얼거렸다.

"바보 천치! 누가 있단 말인가!"

그러나 거기에는 누군가가 있었다. 사람의 눈에는 보이지 않는 어떤 존재가 있었다.

장 발장은 촛대를 벽난로 위에 올려놓았다. 그는 서로 상반된 두 가지 결심 앞에서 똑같은 두려움으로 멈칫했다. 어느 것이나 위험하기는 매한가지였다. 그가 아무리 발버둥쳐 봐도 소용돌이치는 고뇌 속에서 이럴 수도 저럴 수도 없는 고통스런 상황이 계속되고 있었다. 천국에 있으면서 악마가 될 것인가? 지옥으로 돌아가서 천사가 될 것인가?

그는 예수그리스도가 십자가에 매달리기로 결심하고 스스로 고통을 받아들이기로 했을 때를 상상해보았다. 그것은 세상의 모든 절망과 슬픔을 끌어안은 고통이었다.

그는 잠에서 깨어났다. 온몸이 얼음처럼 차가웠다. 세찬 바람에 창문이 덜컹대는 소리가 났다. 난롯불은 이미 꺼져버렸고, 초도 거의 다 타들어 가고 있었다. 아직 깜깜한 밤이었다.

그는 자리에서 일어나 창가로 갔다. 하늘에는 별도 없었다. 창밖으로 집 안마당과 바깥 도로가 보였다. 그때 갑자기 밑에서 단단한 금속성의 소리가 나자 그는 아래를 내려다보았다. 2개의 붉은 별이 어둠 속에서 기묘하게 커졌다 작아졌다 하며 빛을 발하고 있었다. 그는 아직도 비몽사몽인 채로 혼잣말을 중얼거렸다.

"뭐지? 별이 하늘에 떠 있지 않고 땅 위에 있잖아."

순간 머릿속의 안개가 점점 걷히면서 처음에 들었던 것과 같은 두 번째 쇳소리가 울려 퍼졌다. 그는 완전히 잠에서 깨어나 정면을 응시했다. 그리고 그 2개의 별이 마차 불빛이라는 것을 알았다. 그것은 흰 말이 끄는 이륜마차였다.

"저건 웬 마차일까? 꼭두새벽부터 누가 온 것일까?"

그는 다시 혼잣말을 했다.

그때 누군가 그의 방문을 가볍게 한 번 두드렸다. 그는 머리끝에서부터 발끝까지 오싹한 기분에 사로잡혀 큰 소리로 외쳤다.

"누구요!"

곧 대답이 들려왔다.

"시장님, 저예요."

문지기 노파의 목소리였다.

"무슨 일이오?"

"시장님, 이제 곧 새벽 5시예요."

"그래서 어쨌다는 거요?"

"마차가 왔어요, 시장님."

"무슨 마차 말이오?"

"이륜마차예요."

"이륜마차가 왜?"

"시장님께서 부르지 않았나요?"

"그런 일 없는데."

"마부가 시장님을 모시러 왔다고 하던데요."

"어떤 마부 말이오?"

"스코플레르 영감네 마부예요."

"스코플레르 영감?"

그 이름을 듣자 그는 마치 번갯불이 얼굴을 스친 것처럼 몸을 부르르 떨었다.

"아, 그래! 스코플레르 영감이라!"

이때 문지기 노파가 그의 표정을 보았다면 아마도 자지러질 정도로 놀랐을 것이다.

그로부터 꽤 오랜 침묵이 흘렀다. 그는 넋 나간 사람처럼 멍하니 촛불을 바라보았다. 그러다 뜨거운 촛농을 떼어 손가락 끝으로 비벼대기도 했다. 문밖에서는 문지기 노파가 계속 기다리고 있었다. 그녀는 한 번 더 큰 소리로 말했다.

"시장님, 뭐라고 전할까요?"

"지금 간다고 전해주시오."

*

장 발장이 탄 마차는 빠른 속도로 달리고 있었다. 그는 어디로 가고 있는 것일까? 그리고 왜 그렇게 서두르는 것일까? 장 발장 자신도 알 수 없었다. 그는 무작정 앞으로 나아갈 뿐이었다. 어디로? 아라스로? 그는 어쩌면 전혀 엉뚱한 곳으로 가고 있는지도 모른다. 가끔 그는 몸을 부르르 떨며 진저리를 쳤다.

동이 틀 무렵 그는 들판을 달리고 있었다. 몽트뢰유쉬르메르의 거리가 점차 등 뒤로 멀어져 갔다. 그는 희뿌옇게 변하는 지평선을 바라보았다. 싸늘한 겨울 새벽이 눈앞에서 지나가고 있었다.

에스댕에 닿았을 때는 날이 훤히 밝아 있었다. 그는 말을 쉬게 하려고 어느 여관 앞에 마차를 세웠다. 그가 타고 온 말은 블로네산 (産)으로 작지만 억세고 다부졌다. 이 녀석은 2시간 동안 내리 50리를 달리고도 엉덩짝에 땀 한 방울 나지 않았다.

장 발장은 마차에서 내리지 않았다. 귀리를 가지고 온 마구간지기가 몸을 숙이고 왼쪽 바퀴를 살펴보더니 그에게 물었다.

"아직도 갈 길이 먼가요?"

장 발장은 아직도 잡념에서 헤어나지 못한 채 대답했다.

"왜 그러시오?"

"멀리서 오셨나요?"

마구간지기가 계속 물었다.

"50리 밖에서 왔소."

"그러시군요."

마구간지기는 다시 몸을 숙여 잠자코 바퀴를 살펴보더니 한참 만에 몸을 일으켰다.

"이런 바퀴로 50리를 왔다는 게 믿기지 않네요. 이제는 한 마장도 더 나갈 수 없겠는데요."

마침내 장 발장은 마차에서 뛰어내려 물었다.

"그게 무슨 말이오?"

"여기까지 온 게 기적입니다. 나리나 말이나 어디 진구렁에라도 굴러떨어지지 않고 50리나 달려왔으니 참으로 용하십니다. 이것 좀 보세요."

마구간지기 말대로 바퀴가 심하게 망가져 있었다. 바퀴살이 2개나 부러지고 바퀴통도 찌그러져 있었다.

"이 근처에 수레 기술자 없소?"

장 발장이 마구간지기에게 물었다.

"있습죠, 나리."

"그럼 좀 불러주시오."

"마침 저기 있네요. 바로 저 사람입니다. 여기 좀 봐요! 부르가야르 아저씨!"

수레 기술자 부르가야르는 자기 집 문간에 서 있었다. 그는 천천히 걸어와서 바퀴를 살펴보더니 마치 부러진 다리를 진찰하는 외과 의사처럼 인상을 찡그렸다.

"이 바퀴를 고칠 수 있겠소?"

"네, 나리."

"언제 출발할 수 있겠소?"

"내일이나 되어야겠는데요."

"내일?"

"꼬박 하루는 걸릴 겁니다. 급하십니까?"

"대단히 급하오. 늦어도 한 시간 뒤에는 출발해야 하오."

"그건 곤란합니다, 나리."

"돈은 얼마든지 내겠소."

"아무래도 무리입니다."

"그럼 2시간 뒤에는 안 되겠소?"

"오늘 중으로는 도저히 안 됩니다. 2개의 살과 바퀴통을 고쳐야 하는 큰 공사라서요. 나리께서는 오늘 안으로 떠날 수 없습니다."

"볼일이 급해서 내일까지 미룰 수가 없소. 그럼 다른 바퀴로 바꿀 수는 없겠소?"

"어떻게 그러겠어요?"

"당신은 수레 기술자 아니오?"

"그렇긴 합니다만……."

"바퀴 한 짝만 팔면 안 되겠소? 그럼 금방 떠날 수 있을 텐데."

"바퀴 말씀입니까?"

"그렇소."

"이 마차에 맞는 바퀴는 없습니다. 바퀴 2개가 한 쌍입죠. 어떻게 바퀴를 짝짝이로 달겠습니까?"

"그렇다면 한 쌍을 파시오."

"하지만 나리, 한 쌍이라도 아무 굴대에나 맞는 건 아닙니다."

"아무튼 어떻게 좀 해보시오."

"그건 곤란합니다, 나리. 저희는 짐마차 바퀴밖에 없습니다. 여기는 워낙 작은 동네라서요."

"그럼 마차를 빌려줄 수는 있겠소?"

수레 기술자는 벌써 이 이륜마차가 임대용이라는 것을 짐작하고 있었다. 그는 어깨를 으쓱하며 말했다.

"임대한 마차라고 이렇게 함부로 다뤄서야! 설령 제가 마차를 갖고 있더라도 빌려드리지는 못하겠네요."

"그럼 파시오."

"마차가 있다는 게 아닙니다."

"뭐라고? 한 대도 없소? 아무거나 괜찮으니 어떻게 좀 안 되겠소?"

"여긴 작은 시골이라서요. 창고에 딱 하나 있기는 하지만……."

수레 기술자가 잠시 뜸을 들이더니 말했다.

"읍내 사는 나리의 낡은 사륜마차인데 거의 쓰지 않습죠. 마차를 타고 가다가 그 양반한테 걸리지만 않는다면 빌려드릴 수는 있습니다. 하지만 그건 사륜마차라서 말 두 필이 있어야 합니다."

"역마를 빌리면 되잖소."

"나리께서는 어디로 가시는데요?"

"아라스요."

"오늘 안에 거기 도착하셔야 한다고요?"

"그렇소."

"역마를 빌려 타고서요?"

"왜, 또 뭐가 문제요?"

"내일 새벽 4시에 도착하면 곤란한가요?"

"그건 안 되오."

"그리고 또 역마를 빌리신다니까 여쭐 말씀이 있는데, 나리는 통행증을 갖고 계신지요?"

"갖고 있소."

"그렇다면 역마를 빌릴 수는 있지만 나리께서는 오늘 내로 아라스에 도착할 수 없습니다. 여기는 역마가 자주 쓰이지 않는 고장이라 역마들 모두 밭에 나가 일한답니다. 요즘은 쟁기질할 철이라 어느 역참이든 역마 한 마리 얻는 데 적어도 서너 시간은 걸릴 겁니다. 게다가 오르막길이 꽤 많아서 말도 느려터질 테고요."

"그럼 할 수 없이 저 말을 타고 가야겠군. 마차에서 말을 풀어주시오. 근처에 안장 파는 데는 있겠지?"

"네. 그런데 이 말에 안장을 얹을 수 있을까요?"

"그건 미처 생각을 못 했군. 이 말은 못 견디겠지."

"그러시면……."

"마을에서 말을 구할 수 있겠소?"

"아라스까지 단숨에 달릴 말을 구하신다는 말씀입니까?"

"그렇소."

"빌리기 힘들 겁니다. 여기는 나리를 아는 사람이 없으니까 말을 사는 수밖에 없겠네요. 그러나 말을 사든 빌리든 5백 프랑은 고사하고 1천 프랑을 낸다 해도 결코 원하는 말을 구할 수 없을 겁니다.”

“그럼 어떻게 하면 좋겠소?”

“글쎄요. 어쨌든 가장 좋은 방법은 제가 바퀴를 고치고, 나리는 출발을 내일로 미루시는 겁니다.”

“내일이면 너무 늦다고 하지 않았소.”

“거참!”

“아라스로 가는 우편마차는 언제 도착하오?”

“오늘 밤입니다. 상행이나 하행 둘 다 밤에 지나갑니다.”

“이렇게 복잡해서야, 원! 바퀴 고치는 데 정말 하루가 걸리는 것이오?”

“네, 나리. 꼬박 하루가 걸린다니까요!”

“둘이서 같이 해도?”

“10명이 달려들어도 마찬가지입니다.”

“살을 묶어 매면 되지 않겠소?”

“살이야 그래도 되겠지만, 바퀴통은 안 됩니다.”

“읍내에 마차 빌릴 곳은 없소?”

마구간지기와 수레 기술자가 동시에 머리를 흔들면서 짧게 대답했다.

“없습니다.”

순간 장 발장은 모종의 기쁨을 느꼈다. 하늘의 섭리인 것이 분명했다. 먼저 이륜마차의 바퀴를 부수고, 결국은 길거리에서 꼼짝 못하게 만들어놓은 것은 어쩔 수 없는 하늘의 뜻인 것이다. 그는 최초의 경고에도 불구하고 가던 길을 계속 가기 위해 온갖 방법을 강구했고 갖은 노력을 기울였다. 아무리 추워도, 아무리 지치고 힘들어도, 아무리 많은 비용이 들어도 그는 결코 포기하지 않으려 했다. 그러니 자책할 이유는 아무것도 없었다. 결국 가지 못하게 되더라도 그의 탓은 아니었다. 그것은 양심의 문제가 아니라 신의 섭리였던 것이다.

장 발장은 자베르의 방문을 받은 이후 처음으로 편하게 가슴을 펴고 크게 숨을 쉬었다. 20시간 동안 숨통을 꽉 죄고 있던 쇠사슬이 겨우 조금 느슨해진 것 같았다. 이제야 하늘이 계시를 내리는 것인가! 그는 자신이 할 수 있는 모든 방법을 다 썼다. 그러니 조용히 되돌아갈 수밖에 없다고 그는 속으로 생각했다.

그와 수레 기술자가 여관방에서 대화를 나누었다면 현장을 목격한 사람도 없었을 것이고, 아무도 그 이야기를 듣지 못했을 테니 사태가 그것으로 끝났을 것이다. 또한 앞으로 이어질 사건도 일어나지 않았을 것이다. 그러나 그들은 한길에 서 있었다. 따라서 주위에 사람들이 모여들게 마련이었다. 구경꾼들은 언제나 있는 법이었다. 그가 수레 기술자에게 이것저것 묻고 있는 동안 오가던 사람들이 주위에 둘러서 있었다. 그리고 한참 이야기를 듣고 있던 한 소년이 아무도 모르게 군중 사이를 빠져나가 어디론가 달려갔다.

마침내 장 발장이 생각을 정리하고 왔던 길을 되돌아가려던 찰나에 그 소년이 한 노파를 데리고 왔다.

노파가 말했다.

"나리! 우리 아이가 그러는데 나리께서 마차를 빌리고 싶어 하신
다는 게 사실인가요?"

노파의 입에서 나온 이 한마디에 그의 등줄기는 땀으로 흠뻑 젖
었다. 마치 그를 놓아주었던 손이 등 뒤 어둠 속에서 다시 나타나
마수를 뻗치는 것만 같았다. 그는 마지못해 대답했다.

"그렇소."

그리고 얼른 이렇게 덧붙였다.

"그런데 이 근처에는 마차를 빌려주는 데가 전혀 없다더군요."

"왜 없겠어요."

노파가 말했다.

"그게 어디에 있단 말이오?"

수레 기술자가 나서서 물었다.

"우리 집에요."

노파의 대답에 장 발장은 등골이 오싹했다. 운명의 쇠사슬이 다
시금 그를 옭아맨 것이다. 결국 그는 노파가 원하는 만큼 값을 치르
고 형편없이 낡아빠진 마차를 빌렸다. 그리고 돌아갈 때 타려고 수
레 기술자에게 마차 바퀴 수리를 맡기고, 노파 집에서 끌고 온 마차
에 백마를 앞세워 다시 길을 달리기 시작했다.

마차가 움직이기 시작했을 때, 그는 조금 전 이제는 원래의 목적

지로 가지 않아도 된다는 생각에 일종의 희열을 느꼈던 일을 떠올렸다. 그런 자신에 대한 분노를 곱씹으며 어리석음을 책망했다. 어째서 되돌아가는 일에 기쁨을 느꼈던가. 이 여행은 그가 스스로 선택한 게 아니었던가. 이 일을 강요한 사람은 아무도 없었다. 그리고 그가 원하는 뜻밖의 일 따위는 절대 일어날 리 없었다.

마차가 에스댕을 벗어날 즈음 누군가 마차를 세워달라고 다급하게 외치는 소리가 들렸다. 그는 일말의 희망을 품은 듯 얼른 마차를 세웠다. 목소리의 주인공은 노파를 데리고 온 소년이었다.

"나리! 마차를 구해드린 건 저예요."

소년이 말했다.

"그래서?"

"나리는 제게 아무것도 주지 않으셨잖아요."

누구에게나 아낌없이 베풀던 그였으나 이 소년의 요구에는 뭔가 괘씸하고 역겹기까지 했다.

"뭐야? 이런 고약한 놈이 있나! 너 같은 놈에게는 한 푼도 줄 수 없어!"

말을 마친 그는 채찍을 휘두르며 마구 달리기 시작했다. 에스댕에서 많은 시간을 허비했으니 서둘러야 했다. 작은 말은 기운차게 달렸다. 그러나 때는 2월인 데다 마침 비가 내린 뒤여서 길이 몹시 험했다. 게다가 이번 마차는 나가는 힘이 둔하고 몹시 느려터진 데다 오르막길도 많았다.

에스뎅에서 생폴까지 가는 데 이럭저럭 4시간이나 걸렸다.

그는 생폴에서 아무 여관이나 들러 말먹이를 주고 탱크로 달려갔다. 탱크에서 아라스까지는 50리밖에 되지 않았다.

그가 탱크를 막 벗어나 길을 따라 가고 있을 때 도로에서 작업하던 사람이 그를 보고 말했다.

"말이 몹시 지쳐 있는데 아라스로 가는 길인가요?"

"그렇소."

"이대로는 오늘 안에 도착할 수 없을 텐데요."

급기야 그가 말을 멈추고 물었다.

"그게 무슨 말이오? 듣기로 50리 조금 넘는다던데."

도로 작업자가 말했다.

"도로 공사 중인 걸 모르셨군요? 50분쯤 더 가면 도로가 막혀 있을 겁니다. 카랑시와 캉블랭 쪽으로 돌아가야 합니다."

그가 낭패라는 듯이 말했다.

"곧 어두워질 텐데 길을 잃기 십상이겠군."

그러자 도로 작업자가 말했다.

"차라리 여관에서 묵고 내일 떠나시는 게 낫겠네요."

"하지만 무슨 일이 있어도 오늘 아라스에 도착해야 하오."

"정 그러시다면 제가 알려드리는 여관에 가서 말 한 마리를 얻어 마부를 데리고 가세요. 길을 안내해줄 겁니다."

그는 도로 작업자가 알려준 대로 탱크로 되돌아가 여관에서 말한 마리를 얻어 두 마리를 달고 마차를 달렸다. 그의 옆에는 마부가 탔다.

마차가 들판으로 들어서자 추위가 온몸으로 스며들었다. 장 발장은 어제저녁부터 아무것도 먹지 않았다. 그는 디뉴의 넓은 들판을 밤새도록 헤매던 옛일을 어렴풋이 떠올렸다. 8년 전의 일이 바로 어제 일처럼 생생하게 떠올랐다.

어디선가 시간을 알리는 종이 울리자 그는 마부에게 물었다.

"몇 시인가?"

"7시입니다, 나리. 아마도 8시에는 아라스에 도착할 수 있을 것입니다. 이제 30리밖에 남지 않았거든요."

마부는 말에 채찍질을 가했다. 어둠은 점점 깊어만 갔다.

10. 병실에서 부르는 자장가

한편 그때 팡틴은 기분이 좋았다. 하룻밤 몹시 위험한 고비를 넘기고 난 뒤였다. 그녀는 밤새도록 극심한 기침과 고열, 그리고 악몽에 시달렸다. 아침에 의사가 왔을 때는 한창 헛소리를 하고 있었다. 의사는 걱정스러운 얼굴로 마들렌 씨가 오면 즉시 알려달라는 말을 남기고 갔다.

생플리스 수녀가 기분이 좀 어떠냐고 물을 때마다 팡틴은 같은 말만 되풀이했다.

"네, 좋아요. 마들렌 씨를 좀 뵈었으면 좋겠어요."

마들렌 씨는 언제나 3시에 병문안을 왔었다. 시간을 정확히 지키는 것이 친절의 증거라도 되는 양 그는 매번 정확한 시간에 나타났다. 2시 30분쯤 되면 팡틴은 조바심을 내기 시작했다. 20분 동안 그녀는 열 번도 더 같은 것을 물었다.

"수녀님, 지금 몇 시예요?"

3시를 알리는 종소리에 팡틴은 침대 위에서 상체를 일으켰다. 펑소 같으면 침대에서 돌아눕기조차 힘들어하던 그녀였다. 그녀는 앙상하고 누런 두 손을 가까스로 들어 한데 모았다. 그러나 곧 입을 다문 채 시트에 주름을 잡기 시작했다. 30분이 지나고, 이어 한 시간이 지났지만 아무도 오지 않았다. 시계탑의 종소리가 울릴 때마다 팡틴은 몸을 일으켜 문을 바라보다가 다시 침대에 쓰러졌다.

누가 봐도 그녀의 마음을 역력히 알 수 있었다. 그러나 그녀는 어떤 이름도 말하지 않고 푸념도 일절 하지 않았으며, 그 누구도 원망하지 않았다. 다만 애처롭게 기침을 할 뿐이었다. 알 수 없는 어둠의 기운이 서서히 그녀의 육신에 내리덮이는 것 같았다. 그녀의 안색은 납빛이 되었고, 입술은 새파랬다. 그런 얼굴로 그녀는 가끔 미소를 지었다.

시계 종소리가 다섯 번 울렸다. 그때 수녀는 팡틴이 몹시 낮은 목소리로 말하는 것을 들었다.

"내일이면 나는 떠나는데, 오늘 안 오시면 어떡하나!"

생플리스 수녀 역시 마들렌 씨가 이렇게 늦게까지 오지 않는 것을 의아해하고 있었다. 그사이 팡틴은 침대에 누운 채 천장을 바라보고 있었다. 그녀는 무언가를 생각해내려고 애쓰는 것 같았다. 그러다 갑자기 숨결처럼 가냘픈 목소리로 노래를 부르기 시작했다. 수녀는 가만히 귀를 기울였다.

예쁜 것을 사러 가요,

들길을 거닐면서.

들국화는 푸르고 장미는 붉어요.

들국화는 푸르고 우리 아기 어여쁘네.

성모마리아께서 수놓은 망토를 두르시고

어제 난롯가에 나타나 말씀하시기를,

"여기 내 옷자락 속에 살그머니 숨어서

네가 원하던 아기가 왔단다.

어서 가거라, 시내로.

옷감이랑 실이랑

골무도 사 와야지."

예쁜 것을 사러 가요,

들길을 거닐면서.

나는 난롯가에 요람을 놓았네.

보세요, 성모마리아님, 리본으로 장식했어요.

하늘의 가장 아름다운 별보다

당신이 주신 아기가 더욱 아름다워요.

"이 옷감으로 무엇을 만들까요?"

"귀여운 아기 옷을 만들어요."

들국화는 푸르고 장미는 붉어요.

들국화는 푸르고 우리 아기 어여쁘네.

"깨끗이 빨아야 돼."

"어디서 빨까요?"

"개울에서 빨아야지."

깨끗이 마름질해서

고운 치마와 저고리를 만들어요.

꽃도 가득 수놓아요.

"아기가 없는데 옷감으로 무엇을 만들죠?"

"그것으로 나를 싸서 묻어주려무나."

예쁜 것을 사러 가요,

들길을 거닐면서.

들국화는 푸르고 장미는 붉어요.

들국화는 푸르고 우리 아기 어여쁘네.

옛날 자장가였다. 팡틴은 이 노래를 부르면서 어린 코제트를 재우곤 했다. 그러나 어린 딸과 헤어져 5년이 되도록 그녀의 머릿속에 한 번도 떠오른 적 없는 노래였다. 그녀는 지금 슬프고 정다운 목소리로 이 노래를 부르고 있었다. 엄격하게 살아온 수녀의 눈에서도 하염없이 눈물이 흘러내렸다.

시계탑 종소리가 6시를 알렸으나 팡틴에게는 들리지 않은 모양이었다. 그녀는 이제 주위의 어떤 것에도 관심을 두지 않는 듯했다.

생플리스 수녀는 공장 문지기 노파에게 심부름하는 여자를 보내 시장님이 돌아오셨는지, 진료소로 오실 수 있는지 알아오라고 했다.

심부름 다녀온 여자가 목소리를 낮춰 생플리스 수녀에게 소곤소곤 이야기했다. 시장님은 이 추위에 오늘 새벽 6시도 안 돼서 흰 말이 끄는 이륜마차를 타고 마부도 없이 혼자 길을 떠나셨는데, 어디로 가셨는지는 아무도 모른다, 아라스 쪽으로 가시는 것을 보았다는 이도 있고, 파리로 가는 큰길에서 보았다는 사람도 있다, 떠날 때는 평소처럼 지극히 온화한 표정을 짓고 계셨으나, 시장님 댁 문지기 노파에게 오늘 저녁에는 기다리지 말라는 말씀을 남기셨다는 것이었다.

"마들렌 시장님 이야기군요! 그런데 왜 그렇게 소곤대는 거죠? 그분께 무슨 일이 있나요? 왜 아직 안 오시는 거죠?"

갑자기 들려온 팡틴의 목소리가 남자처럼 너무나 거칠어서 두 여자는 놀란 얼굴로 뒤돌아보았다.

"어서 말해주세요!"

팡틴은 외치듯이 말했다. 그녀는 어느새 일어나 무릎을 꿇고 침대 커튼 틈으로 귀를 기울이고 있었던 것이다.

“문지기 노파가 마들렌 시장님이 오늘은 못 오실 거라는군요.”

심부름하는 여자가 말했다.

그리고 수녀가 당황한 얼굴로 말했다.

“진정해요. 그렇게 흥분하면 안 돼요. 자, 편하게 누워요.”

팡틴은 가슴을 도려내는 듯한 어조로 연거푸 소리쳤다.

“못 오신다고요? 왜요? 당신들은 알고 있죠? 둘이서 소곤대고 있었잖아요. 그분이 왜 못 오시는지 말해줘요.”

심부름하는 여자가 급히 수녀의 귀에 대고 속삭였다.

“시의회에 일이 있어서 그런다고 대답하세요.”

생플리스 수녀는 슬며시 얼굴을 붉혔다. 거짓말이었기 때문이다. 그러나 얼굴이 붉어진 건 아주 잠깐이었다. 수녀는 슬픈 눈길로 조용히 팡틴을 바라보며 말했다.

“시장님은 멀리 가셨어요.”

팡틴은 상체를 꼿꼿이 세우고 앉았다. 그녀의 눈빛이 반짝거렸다. 그 애처로운 얼굴에 말로 형언할 수 없는 기쁨이 서렸다.

“멀리 가셨다고요? 코제트를 데리러 가신 거야!”

그녀는 기쁨에 가득 찬 소리로 외쳤다.

그녀는 양손을 높이 들었다. 얼굴에는 깊은 감동의 빛이 번졌고, 그 입술은 끊임없이 움직이며 나직한 목소리로 기도를 올렸다.

기도가 끝나자 그녀가 생플리스 수녀를 돌아보았다.

“수녀님! 누울게요. 이제부터 하라는 대로 뭐든지 다 하겠어요.

버릇없이 소리 질러서 죄송해요. 큰 소리 내면 안 된다는 거 잘 알아요. 수녀님, 저는 몹시 기쁘답니다. 하느님은 참 좋은 분이세요. 마들렌 시장님도요. 그분은 제 딸 코제트를 데리러 몽페르메유로 가셨어요."

그녀는 다시 누우려고 수녀를 거들어 베개를 매만졌다. 그리고 수녀가 준 작은 은십자가 목걸이에 입을 맞추었다.

"그럼 이제 편안히 쉬도록 해요. 이야기는 그만하고."

수녀가 말했다.

팡틴은 땀이 촉촉하게 배어난 두 손으로 수녀의 한 손을 감싸 쥐었다. 수녀는 몹시 마음이 아팠다.

"자, 이제 곧 행복하게 살게 됐으니까 내 말 들어요. 이야기는 내일 해요. 알았죠?"

수녀가 말했다.

팡틴은 베개에 머리를 얹고 속삭이듯 말했다.

"그럴게요. 얌전히 굴어야지. 곧 아기가 올 테니까. 생플리스 수녀님 말씀이 맞아요. 여기 계신 분들 말씀이 모두 맞아요."

이어서 팡틴은 몸을 움직이거나 머리를 흔들지도 않고, 미동도 없이 그저 커다란 눈으로 기분 좋은 듯 주위를 둘러보았다. 말은 한마디도 하지 않았다.

수녀는 팡틴이 잠잘 수 있도록 커튼을 내렸다.

6시에서 7시 사이에 의사가 왔다. 그는 팡틴이 잠든 줄 알고 살그머니 방으로 들어와 발소리를 죽여가며 침대로 다가갔다. 그러나 그가 커튼을 살짝 열자 팡틴의 커다랗고 그윽한 눈이 그를 물끄러미 바라보았다. 그녀가 말했다.

"선생님, 제 곁에 조그만 침대를 놔두고 거기에 아기를 재워도 괜찮겠지요?"

의사는 그녀가 헛소리를 하고 있는 줄 알았다.

"잠깐 손 좀 줘봐요."

의사가 말했다. 그러자 그녀는 팔을 내밀고 웃으면서 외쳤다.

"선생님은 아직 모르시는군요! 저 이제 다 나았어요. 내일이면 코제트가 오는걸요."

의사는 놀라서 눈이 휘둥그레졌다. 그녀가 정말 좋아지고 있었던 것이다. 숨이 가쁜 것도 한결 덜했다. 맥박이 힘차게 뛰고 있었다. 돌연 되살아난 일종의 생명력이 쇠약할 대로 쇠약해진 육체에 활기를 불어넣고 있었다.

"선생님, 시장님께서 우리 아기를 데리러 가셨다는 말을 수녀님한테 못 들으셨나요?"

그녀가 의사에게 물었다.

의사는 사람들에게 가급적이면 그녀가 말하지 못하게 하고, 절대 충격을 주어서는 안 된다고 당부했다. 그리고 밤중에 열이 오를 경우를 대비해 진정제를 처방했다. 의사는 방을 나가면서 수녀에게 말했다.

"많이 좋아졌습니다. 시장님께서 내일 아이를 데리고 오신다면, 어쩌면 뜻밖의 기적이 일어날지도 모르겠군요. 큰 기쁨을 얻고 갑자기 병이 나은 사례가 더러 있습니다. 알고 계신 것처럼 이 환자의 병은 내장병이고, 상태가 치명적이었습니다. 그런데 정말 이상한 일입니다! 어쩌면 목숨을 건질 수도 있겠어요."

11. 나를 찾아가는 지하도

마차가 아라스의 우체국 여관에 들어섰을 때는 거의 저녁 8시가 다 되어가는 시각이었다. 장 발장은 마차에서 내린 뒤 여관 주인 부부의 인사도 받는 둥 마는 둥 하고 탱크에서 빌린 말을 돌려보냈다. 그리고 작은 백마를 마구간으로 끌어다 놓고 여관 아래층 문으로 들어가 탁자 앞에 앉았다.

잠시 뒤 여관 안주인이 들어와서 물었다.

"이곳에서 주무실 겁니까? 저녁은 어떡하실 건가요?"

그는 필요 없다는 표시로 고개를 가로저었다.

"마구간지기가 그러는데 손님 말이 몹시 지쳐 있다고 하던데요."

안주인의 말에 비로소 그가 입을 열었다.

"저 상태로 내일 아침 떠날 수 있을까요?"

"안 돼요, 손님! 최소한 이틀은 쉬게 해야겠던데요."

"여기가 우체국 맞습니까?"

그가 다시 물었다.

"맞습니다, 손님."

여관 안주인이 그를 사무실로 안내해주었다. 그는 통행증을 제시하고, 오늘 밤 우편마차로 몽트뢰유쉬르메르로 돌아갈 수 있는지 물어보았다. 마침 우체부 옆자리가 비어 있다고 하자 그는 자리를 예약하고 돈을 치렀다.

"나리! 마차는 새벽 1시 정각에 떠납니다. 시간은 꼭 지키셔야 합니다."

사무원이 말했다.

장 발장은 여관을 나와 거리를 걸어갔다. 그는 아라스 지리를 잘 모르는 데다 날이 어두워 무작정 발길 닿는 대로 걸어갔다. 그리고 혹여 누가 듣지나 않을까 두려운 사람처럼 주위를 살펴보고 나서 말을 건네곤 했다.

"잠깐, 말씀 좀 묻겠습니다. 재판소가 어느 쪽입니까?"

"여기 사는 분이 아니시군요? 따라오세요. 마침 나도 재판소 쪽으로, 그러니까 도청 쪽으로 가는 길입니다. 현재 재판소는 수리 중이라 임시로 도청에서 법정을 열고 있지요."

나이 지긋한 사내가 말했다.

"중죄 재판도 거기에서 합니까?"

장 발장이 물었다.

"그럼요. 지금의 도청이 혁명 전에는 주교관이었지요. 1782년에 주교였던 콩지에 각하가 그곳에 넓은 홀을 만들었습니다. 바로 그

큰 홀에서 재판이 열리지요."

길을 걸어가면서 사내가 말했다.

"재판을 보러 온 거라면 좀 늦었군요. 보통 6시면 폐정이니까요."

그런데 광장에 도착했을 때, 사내는 어둠 속에 우뚝 솟은 건물의 불 켜진 창문을 가리키며 말했다.

"잘됐군요. 아직 늦지 않았어요. 운이 좋으시군요. 저기 불 켜진 창문이 바로 중죄 재판정입니다. 불이 켜져 있는 것을 보니 아직 재판이 끝나지 않은 겁니다. 저녁까지 계속될 모양이에요. 혹시 저 사건과 관련이 있나요? 형사재판입니까? 증인으로 나가시나요?"

"나는 그런 볼일로 온 게 아닙니다. 변호사하고 할 이야기가 좀 있어서요."

"아, 그러시군요. 입구는 여기입니다. 수위가 있을 텐데. 아, 저 큰 계단을 올라가면 됩니다."

그는 사내가 가르쳐준 대로 올라가서 넓은 방으로 들어갔다. 안에는 많은 사람들이 있었다. 그중 몇몇 사람들이 법복을 입은 변호사를 에워싸고 수군대는 모습이 여기저기 눈에 띄었다.

불 켜진 램프 하나만이 넓은 방을 비추고 있었다. 그곳은 원래 주교관의 응접실이었으나 지금은 법정 대기실로 사용되고 있었다. 이 대기실과 중죄 재판이 열리고 있는 재판정 사이에는 문 두 짝이 가로놓여 있었다. 주위가 몹시 어두워서 그는 처음 맞닥뜨린 변호사에게 거리낌 없이 말을 걸었다.

"실례지만 지금 재판이 어디까지 진행되고 있습니까?"

"벌써 끝났소."

변호사가 대답했다.

"끝났다고요?"

그가 도저히 믿기지 않는다는 듯 되묻자 변호사가 문득 궁금했는지 물었다.

"저, 혹시 관련자와 친척 되는 분이신가요?"

"아닙니다. 이 고장에는 아는 사람이 아무도 없습니다. 그런데 선고는 내려졌나요?"

"당연하죠."

"몇 년입니까?"

"종신형입니다."

변호사의 말에 장 발장은 거의 알아들을 수 없을 정도로 희미하게 되뇌듯 물었다.

"그럼 확실히 본인이라는 것이 증명되었단 말이군요?"

"본인이라뇨?"

변호사는 이렇게 반문한 다음 말했다.

"본인이라는 증명 같은 게 왜 필요하죠? 사건은 간단합니다. 그 여자는 자기 아이를 죽였고, 영아 살해 혐의는 유죄로 인정되었으나, 계획적인 살해는 아니었다는 결론입니다. 그래서 종신형이 선고된 거지요."

"그렇다면 이건 여자의 사건이군요?"

"그렇소. 피고는 리모쟁이라는 아가씨요. 그런데 당신은 대체 무슨 얘기를 하는 겁니까?"

"아니, 별것 아닙니다. 그런데 재판이 끝났다면서 왜 아직 불이 켜져 있는 겁니까?"

"다음 사건이 두어 시간 전부터 시작되었기 때문이지요."

"어떤 사건이죠?"

"뭐, 뻔한 거죠. 말하자면 피고는 재범이고 도둑질을 했습니다. 이름은 기억나지 않지만, 생긴 게 딱 보기에도 강도짓을 할 놈이더군요. 인상이 아주 고약해요."

"지금 법정에 들어갈 수 있습니까?"

장 발장이 조심스럽게 말했다.

"힘들 텐데요. 사람들이 워낙 많아서요. 지금 휴정 중이니 어쩌면 집으로 돌아간 사람들이 있을지도 모르겠네요."

"어디로 가면 됩니까?"

"저기 저 큰 문으로 들어가면 됩니다."

말을 마친 변호사는 자기 길을 갔다.

법정 출입구 앞에 수위 하나가 서 있었다. 장 발장이 수위에게 물었다.

"이 문은 언제 열리나요?"

"이젠 열리지 않습니다."

수위가 말했다.

"네? 재판이 속개되면 열리는 것 아닙니까? 지금은 휴정 중인 걸로 아는데요?"

"지금 곧 속개되는데 문을 열지는 않을 겁니다."

"왜죠?"

"자리가 꽉 찼거든요."

"그럼 빈자리가 하나도 없다는 건가요?"

"그렇습니다. 이제 아무도 들어갈 수 없습니다."

잠시 뒤 수위가 덧붙였다.

"재판장님 뒤에 자리가 두어 개 있기는 합니다만 거기는 관리들 자리입니다."

수위는 할 말을 다 한 뒤 돌아섰다.

장 발장은 고개를 푹 숙인 채 대기실을 가로질러 최대한 천천히 층계를 내려갔다. 오만 가지 생각들이 머리를 스쳤으리라. 그는 어제부터 자신과의 치열한 격전을 벌이고 있는 중이었다. 끝난 줄 알았던 전쟁이 아직 끝나지 않았다. 그는 시시각각 새로운 국면에 부딪혔다. 그는 잠시 층계 난간에 기대어 팔짱을 끼고 생각에 잠겼다. 그러다 문득 수첩을 꺼내 종이 한 장을 뜯어내더니 다음과 같이 휘갈겨 썼다.

"몽트뢰유쉬르메르 시장, 마들렌."

이어 그는 성큼성큼 계단을 다시 올라가 수위에게 쪽지를 건네며 짐짓 위엄 있게 말했다.

"이 쪽지를 재판장에게 전해주시오."

수위는 쪽지를 흘깃 보고는 즉시 재판정으로 들어갔다.

비록 본인은 느끼지 못하지만, 몽트뢰유쉬르메르의 마들렌 시장 하면 유명 인사로 널리 알려져 있었다. 그의 명성은 이미 7년 전부터 온 도시에 자자했을 뿐 아니라 블로네 전역으로 번지더니 마침내 인근의 다른 도까지 퍼져 나갔던 것이다. 성공한 사업가로서 그는 몽트뢰유쉬르메르에 번영을 가져다준 것은 물론 거기에 속한 141개의 모든 마을에 경제적 혜택을 주었다. 심지어 다른 지역의 공업에도 도움을 주었다.

아라스에서 공판을 관장하고 있던 재판장도 마들렌 시장의 명성을 익히 들어 알고 있었다. 따라서 수위가 '마들렌'이라는 이름이 적힌 쪽지를 건네주며 "이분이 방청하고 싶다고 합니다."라고 말하자 재판장은 곧장 펜을 들어 그 쪽지 아래에 "들여보내게."라고 적었다.

수위는 재판이 진행 중인 법정 안으로 마들렌 씨를 안내했다. 법정은 꽤 넓었으나 어둠침침했다. 방청객들은 시장이 법정 안으로 들어온 것을 눈치채지 못했다. 모든 이목이 재판장 왼쪽에 있는 나무 의자에 쏠려 있었기 때문이다. 촛불이 비추고 있는 그 자리에는 양쪽에 헌병을 두고 한 남자가 앉아 있었다.

　마지막 변론을 들을 차례가 되자 재판장은 피고에게 일어서라고 한 뒤 형식적인 질문을 던졌다.

　"피고는 더 할 말 없는가?"

　사내는 때 묻은 모자를 만지작거리며 장승처럼 선 채 아무 소리도 들리지 않는 듯 멍한 표정을 짓고 있었다. 재판장은 조금 목소리를 높여 질문을 되풀이했다.

　이번에는 확실히 그 말을 알아들은 모양이었다. 그는 마치 선잠에서 깨어난 듯 주위를 두리번거리며 방청객과 헌병, 변호사와 배심원, 법관 등을 둘러보았다. 그리고 자기 앞의 나무 가로대에 커다란 주먹을 올리고 법정을 빙 둘러보다가, 돌연 검사에게 눈길을 멈추고는 마치 불을 뿜어대듯 지껄이기 시작했다. 그가 내뱉은 말들은 뒤죽박죽으로 앞뒤가 전혀 맞지 않을뿐더러 속사포처럼 격렬하고 거칠게 한꺼번에 튀어나왔다.

　"내가 하고 싶은 말은 이겁니다요. 나는 파리에서 수레를 고치는 기술자, 그러니까 수레 목수로 일했습죠. 발루 씨 밑에서 말이지요. 수레 목수라는 건 참으로 고단한 직업입니다. 친절한 주인을 만나면 헛간에서 일을 하지만, 그럴 때도 문을 닫아놓고 일하는 경우는 없습니다요. 이런 일은 자리를 아주 크게 잡아야 하니까요. 겨울에는 너무 추워서 일하다 팔이나 어깨를 주물러가며 몸을 따뜻하게 하는데, 그러면 주인이 싫어합니다. 쓸데없이 시간을 까먹는다는 겁니다. 길바닥에 널린 돌멩이까지 얼어붙는 한겨울 날씨에 쇠를 다룬다는 건 여간 고역이 아닙니다요. 그러니까 우리 같은 사람들은 몸이 빨리 늙어버리는 겁니다요. 아무리 젊은 놈도 이 일을 하면 금방 늙은이가 돼버린다니까요. 까놓고 말해서 마흔 살쯤만 되면 인간이 영 쓸모없게 돼버리는 겁니다. 나는 그때 이미 쉰세 살이었으니 말도 못하게 고생했습지요. 게다가 일꾼들은 정말 인정머리라고는 눈 씻고 찾으려야 찾을 수가 없어서 좀 늙었다 싶으면 허리 부러진 참새니 늙다리니 하고 비아냥대기 일쑤라 이겁니다! 그래 봤자 나는 하루 30수밖에 벌지 못했습니다요. 주인은 내가 늙었다는 핑계로 최대한 품삯을 깎으려 들었으니까요. 나에게는 딸아이가 하나 있었는데 개울가 세탁장에서 일했습니다. 거기서 들어오는 수입이라고 해봤자 몇 푼 안 되었지만, 그걸로 두 식구 살림은 어떻게든 꾸려나갔어요. 딸년도 참 기막히게 고생 많이 했지요. 하루 종일 제 허리까지 잠기는 물통 속에서 비가 오나 눈이 오나 살갗이 얼어 터지도록 일해야 했지요. 물이 얼어도 빨래는 해야 했습죠. 내복 같은 건 몇 벌 없는 사람들이 많았기 때문에 얼른얼른 빨아주지 않으면 손님이 끊기고 말죠. 그런데 그놈의 물통 판자 조각이 딱 들어맞지를 않아서 물이 마구 새어 나올 때는 정말 대책이 없습죠. 가끔 딸년이 일하는 모습을 보면, 치마는 온통 물에 젖고 몸뚱이는 얼음장이 따로없을 지경이었습니다. 딸년은 또 앙팡루주의 세탁장에서도 일했습죠. 거기는 수도꼭지에서 물이 나오니까 물통에 들어가지 않아도 되는 게 그나마 다행이랄까요? 빨래는 먼저 수도꼭지를 틀어놓고 빨아서 큰 대야에 담아 헹구는 식이었지요. 그런데 거기는 문이 닫혀 있어서 못 견디게 춥지는 않지만, 뜨거운 물에서 나오는 김이 워낙 굉장해서 나중에는 눈을 못 쓰게 된답니다. 딸년은 그렇게 일하고 저녁 7시에 녹초가 돼서 집으로 돌아오면 이내 곯아떨어지곤 했습니다요. 항상 곤죽이 되도록 일을 했으니까요. 더구나 남편이란 놈한테 두들겨 맞기까지 했어요. 그러다 결국 불쌍한 딸년은 죽어버렸어요. 언제나 얌전하고 기특한 딸이었는데, 춤 한 번 추러 간 적 없는 착한 아이였는데. 있다면 딱 한 번 사육제 마지막 날 8시에 집으로 돌아온 게 전부였습죠. 이건 절대 거짓말이 아니에요. 사람들에게 물어보시면 아실 겁니다. 그럼요, 물어보면 돼요. 하지만 우리를 아는 사람들이 얼마나 될지는 모르겠네요. 파리는 어마어마하게 큰 바다 같은 곳인데, 이 샹마티외라는 늙은이를 아는 사람이 몇이나 될까요? 그렇지만 발루 씨는 모든 사실을 알고 있을 겁니다. 그 댁에 가서 물어보면 돼요. 그래도 뭔가 부족한 게 있다면 그건 나도 어쩔 도리가 없어요."

말을 마친 사내는 입을 꾹 다물고 아까처럼 우두커니 서 있었다. 목이 쉰 것처럼 거칠고 숨 가쁘게 이어진 그의 진술에는 노여움이 깃들어 있었다.

이윽고 신중하고 사려 깊은 재판장이 입을 열 차례였다. 그는 먼저 배심원들에게 피고를 고용했었다는 수레 목수 발루라는 자가 소환에 응하지 않았고, 그는 파산 후 행방불명되었다는 사실을 환기시켰다. 그런 다음 피고에게 이렇게 말했다.

"피고는 지금 신중하게 생각하지 않으면 안 될 입장에 있소. 지극히 중대한 혐의가 피고에게 적용되고 있으며, 경우에 따라서는 최악의 판결이 날 수도 있는 상황이오. 피고를 위해 마지막으로 다시 한번 묻겠으니 다음 두 가지 사항에 대해 명확하게 설명하시오. 첫째, 피고는 피에롱 과수원 담장을 넘어 들어가 사과를 훔쳤는가? 즉 침입 절도죄를 범했는가, 범하지 않았는가? 둘째, 피고는 전과자 장 발장인가, 아닌가?"

피고는 재판장의 말을 제대로 이해한 듯 자신 있게 고개를 끄덕였다. 그런 뒤 재판장을 바라보며 입을 열었다.

"우선……."

그러나 그는 막상 할 말이 생각나지 않는 듯 들고 있던 모자를 한 번 보고, 이어서 천장을 쳐다보더니 그대로 입을 다물어버렸다.

검사가 준엄한 목소리로 말했다.

"피고! 그대는 질문 일체에 대답하지 못했다. 그건 바로 죄를 인정한다는 증거다. 그대가 상마티외가 아니라는 것은 명백한 사실이다. 그대는 전과자 장 발장이 분명하다. 출소 초기에는 외가의 성을 따서 장 마티외라는 가명을 사용했겠지. 그러나 그대는 파브롤 태생으로 오베르뉴에 간 적이 있고, 그대에게 친숙한 파브롤에서 가지치기 인부로 살아가고 있었다. 그대가 피에롱 과수원에 침입하여 사과를 훔친 것도 틀림없는 사실이다. 배심원 여러분도 이 점은 충분히 인정하고 있으리라 생각합니다.”

검사가 말을 마치자 어느새 다시 의자에 앉아 있던 피고가 갑자기 일어나 외쳤다.

“참으로 지독한 사람이오, 당신은! 난 처음부터 이 말을 하고 싶었소. 하지만 무슨 말부터 꺼내야 할지 몰랐소. 난 절대 아무것도 훔치지 않았소. 나는 매일 꼬박꼬박 뭘 챙겨 먹지 않아도 사는 데는 지장이 없소. 나는 그때 아이에서 오던 길이었소. 소나기가 내린 뒤라 들판은 온통 황금빛으로 변했고, 웅덩이에는 물이 가득했으며, 길에는 흙모래에 덮인 풀잎이 뾰족하게 고개를 내밀고 있었소. 한참을 걷다 보니 꺾어진 나뭇가지 하나가 땅바닥에 떨어져 있었소. 그 가지에는 사과가 달려 있었는데, 설마 이것 때문에 내가 석 달씩이나 감옥에서 썩으면서 이리저리 끌려다니게 될 줄은 꿈에도 모르고 그것을 주웠단 말이오. 그럼 이제 나는 무슨 말을 해야 할까? 보는 사람마다 나를 지독하게 몰아세우며 뭘 자꾸 대답하라고 하는데, 솔직히 나는 어떻게 설명해야 좋을지 모르겠소. 나는 그저 무식한 가난뱅이일 뿐이란 말이오. 그런 건 조금도 감안해주지 않는 당신들은 정말 나쁜 사람들이오. 나는 아무것도 훔치지 않았소. 그저 땅바닥에 떨어져 있는 것을 주웠을 뿐인데, 그게 무슨 죄가 된단 말이오? 당신들은 장 발장이니 장 마티외니 하지만, 나는 그들이 누군지도 모르오. 마을에는 그런 이름을 가진 사람이 혹 있을지 모르지만 나는 모른단 말이오. 나는 로피탈 거리의 발루 씨네 집에서 일하고 있었소. 내 이름은 샹마티외란 말이오. 그런데 당신네들은 어지간히 이해가 안 가는 사람들이오. 내가 태어난 고장까지 멋대로 만들어내니 말이오. 나는 고향 따위 어딘지도 모르고 살았소. 모든 사람이 집을 갖고 태어나지는 않소. 물론 집이 없는 것보다 있는 편이 훨씬 낫겠지만. 내 부모는 이리저리 떠돌아다니는 사람이었던 모양이오. 그것도 확실한 건 아니지만. 어릴 때 사람들이 나를 '꼬마'라고 불렀고, 지금은 '늙은이'라고 부르오. 그것이 내 세례명이오. 어떻게 생각하든 당신네들 자유요. 나는 오베르뉴에도 있었고, 파브롤에도 있었소. 그래서 뭐가 어쨌다는 거요! 오베르뉴나 파브롤에 머문 적 있는 사람은 다 전과자란 말이오? 몇 번을 말했듯이 나는 훔친 적이 없단 말이오. 나는 샹마티외라는 늙은이일 뿐이오. 나는 발루 씨네 집에 살고 있었소. 당신들은 터무니없는 억지로 나를 괴롭히는데, 대체 왜 그렇게 모두 나를 못 잡아먹어서 안달이오!"

검사는 그때까지 서 있다가 재판장을 향해 입을 열었다.

"재판장님, 피고는 지극히 모호하면서도 교묘하게 부인함으로써 자신을 모자란 인간으로 가장하려고 합니다. 그러나 우리는 그 수법에 넘어가지 않을 것입니다. 그러므로 이제 본 검사는 재판장님과 배심원 여러분께 마지막으로 요청합니다. 죄수 브르베와 코슈파유, 슈닐디외, 그리고 자베르 형사를 증인으로 내세워 피고와 장 발장이

동일인인지 확인해주시기 바랍니다."

그러자 재판장이 말했다.

"먼저, 검사에게 주의 사항을 말해두겠소. 자베르 형사는 공무를 수행하러 이웃 도청 소재지로 가기 위해 진술을 마친 즉시 이 도시를 떠났소. 그에 대한 허가는, 검사와 피고 측 변호사의 동의를 얻었다는 점을 상기하시오."

검사가 말했다.

"그렇습니다, 재판장님. 그럼 자베르 형사가 이 자리에서 진술했던 내용을 본 검사가 배심원 여러분께 재차 말씀드릴 필요가 있다고 생각합니다. 자베르 형사는 낮은 직책에 있으면서도 세상 사람들의 존경을 받고 있는 청렴결백하고 훌륭한 인물이며, 지극히 엄격한 기준에 따라 자신의 직무를 수행하고 있습니다. 그의 진술은 대략 다음과 같습니다. '나는 피고가 부인한 내용을 뒤엎을 만한 심리적 추정이나 물질적 증거는 필요로 하지 않습니다. 나는 이자를 너무나 잘 알고 있습니다. 이자는 상마티외가 아니라 장 발장이라는 지극히 악질적이고 흉악한 전과자입니다. 이런 자는 평생 감옥에 가두어야 마땅하나 유감스럽게도 형기 만료로 석방되었습니다. 그는 절도죄로 19년 동안 복역했습니다. 그리고 네 차례에 걸쳐 탈옥을 시도했습니다. 프티제르베에 대한 절도와 피에롱 과수원의 도둑질 외에도, 디뉴의 돌아가신 주교 각하 댁에서 저지른 절도 사건 역시 그자의 짓이라 확신합니다. 나는 툴롱 감옥에서 간수보로 봉

직할 때 그자를 여러 번 본 적 있습니다. 거듭 말하거니와 그자가 바로 이자입니다.'"

자베르의 간결한 진술은 방청객과 배심원들에게 강한 인상을 심어준 듯했다. 검사는 곧 자베르를 제외한 세 사람의 증인, 브르베와 슈닐디외, 코슈파유를 불러 엄격한 심문을 할 것을 주장하며 말을 마쳤다.

재판장은 법정 수위에게 명령을 내렸다. 잠시 후 증인실 문이 열렸다. 수위는 만일의 사태에 대비해 헌병의 도움을 받아 죄수 브르베를 데리고 왔다. 순간 방청석이 조금 술렁거렸다. 방청객들의 표정에는 일말의 불안감이 깃들어 있었다. 브르베는 중앙형무소의 짙은 회색 수의를 입고 있었다. 브르베는 예순 살가량 된 사내로 사업가적 기질과 악당 기질이 뒤섞인 듯한 인상을 풍겼다. 그는 출소했다가 새로운 범죄를 저지르고 다시 복역 중이었다.

"브르베! 그대는 형을 받은 자로서 법정에서 선서할 자격이 없다!"

재판장이 말했다.

브르베는 눈을 내리깔았다.

재판장이 덧붙여 말했다.

"그러나 법의 판결로 말미암아 지위가 떨어진 인간의 마음속에도 명예를 소중히 하는 마음과 정의감은 남아 있을 수 있다. 본관은 이제 결정의 순간에 앞서 그 감정에 호소하는 바이다. 아직 그러한 감정이 마음속에 살아 있다면 질문에 대답하기 전에 신중하게 생각해보기 바란다. 한편에는 그대의 발언으로 인해 파멸의 구렁텅이에 떨어질지도 모르는 사람이 있고, 다른 한편에는 그대의 용기로 인해 밝혀질 정의가 있다는 것을 기억하라. 이것은 지극히 중요한 상황이다. 그대가 사실이 아닌 것을 잘못 말했다고 생각될 때는 언제라도 앞서 한 말을 취소해도 무방하다. 피고, 기립하라! 브르베는 이 사람을 잘 보고, 기억을 더듬어 옛날 감옥에서 함께 형을 살았던 장 발장과 동일 인물이라고 말한 것을 지금도 변함없이 인정하는가? 이제부터 그대의 영혼과 양심에 따라 진술하라!"

브르베는 피고를 바라본 다음 재판장을 향해 돌아섰다.

"재판장님, 맨 처음 이자를 알아본 사람이 저입니다. 제가 한 말에는 지금도 변함이 없습니다. 이자는 분명 장 발장입니다. 이 사람은 1796년 툴롱 감옥에 들어와서 1815년에 출소했습니다. 저는 그로부터 1년 뒤에 출소했습니다. 지금은 좀 얼빠진 모습이지만, 그건 아마도 나이 탓일 것입니다. 감옥에서는 대단한 놈이었지요. 그래서 더욱더 확실히 기억하고 있습니다."

"착석하라."

재판장은 브르베를 자리에 앉히고, 피고는 그대로 서 있게 했다. 잠시 후 붉은 죄수복에 파란색 모자를 쓴 슈닐디외가 끌려 들어왔다. 그는 무기징역으로 툴롱 감옥에서 복역 중이었는데 이 사건 때문에 불려온 것이었다. 쉰 살가량의 주름투성이 슈닐디외는 뻔뻔하고 경박한 인상을 풍겼으며, 팔다리며 온몸이 병약해 보였고, 눈초리가 몹시 매섭게 생겼다.

재판장은 브르베에게 했던 것과 별반 다를 게 없는 말을 했다. 수치스러운 행위 때문에 선서할 권리가 없다는 말을 들었을 때, 슈닐디외는 고개를 똑바로 쳐들고 방청석을 바라보았다. 재판장은 그를 타이르듯 말하며, 지금도 변함없이 피고가 장 발장임을 인정하는지 물었다.

그러자 슈닐디외가 큰 소리로 웃음을 터뜨렸다.

"이거야 원, 너무 놀라운 질문이라 당황스럽기까지 하네요! 인정하는지 말하라니요! 나랑 저자는 5년 동안이나 같은 사슬에 묶여 있었어요. 여보게, 왜 그러나, 잔뜩 성질이 나서는?"

"착석하라!"

재판장이 말했다. 다음 차례로 이번에는 수위가 역시 붉은색 수의를 입은 코슈파유를 데리고 들어왔다. 그는 슈닐디외와 마찬가지로 무기징역수였다.

재판장은 앞서 두 사람에게 한 것처럼 감동적인 말로 그의 마음을 움직여보려고 했다. 그러면서 피고를 지금도 분명히 알아보겠느냐고 물었다.

"이 사람은 장 발장입니다. '기중기 장'이라고 불릴 정도로 힘이 장사였지요."

코슈파유는 서슴없이 말했다.

"피고, 더 할 말 없는가?"

재판장이 피고에게 물었다.

피고는 입가에 냉소를 띤 채 딱 한마디 했다.

"다들 잘들 하시는군!"

방청석은 물론 배심원석까지 술렁대기 시작했다. 피고가 구제받을 수 있는 길은 아무것도 없는 듯했다.

"수위! 장내를 진정시키도록. 이로써 변론을 모두 마치겠습니다."

재판장이 말했다.

바로 그때, 재판장 바로 옆에서 누군가 일어서더니 큰 소리로 이렇게 외쳤다.

"브르베, 슈닐디외, 코슈파유! 나를 봐라!"

사람들 모두 몸이 얼어붙는 듯했다. 그토록 비통하고 분노에 찬 목소리를 들어본 적이 없었던 것이다. 목소리가 나는 쪽으로 사람들의 이목이 집중되었다. 한 사내가 판사들 뒤에 있는 특별 방청석에서 나와 홀 중앙에 우뚝 섰다. 재판장을 비롯해 모든 사람들이 일제히 그를 알아보고 한목소리로 외쳤다.

"마들렌 시장!"

그는 분명 마들렌 씨였다. 모두 고개를 들고 무어라 말할 수 없는 놀라운 광경에 어찌할 바를 몰랐다. 좀 전의 그 목소리는 폐부를 찌르는 것 같았는데, 거기 서 있는 사람은 너무나 태연해 보였던 것이다. 처음에는 모두 무슨 영문인지 알지 못했다. 대체 소리를 지른 사람은 누구란 말인가? 그러나 마들렌 씨는 재판장과 검사가 입을 뗄 사이도 없이 죄수 3명이 있는 쪽으로 다가가며 말했다.

"자네들은 나를 모르겠나?"

마들렌 씨가 말했다. 그러자 셋 다 얼빠진 듯 고개를 흔들었다. 마들렌 씨는 배심원과 판사들을 향해 침착하게 말했다.

"배심원 여러분, 피고를 석방해주시기 바랍니다. 재판장님, 대신 나를 체포해주십시오. 당신들이 찾고 있는 사람은 이 사람이 아닙니다. 내가 바로 장 발장입니다."

놀라움의 격동 뒤에 무덤 속 같은 침묵이 이어졌다. 그러는 한편 재판장의 표정에는 동정과 슬픔이 교차되었다. 그는 검사와 눈짓을 주고받고 나서 배석한 판사들과 낮은 목소리로 이야기를 나누었다. 그러고는 방청객들을 바라보며 모든 사람들이 들을 수 있는 소리로 물었다.

"여기 혹시 의사 안 계십니까?"

뒤이어 검사가 나섰다.

"배심원 여러분, 본 법정은 실로 뜻밖의 사태로 혼란에 휩싸이고 있습니다. 여러분은 모두 그 명성만으로도 존경할 만한 몽트뢰유쉬르메르의 마들렌 시장을 잘 알고 계시리라 믿습니다. 방청객 여러분 중에 의사가 계시면 마들렌 씨를 자택으로 안전하게 모실 수 있도록 동행해주실 것을 부탁드리는 바입니다."

마들렌 씨는 검사의 말이 채 끝나기도 전에 부드럽고 위엄에 찬 목소리로 다음과 같이 말했다.

"검사님, 호의는 대단히 감사합니다만, 지금 내 정신이 지극히 정상이라는 사실을 곧 알게 될 겁니다. 우선 이 사람을 석방해주십시오. 나는 내 의무를 다하고 있을 뿐입니다. 내가 바로 그 몹쓸 범죄인입니다. 이 사건을 똑똑히 알고 있는 것은 나 하나뿐입니다. 나는 진실을 말씀드리고 있습니다. 당신은 당장이라도 범인을 체포할 수 있습니다. 지금 내가 이렇게 법정에 출두했으니까요. 나는 이제까지 가능한 모든 노력을 다해왔습니다. 가짜 이름 뒤에 숨어 부자가 되었고 시장이 되었습니다. 나는 선량한 인간들 속으로 되돌아가고 싶었습니다. 그러나 그것은 아무래도 불가능한 꿈이었던 모양입니다. 그 모든 걸 여기서 다 털어놓을 수는 없습니다. 이 자리에서 내 생애를 말하고자 하는 것이 아닙니다. 언젠가는 모든 사실을 알게 되실 겁니다. 내가 주교 각하의 물건을 훔친 것은 사실입니다. 프티제르베의 동전을 훔친 일도 있습니다. 그러나 모든 죄가 장 발장에게만 있는 것은 아닐 것입니다. 나처럼 밑바닥에 떨어졌던 인간은 사회에 항변할 자격이 없습니다. 그러나 잘 들어주십시오. 내가 벗어나려고 애쓴 어둠의 세계는 인간을 개조한다기보다 오히려 인간을 나쁘게 만드는 곳입니다. 감옥은 죄수를 만들어낼 뿐입니다. 그 점을 깊이 헤아려주시기 바랍니다. 감옥으로 끌려가기 전에 나는 가난한 시골뜨기였고, 조금 우둔한, 말하자면 바보 같은 사람이었습니다. 감옥은 그런 나를 완전히 바꾸어놓았습니다. 나무토막에 지나지 않던 나는 이글이글 타는 위험한 장작불이 되었습니다. 그러나 감옥이 나를 파멸로 이끌었던 것처럼 관용과 친절이 나를 구원해주었습니다. 내 집 벽난로 속 잿더미를 조사해보십시오. 거기에 8년 전 내가 프티제르베한테 빼앗은 40수짜리 은화가 있을 것입니다. 아아! 검사님은 고개를 흔들고 계시는데, 마들렌이 미친 게 분명하다고 생각하시겠지요! 어쨌든 부디 저 사람은 벌하지 말아주십시오. 그는 죄인이 아닙니다!"

그는 잠시 말을 멈췄다가 다시 죄수 셋을 향해 몸을 돌렸다.

"이보게들, 나는 자네들을 잘 알고 있네!"

그는 머뭇거리며 말을 이었다.

"브르베! 자네 혹시 내가 감옥에서 가지고 있던 체크무늬 바지 멜빵 생각나는가?"

브르베는 흠칫 놀라며 그를 아래위로 훑어보았다. 마들렌 씨가 이번에는 다른 죄수에게 말했다.

"슈닐디외, 자네 별명이 주니디외였지. 오른쪽 어깨에 화상 흉터가 있고 말이야. 어느 날 자네는 T. F. P(무기징역의 머리글자)라는 세 글자를 지우려고 화롯불에 어깨를 태웠는데, 유감스럽게도 글자가 그대로 남았어. 안 그런가?"

"그렇소."

슈닐디외가 대답했다.

이번에는 코슈파유에게 말했다.

"코슈파유 자네는 왼쪽 팔꿈치 안쪽에 화약으로 지진 푸른색 날짜 문신이 있어. 황제가 칸에 상륙한 날짜인 1815년 3월 1일을 기념한 것이지. 자, 소매를 걷어봐."

코슈파유가 소매를 걷었다. 모든 사람의 시선이 그의 팔에 쏠렸다. 헌병이 램프를 가까이 가져가 비춰보니 과연 날짜가 새겨져 있었다.

이윽고 그는 조금 씁쓸한 미소를 지으며 방청석과 판사들 쪽으로 돌아서서 말했다.

"이제 여러분께서도 잘 아셨겠지요. 내가 장 발장입니다."

이미 법정에서는 판사도, 검사도, 헌병도 의미가 없었다. 다만 물끄러미 한 사람을 바라보는 시선과 감동에 젖은 마음만이 존재했다. 그들 중 누구도 자신이 해야 할 직무를 생각하지 못했다. 검사는 범죄자를 추궁하고 형량을 구형하기 위해, 재판장은 재판을 주재하기 위해, 변호사는 피고를 변호하기 위해 거기 있다는 것을 잊고 있었다. 기이한 일이었다. 이 법정에서는 아무런 추궁도 이루어지지 않았고, 아무런 권력도 개입되지 않았다.

장 발장은 말을 이었다.

"이제 나는 더 이상 법정을 혼란스럽게 하고 싶지 않습니다. 이 자리에서 나를 체포하지 않으니 나는 법정을 나가겠습니다. 나는 꼭 해야 할 일이 있습니다. 검사님은 내가 어떤 자이며, 어디로 가는지 알고 계실 테니 언제든 체포하시면 됩니다."

이윽고 그는 출입문 쪽으로 걸음을 옮겼다. 누구 한 사람 그를 붙잡아야 한다고 소리 지르지 않았고, 체포하려고 다가오는 사람도 없었다. 오히려 모두 그가 가는 길을 비켜주었다. 그는 천천히 사람들 사이를 빠져나갔다. 언제, 누가 그랬는지는 알 수 없지만 그가 출입문에 이르렀을 때 문은 활짝 열려 있었다. 마지막으로 그가 뒤돌아서 검사에게 말했다.

"검사님, 언제든 달게 처분받겠습니다."

그러고 나서 그는 방청석을 향해 말했다.

"여러분께서는 나를 불쌍하게 여기실지도 모르겠습니다. 그러나 내가 저지를 뻔한 짓을 생각하면 지금의 나를 오히려 부러워할 겁니다. 하지만 이 모든 일이 일어나지 않았다면 더 좋았겠죠."

그로부터 한 시간이 지나기도 전에 배심원단은 상마티외에 대한 공소를 기각했다. 그 즉시 석방된 상마티외는 이 상황을 전혀 이해하지 못한 채 어이없는 표정을 지으며 법정 밖으로 사라졌다.

12. 죽음을 어루만지는 손들

날이 밝아오고 있었다. 팡틴은 설렘을 가득 안고 열에 들떠 하룻밤을 보냈다. 그녀는 아침이 되어서야 살짝 잠이 들었다. 옆에서 밤을 지샌 생플리스 수녀는 그 틈을 타서 새 탕약을 만들러 갔다. 진료소 약국에서 그녀는 새벽의 희미한 빛을 받으며 약병 위로 몸을 구부리고 이것저것 들여다보다가 갑자기 고개를 홱 돌리며 외마디 비명을 질렀다. 마들렌 씨가 앞에 서 있었던 것이다.

"어머나, 시장님 아니세요!"

수녀의 외침에 그가 낮은 목소리로 대답했다.

"그 가엾은 여자는 좀 어떻소?"

"지금은 많이 나아진 것 같아요. 하지만 얼마나 걱정스러웠는지 몰라요!"

수녀가 그에게 그동안 있었던 일들을 말해주었다. 어제는 팡틴의 병세가 몹시 악화되었는데, 시장님이 아이를 데리러 몽페르메유로 간 줄 알고 좋아졌다는 이야기를 전해준 것이다. 수녀는 시장이 어디서 오는 길인지 차마 물어볼 수 없었으나, 표정으로 미루어 보아 아이를 데리러 가지는 않았다는 것을 알아차렸다.

"그거 잘됐군. 사실대로 말하지 않기를 잘했소."

그가 말했다.

"그래요. 그런데 그분이 시장님을 만나뵙고 사실을 알게 되면 어떡하죠?"

수녀가 말했다.

그는 한동안 생각에 잠겼다가 입을 열었다.

"그건 하느님께서 가르쳐주실 테지."

"그래도 거짓말을 할 수는 없어요."

수녀가 작은 소리로 중얼댔다.

밝은 햇살이 방 안을 가득 채웠다. 마들렌 씨의 얼굴에 햇살이 내리쬐었을 때 수녀가 무심코 고개를 들다가 놀란 목소리로 외쳤다.

"아니, 시장님! 머리가 하얗게 세었어요!"

"하얗게 세었다고?"

그가 외쳤다.

생플리스 수녀는 의료기구 상자를 뒤져 작은 거울을 꺼냈다. 이 거울은 병자가 죽어서 호흡이 끊어졌는지를 확인하는 데 쓰는 것이었다. 마들렌 씨는 거울을 들고 자기 머리를 비춰보면서 내뱉었다.

"정말 그렇군!"

마치 다른 사람의 일처럼 시큰둥한 투였다.

수녀는 뭔지 알 수 없는 느낌에 휩싸여 소름이 돋았다.

"그녀를 봐도 되겠소?"

마들렌 씨가 물었다.

"저, 시장님께서는 그 아이를 데려오실 작정이시죠?"

수녀는 가까스로 용기를 내어 물었다.

"물론 그래야지. 하지만 적어도 이삼 일은 걸릴 텐데."

"그럼 그때까지 그분을 만나지 않는 게 어떨까요?"

수녀는 조심조심 말을 이었다.

"그분은 시장님께서 돌아오신 걸 아직 모르니 조금 더 기다려도 괜찮을 거예요. 그리고 아이가 나타나면, 시장님이 아이를 데리고 왔다고 생각할 거예요. 그럼 굳이 거짓말하지 않아도 되고요."

마들렌 씨는 잠시 침묵을 지키다가 무겁게 입을 열었다.

"아니, 일단 만나봐야겠소. 어쩌면 그럴 틈이 없을지도 모르니까."

그녀는 정중하게 낮은 목소리로 말했다.

"그렇다면 시장님 뜻대로 하세요. 마침 그분이 잠들긴 했지만 들어가 보세요."

팡틴의 방으로 들어간 마들렌 씨는 한동안 침대 옆에 우두커니 서 있었다. 그는 두 달 전 처음으로 그녀가 이 진료소에 왔던 날처럼 환자와 십자가상을 번갈아 바라보았다. 지금도 두 사람은 그때와 똑같은 자세를 취하고 있었다. 그녀는 잠들어 있었고, 그는 기도를 했다. 다만 두 달이 지난 지금 그녀의 머리는 잿빛이었고, 그의 머리는 새

하얗게 변해 있었다.

수녀는 방에 들어오지 않았다. 그런데도 그는 마치 누군가에게 조용히 하라고 당부하듯 손가락을 입에 대고 있었다.

팡틴이 눈을 떴다. 그녀는 미소 띤 얼굴로 그를 바라보며 물었다.

"코제트는요?"

놀라거나 기쁨에 찬 몸짓도 아니었다. 이 순간 그녀는 기쁨 그 자체였다. "코제트는요?"라는 그 짧은 물음에는 털끝만큼의 불안감이나 의혹도 담겨 있지 않았다. 깊은 신념과 지극히 강한 확신이 넘치고 있었던 것이다. 그런 그녀를 보는 순간 그는 말문이 막혀버렸다. 그녀는 계속 말을 이었다.

"저는 시장님이 거기 계신 줄 알고 있었어요. 잠들어 있었지만, 오랫동안 시장님 모습을 보고 있었거든요. 밤새도록 눈으로 좇고 있었어요. 하늘의 온갖 영광과 천사들이 시장님을 에워싸고 있었어요."

그는 십자가상을 향해 눈을 들었다.

그녀는 계속 말했다.

"말씀해주세요. 코제트는 어디 있는 거죠? 어째서 제가 잠이 깨면 바로 만날 수 있도록 침대 위에 그 아이를 눕혀주지 않으셨을까요?"

그는 자신이 무슨 말을 하는지도 모른 채 기계적으로 뭐라고 대답했다. 다행히 이때 의사가 나타났다. 이 순간 의사는 마들렌 씨를 곤경에서 구해준 구세주였다.

"이러면 안 됩니다. 진정하세요. 아이가 저쪽에 와 있으니까요."

의사가 말했다.

팡틴의 얼굴에 환한 빛이 떠올랐고 눈에는 광채가 빛났다. 그녀는 기도할 때처럼 격렬하고도 부드러운 표정으로 두 손을 모아 쥐었다.

"아아! 어서 이리로 안아다 주세요!"

그녀가 희열에 찬 목소리로 외쳤다.

심금을 울리는 거룩한 모성애여! 그녀에게 있어서 코제트는 아직도 안아줘야 하는 조그만 아기였다.

의사가 말했다.

"아직은 안 돼요. 지금은 열이 있어서 곤란합니다. 아기를 보면 흥분하게 돼서 좋지 않아요. 무엇보다 먼저 당신 몸이 좋아져야 합니다."

그녀는 황급히 의사의 말을 가로막았다.

"아니요, 저는 이제 다 나았어요! 아아! 어서 우리 아기를 보고 싶어요!"

의사가 말했다.

"이봐요, 당신이 지금처럼 흥분하는 한 아기를 만나게 할 수 없어요. 아기를 만난다고 다 끝나는 게 아니라 당신은 아기를 위해서라도 살아야 해요. 마음 편히 가져요. 진정하면 내가 직접 아기를 데려다 줄게요."

불쌍한 어머니는 곧 머리를 숙였다.

"선생님, 죄송합니다. 용서해주세요. 옛날에는 저도 이렇게 마구 지껄이지 않았어요. 그런데 자꾸만 불행이 겹치니까, 가끔 제가 뭐라고 지껄이는지도 모를 때가 있어요. 잘 알겠어요. 선생님은 제가 너무 흥분해서 몸이 안 좋아질까 봐 걱정하시는 거죠? 그럼 선생님이 허락하실 때까지 기다릴게요. 하지만 아기를 만난다 해도 몸에는 아무런 지장이 없을 거예요. 저는 항상 우리 아기를 보고 있어요. 어제저녁부터 한시도 눈을 떼지 않았어요. 아시겠어요, 선생님? 지금 아기를 데려다 주면 저는 침착하게 아기를 돌볼 거예요. 마들렌 시장님께서 일부러 몽페르메유까지 가서 데리고 온 아기를 보고 싶어 하는 건 당연하잖아요. 저는 흥분하지 않았어요. 이제부터 행복해질 테니까요. 밤새도록 저를 향해 웃음 짓는 사람들을 보았어요. 선생님이 좋다고 생각되실 때 우리 코제트를 안아다 주세요. 저는 이제 열도 없어요. 사실 다 나았는걸요. 이젠 아무렇지도 않은 것 같아요. 그래도 여기 수녀님들의 마음에 들도록 병자처럼 움직이지 않겠어요. 제가 꼼짝도 하지 않고 가만히 있는 것을 보시면 아기를 만나도 괜찮다고 생각하시겠지요."

마들렌 씨는 침대 옆 의자에 앉아 있었다. 팡틴은 그에게로 얼굴을 돌렸다. 병중에 있으면 누구나 어린아이가 되듯이 그녀는 자신의 말대로 얌전한 모습을 보이려고 애썼다. 그러고 있으면 코제트를 데려다 줄 거라고 생각하는 것이었다. 그러나 마들렌 씨한테 온갖 질문을 하지 않고는 못 배기는 것 같았다.

"시장님, 여행 도중에 별일은 없으셨나요? 세상에! 제 아기를 직접 데리러 가시다니, 시장님은 너무나 친절한 분이에요! 아기는 어떻던가요? 그것만 말씀해주세요. 오는 길에 보채지는 않던가요? 아아! 그 애는 나를 기억도 못 할 거예요! 너무 많은 시간이 지나서 나를 잊어버렸겠죠. 가엾은 우리 아기! 어쩔 수 없어요. 어린아이들은 금방 잊어버리니까요. 아기들은 작은 새와 같죠. 오늘 이것을 보면 내일은 다른 것을 보고, 그러고는 아무것도 기억하지 못한답니다. 깨끗한 속옷을 입고 있던가요? 테나르디에 부부는 아기를 단정하게 꾸며주었던가요? 어떤 음식을 먹고 지냈을까요? 전에는 온갖 생각을 하면서 얼마나 괴로워했는지 몰라요! 하지만 이제는 다 지나간 일이에요! 기뻐요, 시장님! 아아! 정말 너무나 보고 싶군요. 시장님, 우리 아기 귀엽지 않던가요? 얼마나 예쁘게 자랐나요? 시장님, 마차를 타고 오시느라 추우셨지요? 잠깐만이라도 좋으니 아기를 데려다 주시면 안 될까요? 얼굴만 잠깐 봐도 좋은데. 시장님, 시장님 말씀은 누구나 잘 따르니까, 시장님만 좋다고 하시면 될 텐데!"

그가 팡틴의 손을 잡고 말했다.

"코제트는 예뻐요."

그는 팡틴의 눈을 그윽하게 바라보며 말을 이었다.

"코제트는 건강해요. 곧 만나게 해줄게요. 당신은 우선 마음을 가라앉히는 게 중요해요. 그렇게 쉴 새 없이 말하고 침대 밖으로 팔을 내놓고 하니까 자꾸만 기침이 나는 거예요."

사실 팡틴은 기침이 심하게 복받쳐서 한 마디 할 때마다 숨을 몰아쉬곤 했다. 그녀는 더 이상 조르지 않았다. 자꾸 졸라대면 사람들을 안심시키려 한 일이 허사로 돌아가지 않을까 두려웠던 것이다. 대신 그녀는 다른 이야기를 하기 시작했다.

"몽페르메유는 좋은 곳이지요? 여름에는 사람들이 종종 그곳으로 소풍을 가곤 했어요. 테나르디에 씨 집은 장사가 잘되던가요? 거기는 여행객들이 별로 많지 않은 곳이에요. 그저 싸구려 식당에 지나지 않죠."

마들렌 씨는 계속 그녀의 손을 잡은 채 걱정스러운 눈빛으로 바라보았다. 그녀에게 할 이야기가 있어서 왔는데, 막상 말을 꺼내려니 가슴에 돌덩이가 내려앉은 듯 갑갑할 따름이었다. 의사는 이미 회진을 끝내고 돌아갔고, 생플리스 수녀만 남아 있었다.

갑자기 팡틴이 놀란 듯 외쳤다.

"아기 목소리가 들려요! 아아! 우리 아기 목소리예요!"

그녀는 아무도 소리 내지 말라고 팔을 흔들며 황홀한 듯 숨을 죽이며 귀를 기울였다. 마침 안마당에 어린아이가 나와서 놀고 있었다. 그러나 이것은 흔히 애처로운 사연의 무대에서 신비로움을 더하기 위해 연출하는 우연한 장면과 같은 것일 뿐이었다. 여자아이는 마당을 뛰어다니면서 큰 소리로 웃고 노래 불렀다.

팡틴이 말을 이었다.

"아아! 우리 코제트예요! 난 저 목소리를 확실히 알 수 있어!"

문득 아이의 목소리가 멀어지더니 완전히 사라졌다. 팡틴은 그 후로도 한참 동안 귀를 기울였다. 그러다 얼굴이 흐려지더니 나지막이 중얼거리기 시작했다.

"의사 선생님은 정말 심술쟁이야. 우리 아기를 만나지도 못하게 하고! 얼굴도 아주 못되게 생겼더니!"

그러다 다시 그녀는 즐거운 생각에 빠져 누운 채로 혼잣말을 계속했다.

"앞으로 우리는 정말 행복하게 살게 될 거야! 일단 작은 정원이 생기겠지! 마들렌 시장님이 약속하셨거든. 그런 다음 아기한테 글을 가르쳐줘야지. 맞춤법도 익히고. 아기는 꽃밭에 날아드는 나비를 쫓아다니겠지. 나는 그 모습을 지켜보고 말이야. 그리고 또 첫영성체도 해줘야지. 그런데 언제나 하게 될까?"

그녀는 손가락으로 햇수를 꼽아보기 시작했다.

"하나, 둘, 셋, 넷…… 지금 일곱 살이니까 5년만 있으면 하얀 베일을 씌우고 스타킹을 신겨야지. 그럼 정말 어엿한 숙녀 같을 거야. 어머, 수녀님, 난 정말 바보인가 봐요. 벌써 딸아이의 첫영성체를 생각하다니!"

그녀는 갑자기 웃기 시작했다.

마들렌 씨는 어느 틈엔가 팡틴의 손을 놓았다. 그리고 그녀가 하는 말들을 흘려들으면서 바닥으로 시선을 떨군 채 깊은 생각에 잠겨 있었다. 그녀가 돌연 이야기를 멈추자 그는 반사적으로 머리를 들었다. 팡틴의 얼굴이 파랗게 질려 있었다. 그녀는 숨도 쉬지 않았다. 반쯤 몸을 일으킨 그녀의 비쩍 마른 어깨가 잠옷 밖으로 드러났다. 방금 전까지 밝게 빛나던 얼굴이 하얗게 변해 있었고, 두려움에 가득 찬 동공은 크게 벌어진 채 방 한구석의 알 수 없는 공포와 직면하고 있는 듯이 보였다.

장 발장이 외쳤다.

"이봐요! 왜 그러는 거요, 팡틴?"

그녀는 아무 대답도 하지 않았다. 그러나 눈빛만은 여전히 한 곳을 응시하고 있었다. 그녀는 한 손으로 그의 팔을 잡고, 다른 손으로는 그의 뒤를 가리켰다.

그가 고개를 돌려보니 거기에 자베르가 서 있었다.

팡틴은 시장이 그녀를 경찰서에서 빼내준 뒤로 자베르를 만난 적이 없었다. 병이 들어 쇠약해진 정신으로는 무슨 일인지 알아차릴 수 없었지만 이 남자가 자기를 잡으러 온 것만은 분명하다고 생각했다. 그녀는 그 무서운 얼굴을 차마 쳐다볼 수 없었다. 곧 숨이 끊어질 듯한 고통 속에서 그녀는 두 손으로 얼굴을 가린 채 죽을힘을 다해 외쳤다.

"시장님, 살려주세요!"

장 발장은 이미 일어나 있었다. 그는 지극히 다정하고 침착한 어조로 팡틴에게 말했다.

"걱정 말아요. 저 사람은 당신을 찾아온 게 아니니까."

그는 자베르에게 말했다.

"무슨 일로 왔는지 알고 있소."

그러자 자베르가 말했다.

"서둘러, 빨리!"

물어뜯는 듯한 두 마디에 어떤 흉포한 짐승의 기운이 배어 있었다. 마치 '서둘러, 빨리!'라고 했다기보다 '서발리!'라고 한 것 같았다. 어떤 말로도 자베르의 말투를 형언할 수 없을 것이다. 이미 그것은 인간의 언어가 아니라 일종의 포효였다.

자베르는 관례를 따르지 않았다. 설명 한 마디 없었고, 구속영장도 제시하지 않았다. 그에게 있어 장 발장은 꿈에서도 붙잡을 수 없는 신비의 투사 같은 존재였으며, 5년 동안이나 덮치고 있으면서도 때려눕힐 수 없었던 어둠의 용사였다. 체포는 시작이 아니라 끝을 의미했다. 그는 다만 '서둘러, 빨리!'라고 말하는 것으로 만족했다. 그러나 그는 한 걸음도 앞으로 나오지 않았다. 그 대신 장 발장을 향해 갈고리가 달린 사슬 같은 시선을 던질 뿐이었다. 그것은 두 달 전 팡틴이 뼛속까지 공포를 느꼈던 바로 그 눈초리였다.

자베르의 외침에 팡틴이 다시 눈을 떴다. 이 자리에는 시장이 있었다. 두려워할 필요가 어디 있겠는가? 그런데 자베르가 방 가운데로 걸어오면서 또다시 외쳤다.

"뭐 해! 빨리 나오지 않고!"

이 불행한 여자는 주위를 둘러보았다. 수녀와 시장 외에는 아무도 없었다.

대체 저 지독한 반말은 누구에게 던진 것일까? 아무리 생각해도 자기밖에 없었다. 그녀는 몸을 떨었다.

그때 그녀는 믿을 수 없는 광경을 목격했다. 그처럼 기이한 광경은 고열에 들떠 극도로 혼미한 상태에서도 본 적이 없었다. 그녀는 자베르 형사가 시장의 멱살을 잡는 장면을 보았다. 그리고 시장이 고개를 떨어뜨리는 것을 보았다. 그녀는 곧 이 세상이 사라져버릴 것만 같았다.

자베르는 실제로 장 발장의 멱살을 잡고 있었다.

"아아, 시장님!"

팡틴이 외쳤다. 그러자 자베르가 이를 한껏 드러내고 무시무시한 웃음소리를 흘리며 내뱉었다.

"이제 시장님 같은 건 없어!"

장 발장은 멱살을 잡고 있는 자베르의 손을 뿌리치려고 하지 않고 말했다.

"자베르……."

자베르가 즉시 그 말을 가로막았다.

"형사님이라고 해."

"당신에게 한 가지 부탁이 있소."

장 발장은 하던 말을 계속했다.

"큰 소리로! 더 큰 소리로 말해! 내 앞에서는 모두 큰 소리로 말한

단 말이다.”

자베르가 윽박질렀다.

그러나 장 발장은 여전히 목소리를 낮춰 말했다.

“꼭 한 가지 부탁할 것이 있소.”

“큰 소리로 하란 말 안 들려?”

“다른 사람이 들어서는 안 되는 얘기라 그렇소!”

“허튼수작 부리지 마. 난 듣고 싶지 않으니까!”

장 발장은 다시 그에게 재빨리, 그러나 지극히 낮은 목소리로 말했다.

“부디 내게 사흘만 말미를 주시오! 이 불쌍한 여자의 아이를 데려올 수 있게 사흘만 내게 시간을 주시오! 필요한 비용은 내가 다 치르겠소. 나를 따라와도 좋소.”

자베르가 소리쳤다.

“무슨 잠꼬대 같은 소리를 지껄이고 있어! 이렇게 멍청한 인간인 줄 몰랐군그래. 도망치게 사흘의 여유를 달라고 하다니! 근데 뭐, 저 화냥년의 자식새끼를 데리러 간다고? 하하하! 그거 참 좋은 생각이군! 대단한 발상이야!”

그 순간 팡틴은 몸을 부르르 떨면서 비명을 지르듯 외쳤다.

“우리 아기를, 아기를 데리러 간다고요? 그럼 아기가 오지 않은 건가요? 수녀님, 대답해주세요. 아기는 어디 있어요? 네? 우리 아기를 보여주세요, 마들렌 시장님!”

자베르는 신경질적으로 발을 쾅쾅 굴렀다.

"또 네년이 문제구나! 이 화냥년 같으니! 죄수가 관리가 되고, 창녀가 귀부인처럼 떠받들리다니, 정말이지 요지경이군! 하여튼 이제부터 어림도 없어!"

그는 팡틴을 무섭게 쏘아보며 다시 장 발장의 멱살을 움켜잡았다.

"잘 들어. 이젠 마들렌 씨도, 시장도 없는 거야. 도둑놈이 있을 뿐이야. 장 발장이라는 전과자가 있을 뿐이라고. 그런 놈을 지금 내가 이렇게 붙잡은 거라고. 알겠나?"

팡틴은 뻣뻣한 두 팔과 두 손으로 간신히 몸을 지탱하며 벌떡 일어나 앉았다. 그녀는 장 발장과 자베르, 수녀를 번갈아 바라보며 무슨 말을 하려는 듯 입술을 벌렸다. 그러나 목구멍이 욱신거리고 이가 덜덜 떨렸다. 그녀는 너무 고통스러운 나머지 온몸에 경련을 일으키며 두 팔을 앞으로 뻗치고, 물에 빠진 사람처럼 허우적거리다 갑자기 베개 위로 푹 쓰러졌다. 그 전에 이미 머리가 침대의 쇠 가로대에 부딪쳤고, 눈동자는 풀려 있었다. 그녀는 그렇게 죽었다.

장 발장은 자신의 멱살을 붙잡고 있는 자베르를 거칠게 밀치며 소리쳤다.

"당신이 이 여자를 죽였소."

자베르는 여전히 무표정한 얼굴로 말했다.

"어서 끝내! 나는 너 같은 인간한테 설교 따위 들으러 온 게 아니야. 호위병이 아래에 와 있다. 시간 없어. 지금 당장 순순히 가지 않으면 수갑을 채울 테다!"

방 한구석에 자선 간호사들이 숙직할 때 사용하는 낡은 철제 침대가 하나 놓여 있었다. 장 발장은 그 침대로 다가가 거의 망가진 채로 달려 있는 쇠 가로대를 순식간에 떼어내더니, 그 굵직한 쇠몽둥이를 움켜잡고 자베르를 쏘아보았다. 자베르는 흠칫 놀라며 문 쪽으로 뒷걸음질쳤다.

장 발장은 쇠몽둥이로 앞을 가로막으며 천천히 팡틴의 침대 쪽으로 걸어갔다. 그러고는 자베르를 돌아보며 낮은 소리로 말했다.

"잠시 동안만 방해하지 말아주시오."

이때 확실한 것은 자베르가 떨고 있었다는 사실이었다. 그는 호위병을 부르러 갈까도 생각했으나 그만두고, 지팡이 한쪽 끝을 잡고 장 발장에게서 줄곧 눈을 떼지 않은 채 문설주에 기대서 있었다.

잠시 동안 침대 둥근 가로대에 팔꿈치를 올려놓은 채 손으로 이마를 짚고 있던 장 발장은, 이제 더 이상 움직이지 않는 팡틴을 물끄러미 바라보았다. 그는 그렇게 한동안 생각에 잠겨 있었다. 그는 이제 이 생명을 구할 도리가 없었다. 다만 이루 형용할 수 없는 연민의 정밖에 남아 있지 않았다. 상념에 잠겨 있던 그는 팡틴 위로 몸을 숙이고 나지막이 무언가를 중얼거렸다.

사회로부터 내동댕이쳐진 이 남자는 죽은 여자에게 무슨 말을 했던 것일까? 지상의 누구도 그것을 듣지 못했다. 죽은 여자는 그것을 들었을까? 이 세상에는 숭고한 현실이라고 할 수 있는 감동적인 환영이라는 게 있다. 다만 한 가지 의심할 수 없는 사실은, 이 현장의 유일한 목격자인 생플리스 수녀가 여러 번 사람들에게 했던 말에 따르면, 장 발장이 팡틴의 귓가에 무언가 말하는 순간, 무덤에 들어갈 시간을 앞두고 놀라움에 가득 찬 빛을 잃은 눈동자와 희푸른 입술 사이로, 분명히 무어라 말할 수 없는 미소가 떠올랐다는 것이다.

장 발장은 아이를 어루만지는 어머니처럼 따뜻하고 부드러운 손길로 팡틴의 머리를 똑바로 누이고 속옷 끈을 매어주었다. 그리고 그녀의 눈을 감겨주었다. 그때 팡틴의 얼굴이 환하게 밝아지는 것처럼 보였다. 죽음, 그것은 끝없이 넓은 빛의 세계로 가는 것이었다.

팡틴의 한 손이 침대 밖으로 축 늘어져 있었다. 장 발장은 그 앞에 무릎을 꿇고, 그녀의 손을 살며시 들어 올려 입을 맞추었다. 그런 다음 천천히 일어나 자베르를 향해 돌아서서 말했다.

"자, 이젠 당신 마음대로 하시오."

13. 익명의 죽음

자베르 형사는 장 발장을 지역 교도소에 가두었다. 몽트뢰유쉬르메르의 시장이 체포되었다는 소식에 도시 전체가 크게 술렁거렸다. 대부분의 사람들은 마들렌 시장이 전과자였다는 소식을 듣고 등을 돌렸다. 그동안 그가 베풀었던 수많은 선행들은 금세 사람들의 기억에서 사라져버렸다. 그는 순식간에 '한낱 전과자'로 전락하고 말았다.

그날 저녁 시장의 집 문지기 노파가 서글픈 기분으로 수위실에 앉아 있을 때였다. 별안간 문이 열리더니 손 하나가 열쇠와 촛대를 잡는 것이었다. 그녀는 그것이 누구의 손인지 잘 알고 있었다. 그녀는 너무나 놀란 나머지 한동안 입도 떼지 못하다가 간신히 말했다.

"시장님! 저는 지금 시장님께서……."

그녀는 갑자기 입을 다물었다. 끝까지 말하면 처음 말에 대한 실례를 범하는 것이기 때문이다. 그녀에게 장 발장은 여전히 시장님이었다.

장 발장은 그녀가 하지 못한 말을 대신 해주었다.

"감옥에 있는 줄 알았겠지. 내가 거기 있었던 건 사실이오. 단지 나는 창문 쇠창살을 부수고 지붕에서 뛰어내려 여기까지 온 거요. 내 방에 올라가 있을 테니 생플리스 수녀를 불러주구려. 아마 그 가없은 여자 곁에 있을 거요."

문지기 노파는 곧 그 말을 따랐다. 그는 문지기 노파에게 아무런 주의도 주지 않았다. 자신이 조심하는 것 이상으로 그녀가 알아서 처신하리라 확신했던 것이다.

어떻게 그가 정문을 두드리지 않고 안마당으로 들어왔는지는 아무도 모른다. 그는 작은 샛문 열쇠를 늘 몸에 지니고 다녔다. 그러나 몸수색 과정에서 당연히 그 열쇠를 빼앗겼을 것이다. 이 점에 대해서는 끝내 밝혀지지 않았다.

그는 층계를 올라갔다. 그리고 계단 꼭대기에 촛불을 놓은 다음 소리 나지 않게 문을 열고 방으로 들어가 손으로 더듬어 창문과 덧문을 조심스럽게 닫은 뒤 다시 나가서 촛불을 들고 들어갔다.

그는 사흘 동안 손도 대지 않은 탁자와 의자, 침대를 힐끗 바라보았다. 그제 저녁의 흔적은 조금도 남아 있지 않았다. 문지기 노파가 청소를 한 것이다. 그녀는 지팡이 양쪽 끝에 끼워져 있던 쇠붙이와 불에 그을려 시꺼먼 40수짜리 은화를 깨끗이 닦아서 탁자 위에 올려놓았다.

그는 종이를 꺼내 이렇게 썼다.

"이것은 내 지팡이에 끼웠던 쇠붙이와, 내가 중죄 재판정에서 말한 프티제르베한테 빼앗은 40수짜리 은화다."

그는 누군가 방에 들어오면 맨 먼저 눈에 띄도록 그 종이 위에 은화와 2개의 쇠붙이를 올려놓았다. 이어 벽장에서 낡은 셔츠를 꺼내 찢어서 2개의 은촛대를 쌌다. 그는 결코 서두르거나 허둥대지 않았다. 주교의 촛대를 싸면서 그는 검은 빵 한 조각을 씹고 있었다. 감옥에서 도망칠 때 가지고 나온 빵이었다. 훗날 경찰의 가택 수색 과정에서 방바닥에 빵 부스러기가 떨어져 있었다.

똑똑 하고 문 두드리는 소리가 났다.

"들어오시오."

생플리스 수녀가 촛불을 들고 들어왔다. 그녀의 얼굴은 창백하고, 눈은 충혈되어 있었다.

장 발장은 방금 무언가를 쓴 종이를 수녀에게 건네주며 말했다.

"이걸 신부님께 전해주시오."

수녀는 펼쳐진 종이를 흘깃 보았다. 그러자 장 발장이 말했다.

"읽어봐도 좋소."

종이에는 이렇게 씌어 있었다.

"이곳에 남겨진 일체의 재산이며 물건들을 신부님이 관리해주시기 바랍니다. 그중 일부는 저의 소송 비용과 오늘 세상을 떠난 여인의 장례비로 써주시고, 나머지는 가난한 사람들을 위해 써주십시오."

수녀는 무슨 말을 하려고 했으나 혀가 굳은 것처럼 웅얼거리다

간신히 한마디 했다.

"시장님, 가엾은 그분을 마지막으로 한 번 더 보시지 않겠어요?"

그가 말했다.

"아니요. 나는 쫓기는 몸이오. 잠시라도 지체했다간 그녀의 방에서 붙잡혀 오히려 그 영혼을 어지럽히게 될 것이오."

그 말이 채 끝나기도 전에 집 안이 떠들썩했다. 쿵쾅거리며 층계를 올라오는 발소리에 섞여 문지기 노파의 목소리가 들려왔다.

"이것 보세요. 하느님께 맹세코 낮에도 밤에도 여기 들어온 사람은 하나도 없어요. 나는 하루 종일 문 앞을 지키고 있었단 말이에요."

그러자 한 남자의 목소리가 들렸다.

"저 방에 불이 켜져 있지 않소."

자베르의 목소리였다.

방문을 열면 오른쪽 벽 구석이 가려지는데 장 발장은 촛불을 끄고 그 구석에 몸을 숨겼다.

생플리스 수녀는 탁자 옆에 무릎을 꿇고 앉았다. 이윽고 문이 열리고 자베르가 들어왔다. 남자들이 낮은 목소리로 이야기를 나누는 소리와 복도에서 문지기 노파가 뭐라고 항변하는 소리가 들려왔다. 수녀는 고개를 들지 않았다. 그녀는 기도를 드리고 있었다. 벽난로 위의 촛불은 희미한 빛을 발할 뿐이었다. 자베르는 수녀를 발견하고 흠칫 멈춰 섰다.

독자들도 기억하고 있듯이 자베르의 본질, 그의 호흡의 중심이 되는 것은 권위에 대한 존경이었다. 그는 그야말로 외골수였다. 그에게 있어 교회의 권위는 모든 권위 중에서도 으뜸이었다. 적어도 그가 보기에 신부는 절대 과오를 범하지 않는 사람이며, 수녀는 죄를 범하지 않는 사람이었다.

수녀를 보는 순간 그는 돌아가고 싶은 충동을 느꼈다. 그러나 다른 한편으로는 그를 옴짝달싹 못하게 만드는 또 하나의 의무가 있었다. 그리고 때때로 그것은 그를 반대 방향으로 떠밀곤 했다. 그러므로 그는 곧이어 일단 물어보기나 해야겠다는 충동을 느꼈다.

더구나 상대는 평생 거짓말이라고 해본 적 없는 생플리스 수녀였다. 자베르는 그것을 알고 있었다. 아울러 그런 점에서 특별히 그녀를 존경했다.

그가 수녀에게 물었다.

"이 방에 수녀님 혼자 계십니까?"

실로 소름 끼치는 순간이었다. 가엾은 문지기 노파는 금방이라도 기절할 듯한 심정이었다. 수녀가 천천히 고개를 들고 대답했다.

"네, 그렇습니다."

자베르가 말을 이었다.

"성가시게 해서 정말 죄송합니다만, 이건 저의 의무이니 용서해 주십시오. 수녀님은 오늘 저녁에 혹시 한 남자를 보지 못하셨습니까? 저는 탈옥한 놈을 찾고 있습니다. 바로 장 발장이라는 놈인데, 못 보셨나요?"

수녀가 대답했다.

"네, 못 봤습니다."

그녀는 두 번이나 아무런 망설임 없이 거짓말을 했다.

"실례했습니다."

자베르는 정중히 인사하고 돌아갔다.

생플리스 수녀의 대답은 자베르에게 결정적인 영향력을 발휘했다. 그는 방금 불어서 꺼버린, 아직도 연기가 나고 있는 탁자 위의 초에 대해 아무런 의심을 하지 않았다.

한 시간 뒤 한 남자가 빠른 걸음으로 나무숲과 안개를 헤치고 몽트뢰유쉬르메르를 벗어나 파리를 향해 가고 있었다. 장 발장이었다. 그와 마주쳤던 몇몇 마차꾼의 증언에 의하면, 그는 이때 보통이 하나를 들고 작업복 상의를 입고 있었다고 한다. 그 작업복은 어디서 난 것일까? 그것을 아는 사람은 아무도 없었다. 다만 며칠 전 공장 진료소에서 한 늙은 직공이 죽었는데, 유품이라고는 작업복 상의 하나밖에 없었다. 장 발장이 입고 있었던 것이 아마도 그 옷이었으리라.

팡틴에 대해 마지막으로 한마디 하기로 한다. 모든 인간은 하나의 어머니, 대지를 갖고 있다. 팡틴은 그 어머니의 품으로 돌아갔다.

신부는 장 발장이 남긴 것 중에서 되도록 많은 돈을 가난한 사람들을 위해 쓰는 것이 낫다고 생각했다. 신부의 결정은 옳은 것이었는지도 모른다. 이것은 한 전과자와 한 매춘부에 관계된 일이 아니었던가? 결국 사제는 팡틴의 장례를 간소하게 치르고, 공동묘지에 묻어주었다.

팡틴이 묻힌 곳은 모든 사람들의 것인 동시에 누구의 것도 아닌, 가난한 자들이 사라져가는 무료 공동묘지의 한구석이었다. 다행히 하느님은 그러한 영혼이 어디 있는지 잘 알고 계신다. 팡틴은 컴컴한 어둠 속 이름 모를 사자들의 뼈 사이에 뉘었다. 그녀는 공동묘지 속 흙구덩이에 파묻혔다. 그녀의 무덤은 흡사 그녀의 잠자리와도 같았다.

몽트뢰유쉬르메르에서 도망친 장 발장은 결국 다시 체포되었다. 신문 기사에 따르면 그는 체포되기 전 라피트 은행 자신의 예금계좌에서 60만 혹은 70만 프랑에 달하는 거금을 찾아 자신만이 아는 장소에 숨겨놓았다고 한다. 장 발장은 체포되었을 때 스스로 변호하기를 거부했다. 그에게는 약 8년 전 프티제르베의 돈을 강탈한 혐의가 추가되었을 뿐 아니라, 억울하게도 프랑스 남부에서 발생한 강도단 사건의 혐의까지 받았다. 그 결과 그에게 사형이 선고되었다. 그는 항소를 포기했지만, 프랑스 국왕이 선처를 베풀어 무기징역으로 감형되었다.

장 발장은 그의 저주스런 고향이나 다름없는 툴롱 교도소로 이송되었다. 이번에는 죄수 번호 '24601'이 아닌 '9430'번으로 불렸다.

시장이 구속되자 몽트뢰유쉬르메르의 경제는 곤두박질쳤다. 시장의 거대한 공장은 가동을 멈췄고, 그 건물들도 폐허가 되었으며, 직공들은 어디론가 뿔뿔이 흩어졌다. 도시에 남아 있는 소규모 상업은 일반적인 상품을 거래하기보다 눈앞의 돈벌이에 급급했고, 가난한 사람들에게 베푸는 자선 행위는 더 이상 찾아볼 수 없었다.

*

1823년 10월 말, 툴롱 사람들은 폭풍우에 파손된 군함 '오리옹' 호가 수리를 위해 항구로 돌아오는 광경을 지켜보았다. 이 군함은 훗날 브레스트에서 훈련용으로 사용되었지만, 당시에는 지중해 함대에 속해 있었다.

엄청나게 파손되기는 했지만 항구에 정박된 군함의 모습은 군중을 매혹했다. 군중은 웅장한 것을 좋아하는 속성이 있다. 그런 이유로 툴롱항은 아침부터 저녁까지 선창가나 방파제로 나와 오리옹호를 바라보는 것 외에는 아무 할 일 없는 한가로운 사람들과, 소위 건달들로 가득 찼다.

오리옹호가 정박된 곳은 해군 공창 옆이었다. 어느 날 아침 군함을 구경하던 사람들은 뜻밖의 사고를 목격하게 되었다. 선원들이 활대에 돛을 매달고 있을 때였다. 우현 중간 돛 귀퉁이를 붙잡고 있던 수부가 갑자기 중심을 잃고 비틀거리기 시작했다.

"앗!"

사람들이 비명을 지르기 무섭게 그의 몸이 활대 둘레를 한 바퀴 돌아서 거꾸로 떨어졌다. 천만다행으로 그는 얼떨결에 한 손으로 돛 아래 밧줄을 잡았고, 이어 다른 손으로 밧줄을 마저 잡고 대롱대롱 매달렸다. 아래로는 바다의 아득한 심연이 아가리를 벌리고 있었고, 떨어지는 힘에 의해 밧줄은 그네처럼 심하게 흔들렸으며, 그의 몸뚱 이는 거기에 매달려 사정없이 휘둘리고 있었다.

그를 구조하려면 상당한 위험을 무릅써야 했다. 선원들은 물론 대부분 연안의 어민들로 구성된 신참 수부들 가운데 그런 위험을 자처하는 사람은 아무도 없었다. 그사이 불쌍한 수부는 점점 지쳐 가고 있었다. 너무 멀어서 사람들 눈에 그의 얼굴에 떠오른 고통스 러운 빛은 보이지 않았으나, 멀리서 보기에도 축 늘어진 그의 팔다 리가 기진맥진한 것이 역력했다.

그가 줄을 타고 기어오르려고 안간힘을 쓸 때마다 늘어진 밧줄이 위태롭게 흔들렸다. 그는 힘이 빠질까 봐 더욱 소리도 지르지 못했 다. 사람들은 행여 그가 밧줄을 놓칠세라 조마조마한 심정으로 지 켜보면서 때때로 차마 못 보겠다는 듯이 얼굴을 돌리기도 했다.

한 가닥의 줄이나 막대기 한 토막, 또는 나뭇가지 하나가 목숨의 동아줄인 경우가 있다. 그리고 어떤 생명체가 그 동아줄에서 익은 과실처럼 떨어지는 장면을 목격하는 것은 참으로 끔찍한 일이었다.

바로 그때, 한 남자가 살쾡이처럼 날쌘 몸놀림으로 돛대 위로 올 라가는 것이 보였다. 그는 붉은 죄수복에 파란 모자를 쓰고 있었다.

무기징역수라는 표시였다. 그가 장루 위에 이르렀을 때 바람에 모자가 날아가 백발이 성성한 머리가 드러났다.

돌연 나타난 구세주는 배에서 노역을 치르던 죄수였다. 그는 사고가 일어나자 곧바로 당직 장교에게 달려갔다. 선원들과 수부들 모두 어쩔 줄 몰라 하고 있을 때, 목숨을 걸고 구조를 자청하고 나선 죄수를 마다할 이유가 없었다.

장교가 고개를 끄덕이는 순간, 그는 발에 차고 있던 쇠사슬을 망치로 단번에 깨부수고 밧줄을 둘러메고 돛대를 향해 달려갔다. 족쇄가 얼마나 쉽게 부서졌는지 그 순간에는 아무도 깨닫지 못했다. 사람들이 그 사실을 떠올린 것은 훨씬 뒤였다.

그가 활대 위에 올라선 것은 실로 눈 깜짝할 사이의 일이었다. 그는 잠시 동안 움직이지 않고 서서 활대의 길이를 눈으로 가늠해보았다. 그동안 밧줄에 매달린 수부의 몸뚱이가 바람에 세차게 흔들렸다. 밑에서 지켜보는 사람들에게는 그 순간이 수백 년처럼 아득하게 느껴졌다.

이윽고 죄수는 눈을 하늘로 쳐들더니 한 걸음 앞으로 내디뎠다. 구경꾼들은 숨을 죽였다. 그는 활대 위를 달리듯이 빠르게 움직였다. 그리고 마침내 끝에 다다르자 가지고 간 밧줄의 한쪽 끝을 활대에 비끄러매고, 다른 쪽 끝은 내려뜨린 뒤 두 손으로 그 줄을 타고 내려가기 시작했다. 이 광경을 지켜보던 사람들은 불안감에 몸을 떨었다. 이제 저 깊은 바다를 밑에 두고 매달린 사람이 2명으로 늘어난 것이다.

말하자면 이 장면은 한 마리의 거미가 파리를 잡으러 가는 것과도 같았다. 다만 여기서 거미는 죽음이 아니라 삶을 가져가고 있었다. 수없이 많은 시선들이 두 사람에게 쏠렸다. 비명도, 말소리도 없이, 모두 똑같이 떨리는 마음으로 한 곳을 바라보고 있었다. 입을 다문 채 참담한 지경에 놓인 두 사람을 매몰차게 흔들어대는 바람에 최소한의 숨결이라도 보태지 않으려 애쓰는 것 같았다.

죄수는 마침내 수부 가까이 내려갔다. 극한의 순간, 1분만 더 늦어도 지칠 대로 지친 수부가 아스라한 바다 밑으로 떨어질 판이었다. 죄수는 한 손으로 밧줄에 매달린 채, 다른 손으로 수부의 몸을 그 밧줄에 꼭 비끄러맸다. 그런 다음 다시 활대 위로 올라가 수부를 끌어올렸다. 거기에서 그는 수부가 기운을 차릴 때까지 한참을 붙잡고 있다가 두 팔로 끌어안고 돛대 꼭대기까지 걸어갔고, 거기서 다시 장루에 이르러서야 비로소 동료들에게 수부를 넘겨주었다.

군중의 환호성이 하늘을 찌를 듯했다. 눈물을 흘리는 간수들도 있었고, 바닷가에서 지켜보던 여자들은 너무 기뻐서 서로 껴안고 발을 굴렀다. 그리고 모든 사람들이 감동에 들뜬 나머지 한목소리로 외쳤다.

"저 사람을 석방하라!"

죄수는 그사이 노역장으로 돌아가려고 돛대를 타고 내려가기 시작했다. 그는 조금이라도 빨리 아래로 내려가려는 듯 활대 위를 달려갔다. 사람들의 시선이 일제히 그를 향했다. 순간 그들은 흠칫하며 몸을 움츠렸다. 기운이 떨어졌는지, 아니면 현기증이 났는지, 별안간 그가 주춤하며 비틀거리는 것 같았다. 그러다 돌연 군중 사이에서 비명이 터져 나왔다. 그 죄수가 바다에 떨어진 것이다.

목숨이 위태로운 상황이었다. 하필 그는 나란히 정박된 군함 알제지라호와 오리옹호 사이로 떨어졌다. 자칫하면 어느 한쪽 배 밑으로 빨려 들어갈 위험이 있었다. 남자 넷이 급히 보트에 올라탔다. 군중은 그들에게 응원의 함성을 보냈다. 불안감이 다시금 사람들의 마음을 내리눌렀다. 그 죄수는 끝내 수면 위로 올라오지 않았다. 그는 마치 석유통 속에 떨어진 듯 잔물결 하나 일으키지 않고 바다 밑으로 잠겼다. 잠수부가 바닷속을 더듬었으나 허사였다. 수색 작업은 저녁까지 이어졌으나 애석하게도 그 죄수의 시체조차 발견되지 않았다.

이튿날 툴롱의 한 신문은 다음과 같은 기사를 실었다.

1823년 11월 17일, 어제 오리옹호에서 노역을 치르던 죄수 하나가 목숨을 잃을 위험에 처한 수부를 구출한 뒤 바다에 떨어져 익사했다. 시체는 발견되지 않았다. 추측건대 그는 해군 공창 끝의 교각 밑으로 빨려 들어간 것 같다. 사망한 죄수의 수감번호는 9430번이고, 이름은 장 발장이다.

14. 죽은 남자와 죽은 여자의 약속

몽페르메유는 리브리와 셸 사이, 우르크 강과 마른 강이 갈라지는 고원의 남쪽 끝에 위치하고 있다. 지대가 높기 때문에 그곳 주민들은 늘 물 부족으로 인한 고충을 겪고 있었다. 물을 구하려면 꽤 멀리까지 가야 했던 것이다. 마을 변두리에 사는 사람들은 걸어서 15분 정도 걸리는 산 중턱 작은 연못에서 물을 길어다 먹었다.

가엾은 코제트가 두려워하는 점이 바로 물 길러 가는 것이었다. 코제트는 테나르디에 집에서 두 가지 목적으로 이용되고 있었다. 아이 어머니한테 양육비 명목으로 돈을 뜯어내고 그 아이는 하녀처럼 부려먹는 것이었다. 그런 이유로 아이 어머니가 돈을 보낼 수 없게 되었을 때도 코제트를 보내지 않았다.

늘 물을 길러 가는 것은 하녀 코제트의 몫이었다. 그러므로 한밤중에 숲 속 연못까지 걸어가는 것을 생각만 해도 소름 끼쳤던 어린 소녀는 절대 집에 물이 떨어지지 않도록 몹시 신경 쓰고 있었다.

1823년 크리스마스는 몽페르메유 사람들에게 대목이나 마찬가지였다. 조용하던 읍내에 사람들이 넘쳐났고, 여관이며 술집들은 외지에서 온 손님들로 북적거렸다. 초겨울부터 날씨가 제법 따뜻하더니 크리스마스가 다가왔는데도 눈이 오지 않은 데다 얼음도 얼지 않았다.

이 무렵 파리에서 온 광대패들이 읍장의 허가를 얻어 마을 대로상에 가건물을 세웠고, 성당 앞 광장에서 블랑제 소로에 이르기까지 노점상들이 즐비했다. 테나르디에의 싸구려 식당은 이 블랑제 소로에 자리 잡고 있었다.

크리스마스 저녁, 테나르디에의 여관 식당에는 마차꾼과 행상인 몇 명이 촛불을 둘러싸고 식탁에 앉아 술을 마시고 있었다. 테나르디에는 손님들과 정치 얘기를 하고 있었고, 그의 아내는 벽난로에서 음식이 익는 것을 지켜보고 있었다. 코제트는 늘 그래 왔듯이 누더기 차림으로 맨발에 나막신을 신고, 벽난로 옆에 있는 식탁 다리의 가로대에 걸터앉아 테나르디에의 딸들이 신을 털양말을 짜고 있었다. 의자 밑에서는 작은 고양이 새끼 한 마리가 장난질을 쳤고, 방에서는 테나르디에의 두 딸 에포닌과 아젤마가 웃고 떠드는 소리가 들려왔다. 벽난로 구석 못에는 채찍 하나가 걸려 있었다.

이따금 식당의 소음을 뚫고 어디선가 어린아이 울음소리가 들려오곤 했다. 테나르디에 아내가 3년 전쯤인가 어느 겨울에 낳은 사내아이였다.

"왜 또 저러지? 추워서 깼나?"

테나르디에 아내가 시큰둥한 표정으로 중얼거렸다. 그녀는 아이를 낳기만 했지 사랑하지는 않았다.

"당신 아들이 울잖아. 빨리 좀 가봐."

아이가 자지러질 듯 시끄럽게 울어대자 테나르디에가 말했다.

그러자 테나르디에 아내가 콧방귀를 뀌면서 중얼거렸다.

"정말 성가셔서 미치겠다니까!"

어머니의 보살핌을 받지 못한 어린아이는 어둠 속에서 계속 울어댈 뿐이었다.

*

테나르디에는 이제 막 쉰 살을 넘어섰다. 그 아내는 마흔 고개에 접어들었지만, 남자로 치자면 쉰 살이나 마찬가지였다. 같이 늙어간다는 점에서 서로 잘 어울리는 나이였다.

테나르디에 아내는 키가 크고, 붉은색 머리칼에, 불그레하고 네모난 얼굴과 뚱뚱하고 절구통 같은 몸매에 동작은 몹시 날랜 편이었다. 그녀는 청소든 요리든 빨래든 온갖 집안일을 도맡아 했다. 코제트는 그녀가 이런 일들을 해치울 때 없어서는 안 될 유일한 하녀였다.

테나르디에 아내 앞에서 어린 코제트는 코끼리를 거드는 한 마리 생쥐 같았다. 그녀가 육두문자를 섞어가며 고함을 내지르면 그야말로 유리창도, 가구도, 사람들도, 온 집안이 벌벌 떨었다. 그럴 때 주근깨투성이의 넓적한 얼굴은 마치 거품을 떠내는 국자처럼 보였다. 게다가 이 여자는 얼굴에 수염까지 났다. 말하자면 시장의 짐꾼이 여자 옷을 입고 있다고 생각하면 된다.

반면 남편 테나르디에는 삐쩍 마른 체구에 얼굴이 창백하고, 광대뼈가 불거진 모습이 궁상맞게 생겼으나, 강단이 보통은 넘었고, 힘이 여간 좋지 않았다. 또한 눈초리는 족제비 같고, 얼굴 생김새는 샌님 같은 데가 있었다. 교활한 성격은 이런 체질에서 비롯된 것인지도 모른다. 그는 거의 언제나 조심스러운 웃음을 띠었고, 누구에게나 공손하게 대했다. 적선은 한 푼도 하지 않지만 거지 앞에서도 공손함을 잃지 않았다.

군대에 적을 둔 적이 있다고 하는 그가 자랑삼아 늘어놓는 얘기가 있다. 그는 워털루전투 때 경기병 제6연대인지, 제9연대인지에서 상사로 복무했는데, 그 지독한 프로이센의 특수부대 1개 중대에 단신으로 저항하여 빗발치는 산탄 속에서 '중상 입은 어떤 장군'의 목숨을 구해주었다고 했다. 간판에도 그렇게 적혀 있듯이 그 여관을 '워털루 상사의 식당'이라고 부르는 것도 그 때문이라는 설명이다.

이 식당에 처음 온 사람은 대개 테나르디에 아내가 주인인 줄 안다. 그러나 이건 순전히 그들의 착각이다. 그녀는 이 집의 안주인이라고도 할 수 없었다. 주인과 안주인 역할을 남편 혼자 겸하고 있었다. 아내는 일을 하고, 남편은 일을 꾸몄다. 남편은 눈에 보이지 않는 자석처럼 끊임없이 아내를 조종하고 있었다. 모든 건 말 한 마디로 족했다. 간혹 그가 슬쩍 눈짓만 해도 코끼리 같은 아내는 순순히 그가 원하는 대로 움직였다. 잘 납득이 가진 않지만 그 아내에게 있어서 남편은 일종의 최고 권력자였다.

이즈음 테나르디에는 1500프랑가량의 빚 독촉에 시달리느라 골머리를 썩이고 있었다. 지독한 운명의 태풍에 끊임없이 시달리면서도 이 테나르디에라는 위인은, 야만인에게는 일종의 미덕이고, 문명인에게는 하나의 상품인 친절을 가장 적절하고도 투철하게, 또한 가장 근대적으로 깨우치고 있는 사람 가운데 하나였다. 또한 그는 소문난 밀렵꾼이며 명포수였다. 웃을 때 그 얼굴은 어딘지 모르게 섬뜩하고 은밀한 구석이 있었는데, 특히 그것이 굉장한 위험을 내포하고 있었다.

여관 주인으로서 그는 사업에 대해 몇 가지 신조를 갖고 있었고, 아내의 머릿속에도 그것을 철저히 주입했다.

"여관 주인이 해야 할 일은……."

이날도 그는 아내를 붙잡고 일장연설을 늘어놓았다.

"누구든지 여기 들어오면 음식과 방은 기본이고, 촛불과 난롯불과 더러운 이불은 물론 하녀와 벼룩과 웃음까지 팔아먹을 줄 알아야 한다. 지나가는 놈들을 꼬드겨 얇은 지갑은 몽땅 털어버리고, 두툼한 지갑은 가볍게 만들어주고, 식구를 데리고 들어온 여행객은 정중히 재워주면서 남편한테는 털어내고, 아내한테는 뜯어내고, 애

새끼들은 옷이라도 벗겨먹어야 한다. 창문 하나 여닫는 데도 값 떨쳐서 받고, 벽난로 구석, 소파, 의자, 걸상, 발판, 깃털 이불, 담요, 방석……, 뭐든지 손님이 건드리기만 하면 한 푼이라도 계산에 넣는다. 거울에 비친 그림자라도 그로 인해 거울이 얼마나 닳았는지 계산해서 값을 매겨야 한다. 손님의 개가 파리를 잡아먹었다면 그 또한 값을 치르게 해야 한다!"

남편과 아내는 죽이 척척 맞았다. 남편이 이런 돼먹지 못한 궁리를 하는 동안 아내는 당장 눈앞에 있는 것도 아닌 빚쟁이 따위는 까맣게 잊어버린 채 오직 눈에 보이는 것에만 신경을 쏟으며 나날을 보내고 있었다.

이 끔찍스런 부부의 틈바구니에 있는 코제트는 양쪽에 짓눌려서 마치 맷돌에 갈림과 동시에 쇠집게로 집히는 것 같은 형상이었다. 부부는 각기 다른 방식으로 어린 소녀를 학대했다. 코제트가 매질을 당하는 것은 아내의 방식이었고, 겨울에 맨발로 다니는 것은 남편의 방식이었다.

코제트는 허약한 몸으로 쉴 새 없이 층계를 오르내리며 빨래를 하고, 바닥을 솔로 문질러 닦고, 쓸고, 헐떡거리며 무거운 짐을 나르는 등 온갖 힘든 일을 해냈다. 테나르디에 부부는 인정이라고는 털끝만큼도 없었다. 안주인은 잔인하고, 바깥주인은 혹독한 인간이었다.

가련한 어린 소녀는 그 모진 학대를 꾹 참고 견디는 수밖에 없었다. 인생의 첫새벽부터 흉포한 어른들이 쳐놓은 거미줄에 걸려 떨고 있는 여린 영혼의 내부에서는 대체 어떠한 일이 일어나고 있었을까?

*

테나르디에의 식당에 손님 4명이 새로 들어왔다.

그때 코제트는 처량한 생각에 잠겨 있었다. 아직 여덟 살밖에 되지 않은 아이가 너무나 많은 고통을 겪은 탓인지, 그 모습이 꽤 나이 먹은 여자처럼 슬퍼 보였다. 그녀의 눈두덩은 시커멓게 멍들어 있었다. 테나르디에 아내가 주먹으로 쥐어박아서 그렇게 된 것이었다. 그러고도 저 못된 여편네는 어린 소녀의 얼굴을 가리키며 말장난을 하곤 했다.

"아이고, 흉측해라. 눈두덩에 기미가 끼였네!"

코제트는 지금 한 가지 생각뿐이었다.

'날이 깜깜해졌다. 이제 밤이다. 갑자기 들이닥친 저 손님들 방에 물을 갖다 줘야 할지도 모르는데, 물통에 물이 떨어졌다. 어쩌지?'

그러나 코제트가 조금 안심이 되는 것은 여기 오는 손님들은 물을 별로 안 마신다는 것이었다. 목이 마르면 물 주전자보다 술병을 찾기 때문이었다. 이렇게 술이 많은데 물을 찾는다면 모두가 그를 원시인 대하듯 할 것이다.

그런 생각을 하면서도 코제트는 부르르 몸을 떨었다. 테나르디에 아내가 끓고 있는 냄비 뚜껑을 열어보더니, 잔을 하나 들고 급히 물통 쪽으로 갔기 때문이다. 그러고는 주저 없이 물통 꼭지를 틀었다. 어린 소녀는 고개를 빼고 그녀의 일거수일투족을 지켜보았다. 꼭지에서 졸졸 흘러내린 물이 잔에 반쯤 찼다.

"이런! 물이 떨어졌잖아!"

안주인이 중얼거리고는 잠시 말이 없었다. 어린 소녀는 숨도 제대로 쉬지 못하고 그녀를 지켜보았다.

그녀가 반쯤 물이 담긴 잔을 쳐들어 보면서 말했다.

"뭐, 이 정도면 되겠지."

코제트는 다시 하던 일을 계속했다. 그러나 15분 동안이나 심장이 쿵쾅거렸다. 어린 소녀는 시간을 헤아리면서 빨리 아침이 오면 좋겠다고 생각했다.

술을 마시고 있는 패거리 중 하나가 밖을 내다보면서 큰 소리로 말했다.

"완전 어두컴컴한데. 솥단지 속 같아!"

또 이런 말도 했다.

"고양이가 아닌 이상 이런 때 등불 없이는 절대 못 나다니겠어."

그 말에 코제트는 소름이 끼쳤다. 곧이어 여관에 묵고 있는 상인 하나가 화를 내며 식당으로 들어왔다.

"말한테 물도 안 먹였더군."

"왜 안 먹여요?"

테나르디에 아내가 반문했다.

"안 먹였으니까 안 먹였다고 하는 거요, 아주머니."

상인이 말했다.

코제트는 얼른 식탁 밑에서 나오며 말했다.

"아니에요! 내가 물 줬어요, 손님! 한 통 가득 다 마셨어요. 내가 물을 주면서 말하고 이야기도 했는데요."

그것은 사실이 아니었다. 코제트는 물 길러 가기가 겁나서 거짓말을 하고 있었다.

"요것 봐라. 조막만 한 것이 거짓말도 잘하네! 내 말은 물을 먹지 않았어, 요것아! 내 말은 갈증이 나면 콧김을 내뿜는 버릇이 있단 말이다."

상인이 소리쳤다.

코제트는 한사코 억지를 부렸다. 그러다 너무 두려운 나머지 기어드는 목소리로 간신히 한마디 덧붙였다.

"벌컥벌컥 잘도 마시던데요, 뭘."

그러자 상인이 화가 나서 소리쳤다.

"뭐? 헛소리 그만하고 내 말한테 물이나 갖다 줘. 빨리!"

코제트는 다시 식탁 밑으로 들어갔다.

"그래야죠. 당연하죠. 말이 물을 안 먹었으면 얼른 먹여야지요."

테나르디에 아내가 말하면서 주위를 두리번거렸다.

"아니, 요년이 어딜 간 거야?"

그녀는 눈알을 이리저리 굴리며 바닥을 훑던 중 식탁 끝 술 마시는 남자들 발밑에 웅크리고 있는 코제트를 찾아냈다.

"당장 나오지 못해!"

테나르디에 아내가 소리쳤다.

도리가 없었다. 코제트는 숨어 있던 곳에서 엉금엉금 기어 나왔다. 테나르디에 아내가 욕지거리를 퍼부었다.

"이 미친년! 당장 말에게 물을 먹이지 못해!"

그러자 코제트가 기어드는 목소리로 애원하듯 말했다.

"하지만 아주머니, 물이 없어요."

테나르디에 아내는 한길 쪽으로 난 문을 활짝 열어젖히며 불호령을 내렸다.

"그럼 지금 당장 길어 와!"

코제트는 고개를 푹 숙이고 벽난로 구석에 놓인 물통을 집어 들었다. 어린 소녀의 몸뚱이보다 더 큰 물통이었다.

테나르디에 아내는 나무 국자를 들고 음식이 끓고 있는 벽난로 앞에 서서 한술 맛보며 이렇게 지껄였다.

"샘터에 가면 물은 얼마든지 있어. 능청스러운 년! 아니, 양파는 넣지 말걸 그랬나?"

그런 뒤 그녀는 잔돈이며, 후추, 마늘 같은 것들이 잔뜩 들어 찬 서랍을 뒤지더니 소리쳤다.

"오는 길에 빵가게에 들러 빵 한 덩이 사 와. 자, 15수다."

코제트는 말없이 돈을 받아 앞치마에 달린 작은 주머니에 집어넣었다. 그리고 어린 소녀는 물통을 들고 활짝 열린 문 앞에 가만히 서 있었다. 마치 누군가 구원해주러 오기를 기다리는 것처럼.

"빨리 안 나가?"

테나르디에 아내가 고함을 질렀다. 코제트는 결국 밖으로 나갔고, 곧바로 문이 닫혔다.

*

성당 앞부터 테나르디에의 식당 앞까지 많은 노점상들이 줄지어 있었다. 머지않아 자정 미사에 참석할 시민들이 그 길을 지나갈 것이므로 점포마다 촛불을 켜놓아 주변이 온통 휘황찬란했다. 그중 맨 끝에 있는 점포가 테나르디에의 식당 맞은편에 있는 장난감 가게였다. 가게 주인은 진열대 맨 앞줄에 흰 보자기를 깔고, 실제 사람 크기만 한 값비싼 인형을 늘어놓았다. 장밋빛 비단 드레스를 입은 금발 머리 인형은 진짜 머리털을 달았고, 눈은 에나멜이었다. 이 아름다운 인형 앞에는 하루 종일 어린아이들이 몰려들어 넋을 잃고 바라보았지만, 몽페르메유에는 그토록 값비싼 인형을 아이한테 사줄 만큼 넉넉하거나 사치스러운 어머니가 하나도 없었다.

물통을 들고 밖에 나온 코제트는 몹시 풀이 죽어 있었으나, 그 황홀한 인형에 홀려 잠시나마 눈길을 주지 않을 수 없었다. 어린 소녀는 이 인형을 '여왕님'이라고 불렀다. 소녀는 그 앞에 화석처럼 서 있었다. 지금까지 한 번도 인형을 가까이에서 본 적이 없었던 것이다. 소녀는 장난감 가게 전체가 궁전 같았다. 그것은 단순히 인형이 아니라 어둡고 싸늘한 고통의 저 밑바닥 깊숙이 웅크리고 있는 불행한 소녀의 꿈, 또는 어떤 환상 같은 것이었다.

코제트는 어린아이다운 천진하고 서글픈 영민함으로 자신과 인형 사이에 가로놓인 깊은 심연을 가늠해보았다. 적어도 왕비나 공주가 아니고서는 저런 '것'을 가질 수 없으리라. 어린 소녀는 아름다운 장밋빛 드레스와 반질반질한 머릿결을 보며 생각했다.

'저 인형은 얼마나 행복할까!'

어린 소녀는 꿈의 궁전 같은 가게 앞에서 눈길을 돌리지 못했다. 보면 볼수록 더욱 마음을 빼앗길 뿐이었다. 마치 천국을 보고 있는 듯했다. 그렇게 황홀경에 빠져 있는 동안, 소녀는 자신이 해야 할 일을 까맣게 잊고 있었다. 느닷없이 들려온 어떤 목소리가 아니었다면 어린 소녀는 언제까지나 그렇게 서 있었을지도 모른다.

"아니, 저런 멍청한 년이 있나. 지금 뭐 하고 있는 거야! 너 거기 꼼짝 말고 있어라! 돼먹지 못한 년! 당장 물 길러 가지 않으면 죽을 줄 알아!"

별 생각 없이 밖을 내다보던 테나르디에 아내가 인형 가게 앞에 멍하니 서 있는 코제트를 발견한 것이다.

소녀는 도망치듯 그 자리를 벗어나 목적지를 향해 걸어갔다. 블랑제 소로에서 성당 근처까지는 노점상의 불빛으로 길이 환했으나, 어느덧 맨 끝 가게의 불빛마저 사라졌다.

코제트는 어둠 속에서 홀로 걸어갔다. 소녀는 두려운 생각이 발목을 잡을 때마다 물통 손잡이를 힘껏 흔들어댔다. 그 소리가 유일한 길동무였다. 갈수록 어둠은 더욱 짙어만 갔다.

소녀는 몽페르메유 마을 맨 끝의 인적 없는 오솔길을 걸어갔다. 집이나 담이라도 있으면 그래도 기운이 났다. 이따금 덧문 틈새로 새어 나오는 불빛은 어린 소녀에게 구원의 빛이었다. 주위에 사람이 있다는 것만으로 안심이 되었다.

앞으로 갈수록 코제트의 걸음걸이는 저절로 느려졌다. 마지막 집 모퉁이를 돌았을 때 소녀는 문득 걸음을 멈췄다. 마지막 가게에서도 더 나아가기 어려웠는데, 여기서는 더 이상 앞으로 나아갈 엄두가 나지 않았다. 어린 소녀는 물통을 땅바닥에 내려놓고, 한 손으로 천천히 머리를 긁적였다. 겁먹은 어린아이들이 곧잘 하는 몸짓이었다. 이제부터는 몽페르메유 마을이 아니라 들판이었다. 인기척 하나 없는 어둠이 눈앞에 펼쳐져 있었다. 어린 소녀는 절망적인 눈길로 사람 그림자 하나 없는 어둠을 바라보았다.

소녀는 정면을 뚫어지게 응시했다. 풀숲을 돌아다니는 짐승의 발소리가 들렸다. 나무들 사이로 흐느적거리는 유령의 모습도 보이는 듯했다. 소녀는 물통을 다시 들었다. 공포가 오히려 소녀를 대담하게 만들었다.

"그래! 샘터에 물이 없더라고 해야지."

코제트는 이렇게 중얼거리고는 마음을 다잡았다.

그리고 마을 쪽으로 발길을 돌렸다. 하지만 백 걸음도 채 못 가서 다시 걸음을 멈추고 머리를 긁적였다. 이번에는 늑대 같은 입을 벌리고, 표독스러운 눈빛으로 코제트를 쏘아보는 테나르디에 아내의 모습이 떠올랐다.

어린 소녀는 애처로운 눈빛으로 앞과 뒤를 번갈아 보았다. 어쩌면 좋을까? 어디로 가야 할까? 앞에는 테나르디에 아내의 무서운 얼굴이 있고, 뒤에는 어둠과 숲의 유령들이 얼씬거렸다. 결국 어린 소녀를 뒷걸음질치게 만든 건 테나르디에 아내였다.

코제트는 다시 샘터를 향해 달리기 시작했다. 들판을 빠져나가 숲으로 들어가면서 아무것도 보지 않고, 아무것도 듣지 않으려고 했다. 어린 소녀는 숨이 턱까지 차오르도록 달리고 나서야 비로소 뜀박질을 멈췄지만, 그래도 걸음을 늦추지는 않았다. 다만 아무 생각이나 경황 없이 계속 걸어갔다.

소녀는 울먹였다. 어둠에 휩싸인 숲이 어린 코제트를 집어삼킬 듯 송두리째 에워싸고 있었다. 소녀는 이제 아무것도 생각하지 않고, 아무것도 보지 않았다. 무시무시한 밤과 가녀린 소녀가 마주하고 있었다. 한쪽은 깜깜한 어둠의 세계였고, 한쪽은 너무나 보잘것없는 존재였다.

숲 입구에서 7, 8분만 가면 샘터가 나온다. 코제트는 낮에 종종 와봤기 때문에 길을 잘 알고 있었다. 어두워도 길을 잘못 들어서지는 않았다. 소녀는 본능적으로 길을 찾아가고 있었다. 두리번거리지도 않았다. 높은 나뭇가지 사이나 낮은 덤불 속에서 뭔가 튀어나오지나 않을까 두려웠기 때문이다. 이렇게 해서 어린 소녀는 샘에 다다랐다.

코제트는 숨 쉴 겨를조차 없었다. 깜깜한 어둠 속이었지만 이 샘은 익숙했다. 코제트는 늘 그래 왔듯이 어둠 속에서 왼손을 내밀어 샘 위에 늘어진 참나무 가지를 부여잡고, 작은 몸을 숙여 물속에 통을 집어넣었다. 지금 몹시 긴장된 소녀는 평소보다 몇 배는 더 성급한 기운이 뻗쳤다. 다만 그렇게 몸을 구부리고 있는 사이 앞치마 주머니에 들어 있던 15수짜리 동전이 물속에 빠진 줄은 미처 몰랐다. 코제트는 동전이 떨어지는 것을 보지도 못했고, 물속에 떨어지는 소리도 듣지 못했다.

소녀는 물이 가득 찬 통을 끌어 올려 풀밭 위에 놓았다. 그러자 소녀는 완전히 맥이 빠져버렸다. 빨리 그곳을 벗어나고 싶었으나, 물을 가득 채우려고 너무 많은 힘을 써버렸기 때문에 한 걸음도 뗄 수 없었다. 소녀는 그대로 풀밭에 주저앉아 눈을 감았다가 다시 떴다. 왜 이러고 있는지는 자신도 몰랐지만 달리 어쩔 도리가 없었다.

찬바람이 불어오자 커다란 나뭇가지들이 무서운 형상으로 툭툭 불거졌다. 듬성듬성한 나무 사이로 흉측하게 말라비틀어진 덤불이 서걱거리는 소리가 났다. 키가 자란 풀들이 북풍에 뱀장어처럼 꿈틀거리고 있었다. 서로 뒤얽힌 가시덩굴은 먹이를 찾는 손톱 달린 괴물의 기다란 팔 같았다. 어디를 보나 무시무시한 것들뿐이었다.

소녀는 다시 물통을 들고 걷기 시작했다. 절망에 찬 걸음을 옮기는 소녀의 입에서 저도 모르게 탄식이 흘러나왔다.

"아아, 하느님! 하느님!"

그때 코제트는 별안간 물통이 하나도 무겁지 않았다. 몹시 큰 손이 물통 손잡이를 번쩍 들어 올리는 것을 알고 어린 소녀는 고개를 쳐들었다. 검은 장승처럼 우뚝 선 한 남자가 소녀와 나란히 어둠 속을 걷고 있었다. 그는 아까부터 뒤에서 걸어오고 있었으나, 소녀는 발소리를 전혀 듣지 못했다. 그는 아무 말 없이 어린 소녀가 들고 있는 물통 손잡이를 움켜쥐었다.

코제트는 어떤 직감을 느꼈는지 그 낯선 남자가 전혀 두렵지 않았다.

남자가 묵직하고 낮은 목소리로 말을 걸었다.

"애야, 물통이 몹시 무겁구나. 힘들지?"

코제트는 고개를 들고 대답했다.

"네, 아저씨."

그가 친절하게 말을 이었다.

"이리 주렴. 내가 들어주마."

코제트는 물통에서 손을 떼고 그와 나란히 걸어갔다.

"꽤나 무겁군."

그가 입속으로 중얼거리고는 이렇게 덧붙였다.

"그래, 넌 몇 살이냐?"

"여덟 살이에요."

"이렇게 무거운 걸 들고 어디서 오는 길이지?"

"숲 속에 있는 샘에 갔다 오는 길이에요."

"집까지는 아직 멀었니?"

"여기서 15분 정도 가야 해요."

그는 잠시 입을 다물고 있다가 불쑥 말을 꺼냈다.

"그럼, 어머니가 안 계신 게로구나?"

"모르겠어요."

어린 소녀가 대답했다. 그리고 남자가 다시 말을 꺼내기도 전에 이렇게 덧붙였다.

"없는 것 같아요. 다른 애들은 있는데 말이에요."

소녀는 잠시 입을 다물었다가 다시 말을 이었다.

"난 원래 엄마가 없었나 봐요."

남자는 문득 걸음을 멈췄다. 그리고 물통을 땅에 내려놓고 몸을 숙여 어린 소녀의 양어깨에 손을 얹고, 어둠 속에서 소녀의 얼굴을 들여다보며 물었다.

"이름이 뭐지?"

"코제트요."

그 순간 남자는 마치 감전이라도 된 듯 한참 동안 코제트의 얼굴을 바라보았다. 그리고 소녀의 어깨에서 손을 떼고 물통을 들고 다시 걸어갔다.

조금 뒤에 그가 물었다.

"얘야, 너는 집이 어디니?"

"몽페르메유에 살아요."

"그럼 지금 거기로 가는 거니?"

"네."

그는 입을 다물었다가 다시 말했다.

"대체 누가 너더러 이런 시간에 물을 길어 오라고 하던?"

"테나르디에 아주머니요."

남자는 아무렇지 않은 척 애쓰는 것 같았으나 묘하게 목소리가 떨렸다.

"그 테나르디에 아주머니는 뭘 하는 사람이지?"

"우리 주인 아주머니예요. 여관을 하고 있어요."

"그럼 오늘 밤은 거기서 묵어야겠구나. 나를 그리로 데려다 다오."

"지금 그리로 가는 길이에요."

남자는 짐짓 걸음을 재촉했다. 코제트도 그리 힘들지 않게 따라갔다. 어린 소녀는 도저히 말로 표현할 수 없는 신뢰와 안도의 눈빛으로 남자를 올려다보았다. 소녀는 마치 지금 당장이라도 하늘을 향해 날아오를 것만 같은, 알 수 없는 희망과 환희에 젖어 있었다.

"테나르디에 아주머니네는 하녀가 없니?"

남자가 물었다.

"없어요."

"너 하나뿐인 모양이구나?"

"네, 맞아요."

잠시 침묵이 흐른 뒤 코제트가 조금 큰 소리로 말했다.

"그런데 여자애들은 2명 더 있어요."

"어떤 애들인데?"

"포닌이랑 젤마요."

소녀는 테나르디에 아내가 좋아하는 아이들 이름을 그렇게 줄여서 불렀다.

"포닌이랑 젤마는 뭘 하는 애들인데?"

"테나르디에 아주머니의 딸이에요. 그러니까 아가씨들이지요."

"걔들은 주로 무슨 일을 하니?"

"걔들은 정말 예쁜 인형을 잔뜩 갖고 있어요. 금으로 만든 것도 있고, 아무튼 없는 게 없어요. 그리고 매일 재미있게 놀아요."

"하루 종일?"

"당연하죠."

"그럼 넌?"

"난 일해야죠."

"하루 종일?"

어린 소녀는 말없이 고개를 들었다. 어두워서 잘 보이지는 않았지만 그 커다란 눈망울에 눈물이 괴어 있었다.

"네."

소녀는 잠시 침묵하더니 다시 말을 이었다.

"가끔씩 일이 끝나고 허락해주면 잠깐 놀 때도 있어요."

"뭘 하고 노는데?"

"이것저것 다 하죠. 아무도 나한테 신경 안 쓰거든요. 그런데 난 장난감이 별로 없어요. 포닌이랑 젤마는 나를 인형 놀이에 끼워주지 않아요. 난 납으로 만든 조그만 칼 하나밖에 없어요. 요만한 거요."

소녀는 새끼손가락을 들어 보였다.

"그걸로는 뭘 자를 수도 없겠구나?"

"아니에요, 아저씨. 양상추도 벨 수 있고, 파리 대가리도 잘라지는 걸요."

소녀가 말했다.

이윽고 두 사람은 마을에 닿았다. 코제트가 앞장서서 거리로 들어섰다. 어린 소녀는 빵가게 앞을 그냥 지나쳤다. 빵을 사 가야 한다는 것을 잊어버린 것이다. 남자는 왠지 침울한 표정으로 입을 다물고 있었다. 그러다 성당을 지나 노점들이 길게 늘어서 있는 광경이 눈에 들어오자 코제트에게 물었다.

"여긴 장터로구나?"

"아니에요. 크리스마스라 가게들이 많은 거예요."

코제트가 말하면서 조심스럽게 남자의 팔을 잡았다. 여관이 가까워지고 있었다.

"아저씨?"

"왜?"

"이젠 집에 거의 다 왔어요."

"그래서?"

"여기서부터는 내가 물통을 들고 갈게요."

"왜?"

"다른 사람이 들어준 걸 알면 아주머니한테 맞아요."

남자는 말없이 물통을 건네주었다. 두 사람은 곧 여관 앞에 이르
렀다.

15. 검은 천사의 크리스마스 선물

코제트는 여관으로 들어서기 전 장난감 가게에 진열되어 있는 그 커다란 인형을 아쉬운 눈길로 바라보았다. 그런 다음 작은 손으로 문을 두드렸다. 문이 열리면서 테나르디에 아내가 촛불을 들고 나왔다.

"흥! 너냐, 이 굼벵이 같은 것아! 왜 이렇게 늦었어! 어디서 실컷 놀다가 이제야 나타난 거야? 이 능청맞은 년!"

"아주머니, 이 손님이 주무시고 가겠대요."

코제트가 온몸을 떨면서 말했다.

테나르디에 아내는 순식간에 태도를 바꾸는, 몸에 밴 재간으로 성난 얼굴을 애교로 둔갑시키며 새로 들어온 손님을 탐내는 눈길로 바라보았다.

"손님, 여기서 묵으시겠다고요?"

"그렇소."

남자가 모자에 손을 대면서 정중하게 말했다.

부자라면 그런 공손한 인사를 하지 않는 법이었다. 낯선 남자의 행색이며 몸에 지닌 보따리를 한 번 쓱 훑어보고 나름대로 눈썰미를 발휘한 테나르디에 아내는 애교 섞인 웃음을 거두고 다시 성난 얼굴로 무뚝뚝하게 말했다.

"일단 들어와요, 할아버지."

'할아버지'는 안으로 들어갔다. 테나르디에 아내는 계속 눈을 흘끔거리며 낡은 프록코트와 닳아빠진 모자를 유심히 살펴본 다음 코를 찡긋거리며 고개를 흔들었다. 그러고는 아까부터 마차꾼들과 술을 마시고 있는 남편에게 눈을 껌벅거려 의향을 물어보았다. 남편은 대답 대신 입술을 삐죽 내밀며 집게손가락을 살짝 움직였다. 빈털터리라는 뜻이었다. 그러자 테나르디에 아내가 이렇게 외쳤다.

"이봐요, 할아버지. 안됐지만 빈방이 없네요."

"아무 데라도 좋습니다. 헛간이라도 괜찮습니다. 방 하나 값은 내겠소."

"40수예요."

"40수. 좋습니다."

"그럼 그렇게 하시죠."

그러자 한 마차꾼이 테나르디에 아내에게 나지막이 속삭였다.

"40수라고? 20수잖아?"

테나르디에 아내 역시 낮은 목소리로 대답했다.

"저치한테는 40수예요. 그 이하로는 가난뱅이 같은 건 못 재워."

그러자 남편이 음흉한 표정으로 덧붙였다.

"그건 그래. 저런 작자를 재워주면 우리 집의 격이 떨어지니까."

그동안 남자는 벌써 보따리와 지팡이를 의자에 내려놓고 탁자에 앉았고, 코제트는 얼른 포도주 병과 잔을 그 탁자에 가져다 놓았다. 말에게 물을 먹이라고 했던 상인은 손수 물통을 들고 말한테 갔다. 코제트는 식탁 밑의 늘 앉던 자리로 돌아가 뜨개질을 했다.

남자는 포도주를 조금씩 마시며 코제트를 주의 깊게 바라보았다.

코제트는 좀 볼품없게 생긴 아이였다. 얼굴에는 핏기가 없고, 몸집은 여위었다. 그러나 귀염받고 살았다면 분명 예뻤을 얼굴이었다. 짙은 그늘이 드리운 어린 소녀의 커다란 두 눈은 얼마나 많은 눈물을 흘렸는지 빛을 잃어가고 있었다. 입술은 중병에 걸린 환자나 죄수처럼 일그러져 있었고, 동상에 걸린 손은 형편없이 거칠었다.

난롯불에 비친 어린 소녀의 뼈마디가 두드러진 몰골은 무서우리만큼 앙상하기 그지없었다. 소녀는 늘 추위에 떠느라 두 무릎을 꼭 붙이고 앉는 버릇이 몸에 밴 듯했다. 옷이라고는 누더기에 불과했고, 그나마 여름에 입어야 할 정도로 얇아서 겨울에는 차마 눈 뜨고 볼 수 없을 정도였다. 게다가 군데군데 찢어진 천 사이로 드러난 맨살은 온통 검푸른 멍투성이였다. 종아리는 빨갛게 언 데다 너무 가늘어서 부러질 것 같았고, 어깨뼈 언저리가 움푹 들어간 모습은 눈물겨울 정도였다. 걸음걸이며 몸짓, 더듬거리는 말투, 눈초리, 침울한 표정, 하찮은 동작 하나하나가 모두 어린 소녀의 머릿속에 들어 있는 오직 하나의 생각, 공포를 나타내고 있었다.

소녀는 온몸으로 공포를 드러내고 있었던 것이다. 두렵고 무서운 나머지 두 팔꿈치를 허리에 꼭 붙이고, 발꿈치는 치마 밑으로 밀어 넣어 최대한 오므리고, 죽지 않을 만큼만 숨을 쉬고 있었다. 어느덧 그러한 습관이 몸에 배어 소녀의 눈동자 저 밑바닥에는 언제나 두려움에 놀란 흔적이 남아 있었다.

추운 밤중에 물을 긷느라 옷이 젖은 코제트가 방금 전에 집으로 돌아와서도 난롯불 가까이 가지 않고, 말없이 일하기 시작한 것도 공포심이 워낙 강렬하게 뇌리에 박힌 탓이었다. 아직 여덟 살밖에 되지 않은 소녀의 눈빛이며 표정이 어찌나 공허해 보이는지, 백치 아니면 악마라도 되지 않을까 싶을 정도였다.

누런 프록코트 차림의 남자는 잠시도 코제트에게서 눈을 떼지 않았다.

그때 갑자기 테나르디에 아내가 고함을 질렀다.

"아, 맞다! 빵은 어딨지?"

코제트는 그녀가 소리를 지를 때면 늘 그래 왔듯이 잽싸게 식탁 밑에서 기어 나왔다. 그리고 잔뜩 겁먹은 아이들이 흔히 쓰는 수법대로 거짓말을 했다.

"아주머니, 빵가게가 문을 닫았던데요."

"두드리면 되잖아."

"두드려봤어요."

“그랬더니?”

“그래도 안 열어주던걸요.”

“정말인지 거짓말인지 내일이면 다 알겠지. 거짓말이면 죽을 줄 알아. 15수나 도로 내놔.”

테나르디에 아내가 말했다.

코제트는 앞치마 주머니에 손을 넣어보더니 얼굴이 새파랗게 질렸다. 거기에 동전이 없었던 것이다.

“야! 내 말 안 들려?”

테나르디에 아내가 소리쳤다.

코제트는 주머니를 뒤집어보았지만 아무것도 나오지 않았다. 동전이 대체 어디로 간 걸까? 불쌍한 어린 소녀는 한 마디도 못한 채 돌처럼 굳어버렸다.

“돈을 잃어버렸단 말이야?”

테나르디에 아내가 소리쳤다.

“아니면 네년이 슬쩍할 작정이지?”

그녀는 벽에 걸어놓은 채찍 쪽으로 팔을 뻗쳤다. 코제트는 지레 겁먹은 얼굴로 진저리를 치며 습관처럼 빌기 시작했다.

“잘못했어요, 아주머니! 잘못했어요! 다시는 안 그럴게요.”

테나르디에 아내가 채찍을 내렸다.

누런 프록코트 차림의 남자는 아무도 눈치채지 못하게 자신의 조끼 주머니를 더듬었다. 다른 손님들은 술을 마시고 트럼프 게임을 하느라 남의 일에는 관심도 없었다.

코제트는 벽난로 구석에서 파르르 떨며 앙상하고 가느다란 팔다리를 오그리고 앉았다. 마침내 테나르디에 아내가 채찍을 쳐들었다.

"잠깐만요."

남자가 끼어들었다.

"방금 저 아이 앞치마 주머니에서 뭔가 굴러떨어지던데 그걸 찾고 있는 건 아니었소?"

그는 허리를 구부리고 바닥에서 뭔가 찾는 시늉을 했다.

"역시 내 생각이 맞았군. 여기 있소."

그가 몸을 일으키면서 동전 한 닢을 테나르디에 아내 앞으로 내밀었다.

"네, 이거 맞아요."

그녀는 천연덕스럽게 말했지만, 남자가 내민 것은 15수짜리 동전이 아니라 20수짜리 은전이었다. 욕심 많은 여편네는 웬 떡이냐 하고 얼른 받아 챙겼다. 그리고는 표독스러운 눈길로 어린 소녀를 흘겨보며 소리쳤다.

"한 번만 더 그랬단 봐라!"

코제트는 테나르디에 아내를 피해 식탁 밑으로 기어들어 갔다. 소녀는 커다란 눈망울로 남자를 보며 이제까지 한 번도 볼 수 없었던 표정을 지었다. 물론 그것은 아직 천진스러운 어린아이의 놀란 표정이었으나 신뢰감이 배어 있었다.

"그런데 저녁 식사는 어떻게 하실 건가요?"

테나르디에 아내가 남자에게 물었다.

그는 대답하지 않았다. 뭔가 깊은 생각에 빠진 표정이었다.

그녀는 입속으로 웅얼거렸다.

"대체 뭐 하는 인간이지? 아무래도 가난뱅이가 분명해. 꼴에 저녁 먹을 돈이나 있는지 몰라. 방값은 제대로 내려나? 그래도 바닥에 떨어진 돈을 쓱싹하지 않은 건 맘에 드는군."

그사이 안쪽 문이 열리고 에포닌과 아젤마가 들어왔다.

둘 다 시골 아이라기보다 도시의 넉넉한 집안 아이들에 가까운 차림새였고 여간 귀엽지 않았다. 하나는 윤기 나는 갈색 머리를 땋아 얹었고, 또 하나는 검은 머리를 등 뒤로 치렁치렁 땋아 내렸다. 둘 다 깔끔하고 포동포동 살이 쪄서 건강하고 생기 있는 모습이었다. 두 아이는 두꺼운 옷을 입고 있었으나, 어머니의 솜씨가 좋은지 전혀 둔한 느낌이 들지 않고 예뻤다. 두 아이 모두 옷차림이 화사하고 얼굴에 윤기가 흘렀다. 또한 이 아이들에게는 두려울 게 없었다. 마음껏 웃고 떠드는 모습을 보니 집안에서 떠받들어 키운 티가 역력했다. 테나르디에 아내는 아이들이 뛰어다니는 것을 보고 애정이 듬뿍 담긴 어조로 타이르듯이 말했다.

"아유! 애들이 왜 나왔어!"

그리고 하나씩 무릎에 앉혀서 머리를 다듬어주었다. 그녀는 세상 어머니들에게서 흔히 볼 수 있는 정겨운 몸짓으로 아이들을 다독거리며 말했다.

"아니, 이 꼴들이 뭐야. 칠칠치 못하게!"

두 아이는 난롯가에 가서 앉았다. 그리고 인형을 만지작거리면서 명랑하게 재잘거렸다. 코제트는 가끔 뜨개질을 하다 말고 두 아이가 노는 모습을 부러운 듯 바라보았다.

두 아이는 코제트를 거들떠보지도 않았다. 그 아이들에게 코제트는 강아지나 다름없는 존재였다. 세 아이의 나이를 전부 합쳐도 스물세 살 정도밖에 되지 않는데, 그들 사이는 이미 완전한 어른들의 세계 그대로였다. 한편에는 부러움이, 한편에는 멸시가 있는.

테나르디에의 딸들이 가지고 노는 인형은 낡아서 거의 망가지고 빛이 바랬는데도 코제트의 눈에는 굉장해 보이는 모양이었다. 코제트는 태어나서 한 번도 제대로 된 인형을 가져본 적이 없다.

홀 안을 왔다 갔다 하던 테나르디에 아내는 코제트가 일도 하지 않고, 자기 딸들의 인형 놀이에 정신이 팔려 있는 광경을 보고 소리 쳤다.

"아니, 저년이! 너 지금 그게 일하는 거냐! 회초리 맛 좀 봐야 정신 차리겠어?"

남자는 의자에 앉은 채 그녀를 돌아보며 조심스럽게 말했다.

"아주머니, 그러지 말고 좀 놀게 해주시지요!"

이 말이 저녁 식사로 양의 엉덩이살로 만든 불고기라도 푸짐하게 먹고 포도주 두어 병을 비운 손님의 입에서 나온 것이라면 명령처럼 들렸을 것이다. 그러나 저따위 모자에 헐어빠진 코트를 입은 남자가 뭐라도 되는 것처럼 지시조로 말하는 건 도저히 용납할 수 없었던 테나르디에 아내는 퉁명스럽게 받아쳤다.

"어떻게 일을 안 시켜요? 제 주제에 밥값은 해야지. 놀고먹을 수는 없잖아요?"

"대체 저 아이가 무슨 일을 하는 겁니까?"

남자가 물었다.

그의 의젓한 어조가 초라하기 그지없는 행색이나 막노동꾼 같은 다부진 체격과는 일면 야릇한 대조를 이루었다.

테나르디에 아내는 당당하게 대꾸했다.

"양말을 짜는 거예요. 우리 딸들이 신을 거요. 애들 양말이 다 떨어져서 좀 있으면 맨발로 다닐 지경이거든요."

남자는 코제트의 빨갛게 얼어 터진 발을 바라보았다.

"양말 한 켤레 짜는 데 얼마나 걸립니까?"

"사나흘은 걸릴걸요. 애가 워낙 게을러터져서."

"그럼 양말 한 켤레에 얼마나 합니까?"

테나르디에 아내가 무시하는 눈초리로 그를 흘끔 쳐다보았다.

"그야 뭐, 적어도 30수는 하겠죠."

"그럼 그걸 내게 5프랑에 팔지 않겠소?"

그가 테나르디에 아내에게 정중하게 말했다. 그러자 옆에서 듣고 있던 한 마차꾼이 큰 소리로 웃으면서 외쳤다.

"뭐? 5프랑? 정말 어처구니없군! 총알이 5개래!"

테나르디에는 이때야말로 자신이 나설 때라는 듯 호기롭게 입을 열었다.

"좋습니다, 나리. 원하신다면 그 양말을 5프랑에 드리지요. 손님은 왕이니까요."

"바로 주셔야 해요."

테나르디에 아내가 평소 버릇대로 간단명료하게 말했다.

"좋소. 그 양말을 사겠소."

남자는 주머니에서 5프랑짜리 지폐 한 장을 꺼내 탁자 위에 놓으면서 말했다.

"자, 돈은 여기 있소."

그러고 나서 남자는 코제트를 돌아보며 말했다.

"이제 그 일은 그만해도 된다, 아가야. 놀고 싶은 대로 놀거라."

마차꾼은 5프랑이란 말에 충격을 받았는지 술잔을 팽개치고 다가와 지폐를 살펴보면서 소리쳤다.

"아니, 정말이네! 이건 진짜 돈이야! 가짜가 아니라고."

테나르디에가 아내 옆으로 다가와 잠자코 그 돈을 집어넣었다. 입술을 깨무는 그녀의 얼굴에 원망의 빛이 떠올랐다. 그러는 동안에도 코제트는 계속 떨고 있었다. 어린 소녀는 용기를 내서 물어보았다.

"아주머니, 정말 놀아도 돼요?"

"놀든지 말든지!"

테나르디에 아내가 신경질적으로 말했다.

"고맙습니다, 아주머니."

코제트는 입으로는 그렇게 말하면서 속으로는 낯선 손님에게 고마워했다. 테나르디에는 다시 술을 마시기 시작했다. 그러자 아내가 그의 귀에 대고 속삭였다.

"저 작자는 대체 정체가 뭐죠?"

"나는 말이야, 백만장자가 일부러 저런 코트를 입고 다니는 걸 본적 있어."

테나르디에는 사뭇 점잖은 투로 대답했다.

코제트는 이미 뜨개질감에서 손을 놓기는 했으나 자기 자리에서 나오지는 않았다. 어린 소녀는 될 수 있는 한 움직이지 않는 습관이 몸에 배어 있었다.

한편 테나르디에 아내는 슬그머니 누런 프록코트 입은 남자가 앉아 있는 탁자로 가서 말했다.

"나리!"

남자는 약간 의외라는 듯 고개를 들었다. 그녀는 이제까지 그를 '이봐요' 또는 '할아버지'라고 불렀던 것이다.

"저기요, 나리."

한껏 교태를 부리며 말하는 모습이 표독스러운 표정을 지을 때보다 더 흉측했다.

"제가 덮어놓고 저 아이를 놀지 못하게 하는 건 아니에요. 한 번쯤은 놀아도 뭐라고 할 생각 없어요. 친절한 나리께서 양말 값도 주셨으니까. 하지만 보다시피 아무것도 없는 애예요. 일이라도 시키지 않을 수 없다고요."

"그럼 저 애는 댁의 딸이 아닙니까?"

남자가 물었다.

"천만에요! 가난뱅이 딸인데 불쌍해서 키워주고 있는 거예요. 애가 좀 모자라요. 머리통에 물만 들어찼는지, 원! 보시는 것처럼 머리통만 크잖아요. 뭐, 우리도 힘닿는 데까지 하고는 있지만, 원체 돈이 없어서요. 아이 어미한테 편지를 보냈는데, 벌써 아홉 달이나 답장이 없어요. 죽었는지도 모르죠."

"네."

남자는 고개를 끄덕이고 다시 생각에 잠겼다.

"그 어미라는 것도 사실 형편없는 여자예요. 제 자식을 버리고 갔으니 말 다 했죠."

테나르디에 아내가 말했다.

그녀는 다시 여관집 안주인으로 돌아가 '누런 프록코트의 백만장자'에게 저녁을 권했다.

"뭘 좀 드셔야죠?"

"빵과 치즈를 주시오."

남자의 주문에 여관집 안주인은 속으로 이런 생각을 했다.

‘뭐야, 순 거지잖아.’

어느새 주정뱅이들이 노래를 부르고 있었다. 식탁 밑에 있던 소녀도 작은 소리로 노래를 흥얼거렸다. 그러다 갑자기 소녀가 노래를 뚝 그쳤다. 테나르디에의 딸들이 고양이와 노느라 내동댕이친 인형이 식탁 앞에서 뒹굴고 있었기 때문이다.

코제트는 천천히 주위를 둘러보았다. 테나르디에 아내는 작은 목소리로 남편과 이야기하면서 돈을 세고 있었고, 에포닌과 아젤마는 고양이한테 정신이 팔려 있었으며, 손님들은 먹고 마시며 노래 부르느라 여념이 없었다. 아무도 소녀 쪽은 보고 있지 않았다. 이때를 놓쳐서는 안 된다. 코제트는 식탁 밑에서 살금살금 기어 나와 주위를 살펴본 다음, 날쌔게 인형 앞으로 기어가 그것을 집었다. 그러고는 곧 자리로 돌아와 인형을 숨기듯 팔에 안고 어두운 구석 쪽으로 돌아앉았다. 소녀는 난생처음 진짜 인형을 가지고 놀면서 격한 기쁨에 사로잡힌 것 같았다.

보잘것없는 음식을 천천히 입에 떠 넣으며 저녁 식사를 하고 있는 그 낯선 손님 외에는 아무도 그 모습을 보지 못했다.

코제트는 15분가량 기쁨을 누렸다. 소녀는 남에게 들키지 않으려고 몸을 돌리고 있었지만, 난롯불이 인형의 한쪽 다리를 환히 비추고 있다는 것을 깨닫지 못했다. 그림자 밖으로 나와 있는 인형의 장밋빛 다리가 문득 아젤마의 눈에 띄었다. 아젤마는 에포닌에게 말했다.

"저것 봐, 언니야!"

자매는 하던 짓을 멈추고 얼굴을 찌푸렸다. 코제트가 인형을 갖고 있다니! 에포닌은 벌떡 일어나 고양이를 안고 어머니한테 가서 옷자락을 잡아당겼다.

"무슨 일이야, 응?"

테나르디에 아내가 성가시다는 듯 아이를 쳐다보았다.

"엄마, 저것 좀 봐!"

아이가 코제트를 가리켰다.

코제트는 아무것도 모른 채 인형을 안고 그저 좋아서 어쩔 줄을 몰랐다.

테나르디에 아내의 얼굴에 표독스러운 노기가 서렸다. 자존심이 상한 그녀는 분노가 극에 달했다. 코제트가 한계선을 넘어버린 것이다. 농부가 황태자의 휘장을 차고 있는 걸 본 러시아 황후의 표정이 저럴까?

그녀는 거친 목소리로 외쳤다.

"야, 코제트!"

코제트는 지축이 흔들리기라도 한 듯 파르르 떨며 고개를 돌렸다.

"너!"

테나르디에 아내가 다시 소리쳤다.

코제트는 무슨 존귀한 보물을 다루듯 두 손으로 들고 있던 인형을 가만히 바닥에 내려놓았다. 그러고는 여전히 인형에서 눈을 떼지 않은 채 두 손을 맞잡고, 깍지 낀 손가락을 꽉 움켜쥐었다. 그리고 그날 하루 종일 겪었던 놀라운 일, 무서운 숲에 갔었고, 무거운 물통을 들어야 했고, 돈을 잃어버려 매를 맞을 뻔했던 일이며, 또 주인집 아주머니에게 모진 악담을 듣고도 꾹 참았던 눈물이 비로소 흘러내렸다. 어린 코제트는 소리 내어 흐느껴 울었다.

누런 프록코트의 남자가 자리에서 벌떡 일어나며 물었다.

"무슨 일입니까?"

"보면 모르시겠어요?"

테나르디에 아내가 코제트의 발밑에 뒹구는 증거물을 손가락으로 가리켰다.

"저게 어쨌다는 겁니까?"

"저 거지 같은 년이 몰래 우리 아이들의 인형을 만졌다고요!"

테나르디에 아내가 말했다.

"그것 때문에 이 야단이로군요! 저 아이가 그 인형을 가지고 놀면 안 되는 겁니까?"

남자가 말했다.

"글쎄, 저 더러운 손으로 만졌다고요!"

테나르디에 아내가 계속 소리쳤다.

"기가 막혀서, 원. 저 흉측스러운 손으로!"

그 말에 코제트는 더욱 세차게 흐느꼈다.

"입 닥치지 못해!"

테나르디에 아내의 억센 고함 소리를 뒤로한 채 남자는 한길 쪽 출입문을 열고 나갔다. 테나르디에 아내는 이때를 틈타 식탁 밑에 있는 코제트에게 발길질을 해댔다. 어린 소녀는 고통에 찬 비명을 질렀다. 문이 다시 열리고, 남자가 나타났다. 그는 귀하고 신기한 인형을 가슴에 안고 있었다. 마을 아이들이 아침부터 넋을 잃고 바라보던 바로 그 인형이었다. 남자는 인형을 코제트 앞에 세워놓으며 말했다.

"자, 이건 네 인형이다."

코제트는 눈을 들었다. 이 어린 소녀는 그가 인형을 들고 자기 쪽으로 걸어오는 모습을 마치 눈부신 태양이 다가오기라도 하는 듯 황홀하고 어리둥절한 눈빛으로 바라보던 중, '이건 네 인형이다'라는 말을 듣고는 주춤주춤 뒤로 물러나 식탁 밑으로 깊숙이 숨어버렸다.

어린 소녀는 이제 울지도 않고, 거의 숨도 쉬지 않는 듯했다. 테나르디에 아내와 두 딸들도 꼼짝 않고 서 있었다. 술꾼들도 마찬가지로 하던 일을 멈췄다. 실내가 온통 무거운 침묵에 빠졌다. 테나르디에 아내는 돌처럼 굳은 자세로 서서 다시금 억측을 하기 시작했다.

'이 늙은이의 정체가 뭘까? 가난뱅이? 백만장자? 아니면 양쪽 다 일지도 몰라. 그럼 도둑놈이라는 얘긴데……'

남편 테나르디에의 얼굴에는 의미심장한 주름이 잡혔다. 그는 인형과 낯선 손님을 번갈아 쳐다보았다. 마치 그 남자한테서 돈 냄새를 맡기라도 한 듯했다. 그러나 그것도 아주 잠깐이었다. 그는 아내에게 다가가 은밀히 속삭였다.

"저건 못해도 30프랑은 할 거야. 바보짓 하지 말고 납작 엎드려."

비열한 인간과 순진한 인간은 공통점이 있었다. 바로 눈앞에서 안면을 싹 바꾸고도 태연하다는 점이었다.

"자, 자, 코제트야. 인형 안 받을 거야?"

테나르디에 아내가 부드러운 목소리로 말했다. 애써 꾸미기는 했으나 심술궂은 여자의 떨떠름한 사탕발림이었다.

코제트는 용기를 내어 식탁 밑에서 나왔다.

"착한 코제트야! 나리께서 주시는 건데 어서 받아야지. 네게 주는 선물이란다."

테나르디에도 애정 어린 투로 말했다.

코제트는 약간 주저하는 몸짓으로 그 어마어마한 인형을 바라보았다. 얼굴은 아직 눈물에 젖어 있었으나, 두 눈은 기묘한 기쁨으로 빛나기 시작했다. 지금 이 어린 소녀는 누군가 불쑥 자기한테 이렇게 속삭이는 듯한 기분이었다.

'어린 아가씨여, 당신은 프랑스의 여왕님이십니다.'

한편으로 코제트는 저 인형을 건드리기만 하면 당장 벼락이라도 떨어지지 않을까 하는 두려움에 휩싸였다. 이것은 어느 정도 사실이었다. 왜냐하면 코제트의 마음속에는 혹시 저 인형을 만졌다가 테나르디에 아내에게 욕을 먹지나 않을까, 또는 얻어맞지나 않을까

하는 생각이 없지 않았던 것이다.

그러나 후환에 대한 두려움보다 인형이 잡아당기는 힘이 더욱 강했다. 마침내 이 어린 소녀는 인형 쪽으로 다가가더니 겁먹은 목소리로 중얼거리듯 안주인에게 물었다.

"진짜 가져도 돼요, 아주머니?"

"그럼, 되고말고! 인형은 네 거라니까? 나리께서 너한테 주시는 거란다."

안주인이 사뭇 상냥하게 대답했다.

"정말이에요, 손님? 정말 내가 저 '여왕님'을 가져도 돼요?"

코제트는 도무지 믿기지 않는 듯, 그러나 그것이 현실이기를 간절히 바라는 듯 낯선 손님을 바라보았다.

남자의 눈에 눈물이 괴는 듯했다. 너무 슬픈 나머지 말이 나오지 않았다. 그는 그저 고개를 끄덕이며 '여왕님'의 손을 코제트의 작은 손에 쥐어주었다.

코제트는 흠칫하며 손을 움츠렸다. 마치 '여왕님'의 손이 자신의 손을 태우기라도 하는 것처럼. 그러고는 바닥으로 눈길을 떨궜다. 이때 이 어린 소녀가 너무나 사랑스럽게 혀를 날름 내밀었다는 것도 덧붙여야겠다. 코제트는 갑자기 고개를 번쩍 쳐들고 인형을 와락 끌어안았다.

"인형 이름은 카트린이라고 해야지."

코제트가 인형을 으스러지도록 껴안는 순간, 어린 소녀의 누더기와 인형의 장밋빛 모슬린 드레스와 리본이 서로 스치는 소리가 났다. 그것은 아주 작은 소리였지만 기이한 느낌을 자아냈다.

"아주머니, 카트린을 의자 위에 놓아도 돼요?"

코제트가 말했다.

"되고말고! 네 맘대로 하렴."

테나르디에 아내가 대답했다.

에포닌과 아젤마는 부러운 눈길로 코제트를 바라보았다. 코제트는 카트린을 의자 위에 올려놓고 바닥에 앉아서 조용히 그 인형을 마주 보았다.

"재미있게 놀아야지, 코제트."

손님이 말했다.

"지금 놀고 있는 거예요."

어린 소녀가 대답했다.

지금 테나르디에 아내가 세상에서 가장 미워하는 사람은 마치 하늘이 코제트를 위해 내려보낸 듯한 이 알 수 없는 남자였다. 그러나 애써 감정을 억누르는 수밖에 없었다. 오랫동안 남편이 시키는 대로 하다 보니 감정을 죽이는 일에 익숙한 그녀였다. 그런데 이토록 격한 감정은 도무지 견뎌낼 재간이 없었다.

그녀는 서둘러 딸들을 침실로 보내고, 누런 프록코트의 남자에게 이젠 코제트도 자야 한다고 공손하게 말했다.

"오늘은 여간 지치지 않았을 거예요."

그녀는 제법 어머니 티를 내며 말했다. 곧이어 코제트는 카트린을 꼭 껴안고 자러 갔다. 테나르디에 아내는 일하는 척하다 도저히 견딜 수가 없는 듯 홀 저쪽 끝에 있는 남편한테 다가가 말했다.

"저 거지 같은 늙다리가 대체 무슨 배짱일까? 우리를 골탕 먹이려고 온 거야, 뭐야! 저년이 뭔데 양말 값을 내고 놀게 해주지를 않나, 인형을 사 주지를 않나! 내 보기에 40프랑은 줬을 것 같은데 그런 걸 저런 년에게 주다니! 40수짜리도 못 되는 계집애한테! 머리가 돈 거야, 뭐야. 아무래도 수상해!"

이럴 때 큰 소리라도 낼 수 있으면 덜 답답할 텐데, 그 남자 앞이라 말소리를 죽여야 하니 그녀로서는 더더욱 화가 치밀었다.

그러자 테나르디에가 타이르듯 말했다.

"천만에! 그런 게 아냐. 저자는 지금 재미로 그러는 거야! 당신이 저 애를 부려먹는 재미로 사는 것처럼 저 인간은 애가 노는 것을 보면서 재미를 느낀다, 이 말씀이지. 저 인간의 권리라고 할 수도 있어. 손님이니까 돈만 내면 무슨 짓을 하든 상관없어. 저 늙은이가 자선가라고 한들 그게 어쨌다는 거야? 미친놈이든 얼간이든 당신하고는 아무 상관 없는 일이거든. 이러고저러고 할 것도 없어. 일단 저쪽에는 돈이 있으니까."

남편으로서나 여관 주인으로서나 한결같이 옳은 말이라 아내는 대꾸할 말이 없었다.

그 낯선 손님은 탁자 위에 한쪽 팔꿈치를 괴고 다시 생각에 잠겼다. 그로부터 조금 떨어진 곳에 앉아 있는 다른 손님들은 존경스러운 눈빛으로 그를 지켜보았다. 저렇게 초라한 행색을 하고 아무렇지도 않은 듯 고액의 지폐를 척척 꺼내고, 나막신을 신은 어린 하녀에게 비싼 인형을 사 주는 걸로 보아, 그는 틀림없이 씀씀이가 큰 어마어마한 부자일 거라고 짐작하는 눈치였다.

몇 시간이 지났다. 크리스마스 만찬은 이미 끝났고, 자정 미사도 마쳤으며, 손님들 모두 집으로 돌아가 식당 문도 닫았다. 그러나 그 낯선 남자는 여전히 같은 자리에 같은 자세로 앉아 있었다. 이따금씩 몸을 떠받치고 있는 팔꿈치를 바꾸기는 했지만, 그뿐이었다. 그는 코제트가 잠자러 가고 나서 한 마디도 하지 않았다.

테나르디에는 모자를 벗고 조용히 그에게 다가가 말을 건넸다.

"손님께서는 쉬러 가시지 않겠습니까?"

테나르디에 입장에서는 사실 이런 행색을 한 상대에게는 '안 자요?'라는 말도 과분한 표현이었다. '쉬러 가시지 않겠습니까?'라는 말은 대단히 정중하고 사치스러운 표현이었다. 이 말의 차이는 다음 날 아침 계산서의 숫자를 부풀리는 기이한 역할을 하게 된다. 손님이 '자는' 방이 20수라면 '쉬시는' 방은 20프랑이 되는 것이다.

"아! 깜박 정신을 놓고 있었군. 헛간은 어딘가요?"

손님이 말했다.

헛간이라는 말에 테나르디에가 민망한 듯 웃으면서 말했다.

"나리, 제가 안내해드리지요."

그는 촛불을 들고 손님을 2층 방으로 데려갔다. 방은 뜻밖에도 매우 훌륭했다. 마호가니 가구와 배 모양의 호화로운 침대에는 붉은 커튼이 드리워 있었다.

"아니, 여기는 뭡니까?"

남자의 물음에 주인이 대답했다.

"저희 부부가 신혼 때 쓰던 방입죠. 지금 저희는 다른 방을 쓰고 있고, 이 방은 1년에 두서너 번밖에 손님을 들이지 않습니다."

"나는 헛간이라도 상관없소."

손님이 무뚝뚝하게 말했다.

테나르디에는 못 들은 체하며 벽난로 위에 있는 새 양초 2개에 불을 붙였다. 벽난로에서는 장작이 제법 잘 타오르고 있었다. 손님의 시선은 벽난로 위의 유리 상자로 향했다. 그 속에 은실과 오렌지색 꽃으로 장식된 여성용 모자가 들어 있었다.

"그런데 이건 뭔가요?"

남자가 물었다.

"예, 나리. 그건 아내가 결혼할 때 썼던 모자입니다."

테나르디에는 사뭇 의기양양하게 대답했다.

남자는 약간 냉소적인 눈빛으로 그 모자를 쳐다보았다. 그 눈빛은 마치 '그 괴물 같은 여자에게도 처녀 시절이란 게 있었던가!'라고 말하는 것 같았다.

테나르디에는 거짓말을 하고 있었다. 그는 처음 식당을 차리려고 이 집을 계약할 때 이 방이 지금처럼 꾸며져 있는 것을 보고 가구와 장식품까지 같이 인수했다. 그렇게 함으로써 자신과 아내에게 고상함이 더해지고, 사람들에게는 자신들이 품격 있는 집안 출신이라는 느낌을 주게 되리라 계산했던 것이다.

테나르디에는 손님이 모자를 쳐다보고 있는 사이 슬그머니 방을 나갔다. 이튿날 아침에 돈을 듬뿍 뜯어내려면 되도록 손님의 심기를 건드리지 않는 편이 좋다고 생각했기 때문이다. 그는 인사도 없이 조용히 방을 빠져나와 자기 방으로 갔다. 그때까지 잠을 못 이루고 침대에 누워 있던 아내가 남편이 들어오기를 기다렸다는 듯 말을 꺼냈다.

"내일이라도 코제트 년을 내쫓아버려야겠어요."

테나르디에는 냉정하게 한마디 했다.

"마음대로 하셔!"

두 사람은 더 이상 아무 말 하지 않았고 몇 분 뒤 촛불이 꺼졌다.

그사이 낯선 손님은 소파에 앉아 깊은 생각에 잠겼다. 그러다 돌연 촛불을 들고 맨발로 문을 열고 복도로 나가 무언가 찾는 듯 주위를 둘러보았다. 잠시 후 그는 복도를 지나 층계에 이르렀다. 어린아이의 숨소리가 희미하게 들려왔다. 그는 그 숨소리를 더듬어 층계 밑 세모꼴로 이루어진 굴속 같은 공간으로 다가갔다. 헌 바구니와 빈 병들, 먼지와 거미줄 틈에서 어린 소녀가 잠자고 있었다. 침구라고는 구멍이 뚫려 짚이 삐져나온 요와 그 요가 훤히 비칠 정도로 해진 홑이불뿐이었다. 요 위에 까는 얇은 시트 하나 없었다. 그곳에서 코제트가 잠들어 있었다.

그는 가까이 다가가 코제트를 들여다보았다. 코제트는 옷을 그대로 입은 채 깊은 잠에 빠져 있었다. 어린 소녀가 꽉 끌어안고 자는 인형의 커다란 눈이 어둠 속에서 반짝거렸다. 이따금 소녀는 크게 한숨을 쉬며 거의 발작적으로 인형을 끌어안았다. 옆에는 나막신 한 짝만이 놓여 있을 뿐이었다.

코제트가 잠들어 있는 계단 밑 동굴 옆으로 꽤 큰 방이 보였다. 그는 문을 조금 열고 어두컴컴한 방 안을 들여다보았다. 안쪽에 하얗고 작은 침대 한 쌍이 놓여 있었고, 거기에 아젤마와 에포닌이 누워 있었다.

그가 방으로 돌아가려고 돌아서는데 벽난로 한쪽 구석 가장 컴컴한 자리에 있는 무언가가 눈에 띄었다. 자세히 보니 나막신 한 짝이었다. 반쯤 떨어지고, 말라붙은 진흙과 재로 뒤범벅이 된 코제트의 나막신이었다.

크리스마스. 코제트는 늘 속아왔으면서도 결코 낙심하지 않는 어린아이의 갸륵한 믿음으로 산타클로스를 기다리며 벽난로 구석에 나막신을 놓아두었던 것이다. 원하는 것이 무엇이든 그 소원이 한 번도 이루어진 적 없는 어린아이가 여전히 희망을 잃지 않는다는 건 숭고하고 참으로 아름다운 일이었다.

물론 나막신 속에는 아무것도 들어 있지 않았다. 그는 조끼 주머

니를 더듬어 금화 한 닢을 꺼내 나막신 속에 넣고 조심조심 발소리
를 죽이며 방으로 돌아갔다.

16. 도둑 나라의 흥정

날이 밝으려면 아직 2시간은 더 있어야 했다. 테나르디에는 홀에 촛불을 밝히고 탁자에 앉아 누런 프록코트를 입은 손님의 계산서를 꾸미고 있었다. 그 곁에는 아내가 반쯤 몸을 구부리고 서서 남편의 펜을 따라 눈알을 굴렸다.

부부는 서로 한 마디도 주고받지 않았다. 한 사람은 깊이 궁리하면서 펜대를 놀렸고, 또 한 사람은 인간의 머리에서 어떻게 저런 발상이 떠오를 수 있는지 놀라움을 넘어서서 경건한 감동에 휩싸였다. 들리는 것이라고는 어린 '종달새'가 층계를 청소하는 소리뿐이었다.

족히 15분 동안 금액을 지웠다 썼다 반복하던 테나르디에가 마침내 다음과 같은 걸작을 만들어냈다.

1호실 손님에 대한 청구

저녁 식사 — 3프랑

숙박비 — 10프랑

양초 — 5프랑

연료 — 4프랑

서비스 — 1프랑

합계 — 23프랑

"23프랑!"

아내는 약간 주저하는 듯했으나 흥분을 감추지 못하고 외쳤다.

위대한 예술가라면 아무리 걸작이라도 자신의 작품에 아쉬움을 갖게 마련이었다. 그렇듯 테나르디에도 아직은 결과가 썩 만족스럽지 않았다.

"흠!"

테나르디에는 고개를 갸우뚱하면서 헛기침을 했다.

"하긴 뭐, 이 정도는 당연하죠. 당연하고말고요! 뭐, 좀 많은 것 같긴 하지만. 돈을 안 내겠다고 할지도 몰라요."

아내는 낯선 손님이 자신의 딸들 앞에서 코제트에게 인형을 안겨 준 일을 떠올리며 언짢은 듯 중얼거렸다.

테나르디에의 입가에 싸늘한 미소가 떠올랐다.

"아니, 돈을 낼 거야."

그는 확신과 권위에 찬 미소를 지었다. 남편이 그렇다고 하면 그런 것이었다. 아내는 더 이상 자기주장을 내세우지 않았다. 그녀는 탁자를 정리하기 시작했고, 남편은 홀 안을 이리저리 서성거렸다. 그러다 남편이 한마디 덧붙였다.

"나한테는 빚이 1500프랑이나 있거든!"

말을 마친 그는 벽난로 앞에 앉아 두 발을 따뜻한 재 위에 올려놓고 다시 뭔가를 궁리했다.

테나르디에 아내가 말했다.

"아아, 그렇지! 오늘은 반드시 코제트를 내쫓을 거예요. 거지 같은 년! 고것이 그런 인형을 껴안다니. 기가 막혀서! 그런 년을 하루 더 집에 두느니 차라리 루이 18세의 마누라가 되는 게 낫겠어요!"

테나르디에는 파이프에 불을 붙여 한 모금 빨더니 시큰둥하게 말했다.

"계산서는 당신이 갖다 줘."

그러고는 밖으로 나갔다.

바로 그때 남자가 들어왔다. 그가 들어오는 낌새를 알아차린 테나르디에는 아내한테만 보이도록 반쯤 열린 문 뒤에 가만히 서 있었다. 남자는 손에 지팡이와 보퉁이를 들고 있었다.

테나르디에 아내가 호들갑을 떨며 다가왔다.

"왜 이렇게 일찍 일어나셨어요! 벌써 떠나시려고요?"

이렇게 말하면서 그녀는 겸연쩍은 듯 계산서를 두 손으로 만지작거렸다.

사나운 얼굴에 어울리지 않게 조마조마해하는 모습이 묘한 대조를 이루었다. 그녀는 어느 모로 보나 가난뱅이로밖에 보이지 않는 손님에게 이런 청구서를 내미는 게 조금 꺼림칙하고 짜증이 나는 것이었다.

남자는 무슨 생각에 빠져 있는지 멍한 표정을 짓고 있다가 문득 입을 열었다.

"지금 떠나야겠소."

"나리는 몽페르메유에 볼일이 있는 게 아닌가요?"

그녀가 말했다.

"아니, 그저 지나가던 길이었습니다. 그런데 얼마죠?"

그가 물었다.

테나르디에 아내는 아무 말 없이 들고 있던 계산서를 그에게 내밀었다. 그는 계산서를 흘깃 보기는 했으나 여전히 정신은 딴 데 있는 것 같았다.

그가 말했다.

"몽페르메유는 경기가 좋습니까?"

"보시는 바와 같죠, 나리."

테나르디에 아내는 묻는 말에 대꾸하면서도 상대방이 계산서에 대해 별말이 없자 속으로 황당했다. 그녀는 신세 한탄이라도 하는 듯한 어조로 말을 이었다.

"여간 상황이 안 좋은 게 아니랍니다! 이 동네는 잘사는 사람들도 별로 없거든요! 보시다시피 조그만 시골이니까요. 더러 나리처럼 후한 부자 양반들이라도 오시지 않으면 정말 먹고살기 힘들 거예요! 이래 봬도 경비가 꽤 많이 나간답니다. 우선 저 계집애만 해도 눈알이 튀어나올 정도로 돈이 많이 들어가거든요.”

“계집애라니요?”

“어제 본 그 애 말이에요. 코제트라는! 동네 사람들은 ‘종달새’라고들 하죠!”

“아, 네!”

“시골 사람들이란 정말 어처구니없지 뭐예요. 그런 희한한 별명을 다 지어주고! 사실 저 애는 종달새보다 박쥐처럼 생겼는데. 그런데 나리, 저희는 말이에요, 남에게 손을 내밀지도 않지만 남에게 적선을 베풀 여유도 없어요. 들어오는 건 없는데 나가는 건 엄청나게 많아서요. 영업세다, 소비세다, 문세(門稅), 창세(窓稅), 게다가 부가세까지 있지 않겠어요! 아시겠지만 나라에서는 무섭게 돈을 빼앗아 간답니다. 더구나 우린 딸들이 있으니까, 뭐 굳이 남의 자식까지 키울 까닭이 없지 않겠어요?”

남자는 애써 관심 없는 표정을 짓고 있었지만 목소리가 떨렸다.

“그럼 내가 그 귀찮은 존재를 없애드릴까요?”

“누굴요? 코제트요?”

“그렇소.”

싸구려 음식점 안주인은 흥분하자 불그레한 얼굴이 더욱 보기 흉한 색을 띠었다.

"아이고, 나리! 친절하기도 하셔라! 제발 그 물건 좀 치워주세요. 아니, 맡아주세요. 데려가도 좋다고요. 가져다 설탕을 넣고 졸이든, 버섯을 넣고 볶아 드시든 나리 마음대로 하세요. 세상에, 이렇게 고마울 데가 있나! 성모마리아께 감사드려야겠네요."

"그럼 그렇게 하지요."

"정말이세요? 정말 나리께서 데려가신다고요?"

"그래요. 내가 데리고 가겠소."

"지금 당장요?"

"지금 당장 데려가겠소. 아이를 불러주시오."

"코제트!"

테나르디에 아내가 신이 나서 외쳤다.

그러자 남자가 말했다.

"일단 계산부터 합시다. 얼마라고 하셨죠?"

그는 계산서를 훑어보고 흠칫 놀란 표정을 지었다.

"23프랑!"

이어 안주인에게 재차 확인하듯 물었다.

"23프랑이 맞나요?"

그의 말투에는 감탄부호와 의문부호 둘 다 찍혀 있었다. 테나르디에 아내는 그사이 반격할 태세를 갖추고 자신만만하게 대답했다.

"그렇습니다, 나리! 23프랑이에요."

그는 군말 없이 5프랑짜리 다섯 닢을 탁자 위에 놓았다.

"아이를 데려다 주시오."

그가 말을 마친 순간 테나르디에가 홀로 들어섰다.

"나리의 계산은 26수로 충분해."

테나르디에가 말했다.

"26수요?"

그 아내가 어리둥절한 표정으로 되물었다.

테나르디에는 냉정한 목소리로 말했다.

"방값이 20수, 저녁 식사가 6수. 그리고 계집애에 대해서는 내가 나리와 잠깐 의논할 것이 있으니 당신은 좀 비켜주지."

테나르디에 아내는 남편의 기발한 재치에 순간 벌어진 입을 다물지 못했다. 그녀는 주연배우가 등장하면서 더 이상 무대에 있을 필요 없게 된 배우처럼 대꾸 한 마디 없이 나가버렸다. 이윽고 단둘이 남게 되자 테나르디에는 남자에게 의자를 권했다. 손님이 앉자 테나르디에는 그 앞에 마주 선 채로 털털하고 성품 좋아 보이는 묘한 표정을 지었다.

테나르디에가 말했다.

"나리, 사실 저는 그 아이를 무척 아끼고 있습니다."

손님은 그를 물끄러미 바라보며 물었다.

"그 아이라니요?"

테나르디에는 손님의 물음에 개의치 않고 계속 말했다.

"그러니 정말 묘한 일 아닙니까! 어쩐지 그 애한테 마음이 자꾸 쓰이니 말입니다."

"대체 어떤 아이 말씀입니까?"

손님이 재차 물었다.

"우리 집 코제트 말씀입죠! 나리는 그 귀여운 아이를 데려가시겠다고 말씀하신 거지요? 그런데 솔직히 말씀드리면, 네, 물론 나리가 훌륭한 분이라는 걸 알고 드리는 말씀입니다. 그러니까 저는 나리께서 그 아이를 데려가는 것을 받아들일 수 없다고 말씀드리는 겁니다. 고것이 없으면 너무 적적할 것 같아서 그럽니다. 저는 고것이 아주 어릴 때부터 길렀거든요. 물론 돈이 많이 들고, 애한테 안 좋은 면도 있고, 게다가 또 우리는 부자가 아니라 힘든 때도 많았지요. 애가 병이 났을 때 약값으로 한 번에 4백 프랑 넘게 쓴 적이 있는 것도 사실입니다! 그러나 하늘에 맹세코 그 정도는 해줘야 한다고 생각했습죠. 아비도 없고 어미도 없는 불쌍한 아이를 내가 거두지 않으면 안 된다는 생각으로 그동안 열심히 키워왔습니다. 돈이 많이 들긴 했지만 저는 정말 그 애를 귀여워했습니다. 정이 든 것이지요. 사람들이 저더러 법 없이도 살 사람이라고 하지만, 저는 그저 어리석은 바보라서 이치는 모릅니다만, 그냥 고것이 귀엽기만 하다 이 말씀이에요. 여편네는 성질이 과격하기는 해도 애를 참 귀여워합니다. 친자식이나 마찬가지예요. 고것이 집 안에서 재잘거리고 노는 모습을 보는 게 저의 낙이지요."

손님은 여전히 그를 물끄러미 바라보고 있었다. 테나르디에가 계속 말했다.

"나리께는 참 죄송하지만 자기 아이를 모르는 사람에게 함부로 내주는 사람이 어디 있겠습니까? 안 그렇습니까? 그렇다고 제가 뭐, 나리가 아이를 불행하게 만들까 의심하는 건 절대 아닙니다. 나리께서는 부자이시고, 또 인품도 훌륭한 분이시니까요. 그래도 밝힐 것은 밝혀둘 필요가 있다고 생각합니다. 가령 제가 희생을 한다 해도, 아이가 어디로 가는지는 확실히 알아두고 싶은 겁니다. 저는 그 애를 영영 잃고 싶지 않거든요. 그러니 어디 사는지 알아두었다가 가끔 만나러 가기도 하고, 그 애한테는 훌륭한 수양아버지가 있다는 걸 알게 하고 싶은 겁니다. 세상에는 참 별의별 터무니없는 일이 다 있는 법이니까요. 저는 나리 성함도 모릅니다. 나리가 무작정 그 애를 데리고 가버리신다면, 아, 우리 종달새는 어디로 갔을까 하고 탄식할 수밖에 없겠지요. 나리가 무슨 헌 종잇조각이나 통행증 나부랭이라도 보여주신다면 또 모를까. 안 그렇습니까?"

남자는 인간의 마음 밑바닥까지 꿰뚫어보는 듯한 시선으로 그를 쏘아보면서 무겁고 단호하게 말했다.

"테나르디에 씨, 파리에서 50리쯤 되는 고장에 오면서 통행증을 가지고 다니는 사람은 없소. 나는 당신 부인의 요청에 따라 코제트를 데리고 가는 것뿐이오. 당신에게 내 이름이나 주소를 알려줄 의무도 없소. 나는 저 아이를 앞으로 당신네들과 두 번 다시 만나지 못하게 할 작정이오. 나는 저 아이의 발에 묶인 족쇄를 풀어주려는 거요. 자, 그러니 어떻소? 되겠소, 안 되겠소?"

그러자 테나르디에가 거두절미하고 말했다.

"나리, 저는 1500프랑이 필요합니다."

남자는 낡은 가죽 지갑에서 지폐 석 장을 꺼내 탁자 위에 놓았다. 그리고 그 지폐를 커다란 엄지손가락으로 누르며 음식점 주인에게 말했다.

"코제트를 이리 데려오시오."

이런 일이 일어나고 있는 동안 코제트는 무엇을 하고 있었을까? 그날 새벽에 코제트는 일어나자마자 나막신 있는 곳으로 달려갔다. 그리고 이 어린 소녀는 거기서 금화를 발견했다. 그것은 나폴레옹 금화가 아니라 왕정복고를 기념해 새로 만든 20프랑짜리 금화였다. 반짝이는 금화 표면에는 월계관이 아닌 프로이센풍으로 짧게 땋은 머리가 새겨져 있었다.

금화를 보는 순간 코제트는 눈이 부셨다. 어떤 운명이 이 어린 소녀를 황홀한 세계로 인도하는 것만 같았다. 소녀는 마치 도둑질이라도 한 듯 얼른 금화를 주머니에 넣었다. 그러나 이 금화가 자기 것이라는 사실만큼은 분명히 알고 있었다. 두려움에 찬 기쁨이 소녀의 영혼을 가득 채웠다. 아침에 일어나면 늘 하던 일을 하면서도 코제트는 앞치마 주머니에 넣어둔 금화를 자꾸 들여다보았다. 반짝이는 그 물건을 정신없이 들여다보고 있을 때 테나르디에 아내의 부드러운 목소리가 들렸다.

"코제트."

잠시 후 코제트가 천장 낮은 식당 홀로 들어왔다. 손님은 코제트가 들어오자 자신의 보퉁이를 끌렀다. 그 속에는 여덟 살짜리 여자 아이가 입을 만한 털 원피스와 앞치마, 무명 속옷, 숄, 털실로 짠 긴 양말, 구두 등이 완벽하게 갖춰져 있었다. 다만 모든 옷이 검은색이었다.

"자, 아가, 얼른 이걸로 갈아입고 오너라."

남자가 말했다.

어느덧 해가 뜰 무렵이었다.

몽페르메유 사람들은 초라한 행색의 노인이 커다란 장밋빛 인형을 팔 밑에 낀 상복 차림의 소녀 손을 잡고 거리를 걸어가는 모습을 보았다. 두 사람은 리브리 쪽으로 향하고 있었다.

그 남자를 아는 사람은 아무도 없었다. 코제트도 누더기를 입고 있지 않았기 때문에 사람들 대부분이 알아보지 못했다. 코제트 역시 자신이 누구와 어디로 가고 있는지 알지 못했다. 다만 이제 자기는 테나르디에의 식당에서 해방되었다는 것만은 분명히 알고 있었다.

코제트는 커다란 눈으로 하늘을 쳐다보면서 힘차게 걸어갔다. 루이 금화는 새 앞치마 주머니에 잘 간직하고 있었다. 가끔 이 어린 소녀는 몸을 숙이고 주머니 속 금화를 들여다보고 나서 자신을 구원해준 낯선 노인을 올려다보았다. 그때마다 코제트는 어쩐지 자비로운 하느님 곁에 있는 듯한 기분이 들었다.

＊

테나르디에 아내는 여느 때와 마찬가지로 남편이 하는 일에 이러쿵저러쿵 간섭하지 않았다. 그러나 속으로는 무슨 굉장한 일이 일어났으리라 생각하며 은근히 기대에 차 있었다.

코제트가 떠난 뒤, 테나르디에는 15분쯤 잠자코 있다가 아내에게 1500프랑을 보여주었다.

"아니, 고작 이거예요?"

아내는 실망한 기색이 역력했다.

두 사람이 살림을 차린 뒤로 아내가 남편이 한 일에 불평을 한 것은 이때가 처음이었다. 남편에게 있어서 그것은 정통으로 핵심을 찌르는 말이기도 했다.

"당신 말이 맞아. 내 머리가 어떻게 된 모양이군. 모자 좀 가져와."

남편은 이렇게 말하더니 지폐 석 장을 접어서 주머니에 넣고 부리나케 집을 나섰다. 그러나 방향을 잘못 잡아 처음에는 오른쪽 길로 접어들었다. 그는 사람들에게 물어보고 나서야 그들이 간 방향을 알아냈다. 종달새와 그 남자는 리브리 쪽으로 갔다는 것이었다. 테나르디에는 혼잣말을 중얼거리면서 뛰다시피 걸어갔다.

"낡아빠진 옷을 입고 있긴 했지만 틀림없이 큰 부자다. 나는 정말 바보 천치야. 놈은 처음에 20수를 내더니 다음에는 5프랑, 이어서 50프랑, 그러고는 1500프랑을 달라는 대로 선선히 내놓았어. 어쩌면 1만 5천 프랑이라도 뜯어낼 수 있었는지 모르지. 걱정할 것 없어. 곧 쫓아갈 수 있을 테니까.”

온갖 생각들이 그의 머릿속을 스쳤다. 게다가 또 계집애한테 입히려고 미리 준비해온 옷가지들도 이상하지 않은가. 확실히 무슨 비밀이 있는 게 틀림없었다. 비밀을 잡고 놓칠 수는 없었다. 부자의 비밀은 돈이 가득한 보따리와도 같았다. 그것을 캐낼 방도를 짜내야 한다. 오로지 한 가지 목적만을 생각하고 있는 테나르디에의 입에서 이런 말이 절로 튀어나왔다.

“나는 정말 바보 천치야!”

몽페르메유 거리를 빠져나가 리브리로 가는 모퉁이에 이르면, 거기서부터는 언덕길이어서 멀리서도 두 사람의 모습을 볼 수 있을 것이다. 그러나 그의 눈에는 아무것도 보이지 않았다. 그는 다시 사람들에게 종달새와 누런 프록코트 차림의 남자를 본 적이 있는지 물어보았다. 그동안 시간은 초조하게 흘러갔다. 마침내 어떤 행인으로부터 그가 찾고 있는 두 사람이 가니 방면 숲으로 걸어가더라는 말을 들었다. 그는 황급히 걸어갔다.

두 사람은 그보다 먼저 떠났지만, 어린아이는 걸음이 느릴 수밖에 없었다. 테나르디에는 어렵지 않게 그들을 따라잡을 수 있으리라 믿었다. 게다가 그는 이 근처 지리에도 밝았다. 한참을 씩씩대며 걷던 그가 돌연 걸음을 멈추고 서서 자신의 이마를 두드렸다. 마치 중요한 것을 잊고 있었던 사람처럼.

"총을 가지고 오는 건데!"

그는 집으로 다시 돌아가 총을 가져올까 생각도 해봤다. 그는 잠시 주저하다가 고개를 저으며 중얼거렸다.

"그러다 놓치면 안 되지!"

그는 마치 자고새의 냄새를 맡은 여우처럼 날쌔게 걸어갔다.

사냥꾼의 예감은 적중했다. 벨뷔 대로 오른쪽 넓은 숲의 공터를 비스듬히 가로질러 셸 수도원의 낡은 수로를 덮고 있는 언덕의 오솔길에 이르렀을 때, 관목 숲 위로 모자 하나가 보였다. 그가 처음부터 온갖 구구한 억측을 다 해보았던 남자의 모자가 분명했다.

나지막한 관목 숲이었다. 테나르디에는 곧 앉아 있는 그 남자와 코제트를 찾아냈다. 어린아이는 작아서 보이지 않았으나, 인형 머리가 삐죽 드러났다. 테나르디에는 만족스러운 듯 고개를 끄덕였다. 남자는 코제트가 좀 쉴 수 있도록 거기에 앉아 있었던 것이다. 그때 테나르디에가 관목 숲을 돌아서 두 사람 앞에 불쑥 나타났다.

테나르디에가 숨을 헐떡거리며 말했다.

"죄송합니다만 나리, 실은 나리의 1500프랑을 가져왔습니다."

그는 지폐 석 장을 내밀었다.

남자가 고개를 들어 그를 보며 말했다.

"그게 무슨 말이오?"

테나르디에는 정중하게 대답했다.

"나리, 코제트를 돌려주셨으면 합니다."

코제트는 몸을 떨며 남자에게 달라붙었다. 그는 테나르디에의 눈을 꿰뚫듯이 쳐다보면서 천천히 말했다.

"코제트를, 돌려주면, 좋겠다고요?"

"그렇습니다, 나리. 부디 그렇게 해주십시오. 생각해보니 나리께 이 아이를 내드릴 수가 없더군요. 보시다시피 저는 정직한 사람입니다. 코제트는 우리 아이가 아닙니다. 이 아이 어머니가 우리에게 맡긴 것입니다. 그러니 아이 어머니 말고 다른 사람한테는 보낼 수 없습니다. 하지만 나리는 코제트의 어머니가 이미 사망한 게 아니냐고 말씀하시겠지요. 지당하신 말씀이십니다. 그렇다면 유언장이든 뭐든, 이 사람에게 아이를 내주라든가 뭐, 그런, 어쨌거나 아이 어머니의 서명이 적힌 쪽지라도 들고 온 분에게만 이 아이를 내드릴 수 있습니다. 나리께서 생각하기에도 그게 옳지 않겠습니까?"

남자는 묵묵히 자신의 주머니를 더듬었다. 테나르디에의 눈에서 광채가 번뜩였다. 지폐가 들어 있던 지갑이 다시 나오는 것이었다. 싸구려 식당 주인은 흥분으로 몸을 떨었다.

그는 속으로 쾌재를 부르며 분주하게 머리를 굴렸다.

'됐어! 흥정을 잘해야지. 저놈이 날 매수할 작정인 모양이구나!'

지갑을 열기 전에 남자는 주위를 힐끗 둘러보았다. 숲 속에도, 들판에도 아무도 없었다. 인기척이 없는 것을 확인한 그는 지갑을 열었다. 그가 꺼낸 것은 테나르디에가 그토록 고대하던 지폐가 아니라 한 장의 종잇조각이었다. 그는 접은 종이를 펼쳐 보이며 말했다.

"그렇겠지요. 그럼 이걸 읽어보시오."

테나르디에는 쪽지를 읽어보았다.

테나르디에 씨

이분에게 코제트를 보내주십시오.

자질구레한 비용까지 전부 치르실 겁니다.

고맙습니다.

팡틴

"이 서명 기억하겠지요?"

남자가 확인하듯 물었다.

한눈에 보기에도 그것은 팡틴의 서명이 분명했다. 테나르디에는 할 말이 없었다. 온갖 분통한 생각이 밀려왔다. 기대했던 돈을 단념할 수밖에 없는 것도 분했고, 이렇게 멀리까지 쫓아와서 보기 좋게 한 방 먹은 것도 분했다. 남자가 덧붙여 말했다.

"이 쪽지는 이 아이를 내준 증거로 받아두시오."

테나르디에는 별수 없이 물러나야 했다.

"서명 한번 기가 막히게 흉내 냈군. 할 수 없지!"

그는 입속으로 중얼거렸다.

그러나 밑져야 본전이라는 심정으로 한 번 더 부딪쳐보기로 했다.

"나리, 좋습니다. 나리가 바로 그분이라면 아이를 데려가시는 게 마땅합니다. 그런데 서명한 쪽지에 적힌 대로 '자질구레한 비용은 전부' 치러주셔야겠습니다. 그게 또 상당한 액수거든요."

테나르디에가 말했다.

남자가 벌떡 일어섰다. 그리고 해진 옷소매에 붙은 검불을 손가락 끝으로 털어내면서 말했다.

"테나르디에 씨, 1월에 이 아이 어머니는 당신에게 120프랑의 빚이 있다고 말했소. 그런데 당신은 2월에 5백 프랑을 요구하는 청구서를 다시 보내와서 2월 말에 3백 프랑, 3월 초에 3백 프랑을 받았소. 그리고 나서 아홉 달이 지났으니 약속한 대로 한 달에 15프랑으로 계산하면 135프랑이 되는 셈이군요. 안 그렇소? 그런데 당신은 이미 1백 프랑을 더 받았으니 남은 빚은 35프랑이오. 그리고 나는 아까 당신에게 1500프랑을 지불했소."

테나르디에는 덫에 걸린 이리처럼 옴짝달싹 못하는 지경이 돼버렸다.

'이 빌어먹을 인간은 대체 뭐 하는 놈이지?'

그는 속으로 이를 갈면서 생각했다.

"이봐요, 이름도 모르는 양반, 아무튼 나는 코제트를 데리고 돌아가겠소. 싫으면 3천 프랑을 내시든가."

그는 아예 예의 따위 내팽개치고 협박조로 말했다.

그러자 남자가 조용히 입을 열었다.

"가자, 코제트."

그는 왼손으로 코제트의 손을 잡고 오른손으로는 땅바닥에 내려 놓았던 지팡이를 들었다. 테나르디에는 비로소 그 몽둥이가 엄청나게 크다는 것을 깨달았다.

남자는 어린아이를 데리고 숲 속으로 들어갔다. 뒤에 남겨진 싸구려 식당 주인은 잠시 동안 꼼짝도 하지 않고 멍하니 서 있었다. 그는 남자의 약간 구부정하고 넓은 어깨와 커다란 주먹만을 바라볼 뿐이었다. 그러고 나서 자신의 빈약한 팔뚝과 여윈 주먹을 쳐다보며 고개를 떨궜다.

'정말 어처구니없는 짓을 하고 말았어. 사냥 나온 놈이 총을 두고 오다니!'

이렇게 후회하면서도 이 식당 주인은 끝내 미련을 버리지 못했다.

"어디로 가는지 쫓아가 봐야지."

그는 멀찌감치 떨어져서 두 사람을 따라갔다. 그에게는 두 가지가 남아 있었다. 팡틴의 서명이 있는 운명의 종잇조각과 그나마 위로가 되는 1500프랑이었다.

남자는 코제트를 데리고 리브리와 봉디 쪽으로 가고 있었다. 그는 느린 걸음으로 고개를 숙인 채 왠지 슬픔에 잠긴 듯한 모습으로 걷고 있었다. 겨울이라 숲은 훤히 틔어 있었다.

테나르디에는 꽤 떨어져 걸으면서도 사냥감을 놓치지 않았다. 이따금 남자가 고개를 돌려 뒤를 살폈다. 그러다 어느 순간 테나르디에와 눈이 마주친 것 같기도 했다. 그는 느닷없이 코제트와 함께 나무숲으로 들어가 감쪽같이 자취를 감춰버렸다.

"빌어먹을!"

테나르디에는 투덜거리면서 더욱 빨리 걸었다.

나무가 빽빽하게 들어차 있어서 두 사람을 바싹 따라붙지 않으면 안 되었다. 가장 깊은 숲 속까지 들어갔을 때, 남자가 돌연 고개를 돌렸다. 테나르디에는 나무 뒤에 숨으려고 했으나 결국 들키고 말았다. 남자는 식당 주인을 돌아보며 고개를 흔들더니 다시 걸어갔다. 사냥꾼은 다시 뒤를 쫓아갔다. 그렇게 2, 3백 보쯤 갔을 때 남자가 또다시 획 돌아섰다. 이번에는 그 눈초리가 보통 매서운 게 아니었다. 사냥꾼은 인정하고 싶지 않았지만 더 이상 따라가 봤자 허사라는 것을 깨달았다. 그는 별수 없이 발길을 돌렸다.

17. 행복은 불행과 불행의 조합

파리 변두리, 인적이 거의 없고 숲보다 조용하며 묘지보다 후미진 곳에 수레바퀴 자국이 나 있는 진흙길을 따라 허름한 건물이 자리 잡고 있었다. 거리에서 보면 작은 집 같으나, 실제로는 굉장히 큰 그 집은 온통 나무에 둘러싸여 있어서 한길에서는 출입문 하나와 창문밖에 보이지 않았다. 이 집 출입문 위쪽에 덧댄 널빤지에는 '50'이라는 숫자가 적혀 있었고, 문 안쪽에는 '52'라는 숫자가 씌어 있었다. 2개의 번지가 붙어 있는 이 집은 우편배달부에게는 '50-52번지'로 알려져 있었지만, 이웃 사람들은 '고르보 누옥'이라고 불렀다.

장 발장은 이 고르보 누옥 앞에서 걸음을 멈췄다. 몸을 숨기기 가장 좋은 곳을 찾던 그에게는 인적이 뜸한 이 집이 적격이었다. 그는 코제트를 업은 채 조끼 주머니에서 열쇠를 꺼내 문을 열고 안으로 들어갔다. 계단을 올라가자 그는 주머니에서 또 다른 열쇠를 꺼내 문을 열었다. 그가 들어간 곳은 지붕 밑 다락방이었다. 제법 넓은 방에는 마룻바닥에 매트 하나가 깔려 있었고, 탁자 하나와 의자 몇 개가 놓여 있었다. 한쪽 구석에 자리 잡은 난롯불로 방 안이 훈훈했다. 방 안쪽으로는 작은 방이 하나 딸려 있었고, 거기에는 접이식 침대가 놓여 있었다. 장 발장은 잠이 깨지 않도록 어린아이를 조심스레 침대에 눕혔다.

장 발장은 부싯돌을 쳐서 촛불을 켜고 전날 밤처럼 코제트를 가만히 내려다보았다. 그는 친절과 애정이 담긴 눈빛으로 코제트를 바라보았다. 한편 소녀는 자기가 지금 누구와 함께 있는지, 어디 있는지도 모른 채 잠들어 있었다. 장 발장은 몸을 숙여 코제트의 손에 입을 맞추었다. 아홉 달 전 그는 영원히 잠든 코제트의 어머니 손에 입을 맞추었다. 그때의 슬프고도 경건했던 마음이 지금 그의 가슴에 넘쳐나고 있었다. 그는 코제트의 침대 옆에 무릎을 꿇었다.

날이 환히 밝았는데도 코제트는 깨어날 줄을 몰랐다. 햇빛이 지붕 밑 유리창으로 비쳐 들어 천장에 기다란 빛과 그림자를 아로새기고 있었다. 그때 갑자기 바깥 차도로 돌을 실은 수레가 지나가자 집안 전체가 흔들렸다. 그 바람에 코제트가 잠에서 깨어났다.

"네, 아주머니, 갈게요! 지금 곧 내려가요!"

코제트는 벌떡 일어나며 소리쳤다.

그러고는 아직도 졸린 눈을 반쯤 감은 채 침대에서 뛰어내려 벽쪽으로 손을 뻗쳤다.

"어! 빗자루가 어딨지!"

장 발장은 코제트의 그런 행동을 보고 측은한 미소를 지었다. 코제트는 그제야 정신이 들었는지 눈을 번쩍 뜨고 장 발장을 바라보았다.

"아, 맞다. 안녕히 주무셨어요, 아저씨?"

코제트는 밝고 명랑했다. 어린아이들은 본래 그 자신이 행복이며 기쁨 자체이기 때문에 기뻤다가도 곧 슬퍼하고, 슬펐다가도 곧 기뻐한다.

코제트는 침대 밑에서 인형을 찾아내 꼭 끌어안았다. 소녀는 인형을 갖고 놀면서 장 발장에게 이것저것 물었다. 여기가 어디인지, 파리라는 곳은 넓은지, 파리는 테나르디에 아주머니가 있는 곳에서 아주 멀리 떨어져 있는지, 이젠 전에 있던 곳으로 돌아가지 않아도 되는지 등등. 그러다 느닷없이 이렇게 외쳤다.

"여기는 정말 좋아요!"

사실 그들이 몸담고 있는 집은 처참하리만큼 헐어빠졌지만, 코제트의 눈에는 더없이 좋아 보이는 모양이었다. 코제트는 처음으로 자유로움을 만끽하고 있었던 것이다.

"집 청소를 할까요?"

코제트가 물었다.

"그냥 놀려무나."

장 발장이 미소 지으며 대답했다.

코제트는 아무것도 모르고, 아무 걱정도 없이 인형과 노인 사이에서 더없이 행복했다.

고르보 누옥에서의 첫날은 그렇게 지나갔다.

*

이튿날 새벽녘에도 장 발장은 코제트가 잠자는 침대 곁에 앉아 있었다. 그는 코제트가 깨어날 때까지 조용히 기다렸다. 새로운 무언가가 그의 영혼 속으로 들어와 있었다. 장 발장은 이제까지 그 무엇도 사랑한 적이 없었다. 이미 오래전 그는 혼자였다. 아버지였던 적도 없고, 애인이었던 적도 없었으며, 남편 혹은 친구였던 적도 없었다. 감옥에서는 무뚝뚝하고 남과 어울리기 힘든 사람이었다. 누이와 조카들에 대한 추억도 그저 어렴풋하기만 하더니 마침내 모두 사라져버리고 말았다. 그는 누이와 조카들을 찾아보았지만 끝내 찾지 못했다. 그러나 지금 이 늙은 남자의 마음은 천진함으로 가득 차 있었다. 그는 코제트를 처음 보았을 때, 그리고 코제트를 구출해 냈을 때 자신의 심장이 격하게 뛰는 것을 느꼈다. 그의 내면에 숨어 있던 인간에 대한 정열과 애정이 코제트로 인해 활짝 피어난 것이었다.

그는 잠든 코제트를 내려다보면서 기쁨으로 몸을 떨었다. 그는 마치 어머니의 마음과 같은 격렬한 감정을 느끼고 있었지만, 그것이 무엇인지는 잘 알지 못했다. 왜냐하면 사랑이라는 그 이상하고 거대한 감정의 움직임은 너무도 감미롭고 어렴풋하기 때문이었다. 싱싱하게 되살아난 가엾은 늙은 마음이여! 코제트에 대한 이러한 사랑의 감정은 미리엘 주교의 미덕을 경험한 이후 그에게 떠오른 두 번째 빛이었다. 그렇듯 처음 며칠 동안 장 발장은 눈부시도록 행복했다.

코제트 역시 저도 모르는 사이에 변해가고 있었다. 가엾은 어린 소녀여! 너무 어린 나이에 어머니와 헤어진 이 소녀는 어머니에 대한 기억이 전혀 없었다. 코제트도 다른 사람을 사랑하려고 했으나 잘 되지 않았다. 테나르디에 부부는 물론이고 그 아이들도, 그리고 다른 아이들도 그녀의 사랑을 거절했고, 또 그녀를 사랑하지 않았다. 심지어 강아지를 귀여워한 적이 있었지만, 그 강아지마저 죽어버렸다. 무엇 하나 자기를 좋아해주지 않았다. 참으로 가엾은 일이었지만, 이제 겨우 여덟 살인 코제트는 벌써부터 차가운 마음을 품고 있었다. 코제트의 잘못이 아니었다. 코제트는 사랑할 줄을 몰랐다. 코제트에게 결여된 것은 다름 아닌 사랑의 기회였다. 그러한 코제트는 이 집에 들어온 첫날부터 온전히 자신의 생각과 감정으로 장 발장을 진정으로 사랑했다.

장 발장과 코제트가 머무는 방은 한길 쪽으로 창문이 나 있었다. 이 집에는 창문이 단 하나밖에 없었으므로 그들은 이 집의 다른 누구의 눈에도 띌 염려가 없었다. 이 집 아래층은 황폐한 헛간으로 채소 장수들이 창고로 쓰고 있었는데 2층으로 연결된 통로가 전혀 없었다. 2층과 아래층 사이에 계단은 물론 뚜껑식 문도 없어서 마룻바닥은 마치 이 집의 횡경막 같았다. 2층 지붕 밑에는 몇 개의 다락방이 있었는데, 그중 한 곳에만 노파가 살고 나머지 방은 모두 비어 있었다. 셋집 주인이자 문지기이기도 한 노파는 장 발장의 잡다한 집안일을 돌봐주었다.

몇 주일이 지났다. 장 발장과 코제트는 낡고 초라한 집에서 행복한 나날을 보냈다. 코제트는 새벽녘부터 웃고 재잘대고 노래를 불렀다. 아침에 노래를 부르는 코제트는 마치 지저귀는 한 마리 새와 같았다. 이따금 장 발장은 코제트의 빨갛게 언 작은 손에 입맞추곤 했다. 늘 얻어맞고 자란 가엾은 소녀는 그 입맞춤이 어떤 의미인지 모르고, 수줍어하며 손을 움츠렸다.

장 발장은 코제트에게 글을 가르쳤다. 그는 어린아이에게 글자를 하나하나 읽히면서 예전 자신이 감옥에서 글을 배웠을 때를 떠올렸다. 그때는 글을 배워 나쁜 짓을 하는 데 이용할 생각이었는데, 지금은 그때 배운 것을 어린아이에게 가르치고 있는 것이 아닌가. 코제트에게 글을 가르치는 것과 그녀가 천진난만하게 노는 모습을 즐겁게 바라보는 것이 장 발장의 하루 일과였다. 그리고 가끔은 코제트에게 어머니 이야기를 들려주고 함께 기도를 드렸다. 코제트는 장 발장을 '아버지'라고 불렀다. 장 발장의 이름은 알지도 못했고 물어보지도 않았다.

장 발장은 코제트가 인형을 가지고 놀거나 새처럼 재잘거리는 모습을 몇 시간이고 지켜보면서도 전혀 지루하지 않았다. 이제 인생이 흥미롭고, 인간이 선량한 존재로 여겨져 마음속으로 아무도 책망하는 일이 없었으며, 또한 코제트로부터 사랑받고 있는 지금 그는 삶의 의미와 목적을 느꼈다. 그는 코제트로 말미암아 자신의 눈부신 미래를 보았다. 그는 사랑을 알게 되자 다시금 강해졌다. 아! 그 또한 코제트와 마찬가지로 지금껏 비틀거리며 살아왔던 것이다. 그가 코제트를 지켜주어 그녀가 다시 살아난 것처럼 그 역시 코제트에 의해 다시 살아난 것이다. 그는 소녀의 기둥이었으며, 소녀는 그의 발판이었다.

장 발장은 낮 동안 여간해서는 밖으로 나가지 않았다. 저녁 무렵에야 한두 시간 정도 코제트와 산책했는데, 그것도 인적이 뜸한 가로수길을 이용했다. 또한 밤이 되면 그의 집에서 가장 가까운 생 메다르 성당을 찾아가곤 했다. 혼자 외출할 때는 노파가 코제트를 데리고 있었다. 그러나 코제트는 노파와 집에 있거나 인형을 가지고 놀기보다 장 발장과 함께 외출하는 것을 더 좋아했다. 장 발장은 코제트의 손을 잡고 산책하면서 이런저런 재미있는 이야기들을 들려주곤 했다. 어느덧 코제트는 명랑한 아이가 되었다.

장 발장은 방에 있는 가구를 하나도 바꾸지 않았다. 다만 코제트의 작은 방으로 들어가는 유리문을 나무문으로 바꾸었을 뿐이다. 그는 지금도 누런 프록코트와 검은 바지에 해진 모자를 쓰고 다녔다. 다른 사람들이 보면 영락없는 가난뱅이 모습이었다. 간혹 선량한 부인들이 장 발장을 보고 1수짜리 동전을 주기도 했다. 그럴 때 장 발장은 공손히 절을 하며 동전을 받았다. 그런가 하면 그는 적선을 하기도 했다. 구걸하는 사람을 만나면 보는 사람이 없는지 확인한 다음 은화 한 닢을 쥐어주고 얼른 자리를 떠났다. 하지만 그것은 그에게 이롭지 못한 행위였다. 이 일대에서 그는 '적선하는 거지'로 알려진 것이다.

셋집 주인 노파는 험상궂게 생긴 여자로 이웃 사람들을 염탐하는 버릇이 있었는데, 장 발장 역시 예외가 아니었다. 그녀는 언제부턴가 장 발장이 눈치채지 못하게 은근하고도 집요하게 그를 엿보고 있었다. 노파는 코제트에게 이것저것 물어보았으나, 몽페르메유에서 왔다는 것 외에 아무것도 모르는 코제트는 달리 말해줄 것이 없었다.

어느 날 아침, 노파는 장 발장이 이 집의 어느 빈방으로 들어가는 것을 보았다. 노파는 늙은 고양이처럼 살금살금 그를 뒤따라가서 문틈으로 훔쳐보았다. 조심성이 많은 장 발장은 문을 등지고 있었다. 노파가 보자니, 그가 주머니에서 조그만 상자와 가위, 실을 꺼내놓고 프록코트의 한쪽을 뜯더니 그 속에서 누르스름한 종이 한 장을 꺼냈다. 노파는 그것이 1천 프랑짜리 지폐임을 알고 깜짝 놀랐다. 노파가 살아생전에 1천 프랑짜리 지폐를 본 것은 이번이 두 번째 아니면 세 번째였다. 노파는 놀란 가슴을 쓸어내리더니 달아났다. 잠시 후 장 발장이 노파에게 와서 1천 프랑짜리 지폐를 잔돈으로 바꾸어달라고 부탁했다. 1천 프랑은 어제 받은 반년치 연금이라고 덧붙였다.

노파는 생각했다.

'어디서 난 돈일까? 저이는 어제저녁 6시에 집을 나섰는데, 그 시간에 은행 문이 열려 있었을 리 없잖아.'

노파는 지폐를 바꾸러 가면서 이런저런 생각을 해보았다. 그녀의 생각은 그럴듯한 상상을 넘어 억측으로 이어졌다. 그리하여 이 1천 프랑짜리 지폐는 이 마을의 수다스런 아낙들 사이에 놀라운 얘깃거리가 되었다.

어느 날 장 발장이 복도에서 톱으로 장작을 썰고 있었고, 노파는 방 청소를 하고 있었다. 코제트는 장 발장이 톱으로 나무 켜는 것을 보는 데 정신이 팔려 있었다. 노파는 이 기회를 틈타 방에 들어가 장 발장의 프록코트를 뒤져보았다. 코트 속은 전처럼 다시 꿰매져 있었다. 노파는 코트 곳곳을 꼼꼼히 만져보았다. 옷자락과 소매, 겨드랑이 부위에 종이 뭉치 같은 것이 만져졌다. 1천 프랑짜리 지폐가 수두룩하게 들어 있는 것이 틀림없었다. 노파는 그것 말고도 코트 주머니 속에 바늘, 가위, 실, 칼, 심지어 여러 가지 색의 가발까지 온갖 것들이 다 들어 있다는 것을 알았다. 그 모든 것들은 뜻밖의 사태에 대비하기 위한 물건들이었다.

*

생 메다르 성당 근처, 지금은 아무도 이용하지 않는 우물가에 가난한 늙은이가 있었다. 그는 언제나 그곳에 쪼그리고 앉아 쉴 새 없이 기도문을 웅얼거렸다. 일흔다섯 살의 늙은 걸인은 예전에 성당지기였는데, 어떤 사람은 노인이 경찰의 앞잡이라며 싫어했다. 장 발장은 그에게 곧잘 적선을 베풀곤 했고, 때로는 말을 건네기도 했다.

어느 날 밤 장 발장이 혼자 성당 근처를 지나갈 때 가로등 밑에 있는 그 늙은 걸인을 보았다. 그는 언제나처럼 기도를 드리는지 잔뜩 몸을 숙이고 있었다. 장 발장은 평소와 같이 그에게 적선을 했다. 그러자 늙은 걸인이 갑자기 얼굴을 들어 장 발장을 뚫어지게 쳐다보다가 얼른 고개를 숙였다. 번개 같은 그 동작에 순간 장 발장은 소름이 끼쳤다. 방금 전 가로등 불빛에 비친 것은 늙은 성당지기의 온화하고 엄숙한 얼굴이 아니라 예전에 본 적이 있는 어떤 무시무시한 얼굴 같았다. 마치 밤중에 느닷없이 호랑이와 마주친 듯한 느낌이었다. 그는 흠칫 놀라 두어 걸음 뒤로 물러나 그대로 있을 수도, 달아날 수도 없어 늙은 걸인을 가만히 지켜보기만 했다. 누더기를 걸친 걸인은 몸을 숙이고 있었다. 장 발장이 아직 자기 앞에 있다는 것을 모르는 듯했다. 걸인은 언제나처럼 똑같은 몸집에 똑같은 모습을 하고 똑같은 누더기를 걸치고 있었다.

'내 머리가 어떻게 된 모양이야! 꿈을 꾸고 있나? 그런 일은 있을

수 없어!'

장 발장은 나지막이 중얼거렸다. 그리고 몹시 심란하고 불안한 기분으로 집에 돌아왔다. 그는 얼핏 본 그 얼굴이 자베르라는 생각만으로도 끔찍했다. 자베르일 리가 없었다. 그러나 자꾸만 마음이 뒤숭숭했고, 걸인의 얼굴을 한 번 더 보지 못한 것을 못내 후회했다.

다음 날 해 질 무렵 장 발장은 다시 늙은 걸인한테 갔다. 그날도 걸인은 같은 자리에 있었다. 장 발장은 걸인의 얼굴을 좀더 자세히 볼 요량으로 적선을 하면서 그를 한번 불러보았다.

"노인 양반!"

걸인은 얼굴을 들어 장 발장을 쳐다보며 측은한 목소리로 말했다.

"고맙습니다요, 친절하신 나리!"

그 얼굴은 틀림없이 한때 성당지기였던 늙은 걸인이었다. 장 발장은 마음을 푹 놓고 힘없이 웃었다.

'저 노인을 자베르라고 의심하다니, 내 머리가 어떻게 된 거 아닌가? 이젠 눈도 온전치 않은 모양이군!'

그로부터 며칠 뒤, 밤 8시쯤이었다. 장 발장은 방에서 코제트에게 글을 가르치고 있었다. 코제트가 큰 소리로 한 소절을 따라 읽고 다음 소절을 읽기 전 그 짧은 순간, 현관문이 열렸다 닫히는 소리가 들렸다. 장 발장에게는 왠지 문소리가 심상치 않게 느껴졌다. 이 시간에 현관문이 열리거나 닫힐 일이 없었던 것이다. 이 집의 2층에서 유일하게 같이 사는 노파는 촛불을 아끼기 위해서라도 날이 어두워지면 곧바로 잠자리에 드는 것이 오랜 버릇이었다. 장 발장은 코제트에게 가만있으라고 손짓했다. 잠시 후 누군가 계단을 올라오는 소리가 났다. 혹시 노파가 어디 아파서 약국에라도 다녀오는 것인지도 몰랐다. 장 발장은 귀를 기울여보았다. 발소리가 묵직한 것으로 보아 남자인 듯싶었다. 장 발장은 촛불을 껐다.

"소리 내지 말고 네 방으로 가서 자려무나."

장 발장은 코제트에게 나지막이 속삭였다.

장 발장이 코제트의 이마에 입맞추고 있을 때 발소리가 뚝 그쳤다. 장 발장은 문 쪽으로 등을 돌린 채 꼼짝도 하지 않고 어둠 속에서 숨죽이고 있었다. 시간이 제법 지났는데 아무런 소리도 들리지 않았다. 그는 소리 내지 않고 가만히 돌아보았다. 방문 쪽을 보니 열쇠 구멍으로 불빛이 새어 들어왔다. 그것은 문과 벽 사이 어둠 속에서 빛나는 불길한 별과도 같았다. 문 앞에서 누군가 촛불을 들고 귀 기울이고 있는 것이 분명했다. 몇 분이 지나자 불빛이 사라졌다. 발소리가 전혀 들리지 않는 것으로 보아 그 사람은 구두를 벗고 있는 게 틀림없었다. 장 발장은 옷을 입은 채 자리에 누웠다. 그는 밤새도록 한숨도 이루지 못했다.

새벽녘에 잠이 들 듯 말 듯하던 장 발장은 복도 끝 쪽 방에서 문 열리는 소리를 듣고 정신이 퍼뜩 들었다. 삐걱거리는 소리에 이어 간밤에 계단을 오르던 것과 똑같은 남자의 발소리가 들렸다. 그 발소리는 점점 가까이 다가왔다. 그는 침대에서 내려와 열쇠 구멍을 들여다보았다. 열쇠 구멍이 제법 컸기 때문에 밖에 있는 사람이 누구인지 볼 수 있다고 생각했던 것이다. 예상대로 그 사람은 남자였다. 그런데 그 남자는 걸음을 멈추지 않고 장 발장의 방을 그대로 지나갔다. 복도는 아직 어둠침침해서 그 남자의 얼굴을 보지는 못했다. 그러나 남자가 계단에 이르렀을 때 밖에서 들어오는 한 줄기 빛에 그의 전신이 드러났는데, 그는 키가 크고 긴 프록코트 차림에 굵직한 몽둥이를 겨드랑이에 끼고 있었다. 그것은 다름 아닌 무시무시한 자베르의 모습이었다. 장 발장은 한길 쪽으로 난 창문을 통해 한 번 더 그를 볼 수도 있었지만, 그러면 창문을 열어야 했다. 그는 차마 창문을 열 엄두가 나지 않았다. 남자는 열쇠를 가지고 제집 드나들듯 이 집에 들어온 것이 틀림없었다. 그렇다면 누가 그에게 열쇠를 주었을까? 대체 어떻게 된 일인가?

아침 7시에 노파가 방을 치우러 왔다. 장 발장은 날카로운 눈길로 그녀를 쏘아볼 뿐 뭔가를 물어보지는 않았다. 노파의 행동은 평소와 조금도 다르지 않았다. 노파가 청소를 하면서 말했다.

"선생님도 간밤에 누가 들어오는 소리 들으셨나요?"

장 발장은 대수롭지 않은 듯이 물었다.

"누구였나요?"

"새로 세 든 사람이지요."

노파가 말했다.

"이름이 뭐라고 하던가요?"

"잘 기억은 안 나지만, 뒤몽인가 도몽인가, 아무튼 그런 이름이었어요."

"어떤 사람인가요? 뒤몽이라는 그 사람 말이에요."

노파는 족제비 같은 작은 눈으로 장 발장을 찬찬히 바라보며 대답했다.

"연금 생활자라죠? 선생님처럼."

노파는 별 뜻 없이 한 말이었지만, 장 발장은 그 말 속에 어떤 의미가 숨어 있는 것 같았다. 노파가 나가고 난 뒤 장 발장은 서랍에서 1백 프랑을 꺼내 주머니에 넣었다. 돈을 만질 때 소리가 나지 않게 하려고 무척 조심했는데도 5프랑짜리 은화 한 닢이 떨어져 큰 소리를 내며 마룻바닥을 굴러갔다.

저녁 무렵 장 발장은 집 밖으로 나가 한길을 주의 깊게 살펴보았다. 아무도 눈에 띄지 않았다. 쥐 새끼 한 마리 없는 듯했다. 그러나 나무 그늘에 몸을 숨기고 있는지도 모른다. 그는 위층 자기 방으로 돌아가 코제트에게 말했다.

"이리 오렴, 코제트."

이어 그는 코제트의 손을 잡고 밖으로 나갔다.

18. 달밤의 추격전

장 발장은 가로수길을 벗어나 어느 골목길로 숨어들었다. 걸어가는 동안 방향을 몇 번 바꾸었고, 가끔 누가 쫓아오지 않나 하고 뒤를 돌아보기도 했다. 보름달이 휘영청 밝은 밤이었다. 그러나 문제될 것은 없었다. 달은 아직 낮게 떠 있어서 달빛이 비치는 곳과 그늘진 곳 두 부분으로 또렷이 나뉘어 있었다. 장 발장은 그늘진 쪽 담벼락을 따라 몸을 미끄러뜨리듯 움직이면서 환한 쪽을 살펴보았다. 폴리보 거리의 인적 없는 골목을 지나가면서 그는 뒤따라오는 사람이 없다고 확신했다.

코제트는 아무것도 묻지 않고 묵묵히 걸었다. 6년여 동안 고생스럽게 살아온 코제트는 누가 시키면 시키는 대로 가만히 따라 하는 버릇이 몸에 배어 있었다. 게다가 이 어린 소녀는 자기도 모르는 사이에 이 노인의 기묘한 행위와 불가사의한 운명에 익숙해져 있었던 것이다. 또한 코제트는 노인과 함께 있는 한 자기는 안전하다고 믿었다.

장 발장도 코제트처럼 자신이 어디로 가고 있는지 알지 못했다. 코제트가 자기에게 몸을 맡겼듯 그는 하느님에게 자신을 맡기고 있었다. 그는 자기보다 위대한 누군가의 손을 붙잡고 있는 것처럼 여겨졌다. 눈에 보이지 않는 누군가가 자기를 이끄는 것 같았다. 그는 지금 무엇 하나 뚜렷한 계획이나 묘책이 전혀 없었다. 그 남자가 자베르였는지도 확실치 않았고, 또 그것이 자베르였다 해도 자기가 장 발장이라는 것을 그가 눈치챘는지도 알 수 없었다. 자신은 변장을 하고 있지 않은가? 죽은 것으로 되어 있지 않은가? 그러나 며칠 동안 이상한 일이 여러 번 일어난 것은 분명했다. 그에게는 그것만으로도 충분했다. 그는 다시는 고르보 누옥으로 돌아가지 않으리라 마음먹었다. 그는 마치 보금자리에서 쫓겨난 짐승처럼 잠시 숨을 곳을 찾고 있는 것이었다.

장 발장은 무프타르 구역의 미로 같은 길을 따라 걸어갔다. 성당의 종소리가 11시를 알릴 무렵, 그는 경찰서 앞을 지나가고 있었다. 그는 본능적으로 뒤를 돌아보았다. 누군가 그의 뒤를 쫓고 있는 것을 느꼈던 것이다. 경찰서 외등 불빛에 남자 셋의 모습이 선명히 드러났다. 그들은 생각보다 꽤 가까운 거리를 두고 그의 뒤를 밟고 있었다.

"빨리 가자, 코제트!"

장 발장은 코제트에게 나지막이 속삭이고 급히 그곳을 벗어났다. 그는 한 바퀴 빙 돌아서 여러 거리들을 지그재그로 지나간 뒤 어느 십자로에 이르렀다. 어느덧 달이 높이 떠올라 십자로가 달빛에 훤히 드러나 있었다. 그는 재빨리 어느 집 문 앞에 몸을 숨겼다. 그들이 아직도 뒤를 밟고 있다면 환한 달빛을 이고 지나가는 그들을 볼 수 있을 터였다.

과연 그들은 3분이 지나기도 전에 나타났다. 그들은 이제 넷으로 늘어나 있었다. 모두 키가 크고, 긴 갈색 프록코트를 입고 있었으며, 머리에는 둥근 모자를 쓰고, 손에는 굵직한 몽둥이를 쥐고 있었다. 어둠 속에서 보이는 그들의 거대한 몸집은 보기만 해도 불안하고 두려웠다. 마치 사람으로 둔갑한 유령 같았다.

그들은 십자로 한복판에서 걸음을 멈추고 서로 무슨 의논이라도 하는 듯이 보였다. 꽤 오래 그렇게 서 있는 것으로 보아 확실한 결정을 내리지 못하는 것 같았다. 우두머리로 보이는 남자가 뒤돌아보더니 오른손을 번쩍 들어 장 발장이 숨어 있는 쪽을 가리켰다. 또 다른 남자는 집요하고도 고집스럽게 반대 방향을 가리키는 듯했다. 먼저 손짓한 남자가 돌아보는 순간, 달빛이 그의 얼굴을 환히 비쳤다. 장 발장은 그 얼굴을 보았다. 그것은 분명 자베르였다.

*

장 발장은 더 이상 의심할 여지가 없었다. 남자 넷은 아직 의견 일치를 보지 못한 것 같았는데, 장 발장에게 그것이 다행이라면 다행이었다. 그들이 시간을 허비하는 만큼 장 발장은 시간을 버는 셈이었다. 장 발장은 숨어 있던 곳에서 나와 식물원 쪽으로 조심스럽게 이동했다. 그는 지친 코제트를 양팔로 안고 움직였다. 식물원으로 가는 길에는 행인 하나 없었고, 가로등도 꺼져 있었다. 그는 걸음을 재촉했다. 그리고 식물원 아랫길을 지나 강둑에서 뒤를 돌아보았다. 강둑에는 사람 그림자 하나 없었다. 길에도 뒤따라오는 사람이 없었다. 장 발장은 비로소 안도의 한숨을 내쉬었다. 잠시 후 그는 아우스터리츠 다리에 도착했다.

다리를 건너려면 돈을 내야 했다. 다리를 건너면 단서를 잡히지나 않을까 걱정되었지만 지금으로서는 다른 도리가 없었다. 그는 매표소에 가서 두 사람치 통행료 2수를 지불했다. 다리가 달빛에 훤히 드러나 있었다. 장 발장은 천천히 다리를 건너고 있는 짐수레의 그림자 속으로 들어가 눈에 띄지 않게 다리를 지나갔다. 다리를 건너자 공사장이 보였는데 거기까지 가려면 달빛이 환히 비추는 곳을 지나가야 했다. 그러나 그는 머뭇거리지 않았다. 자베르 일당은 길을 잃고 헤매고 있는 게 분명했기 때문에 걱정할 필요 없었다. 2개의 공사장 사이로 난 좁고 어두침침한 길은 그를 위해 존재하는 것 같았다.

그곳으로 들어가기 전에 그는 다시 한번 뒤를 돌아보았다. 4개의 그림자가 다리로 들어서고 있었다. 그 그림자들은 식물원을 등지고 오른쪽 강둑으로 걸어왔다. 장 발장은 몸서리쳤다. 그러나 아직은

310

희망이 있었다. 달빛 가득한 넓은 공터를 지나올 때는 자베르 일당이 다리에 도착하기 전이었으니 아직은 이쪽을 발견하지 못했을 것이다. 그렇다면 눈앞의 작은 거리로 들어가 공사장이든, 채소밭이든, 어디든 건물이 없는 공터까지만 가면 능히 저들을 따돌릴 수 있을 것이다.

좁은 거리를 지나자 낡은 건물 하나가 나타났다. 절박한 위험에 처한 장 발장은 사람이 살지 않는 듯한 이 어둠침침한 건물이 오히려 마음에 들었다. 그는 재빨리 건물을 살펴보았다. 그 안으로 들어가기만 하면 일단 안심해도 될 것 같았다. 건물 정면의 중간쯤에는 깔때기 모양의 오래된 빗물받이가 창마다 층층이 달려 있었다.

그는 코제트를 담 밑에 앉히고 모든 빗물받이를 통과하는 파이프가 길바닥까지 내려와 있는 곳으로 뛰어갔다. 그 파이프를 타고 기어올라 가면 안으로 들어갈 수 있을 것 같았다. 그러나 납으로 된 파이프는 너무 낡고 벽에 겨우 달려 있다시피 해서 쓸모가 없었다. 그는 결국 파이프를 타고 올라가는 것을 단념했다.

장 발장은 코제트가 있는 담벼락 밑으로 돌아왔을 때, 그곳이 어느 쪽에서도 보이지 않는다는 것을 알아챘다. 게다가 그곳은 어두운 그늘 밑이었다. 담 위로 보리수와 등나무 덩굴이 뻗어 있는 것으로 보아 그 안쪽은 정원이 틀림없었다. 그곳에서 적어도 날이 밝을 때까지 몸을 숨길 수 있을 것이다. 시간이 얼마 남지 않았다. 서둘러야 했다.

그때 저벅저벅하는 육중한 발소리가 들려왔다. 장 발장은 위험을 무릅쓰고 거리 모퉁이로 가서 전방을 살펴보았다. 병사 예닐곱 명이 대열을 갖춰 폴롱소 거리로 막 들어서고 있었다. 병사들의 총검이 달빛에 반짝거렸다.

병사들은 자베르를 선두로 천천히 다가오고 있었다. 그들은 수시로 걸음을 멈추고 골목 어귀, 벽 틈새 등 구석진 곳까지 샅샅이 살펴보았다. 아마도 병사들은 순찰 중에 자베르를 만났고, 그로부터 지원 요청을 받았을 것이다. 자베르의 부하들도 병사들 틈에 끼여 있었다. 그들의 이동 속도로 보아 장 발장이 있는 곳까지 도달하려면 15분 정도 더 걸릴 듯싶었다. 소름 끼치는 순간이었다. 이번에 잡히면 끝장이었다. 코제트를 영원히 잃어버리게 되는 것이었다. 장 발장에게 그것이 곧 무덤이었다.

이제 남은 방법은 하나뿐이었다. 장 발장은 그만의 독특한 생존법이 담긴 2개의 배낭을 가지고 있었다. 하나의 배낭 속에는 성자의 생각이 들어 있었고, 다른 하나에는 범죄자 특유의 섬뜩한 재능이 들어 있었다. 때에 따라 어느 한쪽을 선택하면 되었다. 툴롱 감옥을 수차례 탈주했던 경험을 통해 장 발장은 여러 가지 기술에 능했다. 그는 사다리나 밧줄 없이 단지 근육의 힘만으로 몸을 지탱하면서, 울퉁불퉁 튀어나온 돌들을 이용하여, 반듯한 벽의 모서리를 7층 높이까지 기어오를 수 있었다.

장 발장은 보리수 가지가 뻗친 담 높이를 눈대중으로 재어보았다. 5미터가 조금 넘는 듯했다. 커다란 건물 벽과 맞닿은 담 모퉁이 밑 구석진 곳에는 삼각형으로 돌담이 쌓여 있었다. 돌담의 높이는 1.5미터쯤 되었고, 거기에서 담 꼭대기까지는 대략 4미터 정도밖에 되지 않았다.

그런데 문제는 코제트였다. 코제트가 담을 기어오르는 것은 불가능한 일이었다. 그러나 밧줄 같은 것이 있으면 가능할 것도 같았다. 하지만 그에게 그것이 있을 리 만무했다. 한밤중에 어디서 밧줄을 구하겠는가. 잠시 후 사방을 두리번거리던 장 발장의 시선은 어느덧 막다른 길의 가로등 기둥에서 멈췄다. 해가 지면 일정한 간격으로 램프에 불이 켜진다. 이때 줄로 램프를 올리고 내리는데 그 줄은 기둥 구멍을 통해 거리 양쪽으로 뻗어 있었다. 그 줄을 감아서 올렸다 내렸다 하는 회전고리는 가로등 아래 작은 쇠 상자 속에 있었고, 그 상자의 열쇠는 점등부가 가지고 있었다.

장 발장은 재빨리 가로등으로 달려가 주머니칼 끝으로 쇠 상자의 나사못을 풀고 순식간에 코제트 곁으로 돌아왔다. 그의 손에는 가로등의 줄이 들려 있었다.

자베르 일당의 발소리가 점점 또렷이 들려왔다.

"아버지, 무서워요. 저 사람들은 누구예요?"

코제트가 낮은 소리로 말했다.

"쉿! 테나르디에 아주머니가 오고 있다."

장 발장이 말했다.

순간 코제트는 몸을 떨었다. 장 발장이 덧붙였다.

"조용! 소리 내거나 울지 말고 가만히 있어야 한다. 테나르디에 아주머니가 오고 있어. 널 다시 데려가려고!"

코제트는 잔뜩 겁먹었지만 대견스럽게도 침착함을 잃지 않았다.

장 발장은 넥타이를 풀어 코제트의 겨드랑이 밑으로 둘러 단단히 묶은 다음 가로등 줄 한쪽 끝에 동여매고, 다른 쪽 끝은 자기 입에 물었다. 그리고 구두와 모자를 벗어 담 너머로 던지고, 모퉁이의 돌담 위로 뛰어올랐다. 그러고는 힘찬 동작으로 담벼락을 기어오르기 시작했다. 30초도 안 돼 그는 담 꼭대기에 올라갔다. 코제트는 어리둥절한 얼굴로 그를 쳐다보았다. 장 발장이 아래쪽에 있는 코제트에게 일렀다.

"담벼락에 등을 붙여라."

코제트는 그대로 따라 했다.

"소리 내면 안 돼! 겁먹지 말고!"

장 발장이 다시 한번 일렀다.

코제트의 몸이 순식간에 담 꼭대기로 올라왔다. 장 발장은 코제트를 등에 업은 채 배를 담 위에 바짝 붙이고 아래로 내려가기 적합한 곳까지 기어갔다. 그가 예상했던 대로 그곳에는 집이 한 채 있었고, 담장 위로부터 땅바닥 가까운 곳까지 지붕이 꽤 완만한 경사를 이루며 뻗어 있었다. 담은 밖에서 본 것보다 훨씬 더 높았다. 아래를 보니 땅바닥이 상당히 깊어 보였던 것이다.

장 발장이 지붕의 경사면에 막 도착했을 때 자베르의 벼락 같은 목소리가 들려왔다.

"막다른 길을 찾아봐! 골목 안에 있는 게 틀림없다."

순찰병들은 막다른 길로 뛰어갔다.

장 발장은 코제트를 안은 채 지붕을 타고 내려가 보리수 있는 곳에서 땅바닥으로 풀쩍 뛰어내렸다. 코제트는 그때까지 숨죽이고 있었다. 코제트의 두 손에는 약간 긁힌 자국이 나 있었다.

19. 비밀의 정원

장 발장은 정원 안에 들어와 있었다. 마치 겨울밤 같은 때 감상하려고 만든 듯 스산한 분위기의 정원이었다. 직사각형 모양의 정원 안쪽으로는 늘어선 포플러 나무 사이로 오솔길이 나 있었고, 곳곳에 큰 나무숲이 우거져 있었다. 한가운데 공터에는 꽤 큰 나무 한 그루가 서 있었고, 커다란 덤불처럼 밀생하고 있는 몇 그루의 과수와 네모꼴의 채소밭, 유리 덮개가 있는 멜론 밭, 웅덩이 등이 있었다. 오솔길들은 잡초와 이끼들로 잔뜩 뒤덮여 있었고, 그 주위로 키가 작고 거무칙칙한 관목들이 줄지어 있었다.

장 발장이 서 있는 곳 옆으로는 그가 지붕을 타고 내려온 집과 장작더미, 그 뒤로 담벼락에 바짝 붙어 선 석상 하나가 있었다. 여기저기 떨어져 나간 석상의 얼굴은 희미한 어둠 속에서 보기 흉한 가면처럼 보였다. 정원 안쪽은 안개와 어둠에 가려 있었다. 다만 몇 개의 담이 어렴풋이 보였고, 그것들이 서로 마주 보고 있는 것으로 보아 그 너머에 다른 밭이 있는 것 같았다.

정원은 황량하고 적막하기 그지없었다. 사람 그림자 하나 없는 시간이라 더욱 그렇겠지만, 설령 한낮이라 해도 사람이 걸어 다닐 만한 곳은 못 되었다.

장 발장은 먼저 구두를 찾아 신고, 코제트와 함께 헛간으로 들어갔다. 코제트는 여전히 떨면서 잔뜩 웅크리고 있었다. 정원 밖에서 순찰병들의 소란스런 소리가 들려왔다. 개머리판이 바닥에 부딪치는 소리, 자베르가 부하들에게 호통치는 소리가 간간이 들려왔다. 그러나 15분쯤 지나자 그 소리도 점점 멀어졌다.

그곳은 불가사의할 정도로 고요했으므로 그토록 격렬했던 목전의 무서운 소란도 전혀 불안하게 들리지 않았다. 흡사 이 집의 담은 성서에 나오는 침묵의 돌로 쌓은 것 같았다. 그런데 갑자기 적막을 깨고 전혀 새로운 소리가 들려왔다. 감히 형언할 수 없는 맑고 숭고한 소리였다. 그것은 어둠 속에서 들려오는 찬미가 같았다. 그것은 노래를 부르는 여인들의 목소리였다. 그것은 동정녀의 맑은 음색과 소녀의 천진스런 음색이 곱게 뒤섞인, 이 세상의 것이라고는 믿기지 않는 목소리였다. 그 노랫소리는 정원에 우뚝 솟은 어두운 건물에서 흘러나오고 있었다. 악마들의 소란스런 소리가 멀어지자 어둠 속에서 천사들의 합창이 다가오는 것 같았다.

코제트와 장 발장은 어느덧 자연스럽게 무릎을 꿇었다. 그들은 그것이 무엇인지 몰랐고, 자신들이 지금 어디에 있는지도 몰랐다. 그러나 두 사람 모두 무릎을 꿇어야 한다고 느꼈다. 노랫소리가 들리기는 했으나 그 건물에 누군가 있는 것처럼 느껴지지는 않았다. 마치 아무도 없는 집 안에서 들려오는 초자연적인 소리 같았다.

어느 순간 노랫소리가 그쳤다. 이젠 거리에도, 정원에도 아무런 소리도, 기척도 없었다. 바람이 불어오자 담장 위의 시든 풀들이 흔들리며 쓸쓸하고 처량한 소리를 자아낼 뿐이었다.

*

북풍이 불기 시작한 것으로 보아 새벽 한두 시쯤 된 것 같았다.

코제트는 한 마디도 하지 않았다. 장 발장은 코제트가 잠이 든 줄 알았다. 그는 몸을 숙여 코제트의 얼굴을 들여다보았다. 그런데 코제트가 눈을 크게 뜨고 골똘히 생각에 잠겨 있었다. 장 발장은 가슴이 아팠다. 코제트는 아직도 떨고 있었다.

"잠이 오지 않니?"

장 발장이 나지막이 물었다.

"너무 추워요."

코제트가 대답하고는 다시 물었다.

"아직도 저기 있나요?"

"누구 말이냐?"

"테나르디에 아주머니요."

장 발장은 코제트에게 경각심을 주려고 했던 말을 그새 잊고 있었다.

"가버렸단다. 이젠 안심하렴."

그의 말에 코제트는 무거운 짐이라도 내려놓은 듯 길게 한숨을 내쉬었다.

헛간 안은 바닥이 축축하고 사방이 트여 있어서 밤바람이 매섭도록 차갑기만 했다. 장 발장은 코트를 벗어서 코제트를 감싸주었다.

"이제 좀 괜찮니?"

"네, 아버지!"

"잠깐 기다리고 있거라. 얼른 다녀올 테니."

헛간을 나온 장 발장은 더 나은 곳이 없을까 하는 기대감을 갖고 큰 건물을 따라 걸어가 보았다. 건물에는 문이 몇 개 있었지만 모두 잠겨 있었고, 창문에도 창살이 달려 있었다. 그가 건물 모퉁이를 돌아 몇 개의 아치형 창문이 있는 곳까지 나오자 희미한 불빛이 새어 나왔다. 그는 까치발로 창문 안쪽을 들여다보았다. 방 안에는 인기척은 물론 움직이는 것이 전혀 없었다. 그러나 자세히 들여다보니 돌바닥에 수의에 덮인 사람 모습 같은 것이 보였다. 그것은 얼굴을 바닥에 댄 채 팔을 십자로 벌리고 엎드려 죽은 것처럼 꼼짝도 하지 않았다.

장 발장은 유리창에 이마를 대고 그것을 지켜보았다. 꽤 오랫동안 그렇게 엿보고 있었지만, 길게 늘어져 있는 그 형체는 조금도 움직이지 않았다. 그는 갑자기 말할 수 없는 두려움에 사로잡혀 달아나기 시작했다. 뒤를 돌아볼 엄두도 내지 못하고 뛰어갔다.

그는 숨을 헐떡거리며 헛간으로 돌아왔다. 다리에 힘이 풀리고 등줄기의 식은땀이 허리까지 흘러내렸다.

여기는 어디인가? 파리 한복판에 이런 데가 있으리라고 누가 상상이나 할 수 있겠는가? 이 기묘한 집은 도대체 어떤 곳일까? 신비스러운 건물, 천사들의 노랫소리로 사람의 마음을 끄는 집, 다가가 보면 갑자기 나타나는 무서운 광경, 천국의 문이 열릴 듯하다가도 돌연 무덤의 문이 열리는 집! 꿈만 같지만 결코 꿈이 아니었다!

추위와 근심, 불안, 그리고 그날 밤의 격렬한 감정들……. 장 발장은 머릿속이 혼란스럽고, 온몸에서 식은땀이 났다. 그는 코제트에게 다가갔다.

코제트는 베개 대신 돌을 베고 잠들어 있었다. 장 발장은 코제트를 보고 있자니 좀 전의 어수선했던 기분이 한결 가라앉아 조금이나마 마음의 여유가 다시 생겼다. 그는 자신의 삶의 근간을 새삼 다시 확인했는데, 그것은 오직 코제트를 위해 살아가는 것이었다. 이 아이를 위해서라면 아무것도 두렵지 않았다.

그가 생각에 잠겨 있을 때 이상한 소리가 들려왔다. 방울 소리 같은 것이 정원 쪽에서 작지만 또렷하게 들렸다.

장 발장이 헛간 밖으로 나가 살펴보니 정원 한가운데 한 남자가 있었다. 그 남자는 멜론 밭의 유리 덮개 사이를 걸으면서 몸을 굽히기도 하고 걸음을 멈추기도 했는데, 무언가를 끌고 있는 것 같았다.

장 발장은 몸을 부르르 떨었다. 지금 그는 모든 사람이 자기에게 적의를 품고 있는 것 같았다. 모든 것이 의심스럽기만 한 그로서는 낮이건 밤이건 도무지 마음을 놓을 수가 없었다. 말하자면 대낮에는 사람들 눈에 띄기 쉬워서, 그리고 밤에는 습격당하기 쉬워서 불안했다. 방금 전까지만 해도 정원에 인기척이 없어서 두려웠는데, 이제는 정원에 사람이 있어서 두려웠다.

상상 속의 두려움은 이제 현실적인 두려움으로 바뀌었다. 생각해 보건대 자베르 일당은 아직 철수하지 않았을 것이다. 일부만 철수하고 곳곳에 감시인을 남겨놓았을 것이다. 지금 정원에 있는 저 사람은 자기를 발견하는 즉시 자베르 일당에게 알릴 것이다. 장 발장은 이런 생각을 하며 자고 있는 코제트를 들어 안아 헛간 가장 구석진 자리로 옮겨놓았다. 코제트는 꼼짝도 하지 않았다.

장 발장은 멜론 밭에 있는 남자의 행동을 주시했다. 기묘하게도 그 남자가 움직일 때마다 방울 소리가 났다. 남자가 가까워지면 방울 소리도 가까워졌고, 멀어지면 그 소리도 멀어졌다. 그리고 동작의 크기나 빠르기에 따라 방울 소리도 크거나 빨랐고, 또한 동작을 멈추면 방울 소리도 뚝 그쳤다. 그 남자 몸에 방울이 달려 있음이 분명했다. 대체 뭐란 말인가? 소나 염소처럼 방울을 단 저 사람은 대체 어떤 자란 말인가? 이런 의문을 품으면서 그는 코제트의 손을 만져보았다. 그런데 아이의 손이 얼음장처럼 차가웠다.

"아니, 코제트!"

장 발장은 당황하여 신음 소리를 냈다.

"코제트!"

그가 다시 불러보았지만 아이는 대답도 없고 눈도 뜨지 않았다. 마구 흔들어보아도 마찬가지였다. 코제트는 얼굴이 사색이 된 채 축 늘어져 꼼짝도 하지 않았다. 숨을 쉬고 있기는 했지만 너무 희미해서 금방이라도 멎어버릴 것 같았다. 당장 몸을 따뜻하게 해주어야 했다. 어떤 일이 있어도 15분 안에 불을 쬐어주어야 했다.

장 발장은 앞뒤 가릴 것 없이 곧장 정원 한가운데로 갔다. 그의 손에는 돈뭉치가 쥐어 있었다. 연신 얼굴을 숙이고 있던 남자는 장 발장이 다가가는 것도 눈치채지 못했다. 장 발장은 성큼성큼 걸어가 남자 앞에 멈춰 서서 소리쳤다.

"백 프랑이오!"

남자는 소스라치게 놀라면서 고개를 들었다.

"백 프랑 주겠소! 오늘 밤 재워주면 백 프랑을 드리겠소!"

장 발장이 다시 말했다.

당황한 그의 얼굴이 달빛에 드러나는 순간 남자가 소리쳤다.

"아니, 마들렌 씨 아닙니까?"

한밤중에 이런 낯선 곳에서, 그것도 낯모르는 남자 입에서 마들렌이라는 이름이 튀어나오자 장 발장은 깜짝 놀라 뒷걸음질쳤다. 남자는 허리가 굽은 절름발이 노인이었는데, 가죽을 댄 왼쪽 무릎에 제법 커다란 방울이 달려 있었다. 달빛을 등지고 있어서 그늘이 드리운 얼굴은 알아볼 수 없었다. 노인은 모자를 벗고 부들부들 떨면서 소리쳤다.

"세상에! 마들렌 씨, 여기는 어떻게 오셨습니까? 대체 어디로 들어오셨습니까? 하늘에서 떨어졌나요? 그렇겠죠, 네, 마들렌 씨라면 하늘에서 떨어진 게 틀림없겠죠. 그런데 그 모습은 뭡니까? 넥타이도, 모자도, 코트도 입지 않고! 아니, 다른 사람들이 보면 놀라 자빠지겠네요. 그건 그렇고 대체 여긴 어떻게 들어오셨습니까?"

노인은 쉴 새 없이 떠들었다. 시골 사람 특유의 재잘거리는 말투였으나, 불쾌하거나 불안하게 들리지는 않았다.

"댁은 뉘신지요? 그리고 여기는 뭐 하는 곳인가요?"

장 발장이 물었다.

"이거, 정말 섭섭하네요! 당신이 저를 여기 넣어주시지 않았습니까? 그런데 저를 몰라보시다니요?"

노인이 소리쳤다.

"글쎄요, 나를 알고 있다는 겁니까?"

장 발장은 어리둥절해서 물었다.

"당신은 제 생명의 은인이십니다."

노인이 말했다.

노인이 몸을 돌리자 달빛이 그의 얼굴을 비췄다. 그제야 장 발장은 그가 포슐르방 노인이라는 것을 알았다.

"오! 당신이었구려? 이제 생각나는군."

장 발장이 소리쳤다.

"이제야 아셨습니까?"

포슐르방은 서운한 투로 말했다.

"헌데 여기서 뭘 하고 있는 거요?"

장 발장이 물었다.

"보시다시피 멜론을 가꾸고 있습죠."

장 발장과 맞닥뜨리기 전까지만 해도 포슐르방 노인은 멜론 밭에 가마니를 덮고 있던 참이었다. 그는 이미 한 시간 전부터 정원에 가마니를 잔뜩 펼쳐놓고 있었다.

포슐르방이 계속 말했다.

"달이 밝고 서리가 내릴 것 같아서 멜론에게 외투를 입혀줄까 생각했지요."

포슐르방은 너털웃음을 터트리더니 덧붙였다.

"마들렌 씨한테도 외투를 입혀드려야겠네요! 그런데 여기는 대체 어떻게 오셨습니까?"

장 발장은 지금 이 노인이 자기를 알고 있다, 적어도 마들렌이라는 이름으로 알고 있다는 사실을 떠올리고 조심스럽고 신중하게 말했다. 그러나 궁금한 것이 하도 많아서 말을 아낄 수가 없었다. 장 발장은 이것저것 물어보았다. 우습게도 두 사람의 입장이 바뀌어버린 꼴이었다. 어느덧 질문을 던지는 것은 침입자인 장 발장이었던 것이다.

"무릎에 달린 그 방울은 대체 뭔가요?"

"이것 말입니까? 이건 사람들한테 피하라고 달고 있는 겁니다."

포슐르방이 대답했다.

"당신을 피하라는?"

포슐르방은 눈을 가늘게 뜨고 말을 이었다.

"그렇습죠! 여기에는 여자들만 있거든요. 그것도 젊은 처녀들이 많죠. 저와 마주치지 말라고 방울 소리로 미리 알려주는 겁니다. 제가 뜨면 모두 달아나버리지요."

"여기는 대체 어디요?"

"저런, 잘 아시면서!"

"아니, 모르겠소."

"저를 여기 정원사로 넣어주셨잖습니까?"

"내가 말이오? 기억이 안 나니 말해주시오."

"여기는 수녀원입니다."

그제야 장 발장의 기억이 되살아났다. 우연히, 다시 말하면 신의 섭리로 장 발장은 바로 그 수녀원에 던져졌던 것이다. 지금으로부터 2년 전쯤 마차에서 떨어져 절름발이가 된 포슐르방 노인이 장 발장의 추천으로 이곳 수녀원의 정원사로 고용되었다. 그곳은 프티 픽퓌스 수녀원이었다.

포슐르방이 다시 물었다.

"아까도 여쭤봤지만, 도대체 여긴 어떻게 들어오셨습니까? 물론 마들렌 씨는 성자이기는 하나 그래도 남자인데 말입니다. 남자는 일절 여기에 들어올 수 없답니다.”

“당신도 여기 있잖소?”

“저는 예외입니다.”

“하지만…… 무슨 일이 있어도 나는 여기 있어야 하는데…….”

장 발장이 말했다.

“그건 정말 곤란합니다!”

포슐르방이 난감한 표정으로 말했다.

장 발장은 포슐르방에게 다가서서 진지하게 말했다.

“포슐르방 노인, 나는 당신의 생명을 구해주었소.”

“그건 제가 먼저 잊지 않고 말씀드렸습니다.”

포슐르방이 대답했다.

“그렇다면 오늘은 당신이 해줄 차례요. 나를 위해서.”

포슐르방은 주름투성이의 떨리는 손으로 장 발장의 두 손을 움켜쥐고 잠시 아무 말도 하지 않았다. 마침내 그는 부르짖듯 말했다.

“아아! 제가 조금이라도 은혜를 갚을 수 있다면, 그것만으로 하느님의 은총을 입은 것이나 다름없습니다! 제가 마들렌 씨의 생명을 구한다! 무엇이든 이 늙은이한테 말씀하십시오!”

일순간 포슐르방의 얼굴이 기쁨으로 빛나기까지 했다.

“제가 어떻게 해드리면 됩니까?”

“우선 당신 방이 있겠지요?”

“저쪽 외딴곳에 오두막이 있습니다. 옛날 수녀원 폐가 뒤쪽인데, 사람들 눈에 띄지 않는 구석진 곳이지요. 방은 3개 있습니다.”

오두막은 과연 폐가 뒤쪽에 숨어 있다시피 해서 장 발장도 미처 못 보았던 것이다.

“좋소. 두 가지 부탁이 있소.”

장 발장이 말했다.

“말씀하십시오.”

“먼저 나에 대해 누구한테도 말하지 말 것. 둘째, 더 이상 내게 아무것도 묻지 않을 것.”

“좋습니다. 저는 잘 알고 있지요. 당신은 결코 나쁜 짓을 하지 않는다는 것, 그리고 항상 올바른 신앙심을 가지고 계시다는 것을 말입니다. 게다가 저를 이곳에 넣어주신 것도 당신입니다. 무엇이든 시키는 대로 하겠습니다.”

“약속했소. 그럼 나를 따라오시오. 아이를 데리러 가야 하오.”

“네? 아이요?”

포슐르방이 외쳤다.

그러나 그는 더 이상 아무 말도 하지 않고 장 발장 뒤를 따라갔다.

30분 후쯤 코제트는 포슐르방의 침대에 누워 있었다. 불을 쬐자 아이의 창백했던 얼굴이 장밋빛을 띠었다. 장 발장은 다시 프록코트를 입고 넥타이를 맸다. 담 너머로 던졌던 모자도 찾았다. 장 발장이 코트를 입는 동안 포슐르방은 방울 달린 무릎 덮개를 벗어서 광주리 옆의 못에 걸어두었다. 두 사람은 탁자에 앉아 불을 쬐었다. 탁자에는 치즈와 검은 빵, 포도주 한 병이 가지런히 놓여 있었다. 포슐르방은 장 발장의 무릎에 손을 얹고 말했다.

"마들렌 씨, 저를 그토록 못 알아보시다니! 사람 목숨을 구해주고도 그 사람을 잊어버리다니요. 그럼 안 돼요. 구원받은 사람은 늘 그 은혜를 잊지 않고 사는데……, 어쨌든 섭섭합니다."

20. 예술가적 기질의 형사

장 발장이 자베르의 추격을 따돌리고 수녀원에 안착하기까지는 급박하고 복잡한 과정의 연속이었다고 할 수 있다. 그러나 그 이면을 보면 지극히 간단한 상황이었다.

장 발장이 자베르에게 붙잡힌 그날 밤, 몽트뢰유쉬르메르의 감옥을 탈출했을 때, 경찰은 탈옥수가 파리로 잠입했을 것으로 예상했다. 파리는 모든 것을 빨아들이는 거대한 소용돌이와도 같은 곳이었다. 거기에 한번 빠지면 바다의 소용돌이에 휩쓸리듯 인파 속으로 사라져버리게 마련이었다.

이 사실을 익히 잘 알고 있는 경찰은 다른 곳에서 놓친 자도 으레 파리에서 찾는다. 경찰은 장 발장 또한 파리에서 찾았다. 자베르는 수사를 진두지휘하기 위해 파리로 파견되었다. 과연 자베르는 장 발장을 체포하는 데 일등공신이었다. 자베르는 여러 방면에 걸쳐 맹활약하여 소위 '명예로운 재능'을 유감없이 발휘했고, 급기야 파리 경찰청에서 일하게 되었다.

그는 장 발장에 대해 잊고 있었다. 사냥개들은 언제나 '오늘의 늑대'를 쫓느라 '어제의 늑대'를 잊어버리는 법이었다. 1823년 12월 어느 날, 평소에는 신문을 읽지 않던 그가 뜻밖에도 신문을 보다가 눈길을 끄는 기사 하나를 발견했다. 죄수 장 발장이 죽었다는 기사였는데, 그 내용이 너무나 확실했기 때문에 자베르는 조금도 의심하지 않았다. 신문을 접은 후로는 그 일에 대해 두 번 다시 생각하지 않았다.

그런데 그로부터 얼마 되지 않아 몽페르메유라는 마을에서 발생한 특이한 어린이 유괴 사건에 관한 경찰 보고를 접했다. 그 마을의 어느 식당 주인에게 친모가 맡겨두었던 일고여덟 살가량의 소녀를 어떤 낯선 남자가 데리고 사라졌다는 것이었다. 소녀의 이름은 코제트였다. 그 어머니는 팡틴이라는 여자로 자선병원에서 죽었는데, 시기와 장소는 알 수 없다는 것이었다. 이 보고서를 접한 자베르는 생각에 잠겼다. 그는 팡틴이라는 이름을 기억하고 있었다.

장 발장이 팡틴의 딸을 데리고 올 수 있게 사흘만 말미를 달라고 했던 것을 자베르는 똑똑히 기억하고 있었다. 그는 또 장 발장이 파리에서 몽페르메유로 가는 마차에 탔을 때 체포되었던 사실도 떠올렸다. 여러 가지 사실을 종합해보건대 장 발장이 몽페르메유로 가는 마차를 탄 것은 그때가 두 번째였다. 그 전에 이미 그 마을까지 들어가지는 않았으나 적어도 근처까지 다녀온 일이 있는 것이 확실했다. 그는 무얼 하러 몽페르메유라는 촌동네까지 갔던 것인가? 당시에는 도무지 알 수 없었다. 그러나 자베르는 이제 알 것 같았다. 다름 아닌 팡틴의 딸 때문이었다. 장 발장은 팡틴의 아이를 데리러 갔던 것이다. 그런데 이번에는 어떤 낯선 남자가 그 아이를 유괴했다고 한다. 그 낯선 남자는 누구일까? 장 발장인가? 그런데 장 발장은 이미 죽은 사람이다. 자베르는 은밀히 몽페르메유로 갔다.

그러나 그의 기대와는 달리 수수께끼는 더욱 미궁에 빠져들었다. 코제트가 떠난 뒤 처음 며칠 동안, 테나르디에 부부는 열 받은 나머지 마구 떠들어대고 다녔다. '종달새'가 없어졌다는 소문이 마을에 쫙 퍼졌다. 소문은 곧 여러 가지 형태로 퍼지더니 결국은 유괴 사건으로 왜곡되었다. 경찰이 사건을 접수하자 테나르디에는 예의 뛰어난 본능으로 계산해보았다. 그는 수사가 시작되면 자기에게 득 될 것이 없을뿐더러 자칫 유괴 사건으로 인해 자기의 수상쩍은 짓들을 경찰이 조사할 수도 있다고 생각했다. 부엉이가 가장 두려워하는 것은 촛불을 들이대는 것이었다. 게다가 자기가 받은 1500프랑에 대해 뭐라고 둘러댄단 말인가? 그는 이내 생각을 바꾸고 아내도 입단속시키고 유괴 얘기만 나오면 깜짝 놀라는 척했다. 그런 건 일절 모르는 일이라고 말이다. 물론 사랑스런 아이를 눈 깜짝할 사이에 데려가 버렸으니 처음에는 화가 났다, 다만 며칠이라도 더 아이와 함께 있고 싶었는데, 아이를 데리러 온 사람이 그 애 할아버지였으니 어쩔 수가 없었다고 둘러댔다. 할아버지라는 장치가 효과를 발휘했다. 그 한마디에 장 발장이 아닐까 하던 의심이 사라졌다. 자베르가 몽페르메유까지 가서 알아낸 것은 이상이었다.

그러나 자베르는 몇 가지 질문으로 테나르디에를 떠보았다.

"그 할아버지는 어떤 사람이고, 이름은 무엇이었나?"

테나르디에는 막힘없이 대답했다.

"돈 많은 시골 영감이었죠. 통행증도 보았어요. 이름은 뭐라던가? 기욤 랑베르 씨라고 했던 거 같습니다."

랑베르라는 이름은 과연 시골 영감과 분위기가 딱 맞아떨어졌다. 자베르는 파리로 돌아왔다.

'장 발장은 죽은 게 틀림없다.'

그는 이렇게 결론지었다. 그리고 스스로를 꾸짖었다.

'난 한 방 먹은 거야.'

그는 다시 이 사건을 잊어버렸다. 그런데 1824년 3월, 생 메다르 교구에 살고 있는 '적선하는 거지'라는 별명으로 불리는 기묘한 남자에 관한 소문이 들렸다. 소문에 따르면, 그 남자는 연금 생활자이며, 본명은 아무도 모르고, 여덟 살쯤 된 소녀와 단둘이 살고 있으며, 그들이 몽페르메유에서 왔다는 것 말고는 알려진 게 없다는 것이었다. 몽페르메유! 자베르는 또다시 듣게 된 몽페르메유에 주목했다. 전에 성당지기를 하다가 지금은 밀정 노릇을 하고 있는 늙은 걸인 하나가 그 남자로부터 적선을 받고 있다기에 그로부터 더욱 자세한 정보를 얻을 수 있었다. 연금 생활자인 그 남자는 사람들과 일절 사귀지 않았고, 어두워졌을 때만 외출했으며, 아무에게도 말을 걸지 않는다고 했다. 다만 어쩌다 한 번씩 가난한 자에게만 말을 건넬 뿐이라는 것이다. 또 그는 헐어빠진 누런 프록코트를 입고 있었는데 그 코트 속에 지폐가 잔뜩 들어 있다고 했다.

마지막 대목이 자베르의 주의를 끌었다. 그리하여 자베르는 그 이상한 남자를 몰래 엿보려고 성당지기로부터 누더기 옷과 구걸하는 장소를 빌렸다. 과연 수상한 남자는 변장한 자베르에게 다가와 적선을 했다. 그때 자베르는 얼굴을 들었다. 장 발장이 자베르를 알아보고 충격을 받은 것처럼 자베르도 장 발장을 보고 충격을 받았다. 그러나 워낙 어두웠기 때문에 잘못 보았을지도 모른다고 생각했다. 장 발장은 공식적으로 죽은 사람 아닌가? 자베르는 워낙 조심성이 많아서 아무리 의심 가는 상대라도 확실한 물증이 없으면 손끝 하나 대지 않는 위인이었다. 그는 그 길로 고르보 누옥까지 그 남자의 뒤를 밟아 문지기 노파로부터 손쉽게 중요한 정보를 얻어냈다. 노파는 백만 프랑이라는 거액이 그의 프록코트 속에 들어 있는 것이 확실하다며 천 프랑짜리 지폐에 대해서도 말했다. 노파는 이렇게 말했다.

"이 눈으로 직접 본걸요! 이 손으로 진짜 만졌는걸요!"

자베르는 고르보 누옥에 방을 하나 얻어 그날 저녁부터 잠복에 들어갔다. 남자의 방문 앞에서 목소리를 엿듣고 안에서 무슨 일이 일어나는지 살펴보려고 했으나 장 발장이 열쇠 구멍으로 불빛을 눈치채고 입을 다무는 바람에 일이 수포로 돌아갔다.

다음 날 장 발장은 거처를 옮기려고 했다. 그런데 5프랑짜리 은화를 바닥에 떨어뜨렸고, 노파가 그 소리를 들었다. 그 소리에 노파는 장 발장이 집을 옮기려는 것을 귀신같이 눈치채고 급히 자베르에게 알렸다. 자베르는 가로수길의 나무 뒤에서 부하 둘과 함께 잠복에 들어갔다. 자베르는 파리 경찰청에 지원을 요청하면서 체포하려는 자의 이름을 밝히지는 않았다. 일단 그 이름은 비밀에 부쳤다. 이름을 밝히지 않은 이유는 세 가지였다. 첫째, 자칫 실수라도 했다가는 장 발장이 경계심을 품을 수도 있었다. 둘째, 공식적으로 죽은 것으로 되어 있는 늙은 탈옥수, 법정 기록에 '가장 위험한 악한'이라고 되어 있는 그런 범죄자를 체포한다는 것은 엄청난 공로이기 때문에 자기가 노려온 자를 다른 경찰한테 빼앗길까 걱정되었다. 셋째, 자베르는 보기보다 은근히 예술가적인 기질이 다분해 사람들의 허를 찌르는 것을 좋아했기 때문이다. 그는 이미 널리 알려진 시시하고 낡은 사건에는 관심이 없었다. 어둠 속에서 작품을 만들어내고, 미궁에 빠진 사건을 단번에 밝혀내는 극적인 결말을 노렸던 것이다.

자베르는 장 발장을 미행하면서 잠시도 눈을 떼지 않았다. 장 발장이 가장 안심하고 있을 때도 그를 보고 있었다. 그런데 자베르는 왜 장 발장을 곧바로 잡지 않았을까? 그것은 아직도 의심의 여지가 남아 있었기 때문이다.

장 발장은 자베르에게 등을 보이며 어둠 속을 걷고 있었다. 장 발장은 이런저런 곡절 때문에 정처 없이 헤매며 숨을 곳을 찾아야 했기에, 그리고 어린아이의 발걸음에 맞춰야 했기에, 즉 자신도 모르는 사이에 걸음걸이마저 바뀌어 몹시 늙어 보였다. 자베르라는 사냥개마저 장 발장을 알아보지 못할 정도였다. 바짝 다가가서 볼 수도 없었고, 늙은 가정교사 같은 차림새, 그를 아이의 할아버지라고 단언한 테나르디에의 말, 게다가 공식적으로 죽은 것으로 되어 있는 점 등을 헤아려보면, 더욱 짙은 의혹이 고개를 드는 것이었다. 그래서 자베르는 끝없이 망설이면서도 그 미지의 인물에 대해 다각도로 생각하며 그의 뒤를 밟았다.

그런데 그 이상한 남자를 쫓던 중 어느 술집에서 새어 나온 밝은 불빛 덕분에 자베르는 그가 장 발장이 틀림없다는 것을 알았다. 그 순간 자베르는 온몸을 떨었다. 이 세상에는 너무나 기쁜 나머지 몸을 부르르 떠는 경우가 두 가지 있다. 어미가 잃었던 자식을 다시 만났을 때와 호랑이가 먹잇감을 찾아냈을 때였다. 자베르는 주체할 수 없는 기쁨에 온몸을 떨었다.

희대의 탈옥수 장 발장의 모습을 확실히 알아보았을 때, 자베르는 자기 쪽은 넷뿐이라는 사실을 깨닫고 지역 경찰서에 급히 지원을 요청했다. 가시 돋은 나뭇가지를 잡으려면 먼저 장갑을 껴야 하는 법이다. 지원 요청을 하느라 시간이 조금 지체되었고, 어느 네거리에서 걸음을 멈추고 부하들과 의논하느라 하마터면 장 발장을 놓칠 뻔했다. 그러나 자베르는 장 발장이 경찰을 따돌리기 위해 강을 건널 것이라는 사실을 정확히 예측했다. 사냥개가 땅바닥에 코를 박고 냄새로 사냥감을 찾듯이 그는 자신의 예리한 직감대로 다리로 향했다. 다리지기에게 물어보니 과연 장 발장이 어린 계집아이를 데리고 강을 건넜다는 것이다. 그때 마침 장 발장이 어린아이의 손을 잡고 달빛에 훤히 드러난 공터를 지나가는 모습이 보였다. 그리고 공터를 지나자마자 첫 번째 골목으로 들어가는 것도 보였다. 이제 장 발장은 빠져나가는 길이 하나밖에 없는 막다른 길에 갇히게 되어 있었다. 자베르로서는 그곳에 그물을 쳐놓기만 하면 되었다. 그는 사냥꾼들이 흔히 말하듯 '앞질러' 유일한 출구를 막으려고 부하 하나를 다른 길로 먼저 보냈다. 그리고 순찰을 마치고 귀대하는 병사들을 만나자 그들에게 지원 요청을 했다. 이런 일에는 군인들이 적격이었다. 사냥을 할 때는 사냥꾼의 지혜에 사냥개들의 협력이 필요한 법이다. 이렇듯 철저하게 조치를 취해놓았으므로 장 발장은 이미 잡은 것이나 다름없다고 자신했다.

그런데 여기서부터 그는 장난을 치기 시작했다. 그것은 크나큰 희열을 차근차근 음미하려는 잔인한 행위였다. 일단 그는 눈앞에 있는 먹잇감을 그대로 내버려두었다. 먹잇감을 덥석 무는 순간을 가능한 한 뒤로 미루어 그것을 물었을 때의 쾌감을 극대화하려는 수작이었다. 그 먹잇감이 자유롭게 움직이는 모습을 보는 것이 너무 즐겁고 신나서, 거미줄에 걸린 날벌레를 발버둥치게 놔두는 거미, 혹은 이미 손안에 넣은 쥐를 이리저리 도망 다니게 놔두는 고양이의 쾌감을 즐기면서 장 발장을 느긋하게 쫓고 있었다. 먹이를 짓누르는 발톱에는 악마적인 쾌감이 배어 있는 법이다. 먹이의 숨통을 단번에 끊기보다 보이지 않는 곳에서 서서히 조여가는 것이 얼마나 큰 즐거움인가!

자베르는 심지어 황홀감에 흠뻑 젖기도 했다. 그의 그물은 촘촘히 얽혀 있었다. 일이 일사천리로 진행되어 간다는 것은 의심의 여지가 없었다. 다만 손을 오므리기만 하면 될 터였다. 믿음직한 부하들이 있으니 장 발장이 제아무리 용감하고 힘이 세다 한들 별 도리 없을 것이다. 아마도 반항조차 할 수 없을 터였다.

자베르는 조금씩 포위망을 좁혀나갔다. 마치 도둑의 주머니라도 뒤지듯 거리 곳곳을 살피면서 옥죄어 들어갔다. 그러나 거미줄 한가운데 이르렀을 때 파리는 거기에 없었다. 텅 빈 거미줄을 보면서 그는 이를 갈며 분통을 터뜨렸다.

그는 거리 모퉁이 초소의 경찰에게 물어보았으나 장 발장을 보지 못했다고 했다. 순하디순한 사슴도 때로는 귀신 같은 솜씨를 발휘해 상대를 농락하는 법이다. 말하자면 사냥개 무리에게 바싹 쫓기다가도 감쪽같이 사라져버리기도 하는 법이다. 이런 꼴을 당하고 나면 아무리 노련한 사냥꾼이라도 맥이 빠지게 마련이었다. 사냥의 고수들도 별수 없다. 그럴 때 사냥의 명수는 이렇게 중얼거린다.

"그것은 사슴이 아니라 마법사였어!"

자베르도 이렇게 중얼거렸는지 모른다.

자베르는 너무 낙담한 나머지 한동안 미친 듯이 날뛰었다. 나폴
레옹이 러시아와의 전쟁에서 실수하고, 알렉산드로스 대왕이 인도
와의 전쟁에서 실수하고, 카이사르는 아프리카, 키루스는 스키타
이와의 전쟁에서 실수했듯이 자베르는 장 발장과의 한판 승부에
서 실수를 범한 것이었다. 첫 번째 원인은 그 전과자를 알아보기까
지 너무 오래 걸렸다는 점이었다. 한눈에 알아볼 수 있지 않았던가!
맨 처음 고르보 누옥에서 그를 대번에 붙잡지 않은 것이 패착이었
다. 또한 어느 상점인가, 술집의 불빛에 비친 장 발장을 확실히 알
아보았을 때 바로 체포하지 않은 것이 두 번째 실수였다. 그리고 달
빛 환한 어느 십자로에서 부하들과 의논한 것도 실수라면 실수였
다. 물론 여러 사람들의 의견을 참고하고, 믿음직한 사냥개의 의견
을 듣는 것도 바람직한 일이다. 늑대든 탈옥수든 방심할 수 없는 상
대를 몰아세울 때는 아무리 조심해도 지나치지 않는 법이다. 그러
나 자베르는 사냥개가 사냥감을 쫓는 데만 집착한 나머지 상대가
낌새를 알아차림으로써 보기 좋게 놓쳐버렸다. 그리고 다리에서 다
시금 상대의 뒤꽁무니를 붙잡은 것까지는 좋았는데, 거기서 예술가
적 기질을 발휘해 상대를 가지고 장난질을 한 것이 어리석고 오만
한 행동이었다. 자신의 능력을 과신했던 것이다. 그러나 결과적으
로는 쥐라고 생각했던 상대가 알고 보니 사자였던 셈이었다. 또한
반대로 자신의 능력을 과소평가하고 지원을 요청한 것도 실수였다.
그렇듯 자베르는 쓸데없는 조심성으로 말미암아 귀중한 시간을 허

비했다. 그는 수많은 실수를 범하기는 했지만, 여전히 유능하고 현명한 탐정이자 형사임에는 분명했다. 굳이 사냥에 비유하자면 그는 '영리한 개'였던 것이다. 하지만 이 세상에 완벽한 것은 없는 법이다. 제아무리 위대한 전략가라 해도 실수하게 마련이다.

아무튼 장 발장이 포위망을 뚫고 도망쳤다는 것을 깨달았을 때도 자베르는 결코 좌절하거나 이성을 잃지 않았다. 상대가 그물을 뚫고 빠져나갔다고는 하지만 멀리 가지 못했을 거라고 믿었다. 그래서 그는 포기하지 않고 감시자를 세우고, 함정을 치고 복병을 배치해 밤새도록 그 일대를 뒤졌다. 그러던 중 그는 가로등이 온전히 달려 있지 않고 가로등 줄이 잘린 것을 발견했다. 그것은 중요한 단서였다. 그러나 그는 오히려 그것 때문에 방향을 잘못 잡았다. 막다른 골목을 겨냥했던 것이다. 막다른 골목에는 나지막한 담장이 있었는데, 담장 너머에는 정원이 있었고, 그 주위로 넓은 황무지가 펼쳐져 있었다. 그는 장 발장이 십중팔구 그곳으로 달아났을 거라고 판단했다. 사실 장 발장이 그 막다른 길로 들어갔다면 여지없이 붙잡혔을 것이다. 자베르는 그곳 정원들과 황무지 일대를 마치 모래밭에서 바늘 찾듯 샅샅이 뒤졌다. 그러나 밤새 아무것도 찾지 못했다. 동 틀 무렵 그는 믿을 만한 부하 둘을 현장에 남겨두고, 마치 염탐꾼이 도둑에게 잡히기라도 한 듯 쓸쓸한 기분을 되씹으면서 경찰청으로 돌아갔다.

21. 비상구가 없는 건물

장 발장이 한밤중에 들은 천사들의 노랫소리는 수녀들이 부른 찬송가였고, 어둠 속에서 들여다본 방은 예배당이었다. 시체가 바닥에 길게 엎드려 있는 것처럼 보였던 것은 수녀가 속죄의 고행을 하는 모습이었고, 의아하게 여겼던 방울 소리는 포슐르방 영감의 무릎에 달린 것이었다.

장 발장과 포슐르방은 코제트를 재우고 나서 장작불을 쬐면서 포도주와 치즈 한 조각을 먹었다. 오두막에는 코제트가 누워 있는 침대 하나밖에 없었기 때문에 그들은 각기 짚 더미 위에 몸을 뉘었다. 잠들기 전에 장 발장이 말했다.

"앞으로 여기에 있어야 할 것 같소."

이 말이 아침까지 줄곧 포슐르방의 머릿속을 어지럽혔다. 사실 두 사람 모두 잠을 이루지 못했다.

장 발장은 자베르가 자신의 정체를 눈치채고 미행했다는 것을 깨달았다. 따라서 다시금 파리의 거리로 나간다면 그것으로 끝장이었다. 뜻하지 않게 찾아온 구원의 손길에 이끌려 이 수녀원으로 들어온 이상, 장 발장은 어떡하든 이곳에 있어야겠다는 한 가지 생각밖에 없었다. 그러나 장 발장과 같이 절박한 위험에 처해 있는 사람에게 이 수녀원은 가장 안전하면서도 가장 위험한 곳이었다. 가장 위험한 이유는 이곳이 남자가 들어올 수 없는 곳이므로 들키기라도 하면 현행범이 되기 때문이었다. 더구나 이 수녀원에서 감옥까지는 엎어지면 코 닿을 거리였다. 가장 안전한 이유는 정식 절차를 밟아 이곳에서 살게 된다면, 아무도 그를 찾아올 리 없기 때문이다. 불가능한 곳에서 산다는 것은 역설적이게도 구원인 셈이었다.

한편 포슐르방은 이리저리 궁리해보았지만 지금의 상황을 도무지 이해할 수 없었다. 담장으로 둘러친 이곳에 어떻게 해서 마들렌 씨가 들어올 수 있었을까? 어린아이를 안고 깎아지른 듯한 담장을 넘어올 수는 없다. 그리고 또 저 어린아이는 그와 어떤 관계일까? 두 사람은 어디서 온 것인가?

포슐르방은 수녀원에 들어온 이래 몽트뢰유쉬르메르에 관한 소식을 전혀 듣지 못했기 때문에 그곳에서 무슨 일이 일어났는지도 전혀 모르고 있었다. 하지만 그는 마들렌 씨와 약속한 대로 아무것도 묻지 않았다. 다만 포슐르방은 장 발장의 입에서 나온 몇 마디 말로 미루어 다음과 같은 결론을 내렸다. 아마도 마들렌 씨는 어려운 시국으로 말미암아 파산한 뒤 채권자한테 쫓기고 있는 것이리라. 혹은 어떤 정치적 사건에 연루되어 피신 중인지도 몰랐다. 이런 생각을 하면서도 포슐르방은 조금도 불편하거나 언짢은 기분이 들지 않았다. 아무튼 마들렌 씨는 이 수녀원을 은신처로 정한 것이리라. 그렇다면 여기 있게 해달라고 부탁하는 것도 지극히 당연한 일이었다. 그러나 포슐르방은 도무지 납득이 가지 않는 것이 하나 있었다. 그는 그것 때문에 편두통을 앓듯 골머리가 아팠는데, 바로 마들렌 씨가 담장 안에 들어왔다는 것, 게다가 어린아이를 데리고 들어왔다는 사실이었다. 이 두 사람을 직접 보고 만져보고 이야기도 해보았지만, 이들이 이곳에 있다는 사실 자체가 도무지 실감 나지 않았던 것이다. 도저히 이해할 수 없는 일이 지금 포슐르방의 오두막에서 벌어진 것이다. 아무리 생각해보고 이리저리 따져봐도 어느 것 하나 분명치 않았다. 심지어 감조차 잡을 수 없었다. 다만 그가 확실히 알고 있는 것은 '마들렌 씨는 내 생명의 은인이다'라는 것 외에 아무것도 없었다. 그 한 가지 사실로 인해 그는 더 이상의 혼란에서 벗어나 중요한 결심을 하기에 이르렀다. 그는 마음속으로 스스로를 타일렀다.

'그래, 이번에는 내 차례다. 나를 끌어내려고 수레바퀴 밑으로 기어들어 온 그 다급했던 순간에 마들렌 씨는 지금의 나처럼 이것저것 생각하지는 않았다.'

그는 이제 자신이 마들렌 씨를 구원해주리라 결심했다. 그러나 그때까지도 그의 머릿속을 떠나지 않는 것이 있었다.

'마들렌 씨는 내 생명의 은인이고, 그 후로도 나를 돌봐주었지만,

이 사람이 도둑이라 할지라도 구해주어야 할 것인가? 그래도 좋다. 또 살인자라 해도 구해줘야 할 것인가? 역시 좋다. 성자라 할지라도 구원해주어야 할 것인가? 마찬가지다.'

그런데 포슐르방이 결심을 굳힌 뒤에도 어려운 문제가 남아 있었다. 마들렌 씨와 어린아이가 이 수녀원에 계속 머무는 것이었다. 그러나 포슐르방은 망설이지 않았다. 이제 포슐르방 노인에게 남은 유일한 무기란 늙은이의 재치밖에 없었는데, 그는 이 재주를 헌신과 선의, 그리고 갸륵한 목적을 위해 수녀원이라는 난관과 성 베네딕트의 율법이라는 성벽을 오르는 데 사용하겠다고 결심했다. 포슐르방 노인은 평생 자기밖에 모르고 살아왔으나 늘그막에 절름발이가 되고 몸도 쇠약해져 세상과 담을 쌓고 살다 보니 어떤 한 사람에 대한 은혜를 갚는 일이 무척이나 즐거웠다. 적극적인 선행의 기회가 찾아왔는데, 그것은 마치 인생의 막바지에 이제까지 맛보지 못한 한 잔의 포도주를 마시는 것과 같았다. 그리고 그가 이렇게 선한 결심을 하게 된 또 하나의 배경을 굳이 말한다면, 그것은 몇 년 동안 그가 몸담아 온 수녀원의 성스러운 공기가 그의 모진 성격을 죽이고, 그를 선한 인간으로 만들었다는 사실이다. 그렇게 해서 포슐르방은 결심했다. '마들렌 씨에게 이 한 몸 바치자!'고.

포슐르방은 원래 농부였으나, 한때 공증인으로 법률사무소를 운영한 적도 있다. 따라서 뛰어난 계략에 따지기 좋아하는 성질이 더해졌고, 소박한 성품에 사물을 꿰뚫어보는 능력이 더해졌다. 그러

나 이런저런 이유로 사업에 실패해 졸지에 짐수레꾼으로 전락하고
말았다. 겉으로 보기에는 말에게 채찍을 휘두르고 욕지거리를 퍼붓
는 일개 마부였으나, 그에게는 여전히 공증인 서기의 성격이 남아
있었다. 그는 재치 있는 말솜씨를 가졌고 어법도 정확했으며, 촌사
람치고는 드물게 달변가였다. 그래서 다른 농부들은 그를 보고 '제
법 신사 같은 말씨를 쓴다'고들 했다.

인생의 곡절을 겪으면서 이젠 몸도 쇠약한, 가련하고 초라한 늙
은이가 되어버렸지만 그래도 아직 포슐르방은 마음만 먹으면 재빠
르게 일을 해치우는 민첩한 남자였다. 이러한 재능은 사람을 결코
간악하게 만들지 않는 귀중한 성질이라고 할 수 있었다. 물론 그에
게도 인간적인 단점이나 결점은 있었지만, 그것은 지극히 표면적인
것에 지나지 않았다. 가까이에서 살펴보면 그의 얼굴은 꽤 호감 가
는 인상이었다. 그 늙은 얼굴에는 심술이나 우둔함이 깃든 추한 주
름 같은 것이 조금도 없었다.

동 틀 무렵 포슐르방이 눈을 뜨니 마들렌 씨가 짚단 위에 앉아서
잠든 코제트를 지켜보고 있었다. 포슐르방은 몸을 반쯤 일으키며
말했다.

"지금은 여기 계시지만……, 다시 여기로 들어오시려면 어떻게
해야 할까요?"

이것은 현재의 어려운 사태를 함축하는 말이었다. 장 발장은 문
득 몽상에서 깨어나 사태의 심각성을 느꼈다. 두 사람은 머리를 맞

대고 의논했다.

포슐르방이 먼저 말했다.

"우선…… 이 오두막 밖으로 나가시면 절대 안 됩니다. 당신은 물론 어린아이도요. 한 발짝이라도 나갔다가는 끝장입니다."

"그렇겠지."

포슐르방은 계속 말했다.

"그런데 다행스럽게도 마침 좋은 때 오셨습니다. 아니, 좋지 않을 때라고도 할 수 있는데 실은 여기 계신 높은 수녀님 한 분께서 위독하십니다. 그 바람에 이쪽에는 신경 쓸 여력이 없지요. 그 수녀님은 곧 돌아가실 모양입니다. 그분을 위해 수녀원 전체가 40시간이나 기도를 드리고 있습니다. 수녀원 사람들 모두 평상심을 잃은 상태입니다. 이제 곧 임종하실 그 수녀님께서는 그야말로 성녀님이시거든요. 이곳에서는 죽어가는 사람을 위해 기도를 올리고, 죽고 나면 또 기도를 올립니다. 오늘은 여기 계셔도 되지만, 내일은 장담할 수 없습니다."

그러자 장 발장이 말했다.

"하지만 이 오두막은 돌담 구석에 있고, 저기 폐가에 가려 있고, 또 나무숲도 있으니 수녀원에서는 보이지 않겠지요."

장 발장의 말에 포슐르방이 덧붙였다.

"그리고 수녀들도 여간해서는 이쪽으로 오지 않습니다."

"그런데?"

장 발장이 반문했다. '그런데?'라는 강한 의문의 말은 '여기 숨어 있어도 되지 않겠느냐'는 뜻이었다. 포슐르방이 대답했다.

"계집아이들 때문에요."

"계집아이들이라니?"

장 발장이 물었다.

포슐르방이 장 발장의 물음에 답하려고 하는데, 종소리가 한 번 울렸다. 포슐르방은 종소리가 나는 쪽으로 고개를 돌리고 말했다.

"수녀님께서 돌아가셨습니다. 저건 애도하는 의미로 치는 겁니다."

그리고 장 발장에게도 들어보라는 몸짓을 했다. 잠시 후 또 한 번의 종소리가 들려왔다.

"시신이 예배당에서 나갈 때까지 1분 간격으로 24시간 계속됩니다. 아 참, 그런데 계집아이들 말입니다. 고것들이 공놀이를 하다가 공이라도 이리로 굴러오면 우르르 몰려와서는 마구 뒤진단 말입니다. 정말 귀찮은 장난꾸러기들이지요, 그 천사 놈들이란."

"그 계집아이들은 어떤 아이들이오?"

장 발장이 물었다.

"기숙생들입니다. 자칫하면 발각되고 말 겁니다. 계집아이들은 호들갑스럽게 이렇게 외칠 거예요. '어머나, 남자가 있네!' 하지만 오늘은 걱정하실 거 없습니다. 쉬는 시간이 없을 테니까요. 오늘은 하루 종일 기도를 드릴 겁니다. 종소리 들으셨지요? 아까 말씀드린 대로 1분에 한 번씩 울립니다. 애도하는 종소리지요."

"알았소, 포슐르방 영감. 기숙생들이 문제다 그거로군요."

장 발장은 이렇게 말하면서 속으로 생각했다.

'잘하면 코제트를 교육할 수 있겠는걸.'

포슐르방이 느닷없이 목소리를 높여 말했다.

"그래요, 그 계집애들, 기숙생들이 문제지요. 이리로 와서 찧고 까불다가 당신을 보고 내빼겠지요! 이곳에서는 남자가 있는 것이 페스트가 도는 것과 같습니다. 보시는 바와 같이 저 같은 늙은 남자도 맹수라도 되는 양 방울을 달아야 하니까요."

장 발장은 더욱 깊은 생각에 빠져들었다.

"이 수녀원이 코제트와 나를 구원해줄 거야."

장 발장은 이렇게 중얼거린 다음 포슐르방에게 말했다.

"그렇군. 여기 있기 어렵겠구려."

"아닙니다."

포슐르방이 반박하더니 이렇게 말했다.

"어려운 일은 여기서 나가는 것입니다."

장 발장은 피가 거꾸로 솟구치는 것 같았다.

"나가는 일이라니?"

"여기 다시 들어오려면 일단 밖으로 나가야 하지 않겠습니까?"

그때 또 한 번 종소리가 울렸다. 종소리가 멈추자 포슐르방이 다시 말했다.

"여기에서 사람들 눈에 띄어서는 안 됩니다. 여기를 어떻게 들어왔는지가 문제될 테니까요. 물론 저는 당신을 잘 알고 있으니까, 하늘에서 떨어졌다 생각할 수도 있습니다. 그러나 수녀들은 그렇지 않아요."

또 한 번 종소리가 울렸는데 이번에는 조금 복잡했다.

포슐르방이 말을 이었다.

"으음! 저건 회의를 소집하는 종소리입니다. 누군가 죽으면 항상 회의가 열립니다. 이번에 돌아가신 수녀님은 새벽녘에 눈감으셨습니다. 수녀들은 대개 새벽녘에 죽더라고요. 그건 그렇고 들어오셨던 경로로 다시 밖으로 나가실 수 없을까요? 굳이 알고 싶지는 않지만 도대체 어디로 들어오신 겁니까?"

순간 장 발장의 얼굴이 하얗게 질렸다. 다시 거리로 내던져질 것을 생각하니 온몸에 소름이 돋았다. 호랑이가 우글거리는 숲 속을 간신히 빠져나왔는데, 다시 그 속으로 들어가야 하는 것과 다름없었다. 장 발장은 아직도 이 근방을 뒤지고 있을 경찰들을 떠올렸다. 경찰들이 거리 곳곳에 진을 치고, 길목마다 잠복해 있을 것이고, 어쩌면 자베르도 아직 십자로에서 버티고 있을지 모를 일이었다.

"그럴 수는 없소!"

장 발장이 외쳤다. 그리고 사정하듯 말했다.

"포슐르방 영감, 나는 그냥 하늘에서 떨어졌다고 생각하면 안 되겠소?"

"물론 저는 그렇게 믿고말고요."

포슐르방은 이렇게 말하고 나서 다시금 장황하게 떠들었다.

"더 말씀하시지 않아도 됩니다. 하느님께서 당신을 곁에 두고 보살피시려다가 다시 내려놓으신 거겠죠. 다만 당신을 수도원에 떨어뜨린다는 게 그만 실수를 하신 겁니다. 또 종이 울리는군요. 이 종소리는 문지기한테 관청으로 가라는 신호입니다. 검시하는 의사를 보내달라고 부탁하러 가는 거죠. 사람이 죽으면 으레 하는 일이죠. 이곳 수녀님들은 의사가 오는 걸 달가워하지 않습니다. 의사들이란 도무지 믿을 수 없는 족속들이니까요. 의사는 베일을 들춰보고, 때로는 다른 데까지 들춰보기도 하지요. 그런데 이번에는 왜 이리 급하게 의사를 부르는 거지? 무슨 일일까?"

여기까지 말하고 나서 포슐르방은 코제트에게 시선을 옮겼다.

"아이는 아직도 자는군요. 저 애 이름이 뭐죠?"

"코제트라고 하오."

"따님이신가요? 아니, 손녀라고 해야 맞겠네요."

"그렇소."

"이 아이라면 밖으로 내보내기 수월하겠네요. 안마당 쪽에 제가 드나드는 출입문이 있는데, 그 문을 두드리면 문지기가 열어줍니다. 제가 치룽(등에 짊어지는 나무로 만든 통)을 짊어지고, 아이를 그 안에 넣어서 나가면 됩니다. 물론 아이가 보이지 않게 잘 위장할 거고요. 저는 종종 치룽을 지고 밖으로 나가거든요. 마들렌 씨는 아이에게 아무 소리 말고 가만있어야 한다고 단단히 일러주시기만 하면 됩니다. 이 근방에 제가 잘 아는 과일 장수 노파가 하나 있는데, 아이를 그 노파 집에 하루만 맡기면 될 겁니다. 아이는 제 조카딸이라고 둘러대면 되고요. 그러고 나서 이 아이는 다시 데려오면 된다, 이 말씀입니다. 저는 당신이 다시 들어올 수 있도록 힘쓰겠습니다. 반드시 그렇게 할 겁니다. 그런데 마들렌 씨, 일단 밖으로 나가셔야 하는데 어떻게 하죠?"

장 발장은 고개를 가로저었다.

"나는 사람들 눈에 띄면 곤란하오. 그게 문제라오. 포슐르방 영감, 나도 코제트처럼 영감이 어떻게 둘러업고 나갈 수 없겠소?"

포슐르방은 가운뎃손가락으로 귓불을 긁적거렸다. 무척이나 난감하다는 표시였다.

그때 세 번째 종소리가 들렸다. 포슐르방이 종소리에 대해 설명했다.

"저 종소리는 검시 의사가 돌아간다는 신호입니다. 의사가 시신을 들여다보고 나서 '이 사람은 운명하셨소', '이제 됐소'라고 말한 거죠. 의사가 천국행 통행증에 도장을 찍고 나면, 장의사에서 관을 들여보냅니다. 돌아가신 분이 수녀라면 수녀들이 시신을 관 속에 넣습니다. 그러고 나면 제가 관에 못질합니다. 그것도 정원사의 임무 가운데 하나지요. 이곳 정원사는 장의사 일도 하는 셈입니다. 관은 바깥길과 통하는 예배당 아랫방에 두는데, 그 방에 들어갈 수 있는 남자는 의사 말고 아무도 없습니다. 물론 장의사 인부나 나 같은 남자들은 들어갈 수 있습니다. 사람 축에도 끼지 못하기 때문이죠. 제가 관에 못질을 하는 곳도 바로 그 방입니다. 못질을 하고 나면 장의사 인부들이 와서 관을 마차에 싣고 가버립니다. 그렇게 해서 죽은 사람은 천국으로 가는 것이지요. 빈 상자를 가지고 들어와서 그 안에 무엇을 채워 다시 가지고 나갑니다. 그것이 바로 장례라는 거지요."

오두막 안으로 스며든 한 줄기 햇살이 코제트의 얼굴을 비췄다. 입술을 살짝 벌리고 있는 코제트는 마치 빛을 머금은 천사 같았다. 장 발장은 언제부터인가 코제트를 지켜보느라 포슐르방의 말을 흘려듣고 있었다. 상대가 자기 이야기를 들어주지 않는다고 해서 입을 다물어야 하는 것은 아니다. 그래서일까? 포슐르방은 장 발장이 듣건 말건 계속 떠들었다.

"관은 보지라르 묘지로 갑니다. 그 묘지는 곧 폐쇄될 거라고들 합니다. 너무 오래된 데다 규정에 맞지도 않아서 없애버린다는 겁니다. 아쉬운 일이에요. 편리하기로 따지면 보지라르 묘지가 그만이거든요. 거기 제 친구가 하나 있죠. 메스티엔 영감이라고 무덤 파는 인부예요. 여기 돌아가신 수녀님들은 해 질 무렵 묘지로 옮겨갈 수 있습니다. 수녀님들의 장례 절차에 대해서 관청의 특별한 규정이 있기 때문이지요. 그런데 어제부터 무슨 사건이 이리도 많이 일어날까! 수녀님께서 돌아가시질 않나, 게다가 마들렌 씨가……."

포슐르방이 말꼬리를 흐리자 장 발장이 씁쓰레한 미소를 지으며 덧붙였다.

"매장되고 말이지."

포슐르방은 장 발장의 자조 섞인 농담을 과장했다.

"맞습니다! 여기 들어앉아 버리면 진짜 매장되는 거나 마찬가지입죠."

네 번째 종소리가 울렸다. 포슐르방은 재빨리 방울 달린 무릎 덮개를 꿰찼다.

"이번에는 제 차례입니다. 원장님이 저를 부르시는 겁니다. 얼른 가서 한바탕 치르고 오겠습니다. 여기서 가만히 기다리고 계십시오. 혹시 압니까, 기발한 생각이 떠오를지? 출출하시면 저기 포도주랑 빵, 치즈가 있으니까……."

포슐르방은 오두막을 나섰다. 그는 멜론 밭을 곁눈질로 살펴보면서 절룩거리는 다리로 서둘러 정원을 가로질러 갔다.

잠시 후 포슐르방은 방울 소리로 수녀들을 물리치면서 어느 문 앞에 도착했다. 그가 문을 두드리자 안에서 "들어와요."라는 차분한 목소리가 들려왔다. 그곳은 정원사에게 지시할 것이 있을 때 불러들이는 응접실이었다. 응접실은 회의실과 붙어 있었다. 수녀원장은 의자에 앉아 포슐르방을 맞이했다.

22. 수녀원의 어떤 음모

블르뫼르 양, 즉 이노상트 수녀원장은 학식이 많고, 유쾌한 성품을 지닌 여자였다. 포슐르방은 공손하게 인사하고 응접실 문 앞에 얌전히 서 있었다. 수녀원장은 묵주를 만지작거리고 있다가 포슐르방을 올려다보며 말했다.

"어서 오세요, 포방 영감님."

수녀원에서는 포슐르방을 짧게 줄여서 '포방'이라고 불렀다. 포슐르방은 허리를 굽혀 다시 인사했다.

"포방 영감님, 내가 영감님을 불렀어요."

"네, 원장님."

"영감님께 드릴 말씀이 있어요."

"실은 저도…… 원장님께 드릴 말씀이 있습니다."

포슐르방은 내심 초조해하면서도 용기를 내어 말했다.

"그래요? 내게 어떤 하실 말씀이 있나요?"

수녀원장이 포슐르방을 바라보며 물었다.

"부탁드릴 게 있습니다."

"어서 말씀해보세요."

자기가 수녀원으로부터 신임받고 있다는 것을 잘 알고 있는 이 늙은 정원사는 나름대로 설득력 있는 이야기를 장황하게 늘어놓았다. 자기는 이제 많이 늙었다는 것, 몸이 불편하다는 것, 그래서 일이 전보다 2배는 더 힘들다는 것, 정원 일이 부쩍 많아졌다는 것, 정원이 너무 넓다는 것, 또한 어제처럼 달 밝은 밤에는 멜론 밭에 가마니를 덮어주느라 밤을 새워야 한다는 것 등등을 이야기하고 나서 끝내는 다음과 같은 말을 꺼냈다. 자기한테는 아우가 하나 있는데 (원장은 조금 움찔했다) 그 아우도 꽤나 늙었으므로 (원장은 다시 몸을 움직였으나 이번에는 마음이 놓인다는 몸짓이었다) 허락만 해주신다면 그를 데리고 와서 같이 일하고 싶다, 아우는 훌륭한 정원사이므로 수녀원을 위해서라면 자기보다 훨씬 더 도움이 될 것이다, 그런데 허락하지 않는다면 자신은 이제 너무 늙고 쇠약해서 일을 제대로 못할 것 같으니 유감스럽고 죄송스럽지만 이 일을 그만두어야 할 것 같다, 아우에게는 어린 딸이 하나 있는데, 그 아이를 여기로 데려오면 천주의 품에서 자랄 것이고, 어쩌면 장래에 수녀가 될지도 모른다.

포슐르방이 이야기를 마치자 수녀원장은 묵주를 넘기던 손길을 멈추고 말했다.

"오늘 저녁까지 튼튼한 쇠막대기 하나를 구할 수 있겠어요?"

“어디에 쓰시려고요?”

“지렛대로 쓰려고요.”

“구해보겠습니다, 원장님.”

포슐르방이 깍듯이 대답했다.

수녀원장은 더 이상 아무 말 없이 옆방 회의실로 갔다. 그곳에 수녀들이 모여 있는 모양이었다. 포슐르방은 혼자 남겨졌다.

15분 후쯤 수녀원장이 다시 응접실로 돌아와 의자에 앉았다. 두 사람은 서로 이야기를 주고받으면서도 각기 다른 생각에 몰두한 듯했다. 먼저 수녀원장이 입을 열었다.

“포방 영감님!”

“네, 원장님.”

“영감님은 예배당을 잘 알고 있겠지요?”

“물론입니다. 거기에 있는 조그만 제 자리에서 미사와 성무일과를 올립니다만.”

“성가대석에 들어가서 일하신 적도 있지요?”

“몇 번 있습니다.”

“거기 있는 돌을 한 장 들어내야겠어요.”

“어떤 돌을요?”

“제단 옆에 있는 것 말이에요.”

“지하 묘지 통로 위에 덮인 것 말인가요?”

“그래요.”

"그럼 남자 둘이 필요할 텐데요."

"아상시용 장로께서 도와주실 거예요. 남자처럼 힘이 센 분이니까요."

"하지만 여자는 아무래도 남자와 다릅니다."

"여기에 영감님을 도와줄 사람이라고는 여자밖에 없어요. 남자건 여자건 저마다 할 수 있는 데까지 하면 되지 않겠어요? 마비용 수도사는 성 베르나르의 서간을 417편 쓰셨어요. 그런데 메를로누스 호르스티우스가 367편밖에 못 쓰셨다고 해서 저는 조금도 그를 업신여기지 않아요."

"저도 그렇습니다."

"자기 힘이 닿는 데까지 일하는 것이 좋은 것이죠. 수녀원은 공사장이 아닙니다."

"그리고 여자는 남자가 아닙니다. 제 동생은 힘이 아주 셉니다!"

"그리고 지렛대를 하나 준비해야 합니다."

"그런 돌문을 여는 데는 지렛대밖에 없죠."

"돌에 쇠고리가 달려 있습니다."

"고리에다 지렛대를 끼우면 되겠군요."

"돌은 회전하게 되어 있어요."

"그렇다면 잘됐습니다, 원장님. 제가 땅속의 묘지를 열겠습니다."

"그리고 성가대 수녀님 넷이 입회하실 거예요."

"그럼 문을 열고 나서는요?"

“다시 닫아야 합니다.”

“그게 다입니까?”

“아뇨.”

“뭐든 말씀만 하십시오, 원장님.”

“포방 영감님, 우리는 당신을 믿어요.”

“뭐든 맡겨만 주십시오.”

“무슨 일이든 비밀을 지켜주시겠지요?”

“그렇다마다요.”

“묘지 문이 열리면…….”

“제가 다시 닫아놓겠습니다.”

“그런데 그 전에…….”

“말씀하십시오, 원장님.”

“그 속에 뭔가를 넣어야 해요.”

잠시 침묵이 흘렀다. 수녀원장은 뭔가 망설이는 듯하더니 다시 입을 열었다.

“포방 영감님!”

“네, 원장님.”

“오늘 아침 수녀님 한 분께서 돌아가신 건 알고 있겠지요?”

“아뇨.”

물론 이것은 새빨간 거짓말이었다. 포슐르방은 원장과의 대화를 어떤 식으로든 유리하게 이끌어가기 위해서 일부러 그런 것이었다.

"종소리 못 들었나요?"

"제 처소에서는 아무 소리도 못 들었습니다."

"정말인가요?"

"저를 부르는 종소리도 겨우 들었습니다."

"새벽에 돌아가셨어요."

"오늘 아침에는 바람도 그쪽으로는 불지 않았습니다."

"크뤼시픽시옹 장로께서 임종하셨습니다. 복자(福者, 교황청에서 죽은 자 가운데 공경의 대상이 될 만하다고 공식적으로 지정한 사람을 높여 부르는 말)에 오를 만하시지요."

수녀원장은 잠시 마음속으로 기도를 드리는지 입술만 움직이고 나서 다시 말했다.

"3년 전 얀센주의자였던 베튄 부인이 크뤼시픽시옹 님이 기도드리는 모습을 보고 정교도로 개종했습니다."

"그러고 보니 종소리가 들리는 것 같습니다, 원장님."

"수녀님들이 그분을 안치실에 모셔놓았어요."

"알겠습니다."

"영감님 말고는 남자는 아무도 안치실에 들어갈 수도 없고, 또 들어가서도 안 됩니다. 이 점을 잘 기억해두세요. 안치실에 남자가 들어간다는 건 말이 안 됩니다!"

이때 9시를 알리는 종이 울렸다.

"아침 9시에, 그리고 영원히 제단의 성체께서 찬양받으시옵소서!"

수녀원장이 기도하듯 읊조렸다.

"아멘!"

포슐르방이 말했다.

수녀원장은 예의 입속으로 기도를 드리느라 중얼거리다가 다시 말했다.

"크뤼시픽시옹 님은 참다운 신앙으로 많은 사람들을 개종시켰습니다. 돌아가신 뒤에는 많은 기적을 보여주실 것이 분명해요."

"물론이지요!"

포슐르방이 맞장구를 쳤다.

"포방 영감님, 우리 수녀원은 크뤼시픽시옹 님이 계셔서 많은 축복을 받았습니다. 하긴 베륄 추기경처럼 미사를 올리는 중에 운명하시고, 또한 '이제 이 몸을 바치나이다'라는 기도를 드리면서 천주님께 돌아가는 것은 아무나 할 수 없는 일입니다. 하지만 그만한 영광은 누리지 못했다 해도 크뤼시픽시옹 님은 성스럽게 돌아가셨어요. 마지막 순간까지 정신을 놓지 않으셨지요. 우리한테 말씀하셨고, 그리고 천사들에게 말씀하셨습니다. 그분은 우리에게 당신의 마지막 소원을 말씀하셨습니다. 포방 영감님도 좀더 두터운 믿음을 가지고 그분의 기도실로 들어갔더라면, 그분이 영감님의 다리를 낫게 해주셨을 텐데. 임종 직전, 그분은 미소 지으셨어요. 그래서 주님의 품에서 다시 깨어났다는 것을 알았습니다. 천국으로 가신 것이지요."

포슐르방은 이제야 애도의 연설이 끝났으려니 생각했다.

"아멘!"

그가 외쳤다.

"포방 영감님, 돌아가신 분의 소원은 들어드려야 합니다."

수녀원장은 말을 마치고 묵주를 만지작거렸다. 포슐르방은 수녀원장의 안색을 살피며 잠자코 있었다. 그녀가 계속 말했다.

"주님께 봉사하고, 수도 생활을 몸소 실천하고, 훌륭한 성과를 거두신 많은 성직자들과 이 일에 대해 의논해보았습니다."

"원장님, 정원 안쪽보다 여기서 애도의 종소리가 더 잘 들립니다."

"게다가 그분은 성녀입니다."

"네, 원장님처럼요."

"그분은 20년 동안 줄곧 관 속에 누워 주무셨습니다. 교황 피우스 7세의 특별 허락을 받으셔서 말이죠."

"그렇습죠."

"포방 영감님!"

"네, 원장님."

"아퀼라의 수도원장이었던 복자 메초카네는 교수대 밑에 묻어달라고 했는데, 이것도 실현되었습니다."

"그렇습니다."

"테베레 강 상류에 있는 포르의 주교 성 테렌티우스는 지나가는 사람들이 자기 무덤에 침을 뱉으라고 친부 살해범 무덤에 붙이는 표식을 자기 묘석에 새겨달라고 했는데, 그것도 실현되었습니다.

이렇듯 돌아가신 분들의 의사는 마땅히 존중해야 합니다."

"그래야 합니다."

"프랑스의 로슈 아베유에서 태어나신 베르나르 기도니스는 스페인 투이의 주교였지만, 카스티야 왕의 뜻을 거스르고, 그 시신은 그의 소원대로 리모주의 도미니크 파 성당으로 옮겨졌습니다. 이에 반대할 수 있겠습니까?"

"물론 안 됩니다, 원장님."

"이 사실은 플랑타비 드 라 포스에 의해 증명되었습니다."

수녀원장은 잠시 말을 멈추고 묵주를 넘기다가 다시 말을 이었다.

"포방 영감님, 크뤼시픽시옹 님을 20년 동안 누워 계셨던 당신의 관 속에 모실 것입니다."

"옳은 말씀입니다."

"자던 잠을 계속 자는 셈이지요."

"저는 그 수녀님의 관에 못질을 해드려야죠?"

"그렇습니다."

"장의사가 가져온 관은 쓰지 않겠군요?"

"그렇습니다."

"원장님 말씀이면 무엇이든 따르겠습니다."

"수녀님 네 분이 도와줄 겁니다."

"관에 못질하는 거 말씀입니까? 도와주지 않으셔도 됩니다."

"아니, 관을 내리는 일 말입니다."

"관을 내리다니요? 어디로 말입니까?"

"지하 묘지로."

"어떤 지하 묘지요?"

"제단 아래에 있는!"

"제단 아래요?"

"쇠막대기를 하나 가져올 수 있겠지요?"

"네, 하지만……."

"쇠막대기를 쇠고리에 끼워서 돌을 들어 올리는 겁니다."

"하지만……."

"돌아가신 분의 의사는 존중해드려야 합니다. 속세의 땅속으로 들어가지 않고, 예배당 제단 아래 지하 묘지에 묻히는 것, 즉 죽어서도 기도드리던 곳에 그대로 머무르시겠다는 것이 크뤼시픽시옹 님의 마지막 소원이었습니다. 그분께서 우리에게 그렇게 말씀하셨어요. 명령하신 것이지요."

"하지만 그것은 법으로 금지되어 있지 않습니까?"

"인간들은 금지했지만 주님께서는 허락하셨습니다."

"나중에 탄로 나면요?"

"우리는 당신을 믿습니다."

"물론 저야 이 벽의 돌이나 마찬가지지만……."

"회의가 열렸어요. 방금 전 수녀님들과 장시간 의논했는데, 크뤼시픽시옹 님이 원하시는 대로 당신의 관에 모셔 제단 아래 매장하기로 결정했습니다. 생각해보세요, 포방 영감님, 이곳에서 기적이 일어난다면 우리 수녀원으로서는 더할 나위 없는 주님의 영광 아니겠어요! 기적은 무덤에서 일어나는 겁니다."

"하지만 원장님, 관할지역의 위생 관리가……."

"성 베네딕트 2세는 묘소 문제로 콘스탄티누스 포고나투스 황제께 항거하신 일이 있습니다."

"그래도 경찰관이……."

"콘스탄티누스 황제 시대에 갈리아로 들어온 7명의 독일 왕 가운데 하나였던 코노드메르는 성직자들이 제단 아래 매장될 수 있는 권리를 명확하게 인정해주셨습니다."

"하지만 감찰관이……."

"그런 건 십자가 앞에서는 하잘것없는 것입니다. 이런 잠언이 있잖습니까? '세상이 변하는 동안에도 십자가는 거기 그대로 서 있느니라.'"

수녀원장은 그 잠언을 라틴어로 말했다.

"아멘!"

포슐르방은 라틴어를 들으면 늘 그런 식으로 얼버무리곤 했다.

"국가니, 폐기물이니, 장의사니, 행정이니, 규정 따위를 왜 우리가 신경 써야 합니까? 우리는 너무 불공평한 취급을 받고 있지 않습니까? 우리는 자신의 시신을 주께 바칠 권리조차 없습니다! 영감님이 말한 위생 어쩌고 하는 말들은 혁명이 만들어낸 것입니다. 말세에요. 천주께서 경찰을 받들어 모셔야 하는 것이 오늘날의 현실입니다. 그러니 입 닥치세요, 포방 영감님!"

수녀원장의 질책이 떨어지자 포슐르방은 안절부절못했다. 잠시 뒤 원장이 그를 달래듯 넌지시 물었다.

"포방 영감님, 알겠습니까?"

"알겠습니다, 원장님."

"영감님이라면 믿어도 되겠지요?"

"물론입니다. 분부대로 하겠습니다."

"좋아요."

"저는 이 수녀원에 모든 걸 바쳐왔습니다."

"알겠어요. 그럼 영감님은 관 뚜껑을 덮어주세요. 수녀님들이 관을 예배당으로 옮기고 추도미사를 드릴 겁니다. 그것이 끝나면 모두 돌아갈 테니, 밤 11시에서 12시 사이에 쇠막대기를 가지고 오세요. 모든 일은 극비리에 진행될 겁니다. 예배당에는 아상시옹 님과 수녀님 네 분, 그리고 영감님 말고는 아무도 없을 겁니다."

"하지만 기둥 앞에 엎드려 고행하시는 수녀님은요?"

"그 수녀님은 아무것도 보지 않을 겁니다."

"그래도 소리는 들리겠지요."

"듣지도 않을 겁니다. 수녀원의 모든 사람들이 알고 있는 일이라도 속세에는 알려지지 않을 겁니다."

짧은 침묵이 흐른 뒤 수녀원장이 다시 말했다.

"예배당에 들어갈 때는 그 방울을 떼어놓고 가세요. 고행하는 수녀에게 영감님이 왔다는 것을 알릴 필요는 없으니까."

"원장님?"

"뭔가요, 포방 영감님?"

"지렛대 길이가 6피트(약 180센티미터)는 되어야 할 텐데요."

"그래요. 하지만 그걸 어디서 구하죠?"

"쇠창살이 있는 데라면 쇠막대기도 있게 마련이죠. 그렇잖아도 정원 한구석에 고철을 모아놓은 곳이 있습니다."

"밤 11시 45분까지는 꼭 오셔야 합니다. 잊으면 안 됩니다."

"원장님?"

"뭔가요?"

"이다음에 또 이런 일이 있으면……, 제 아우는 힘이 아주 세답니다. 장사나 다름없어요!"

"되도록 빨리 해주세요."

"저는 그리 빨리 하지는 못할 겁니다. 몸이 불편하니까요. 조수 하나가 있어야 한다고 말씀드리는 것도 그 때문입니다. 저는 절름발이거든요."

"절름발이는 죄가 아닙니다. 오히려 하느님의 자비일지도 모릅니다. 대립교황 그레고리에 맞서 베네딕트 8세를 교황으로 세우신 앙리 2세는 별명이 2개 있었어요. 바로 '성자'와 '절름발이'였죠."

"아, 네……."

"포방 영감님, 생각해보니 족히 한 시간은 잡아야겠군요. 한 시간도 많다고는 할 수 없지만. 그러니 쇠막대기를 가지고 11시까지 제단으로 와주세요. 12시에는 제식이 시작되니까, 그보다 15분 일찍 끝내야겠어요."

"수녀원과 교단을 위해서라면 저의 모든 책임과 노력을 다하겠습니다. 분부 내리신 일은 이렇습지요? 제가 먼저 관에 못질을 하고 정확히 11시에 예배당에 있어야 합니다. 예배당에는 아상시옹 님과 다른 수녀님들이 와 계십니다. 남자가 둘이면 더 좋겠지만, 그야 뭐 어쩔 수 없죠. 저는 지렛대를 가지고 올 겁니다. 저와 수녀님들은 지하 묘지를 열고, 관을 내려놓고 다시 닫습니다. 그것으로 아무 흔적도 남기지 않고 끝나는 것입니다. 관청에서도 알 수 없지요. 그러면 되는 거지요, 원장님?"

"아닙니다."

"또 뭡니까?"

"빈 관이 남게 됩니다."

이야기가 잠시 끊어졌다. 포슐르방과 수녀원장은 제각기 생각에 잠겼다.

"포방 영감님, 빈 관을 어떻게 해야 할까요?"

수녀원장이 나지막이, 그러나 심각하게 물었다.

"그야 땅속에 묻어야겠죠."

"비어 있는 채로?"

잠시 침묵이 흐르고 나서 포슐르방이 자신 있게 말했다.

"원장님, 관에 못질하는 건 예배당 아랫방입니다. 거기에는 저 말고 아무도 못 들어갑니다. 그리고 관에 보를 씌우는 것도 접니다."

"하지만 인부들이 관을 마차에 싣고, 묘지에 묻는 동안 눈치챌 게 분명해요."

"참 난처하군요!"

포슐르방이 큰 소리로 투덜거렸다.

수녀원장은 성호를 그으면서 포슐르방의 얼굴을 뚫어지게 바라보았다. 포슐르방은 자신이 내뱉은 상스러운 말을 무마하기 위해서라도 서둘러 한 가지 방책을 꾸며냈다.

"관 속에 흙을 넣으면 되겠네요. 그럼 사람이 들어 있는 것 같지 않겠습니까?"

"오, 그렇겠군요. 흙은 사람과 마찬가지죠. 그렇게 해주겠어요?"

"염려 마십시오."

그때까지 불안해 보였던 수녀원장의 얼굴이 조금 안정을 되찾은 모습이었다. 수녀원장은 포슐르방에게 이제 그만 가도 좋다는 신호로 고개를 한 번 끄덕여 보였다. 포슐르방은 문 쪽으로 걸음을 옮겼다. 그가 문을 나서려고 할 때 수녀원장이 조금 소리 높여 말했다.

"포방 영감님, 나는 영감님께 만족합니다. 내일 장례식이 끝나고 아우님을 데리고 오세요. 그리고 그 딸아이도 데려오라고 하세요."

23. 목숨 걸고 드나들기

절름발이의 급한 걸음걸이는 애꾸눈의 눈짓과 비슷해서 목적지에 빨리 도달하지 못하는 법이다. 더구나 절름발이 영감은 얼떨떨한 상태여서 자신의 오두막에 도착하기까지 무려 15분이나 걸렸다.

코제트는 잠에서 깨어 장 발장과 함께 불을 쬐고 있었다. 포슐르방이 들어왔을 때 장 발장이 코제트에게 벽에 걸린 치룽을 가리키며 이렇게 말하고 있었다.

"코제트, 잘 들어라. 우리는 여기서 나가야 해. 하지만 다시 여기에 들어와서 편히 살게 될 거야. 여기 사는 할아버지가 저 속에 너를 넣어 짊어지고 나가실 거다. 어느 할머니 집으로 갈 텐데 그곳에서 나를 기다리면 된단다. 내가 곧 데리러 갈 테니까. 테나르디에 아주머니한테 붙잡히지 않으려면 내 말대로 입 꾹 다물고 가만히 있어야 해. 알겠니?"

코제트는 진지한 표정으로 고개를 끄덕였다.

문이 열리는 소리에 장 발장이 고개를 돌리고 물었다.

"어떻게 됐소?"

"일단 얘기는 잘됐지만, 끝까지 잘될지는……."

포슐르방은 말꼬리를 흐리더니 심각한 표정으로 다시 말했다.

"당신이 이리 들어오시는 것은 허락받았습니다. 하지만 다시 들어오려면 일단 나가야 하는데, 어떻게 나가야 할지……. 아이는 문제없습니다만."

"아이는 영감이 데리고 나갈 수 있지요?"

"물론입니다. 그런데 아무 말 않고 가만히 있을까요?"

"그건 염려 마시오."

"그럼 당신은 어떻게 하지요?"

잠시 갑갑한 침묵이 흘렀다. 포슐르방이 될 대로 되라는 식으로 외쳤다.

"어쩌겠어요? 들어온 데로 나가는 수밖에!"

그러나 장 발장의 대답은 전과 다름없었다. 거리로 나갈 수 없다는 것이었다. 포슐르방은 혼잣말처럼 중얼거렸다.

"걱정스러운 일이 하나 더 있어. 그 속에 흙을 넣겠다고 말은 했지만 그게 어디 말처럼 쉬운가? 시체 대신 흙을 넣는다고 되나? 곤란하겠는걸. 그게 관 속에서 흔들릴 거 아냐? 그럼 인부들이 눈치챌 거야. 안 그래요? 아무래도 관청에서 알게 되겠죠?"

장 발장은 의아한 표정으로 포슐르방의 얼굴을 쳐다보았다. 그가 헛소리를 하는 것 같아서였다. 포슐르방은 계속 푸념을 늘어놓았다.

"이를 어쩐다? 제기랄! 어쩔 도리가 없다는 건가? 그건 그렇고 마들렌 씨는 또 어떻게 나가신단 말인가? 내일까지 무슨 수를 내지 않으면 안 되는데……. 마들렌 씨, 내일이에요, 내일. 당신을 데려오기로 한 날이 내일입니다, 내일. 원장님이 기다리고 계실 겁니다."

포슐르방은 수녀원장과 주고받은 이야기를 들려주었다. 그러면서 빈 관을 채우는 게 문제라고 말했다.

잠자코 듣고 있던 장 발장이 물었다.

"빈 관이라니?"

"관청에서 들여보내는 관 말입니다."

"관청에서 관을?"

"수녀가 죽으면 관청에서 보낸 의사가 와서 확인하고 '수녀가 죽었다'고 신고합니다. 그러면 관청에서 관을 수녀원에 들여보내고, 다음 날 그 관을 묘지로 운반할 장의사 인부를 보냅니다. 그런데 관 속에 시체가 없으면 인부들이 관을 들어 올렸을 때 어떻겠습니까?"

"관 속에 뭔가 넣으면 되지 않겠소?"

"시체 말씀이시죠? 그게 어디 있겠어요?"

"아니, 시체를 넣자는 게 아니라……."

"그럼 뭘 넣습니까?"

"산 사람."

"산 사람이라니, 누구요?"

"나 말이오."

포슐르방은 마치 엉덩이를 가시에 찔리기라도 한 것처럼 벌떡 일어나며 소리쳤다.

"당신을요?"

"안 될 것도 없잖소?"

장 발장이 평소 그답지 않게 미소까지 지으며 말했다.

"이봐요, 포슐르방! 아까 영감이 수녀님께서 돌아가셨다고 말했을 때, 내가 이렇게 말하지 않았소? '그리고 마들렌도 매장되었다고.' 내 말이 그 말이오."

"지금 웃으면서 농담하실 때가 아닙니다. 신중하게 생각해야죠."

"나도 신중하게 생각하고 있소. 여기서 나가야 하니까."

"물론 그렇습니다."

"나를 치룽에 넣어 시트로 덮어서 짊어지고 나가면 안 되겠냐고 말했잖소?"

"그래서요?"

"치룽은 전나무로 만들었고, 시트는 검정색이죠?"

"아니, 시트는 흰색입니다. 수녀는 흰 천으로 싸서 매장하거든요."

"그렇다면 흰 천으로 하죠."

"마들렌 씨는 정말 이상한 분이십니다."

포슐르방은 장 발장의 말이 너무 느닷없고 엉뚱해서 놀라지 않을 수 없었다. 장 발장은 이야기를 계속했다.

"중요한 건 사람들 눈에 띄지 않고 여기에서 나가는 것인데, 그 방법은 하나밖에 없소. 먼저 자세히 설명해주시오. 매장은 어떻게 하는지? 또 관은 어디에 있는지?"

"그 빈 관 말씀하시는 건가요?"

"그렇소."

"안치실이 있는데 거기 평상 위에 올려놓습니다."

"관 길이가 얼마나 되오?"

"2미터 조금 못 됩니다."

"안치실은 어디요?"

"안치실은 예배당 아래층에 있습니다. 쇠창살 달린 창문이 정원 쪽으로 나 있는데, 창문 바깥쪽으로 덧문이 있습니다. 수녀원 쪽과 예배당 쪽으로 통하는 문이 하나씩 있죠."

"예배당이라면?"

"한길에 면한 예배당 말입니다. 누구나 드나들 수 있는 곳이죠."

"문 2개의 열쇠를 다 가지고 있소?"

"아뇨. 저한테는 수녀원 쪽 문 열쇠밖에 없습니다. 예배당 쪽 문 열쇠는 문지기한테 있지요."

"문지기가 언제 그 문을 여나요?"

"인부들이 관을 가지러 왔을 때입니다. 그때 말고는 없습니다. 관이 나가고 나면 다시 문을 닫습니다."

"관에 못질은 누가 하나요?"

"제가 합니다."

"그 위에 천을 덮는 것은?"

"그것도 제가 합니다."

"그걸 다 영감 혼자서?"

"의사 말고는 누구도 안치실에 들어가지 못합니다. 이 규율은 벽에도 엄연히 써 붙여놓았지요."

"오늘 밤 사람들 모두 잠든 뒤에 나를 그 방에 넣어줄 수 있겠소?"

"그건 안 됩니다만, 안치실로 통하는 헛간에 숨겨드릴 수는 있습니다. 그곳은 매장 도구를 보관하는 곳인데, 제가 책임지는 곳이라 열쇠도 갖고 있습니다."

"장의 마차는 내일 몇 시에 오나요?"

"오후 3시경입니다. 보지라르 묘지에 매장하는데, 해 떨어지기 조금 전에 합니다. 보지라르까지는 꽤 먼 거리라서."

"그럼 나는 오늘 밤부터 내일 아침까지 그 헛간에 있겠소. 그런데 먹을 것이 있어야 할 텐데."

"제가 갖다 드리지요."

"2시면 내가 들어가 있는 관에 못질을 하러 오는 거요?"

포슐르방은 움찔하면서 손가락 마디를 소리나게 꺾으며 말했다.

"그런 짓은 도저히 못 하겠습니다요."

"못 할 게 뭐 있소! 망치 들고 못 몇 개 박는 것뿐인데."

포슐르방으로서는 경악할 일이었지만, 장 발장은 아무렇지 않았다. 장 발장으로 말할 것 같으면 위험한 고비를 수도 없이 넘겨왔다. 주어진 환경이나 조건에 자신을 맞추고, 또 변화시키는 것은 장 발장의 남다른 재주였다.

포슐르방은 잠시 정신을 가다듬고 소리쳤다.

"그런데 숨은 어떻게 쉬죠?"

"그냥 쉬어지겠지."

"관 속에서 어떻게 숨을 쉬어요? 생각만 해도 숨이 막히는데요."

"송곳 있지 않소? 그걸로 머리 쪽에 작은 구멍을 뚫어주시오. 발 있는 쪽 말고. 그리고 관 뚜껑도 조금 헐겁게 못질해주고."

"물론이지요! 그런데 혹 재채기라도 나오면 어떡합니까?"

"도망치는 놈이 재채기 같은 걸 하겠소?"

장 발장이 이렇게 말하고 나서 덧붙였다.

"포슐르방 영감, 마음 단단히 먹어야 하오. 여기서 붙잡히느냐, 아니면 장의 마차를 타고 빠져나가느냐? 생사가 걸린 일이오."

장 발장의 태도가 너무도 태연하고 분명했기 때문에 겁 많고 우유부단한 포슐르방도 결국은 대담해지지 않을 수 없었다. 포슐르방은 어쩔 수 없다는 듯 고개를 끄덕이며 중얼거렸다.

"정말 다른 방도가 없나 봅니다."

"한 가지 염려스러운 것은 묘지에서 어떻게 하느냐 하는 것이오."

장 발장의 말에 포슐르방이 자신 있게 소리쳤다.

"그거라면 제게 좋은 생각이 있습니다. 관 속에서 꺼내드리는 건 자신 있습니다. 거기 무덤 파는 인부를 잘 아는데, 그 친구는 술이라면 사족을 못 쓰죠. 메스티엔이라는 사람인데, 폭삭 늙은 영감이죠. 그 친구는 무덤 구덩이에 죽은 사람을 넣지만, 저는 그놈을 제 호주머니에 넣는다, 이겁니다. 대강 이렇게 하면 됩니다. 관을 실은 마차가 묘지에 도착하는 건 해가 떨어지기 직전입니다. 묘지에 도착하고 약 45분 후에 묘지 문이 닫힙니다. 장의 마차는 무덤 바로 앞까지 갑니다. 저도 거기까지 따라갑니다. 제 임무니까요. 저는 연장들을 호주머니 속에 넣고 가겠습니다. 마차가 멈추면 인부들이 관을 새끼줄로 묶어 무덤 구덩이에 내려놓습니다. 신부는 기도를 드리고 성호를 긋고 성수를 뿌리고 나면 바로 가버립니다. 인부들도 가고 나면 저와 메스티엔 영감만 남게 되지요. 그 늙은이는 술에 취해 있거나 취하지 않았거나 둘 중에 하나입니다. 취해 있지 않으면 이렇게 말하면 그만이죠. 술집 문 닫기 전에 한잔하러 가세나, 하고는 실컷 취하게 만듭니다. 오래 걸릴 것도 없죠. 그놈은 항상 취해 있으니까요. 나는 놈을 술상 밑에 뉘어놓고, 놈의 출입증을 슬쩍 빼내서 혼자 묘지로 돌아옵니다. 그렇게 되면 마들렌 씨와 저 둘만 남게 되죠. 놈이 애초에 취해 있으면 이렇게 말하면 됩니다. 자네 그냥 가. 내가 자네 몫까지 해줄게. 놈이 가고 나면 제가 당신을 무덤에서 끌어내면 되는 겁니다."

장 발장은 포슐르방에게 손을 내밀었다. 포슐르방은 꾸밈없는 촌사람답게 감격에 겨워 그의 손을 움켜잡았다.

"됐소, 포슐르방 영감. 모든 게 다 잘될 거요."

‘무슨 변수가 생기지만 않는다면. 골치 아픈 일이라도 생긴다
면……!’
포슐르방은 이런 걱정이 들었다.

24. 관 속에서의 사색

다음 날 해 질 무렵 가로수길에 구식 장의 마차가 지나가고 있었다. 마차에는 시신이 들어 있음을 노골적으로 나타내는 해골과 X자 모양의 정강이뼈, 그리고 눈물 따위가 그려져 있었다. 마차를 본 행인들은 모자를 벗어 고인에 대한 예를 갖추었다. 마차 안에는 흰 천을 씌운 관이 들어 있었다. 관 위에는 큼지막한 검정색 십자가가 있었는데, 그 모양이 죽은 사람이 두 팔을 축 늘어뜨리고 있는 것처럼 보였다. 검은 장막을 둘러친 사륜마차 한 대가 그 뒤를 따라갔다. 사륜마차에는 흰 예복을 입은 신부 하나와 붉은 빵모자를 쓴 성가대 아이 하나가 타고 있었다. 장의 마차 양옆으로는 소맷부리에 검은 천을 덧댄 회색 제복 차림의 두 남자가 각각 따라가고 있었는데, 그들은 관을 나르는 인부들이었다. 그리고 작업복 차림의 절름발이 노인이 장의 마차 뒤를 따라가고 있었는데, 그는 다름 아닌 포슐르방이었다. 장의 행렬은 보지라르 묘지로 가는 중이었다.

마차가 묘지로 이어진 가로수길로 들어섰을 때까지도 날은 아직

휜했다. 크뤼시픽시옹 수녀님을 예배당 제단 밑에 매장하는 일, 코제트를 밖으로 데리고 나가는 일, 장 발장을 안치실로 들여보내는 일, 그 모든 일들이 별 탈 없이 이루어진 뒤였다.

포슐르방은 자못 흡족한 표정으로 절룩거리며 마차 뒤를 따라가고 있었다. 그가 지닌 2개의 비밀, 즉 하나는 수녀원을 위해 수녀들과 공모하고, 다른 하나는 수녀원을 속이고 마들렌 씨와 꾸민 이중의 음모가 모두 성공한 것이었다. 장 발장은 옆사람까지 침착해질 정도로 냉정하고 차분했다. 포슐르방은 모든 일이 성공적으로 끝나리라 자신하고 있었다. 이제 남은 일은 식은 죽 먹기였다. 지난 2년 동안 포슐르방은 메스티엔이라는 그 무덤 파는 인부를 열 번도 더 취하게 만들었다. 포슐르방은 그 늙은이라면 언제든 자신 있었다. 그동안 그 늙은이를 손아귀에 쥐고 마음껏 주물러왔던 것이다. 메스티엔의 머리는 포슐르방의 모자에 딱 들어맞았다. 그래서 포슐르방은 더더욱 안심했다.

장의 행렬이 묘지 입구로 이어진 가로수길에 이르렀을 때, 포슐르방은 의기양양하게 마차를 바라보았고, 커다란 두 손을 비벼대며 나지막이 중얼거렸다.

"이건 정말 어릿광대 놀음이야!"

이윽고 마차가 묘지 입구에 도착했다. 먼저 매장 허가서를 제시해야 했다. 장의사 인부가 묘지 문지기와 절차상 몇 마디를 나누었다. 그사이 웬 낯선 남자 하나가 마차 뒤로 와서 포슐르방 옆에 섰다. 그는 큼지막한 호주머니가 달린 작업복을 입고, 손에는 곡괭이와 삽을 들고 있었다. 포슐르방은 그를 쏘아보며 물었다.

"당신은 누구요?"

"무덤 파는 인부요."

낯선 남자가 대답했다.

포슐르방의 얼굴은 순식간에 사색이 되었다.

"무덤 파는 인부라고?"

"그렇소."

"당신이?"

"그렇소."

"그건 메스티엔 영감이잖소?"

"그랬었지요."

"뭐? 그랬었다고?"

"영감이 죽었거든요."

포슐르방은 사전에 모든 것을 정확히 계산했지만, 단 하나 이것만은, 즉 무덤 파는 인부가 죽었을 줄은 꿈에도 생각지 못했다. 하지만 그것은 사실이었다. 무덤 파는 인부라고 죽지 말라는 법이 있는가. 남의 무덤을 숱하게 팠으니 자신의 무덤도 다른 누군가가 파게 되는 법.

포슐르방은 벌어진 입을 다물지도 못하고 멍한 표정만 짓고 있었다. 잠시 후 그는 간신히 마음을 가라앉히고 더듬더듬 말했다.

"세상에, 그런 일이 있을 수 있나!"

"있지요."

"하지만 무덤을 파는 건 메스티엔 영감인데."

포슐르방은 여전히 못 믿겠다는 듯 맥없이 말했다.

"나폴레옹 뒤에는 루이 18세가 나오고, 메스티엔 뒤에는 그리비에가 나온 거지요. 이것 보세요, 시골 영감님, 난 그리비에라고 해요."

포슐르방은 새파랗게 질린 얼굴로 그놈의 그리비에라는 남자를 멍하니 바라보았다. 그리비에는 키가 크고, 깡마르고, 안색이 창백한, 그야말로 장례식에 잘 어울리는 음산한 분위기의 남자였다. 마치 의사가 되려다가 잘못 풀려 무덤 파는 인부로 전락한 듯했다.

포슐르방은 발작적으로 웃음을 터뜨렸다.

"하하하! 정말 희한한 일도 참 많지! 메스티엔 영감이 죽다니. 메스티엔 영감은 죽었지만, 르누아르 영감은 아직 살아 있다. 르누아르 영감이 뭔지 알겠소? 6수짜리 적포도주지. 쉬렌산(産) 진짜 적포도주! 아아, 영감이 죽다니, 가엾은 메스티엔! 슬픈 일이야. 정말 좋은 친구였는데. 그런데 당신도 좋은 사람이겠지? 맞아, 당신도 좋은 사람이야. 형씨, 우리 어디 가서 한잔 쭉 넘기자고. 지금 바로!"

그러자 그리비에가 대답했다.

"이래 봬도 나는 배운 사람이오. 제4학급(중학교 3학년에 해당한다)까지 마쳤다고요. 술 같은 건 안 마셔요."

마차는 다시 움직였다. 포슐르방은 느릿느릿 걸음을 떼었다. 그가 평소보다 더욱 절뚝거리는 것은 불편한 다리 때문이라기보다 걱정이 앞섰기 때문이다.

그리비에는 포슐르방 앞에서 걸어갔다. 포슐르방은 난데없이 나타난 그리비에를 찬찬히 뜯어보았다. 그는 젊은데도 늙어 보이고, 비쩍 말랐는데도 강단이 있어 보였다.

"이보시오, 형씨!"

포슐르방이 불렀다. 그리비에가 뒤돌아보자 포슐르방이 다시 말했다.

"나는 수녀원의 무덤 파는 사람이오."

"그럼 동료인 셈이군요."

그리비에가 대꾸했다.

포슐르방은 배운 건 없지만 사람 볼 줄은 알았다. 그래서 지금 눈앞의 상대가 보통 만만한 놈이 아니라는 것을 대번에 알아챘다. 포슐르방은 당장 할 말이 없어 똑같은 말을 중얼거리면서도 이런저런 궁리를 하기에 바빴다.

"그래, 메스티엔 영감이 죽었단 말이지?"

"완전히 죽었지요."

그리비에가 대꾸했다.

"하느님……."

포슐르방은 기계적으로 읊조렸다. 그리고 더듬거리며 말했다.

"우리 서로 알고나 지내세."

"이미 알고 있잖습니까? 당신은 시골 영감님이고 나는 파리 사람이고."

"같이 한잔해야 아는 사이라고 할 수 있지. 술잔을 터는 자가 마음을 터는 법이거든. 한잔하러 가세. 내 호의를 거절하지 말게."

"일 먼저 해야죠."

포슐르방은 절망했다. 벌써 묘지가 가까워지고 있었다.

그리비에가 다시 말했다.

"영감님, 저는 말이죠, 먹여 살려야 할 꼬마들이 일곱이나 돼요. 그것들을 먹이려면 술 같은 거 마실 여유가 없어요!"

급기야 마차가 멈춰 섰다.

사륜마차에서 성가대 아이와 신부가 차례로 내렸다. 장의 마차 앞바퀴 하나가 봉긋한 흙더미 위에 걸쳐 있었고, 그 흙더미 너머로 무덤 구멍이 입을 쩍 벌리고 있었다.

"정말 어릿광대 놀음이군!"

포슐르방은 넋이 나간 듯 중얼거렸다.

*

관 속에는 장 발장이 누워 있었다. 미리 계획한 대로 조치를 취해 관 속에서도 그럭저럭 숨을 쉴 수 있었다. 당연하고도 일면 기묘한 일이지만, 마음이 안정되면 모든 일이 순조롭게 진행되는 법이다.

장 발장의 계획은 어제저녁부터 차근차근 진행되어왔다. 그 역시
포슐르방과 같이 메스티엔 영감에게 사실상 모든 것을 기대하고 있
었다. 결과가 좋을 것으로 믿어 의심치 않았다. 그렇듯 위험천만한
상황에서 그렇듯 안심할 수 있다는 것이 신기하고도 감사할 따름이
었다.

관 속은 기이할 만큼 평화로웠다. 마치 죽은 사람의 평온함과도
같은 것이 장 발장의 태연한 마음속에 스며들었다. 관 속에 누운 장
발장은 바깥에서 벌어지고 있는 모든 상황과 장면들을 거의 정확하
게 그릴 수 있었다.

포슐르방이 관 뚜껑을 덮고 못질한 다음 장 발장은 자기가 옮겨
지는 것을 느꼈고, 이어 마차에 실려 흔들리는 것을 느낄 수 있었
다. 진동이 약해진 것으로 미루어 돌길에서 평평하고 단단한 도로
로 들어섰다는 것, 즉 시내 좁은 길을 벗어나 가로수길로 접어들었
다는 것을 알 수 있었다. 소리가 흐릿할 때는 아우스터리츠 다리를
지나가고 있다는 것을 알았다. 마차가 처음으로 잠깐 멈췄을 때는
묘지 입구에 당도했다는 것을 알았고, 두 번째 멈췄을 때는 이윽고
묏자리에 도착했다는 것을 알았다.

어느 순간 사람들의 손길이 느껴졌고, 이어서 널빤지 위로 뭔가
쓱쓱 비비는 소리가 들렸는데, 그것은 인부들이 관을 내리려고 줄
을 묶는 소리였다. 장 발장은 정신이 아찔했다. 머리 쪽이 아래로
기우는 것을 느꼈는데 인부들이 머리 쪽을 먼저 내린 모양이었다.

장 발장은 더 이상 관이 움직이지 않자 정신을 차렸다. 그는 이미 무덤 바닥에 내려와 있었다. 오한이 밀려왔다.

엄숙하고도 차가운 목소리가 구덩이 위쪽에서 들려왔다. 간간이 뜻 모를 라틴어도 들렸다.

"먼지 속에 잠든 자, 언젠가는 눈뜨리라. 어떤 자는 영원한 생명 속에, 어떤 자는 끝모를 오욕 속에. 하여 언젠가는 진실을 보게 될지어다."

아이의 목소리가 들렸다.

"나는 깊은 슬픔의 구덩이에서……."

이어 장엄한 목소리가 다시 들려왔다.

"주여, 그에게 영원한 안식을 주시옵소서."

아이의 목소리가 대답했다.

"영원한 빛이 그와 함께하소서."

그때 굵은 빗방울 같은 것이 관 뚜껑 위로 떨어지는 소리가 들렸다. 아마도 성수를 뿌리는 것이리라.

장 발장은 생각했다.

'이제 곧 끝난다. 조금만 참자. 신부가 가고 나면 포슐르방 영감이 메스티엔 영감을 술집으로 데려가고, 나 혼자 남겠지. 조금만 더 기다리면 포슐르방 영감 혼자 돌아와 나를 꺼내줄 것이다. 한 시간만 버티면 된다.'

무거운 목소리가 재차 들려왔다.

"편히 잠드소서."

이어 아이가 읊조렸다.

"아멘!"

장 발장은 귀를 쫑긋 세워 발소리가 멀어져가는 것을 들었다.

'이제 모두 가는구나. 나 혼자 남았다.'

그런데 그때 난데없이 머리 위쪽에서 날벼락 치는 듯한 소리가 진동했다. 관 위로 흙이 떨어지는 소리였다. 이어 두 번째로 흙이 쏟아지는 소리가 들렸다. 그 바람에 관 뚜껑에 뚫어놓은 작은 숨구멍들이 막혀버렸다. 세 번째 흙이 쏟아졌다. 이어 네 번째……, 장 발장은 정신을 잃었다.

＊

무덤 밖에서는 이런 일이 일어나고 있었다.

장의 마차와 함께 신부와 성가대 아이를 태운 사륜마차가 떠나자 그리비에는 수북한 흙더미에 찔러놓은 삽을 거머쥐었다. 포슐르방은 그 모습을 힐끗 쳐다보다가 마침내 승부수를 던졌다. 그는 무덤과 인부 사이를 가로막고 팔짱을 긴 채 말했다.

"그 돈 내가 내지!"

그리비에가 의아한 표정을 지으며 고개를 돌려 포슐르방을 쳐다보았다.

"뭐라고 했소, 영감?"

포슐르방이 다시 말했다.

"돈은 내가 낸다고!"

"무슨 소리요?"

"술값 말이야."

"술이라뇨?"

"자, 술집으로 가세."

"집어치우시오!"

그리비에는 단번에 사양하더니 한 삽 가득 흙을 퍼서 관 뚜껑 위로 쏟아부었다. 흙이 떨어지면서 관 속에서 무시무시한 공명음이 들려왔다. 포슐르방은 비틀거리다가 구덩이 속으로 떨어질 뻔했다. 그는 가쁜 숨을 몰아쉬며 갈라진 목소리로 외쳤다.

"이봐, 술집 문 닫기 전에 어서 가자고!"

그리비에는 포슐르방의 말을 귓등으로 흘리는 모양이었다. 그는 흙더미에 다시 삽을 꽂았다. 포슐르방이 계속 말했다.

"돈은 내가 낸다잖아!"

급기야 포슐르방은 그리비에의 팔을 붙잡고 늘어졌다.

"내 말 좀 들어보게. 나는 수녀원에서 무덤 파는 사람이야. 자네를 거들러 왔지. 이건 나중에 해도 되잖나. 우선 한잔하자고."

포슐르방은 이렇게 말하면서도 암담하고도 절망적인 예감이 밀려왔다.

'이놈이 술을 마신다 해도 취할지 모르겠군.'

포슐르방이 이런 생각을 할 때 그리비에가 말했다.

"영감님, 정 그렇게 마시고 싶다면 싫다고는 않겠소. 마십시다. 하지만 일부터 끝내고 마십시다."

그리비에는 말을 마치자마자 다시 힘차게 삽질을 했다. 포슐르방이 그리비에를 붙잡고 말했다.

"6수짜리 아르장퇴유 포도주란 말일세."

"또 그 소리군! 영감님은 종지기 같네그려. 계속 딩동딩동, 같은 소리만 되풀이하니……. 이제 그만해요."

그리비에는 다시 흙을 퍼서 관 위로 던졌다. 이제 포슐르방은 자기가 무슨 말을 하는지도 모를 지경이었다.

"글쎄, 마시자면 마시는 거지. 어서 가자고! 돈은 내가 낸다니까."

포슐르방이 소리쳤다.

"어린아이 누이고 나서 갑시다."

그리비에가 말하고는 세 번째 삽질을 했다. 그리고 삽날을 흙더미에 꽂으면서 덧붙였다.

"오늘 밤은 추울 거요. 아무것도 덮어주지 않고 죽은 여자를 내버려두면 나중에 귀신이 돼서 쫓아올 거요."

그때였다. 그리비에가 연신 삽질을 하느라 상체를 구부리는 바람에 윗옷 주머니가 잔뜩 벌어져 있었는데, 포슐르방의 눈에 뭔가 희끗한 것이 보였다. 포슐르방은 핏발 선 눈으로 모든 시력을 모아 그

의 주머니 속을 살펴보았다. 아직 날이 밝았으므로 어렵지 않게 볼
수 있었다. 그리고 그것이 무엇인지 알았을 때 약삭빠른 방책 하나
가 떠올랐다.

그리비에가 삽질에 열중하는 사이, 포슐르방은 슬그머니 뒤로 가
서 그의 주머니 속에 있던 것을 슬쩍 끄집어냈다.

그리비에는 구덩이 속에 네 번째 흙을 퍼 넣었다. 그가 다시 삽질
을 하려고 돌아설 때 포슐르방이 짐짓 태연스레 물었다.

"그런데 자네 출입증은 가지고 있나?"

그리비에는 삽질을 멈췄다.

"출입증이라니요?"

"해가 졌잖아."

"해가 지면 어떻소. 햇님께서는 어서 물러가시라지. 나이트캡 쓰
고 말이야."

"묘지 문을 닫아야 하잖나."

"그게 어쨌다는 거요?"

"출입증을 가지고 있냐, 그 말이야."

"아! 내 출입증 말이오?"

그리비에는 자기 윗옷 주머니를 더듬었다. 그는 한쪽 주머니를
뒤지고 나서 다른 쪽을 뒤졌다. 이어 바지 주머니를 뒤져도 아무것
도 나오지 않자 이내 주머니를 훌렁 뒤집어보았다.

"출입증이 없네. 깜박하고 안 가져온 모양인데."

그리비에가 소리쳤다.

"벌금 15프랑 내야겠네!"

포슐르방이 기다렸다는 듯이 내뱉었다.

그리비에는 얼굴이 파랗게 질렸다. 창백한 얼굴이 핏기를 잃으면 파랗게 변하는 법이다.

"이런 제기랄! 벌금 15프랑이라니!"

"5프랑짜리 세 닢이야."

포슐르방이 말했다.

그리비에는 들고 있던 삽을 떨어뜨렸다. 이제야 포슐르방이 제대로 반격할 차례가 왔다.

그는 선심 쓰듯 말했다.

"낙담할 것 없어. 뭐, 제 살 깎으면서까지 남의 무덤 살찌울 필요는 없지. 하지만 15프랑은 어디까지나 15프랑이야. 그런데 벌금을 안 내도 되는 방법이 있지. 자넨 '초짜'지만 이 몸은 고참이거든. 이럴 땐 이렇게, 저럴 땐 저렇게, 다 꿰고 있지. 같이 일하는 사람으로서 좋은 방법 하나 일러주지. 문제는 지금 해가 지고 있다는 거야. 앞으로 5분 뒤면 묘지 문이 닫힌다 이 말이야."

"그렇군요."

그리비에가 고개를 끄덕였다.

"5분 남았는데 언제 구덩이를 다 메우나? 구덩이가 이렇게 깊은데. 어림도 없지."

“정말 그러네요.”

“그렇게 되면 벌금이 15프랑이거든.”

“15프랑이라!”

“하지만 아직 시간이 있어……. 자네 어디 사나?”

“성문 바로 옆이오. 여기서 5분 정도 걸리죠. 보지라르 거리 87번 지요.”

“죽어라 뛰면 여기를 빠져나갈 수는 있겠네.”

“그렇군요.”

“곧장 집으로 달려가서 출입증을 가지고 오면 문지기가 문을 열어주거든. 출입증만 있으면 벌금 같은 건 안 내도 돼. 그러면 느긋하게 시체를 묻으면 되는 거지. 나는 시체가 도망 못 가게 지키고 있을 테니.”

“덕분에 살았네요, 영감님.”

“빨리 가봐.”

포슐르방이 재촉했다.

그리비에는 너무도 고마운 나머지 포슐르방의 손을 잡고 흔들더니 부리나케 달려갔다. 그의 뒷모습이 숲 속으로 사라졌는데도 포슐르방은 그의 발소리가 들리지 않을 때까지 기다렸다. 이윽고 그가 관 속의 장 발장을 불렀다.

“마들렌 씨!”

그러나 아무 대답이 없었다.

포슐르방은 머리카락이 곤두섰다. 그는 굴러떨어지듯이 구덩이 속으로 내려가 관 머리 쪽을 붙들고 소리쳤다.

"마들렌 씨!"

여전히 아무 대답이 없었다. 포슐르방은 숨이 막힐 정도로 겁에 질려 있었지만, 그 와중에도 망치와 끌을 가지고 관 뚜껑을 뜯어냈다. 어두운 관 속에서 장 발장의 얼굴이 드러났는데 더없이 창백하고 눈을 감고 있었다. 포슐르방은 온몸을 부르르 떨다가 맥없이 바닥에 주저앉았다. 정신이 아뜩해져 관 위로 엎어질 것만 같았다. 그는 간신히 몸을 가누고 장 발장을 살펴보았다. 장 발장은 핏기 없는 얼굴로 굳은 듯 드러누워 있었다. 포슐르방은 한숨 지으며 중얼거렸다.

"죽었구나!"

포슐르방은 넋 나간 사람처럼 계속 중얼거리며 두 손으로 머리를 감싸 쥐었다.

"살려드린다는 게 이렇게 되다니!"

멀리서 삐걱거리는 쇳소리가 들려왔다. 묘지 철문이 닫히는 소리였다.

포슐르방은 장 발장을 내려다보았다. 그러고는 벌떡 일어나 뒷걸음질쳤다. 어느새 장 발장이 눈을 뜨고 그를 바라보고 있었던 것이다. 죽은 사람을 보는 것도 무서운 일이지만, 죽은 사람이 다시 살아나는 것은 더 무서운 일인지도 모르리라. 포슐르방은 온몸이 돌처럼 굳어버리는 듯했다. 너무 놀라고 멍멍한 나머지 눈앞에 있는 사람이 살았는지 죽었는지도 모를 지경이었다. 그는 자신을 바라보는 장 발장을 무연히 바라볼 뿐이었다.

"깜박 잠이 들었네."

장 발장은 진짜 한숨 자고 일어난 사람처럼 태연스레 말하더니 상반신을 일으켰다. 포슐르방은 쓰러지듯이 무릎을 꿇었다.

"오, 성모마리아님! 이렇게 무서운 일이!"

그러고는 다시 일어서며 소리쳤다.

"고맙습니다, 마들렌 씨!"

장 발장은 잠시 정신을 잃었다가 포슐르방이 관 뚜껑을 열자 바깥바람을 쐬고 깨어난 것이다.

"좀 춥군."

장 발장이 중얼거렸다. 그 소리에 포슐르방은 정신을 가다듬고 현실을 직시했다. 두 사람은 정신을 차린 다음에도 불안하게 뛰는 가슴을 가라앉힐 수 없었다. 게다가 묘지의 황량하고 음산한 분위기에 기분이 몹시 묘했다.

"어서 여기를 뜹시다."

포슐르방이 나지막이, 그러나 다급하게 외쳤다. 이어 그는 호주머니에서 물병을 꺼내 장 발장에게 건넸다. 물병에는 브랜디가 담겨 있었다.

"우선 한 모금 드십시오!"

장 발장은 브랜디를 한 모금 마시자 정신이 완연히 돌아왔다. 그는 관에서 나와 포슐르방과 함께 관 뚜껑을 도로 덮었다. 그가 구덩이 위로 나오자 포슐르방은 전과 달리 침착하게 움직였다. 묘지 출입문은 이미 닫혀 있었다. 그리비에가 돌아올 염려도 없었다. 그 '초짜'는 출입증이 포슐르방한테 있는 것도 모르고 열심히 집 안을 뒤지고 있을 것이다. 출입증이 없는 한 다시 묘지로 돌아올 수는 없다. 포슐르방과 장 발장은 각각 삽과 곡괭이를 들고 빈 관을 땅속에 묻었다. 구덩이를 다 메우고 나서 포슐르방이 장 발장에게 말했다.

"자, 가십시다. 저는 삽을 가지고 갈 테니 당신은 곡괭이를 드십시오."

땅거미가 지고 있었다. 장 발장은 관 속에서 몸이 굳은 탓에 걸음이 부자연스럽고 불편했다. 온몸의 근육은 물론 뼈마디가 마비된 듯 뻣뻣했다. 그리고 무덤 속의 냉기 탓에 온몸의 감각이 둔했다.

"마비가 온 겁니다. 제가 다리만 성했어도 발바닥을 마주 대고 비벼 온기로 풀어드렸을 텐데. 다리가 이 모양 이 꼴로 삐뚤어졌으니……. 조금만 참으십시오."

포슐르방이 말했다.

"괜찮소! 몇 걸음만 걸으면 낫겠지."

장 발장이 대답했다.

그들은 장의 마차가 지나간 길을 따라 걸어갔다. 묘지 철문 앞에 이르러 포슐르방은 그리비에의 출입증을 문지기 초소 옆에 있는 상자 속에 집어넣었다. 문지기가 줄을 잡아당기자 문이 열렸다.

밖으로 나오자 포슐르방이 고무된 표정으로 말했다.

"다 잘됐어요! 정말 기상천외한 작전이었습니다."

그들은 보지라르의 성문을 무사히 통과했다. 묘지 주변에서는 삽과 곡괭이만큼 믿음직한 통행증이 없었다. 보지라르 거리는 인적이 아주 뜸했다.

포슐르방이 거리를 두리번거리며 말했다.

"당신은 나보다 눈이 밝으니 87번지 좀 찾아보십시오."

"바로 여기요."

장 발장이 말했다.

"곡괭이를 이리 주시고 잠시 여기서 기다리세요."

포슐르방은 87번지 집으로 들어가 가난한 사람이 그렇듯 본능적으로 다락방으로 올라갔다. 그리고 어둠 속에서 어느 방문을 두드렸다. 안에서 남자 목소리가 들려왔다.

"들어오시오."

그리비에의 목소리였다.

포슐르방이 문을 열었다. 그리비에의 방은 가난한 사람들의 거처가 대개 그러하듯, 변변한 살림살이 하나 없는 지저분한 다락방이었다. 그곳에는 짐짝 같은 나무 궤짝(관일 것이다)이 벽장 대신 놓여 있었고, 버터 항아리 대신 물독이, 침대 대신 너덜너덜한 짚방석이 있었고, 마룻바닥이 의자 겸 탁자 구실을 했다. 한쪽 구석에는 깡마른 여인과 어린것들 여럿이 낡은 융단 조각 위에 올망졸망 모여 있었다. 이 궁색한 방 안은 온통 뒤집어엎은 것 같은 꼬락서니를 하고 있었다. 마치 이곳만 지진이 일어난 듯했다. 뚜껑이며 덮개는 죄 벗겨져 있었고, 사방에 누더기가 흩어져 있었으며, 주전자는 찌그러지고, 어머니의 얼굴에는 눈물 자국이 있었고, 아이들은 두들겨 맞은 모양이었다. 아마도 그리비에는 아무리 뒤져도 출입증이 나오지 않자 아내를 다그치고 물 항아리는 물론 모든 잡동사니들을 헤집고 집어던지면서 화풀이를 했을 것이다. 그는 완전히 낙담한 얼굴이었다.

포슐르방은 그리비에한테 미안한 마음이 들었다. 그러나 그로서도 어쩔 수 없는 노릇이었다. 그는 한 사람의 목숨을 살리느라 가난한 사람의 슬픈 속사정을 헤아릴 여력이 없었다. 그는 방으로 들어가서 이렇게 말했다.

"자네 곡괭이하고 삽을 가져왔네."

그리비에는 우두커니 포슐르방을 쳐다보았다.

"어, 영감님 아니시오?"

"내일 아침 묘지 문지기한테 가서 출입증을 찾아가게."

포슐르방은 이렇게 말하고 나서 삽과 곡괭이를 방바닥에 내려놓았다.

"대체 어떻게 된 일입니까?"

그리비에가 물었다.

"자네가 주머니에 넣어두었던 출입증을 떨어뜨린 거야. 자네가 가고 나서 내가 주웠네. 시체도 묻고, 구덩이도 메우고, 자네가 할 일은 내가 다 끝냈어. 출입증은 문지기가 돌려줄 거네. 이제 벌금 15프랑은 내지 않아도 돼. 어떤가, 초짜?"

"정말 고맙습니다, 영감님! 다음에는 내가 한잔 사지요."

그리비에가 기뻐서 소리쳤다.

25. 성스러운 감옥

한 시간 뒤 장 발장과 포슐르방은 코제트와 함께 어두컴컴한 거리를 걸어갔다. 두 사람은 전날 저녁 코제트를 맡겨놓았던 과일 장수 노파 집으로 가서 아이를 데려오는 참이었다. 코제트는 꼬박 하루 동안 영문도 모른 채 떨고 있었다. 너무 두려운 나머지 눈물도 나오지 않았다. 그녀는 아무것도 먹지 않았고, 잠도 한숨 자지 않았다. 24시간이 지나고 다시 장 발장을 만났을 때 코제트는 기쁨의 소리를 질렀는데, 그것은 마치 이제 막 지옥에서 빠져나온 아이의 절규와도 같았다.

포슐르방은 수녀원으로 들어갈 때 필요한 암호를 알고 있었다. 암호만 알면 어느 문으로든 들어갈 수 있었다. 문지기가 마당에서 정원으로 들어가는 작은 문을 열어주었다. 그들은 수녀원 안으로 들어갔다. 결국 밖으로 나갔다 다시 들어오는 이중의 문제가 해결된 것이다.

세 사람은 전날 포슐르방이 원장의 지시를 받았던 응접실로 들어갔다. 그곳에는 수녀원장과 베일을 길게 내려뜨린 수녀 한 명이 기다리고 있었다. 수녀원장은 눈을 내리뜨고 장 발장을 훑어보았다. 그녀는 뭔가를 자세히 살펴볼 때 눈을 내리뜨는 버릇이 있었다. 그녀가 장 발장에게 물었다.

"저 사람이 당신 동생이로군요?"

"네, 원장님."

포슐르방이 대답했다.

"이름은?"

"월팀 포슐르방입니다."

포슐르방이 대답했다. 사실 그에게는 죽은 아우 하나가 있었는데, 그의 이름이 월팀이었다.

"어디 출신인가요?"

"아미앵 근처의 피키니입니다."

포슐르방이 대답했다.

"나이는 어떻게 되죠?"

"쉰 살입니다."

포슐르방이 대답했다.

"무슨 일을 했었나요?"

"정원사였습니다."

포슐르방이 대답했다.

"독실한 신자인가요?"

"온 집안이 다 그렇습니다."

포슐르방이 대답했다.

수녀원장은 코제트를 보더니 다시 물었다.

"당신이 아버지인가요?"

"할아버지입니다."

포슐르방이 대답했다.

옆에 있던 수녀가 귓속말로 수녀원장에게 말했다.

"대답이 명확합니다."

장 발장은 아직 한 마디도 하지 않고 있었다. 수녀원장과 수녀는 응접실 한쪽에서 아주 작은 소리로 이야기를 주고받았다. 잠시 후 수녀원장이 포슐르방을 돌아보며 말했다.

"포방 영감님, 방울 달린 무릎 덮개를 하나 더 준비하세요."

그다음 날부터 정원에서는 2개의 방울 소리가 들렸다. 수녀들은 베일 자락을 쳐들고 두 늙은 남자를 훔쳐보았다. 수녀원 건물에서 보면, 정원 안쪽 나무 아래에 정원사 둘이 나란히 서서 가래로 흙을 일구는 모습이 보였다. 이곳에서는 그것이 일대 사건이었다. 침묵의 규칙이 깨지고, 여기저기서 수군거리는 소리가 들렸다.

"정원사의 조수래."

"포방 영감님 동생이래."

장 발장은 수녀원의 정원사 자리를 얻었다. 다시 말해 방울 달린 가죽을 무릎에 대고 있었으므로 정식으로 고용된 것이다. 그곳에서 그는 윌팀 포슐르방이라는 이름으로 살았다.

*

코제트는 수녀원에서도 변함없이 침묵을 지켰다. 아무것도 알지 못했으므로 아무것도 말할 수 없었고, 설사 알고 있다 해도 말하지 않았을 것이다. 불행이 아이에게 침묵을 길들인 것이다. 불행한 아이는 말이 없게 마련이다. 코제트는 어린아이로서 감당하기 힘든 삶을 살아왔기에 말하는 것은 물론 숨 쉬는 것마저 두려워했다. 그러나 코제트는 장 발장을 만나면서부터 마음의 안정을 찾을 수 있었다. 그녀는 자기가 장 발장의 딸이라고 굳게 믿고 있었다.

코제트는 수녀원 생활에 금세 적응했다. 다만 인형 카트린이 없는 것이 못내 아쉬웠지만, 그것을 입 밖에 낸 적은 없었다. 코제트는 수녀원의 기숙생이 되어 그곳의 제복을 입었다. 장 발장은 코제트가 입던 옷들을 그대로 챙겨놓았다. 그 옷들은 코제트가 테나르디에의 여관을 나올 때 그가 입혀주었던 상복이었다. 그 검은 옷은 아직 해지지 않았다. 장 발장은 옷은 물론 털양말과 신발까지 갖가지 향료를 듬뿍 뿌려서 조그만 가방 속에 간직해두었다. 그리고 그 가방을 자기 침대 옆 의자 위에 올려놓고, 가방 열쇠를 언제나 몸에 지니고 다녔다. 어느 날 코제트가 장 발장에게 물었다.

"저기 저 가방은 뭐예요? 아주 좋은 냄새가 나요."

포슐르방 노인은 장 발장의 목숨도 구하고, 특히 수녀원을 결정적으로 도운 공로를 인정받아 여러 가지로 보답을 받았다. 첫째로 그는 마음이 즐겁고 흐뭇했다. 그리고 둘이 일하게 되어 몸도 훨씬 편했다. 또한 그는 담배를 끔찍이도 좋아했는데, 장 발장이 오고 나서 담배를 세 갑절 이상이나 더 피웠고, 그 담배 값을 장 발장이 대신 치러주어 담배 맛이 더욱 달았다. 물론 포슐르방이 받은 보답 가운데 가장 큰 것은 수녀원장이 장 발장을 자신의 조수로 쓰도록 허락한 것이었다.

장 발장은 윌팀이라는 이름 대신 그냥 '둘째 포방'으로 불렸다. 장 발장도 조수로서 포슐르방을 도와 정원 일을 열심히 했지만, 외부로 나가는 일은 포슐르방이 도맡았다. 말하자면 장 발장은 정식으로 고용된 정원사이면서도 여느 정원사와는 달리 은둔자의 모습이나 느낌을 완전히 숨길 수는 없었다. 수녀들 가운데 자베르처럼 날카로운 눈을 가진 자가 있었다면, 장 발장의 그렇듯 남다른 모습을 어렵지 않게 알아챘을 것이다. 그러나 장 발장은 그런 걱정을 하지 않아도 되었다. 수녀원에 있는 모든 사람들은 항상 천주님만을 생각하기 때문에 다른 사람들을 주의 깊게 관찰할 마음도 겨를도 없었던 것이다.

장 발장이 이곳 수녀원에서 눈에 띄지 않게 조용히 지내기는 매우 잘한 일이었다. 장 발장도 아주 모르지는 않았지만, 자베르는 한 달 넘게 수녀원 주위를 뒤지고 감시했다.

　장 발장에게 수녀원은 망망대해로 에워싸인 섬과 같은 곳이었다. 그의 세계는 견고한 4개의 담장 안에 있었다. 그 안에서 마음껏 하늘을 쳐다볼 수 있었고, 코제트를 바라보며 행복을 느낄 수도 있었다. 평온한 나날이 다시 찾아왔다.

　장 발장은 정원 안쪽에 있는 포슐르방의 초라한 오두막에 살았다. 이 오두막은 무너진 건물의 벽토와 잔해 따위로 지은 것이었다. 오두막에는 방이 3개 있었는데, 방과 방 사이에 칸막이 벽만 있을 뿐 번듯한 가구 하나 없었다. 장 발장은 3개의 방 가운데 가장 넓은 방을 썼다. 장 발장이 극구 사양하는데도 포슐르방이 억지로 큰 방에 떠민 것이었다.

　장 발장은 거의 매일같이 하루 종일 정원에서 일했다. 그는 정원 일에 쓸모가 많은 사람이었다. 젊었을 때 그는 가지치기 일꾼이었고, 특히 원예에 조예가 깊어 실용적인 요령과 비법 등을 많이 알고 있었다. 그는 그렇듯 원예와 관련된 경험과 지식을 이용하여 수녀원의 정원을 더욱 아름답고 풍성하게 만들었다. 수녀원에 있는 거의 모든 나무는 자연목이었는데, 장 발장이 그것들을 서로 접목해 보다 크고 많은 과실이 열리게 했다.

　코제트는 교육 중에도 매일 한 시간씩 장 발장을 만나도 좋다는 허락을 받았다. 코제트는 수녀들보다 장 발장이 더 좋았다. 수녀들은 재미없고 어딘가 우울해 보였지만, 장 발장은 재미있고 따뜻했기 때문에 어린 코제트는 장 발장을 더 따르고 좋아하지 않을 수 없었다.

코제트는 정해진 시간이 되면, 서둘러 오두막으로 뛰어왔다. 코
제트가 집 안으로 들어서면 헛간이나 다름없는 오두막이 둘도 없는
낙원이 되었다. 장 발장의 얼굴은 코제트를 보는 기쁨, 그리고 자신
이 코제트에게 행복을 줄 수 있다는 즐거움으로 환하게 빛나곤 했
다. 빛 자체보다는 반사되는 빛이 더 엷은 법이다. 그러나 남에게
기쁨을 주는 것은 더욱 큰 빛으로 되돌아온다. 이렇듯 장 발장은 코
제트를 기쁘게 해줌으로써 더 큰 기쁨을 느꼈다.

쉬는 시간에 장 발장은 코제트가 다른 아이들과 어울려 노는 모
습을 멀리서 바라보곤 했다. 그때마다 그는 수많은 아이들의 웃음
소리 속에서 코제트의 웃음소리를 알아듣고는 행복한 미소를 지었
다. 어느덧 코제트도 또래의 다른 아이들처럼 웃음을 되찾았고, 웃
음을 되찾은 아이의 얼굴은 하루가 다르게 달라졌다. 코제트의 얼
굴에 짙게 드리웠던 어두운 그림자는 이제 어디에서도 찾아볼 수
없었다. 웃음은 마치 태양과 같아서 사람들의 얼굴에서 겨울의 한
기를 걷어내는 것이다.

코제트는 예쁘지는 않았으나 무척 귀여운 아이였다. 특히 천진스
럽고 다정한 목소리로 재잘거릴 때 가장 귀여웠다.

쉬는 시간이 끝나고 코제트가 교실로 돌아가면 장 발장은 코제트
가 있는 교실 창문을 바라보았다. 그리고 어쩌다 밤중에 잠이 깨기
라도 하면 침대에서 일어나 코제트의 침실 창문을 그윽한 눈빛으로

바라보기도 했다.

　수녀원은 장 발장에게 있어 두 번째 유폐 장소였다. 그는 젊은 시절의 첫 번째 유폐 장소를 거쳐 최근에 두 번째 유폐 장소에 몸을 맡기게 되었다. 첫 번째 유폐 장소는 무섭고도 처참한 곳이었다. 그곳에서 행해지는 가혹한 형벌은 재판과 법률에서 파생된 죄악이라고 그는 늘 생각해왔다. 그는 지금의 유폐 장소와 예전의 유폐 장소를 불안한 마음으로 비교해보곤 했다.

　간혹 그는 삽자루에 몸을 의지하고 서서 끝없는 몽상의 소용돌이 속으로 빨려 들어가곤 했다. 이곳 수녀원 역시 예전 감옥과 비슷한 점이 없지 않았다. 그러나 지금의 감옥은 예전의 감옥과는 전혀 다른 것이었다. 철문과 빗장과 쇠창살이 있지만 그것은 누구를 지키기 위해서인가? 천사들을 지키기 위해서였다. 예전의 높은 담장은 호랑이들을 가둔 것이었지만, 지금은 순한 양들을 품에 안은 담장인 것이다. 이곳은 속죄의 장소이지 형벌의 장소가 아니었다. 그러나 어떤 면에서는 감옥보다 더 엄격하고, 더 침울하고, 더 무자비했다. 이곳의 동정녀들은 죄수 못지않은 복종을 강요당하고 있었다. 쓰라릴 정도로 차디찬 바람, 그의 젊은 시절을 꽁꽁 얼어붙게 했던 그 바람은 독수리 동굴의 쇠창살 사이로 휘몰아쳤지만, 비둘기 둥우리에도 한결 더 모질고 한결 더 세찬 삭풍이 몰아치고 있었다.

　왜일까? 그 까닭을 생각할 때, 그의 내부에 있는 모든 것은 이 숭고한 신비 앞에서 힘을 잃었다. 그리하여 그의 마음속에서 교만함이 사라졌다. 그는 지나온 삶을 되새기면서 끝없이 반성하지 않을 수 없었다. 그리고 자신이 얼마나 하찮은 존재인가를 깨닫고 몇 번이나 울기도 했다. 그즈음 반년 동안 그의 모든 생활은 주교의 신성한 명령에 이끌리고 있었다. 코제트는 그에게 사랑의 미덕을 가르쳐주었고, 수녀원은 그에게 겸양의 미덕을 가르쳐준 것이다.

땅거미가 지고 정원에 사람 그림자가 사라지면 장 발장이 어느 한 곳을 향해 무릎 꿇고 기도드리는 모습을 종종 볼 수 있었다. 그가 수녀원에 처음 들어온 날, 한 수녀가 엎드려 속죄의 기도를 드렸던 곳이었다. 그는 창문에 쇠창살이 달린 그 방을 아직도 또렷이 기억하고 있었다. 그는 예배당 옆 길 한복판에서 무릎을 꿇고 수녀를 향해 기도드렸다. 그는 감히 천주 앞에서는 기도드릴 엄두도 내지 못했던 것이다.

평화로운 정원, 향기로운 꽃들, 천진난만하게 재잘거리는 어린아이들, 순박하고 근엄한 수녀들, 고요하기 이를 데 없는 수녀원……, 그를 감싸고 있는 이 모든 것들이 어느덧 그의 마음속으로 스며들었다. 그리하여 그의 마음도 수녀원의 평화와 꽃의 향기, 수녀들의 순박함, 그리고 어린아이의 천진난만함으로 물들고 있었다. 그는 인생에 찾아온 두 번의 위기에서 자신을 받아준 것은 다름 아닌 천주의 집이라고 생각했다. 첫 번째 집은 그가 세상에서 버림받았을 때 그를 맞아주었고, 두 번째 집은 세상이 그를 쫓고 다시 감옥에 들어갈 위기에 처했을 때 그를 맞아주었다. 첫 번째 집이 아니었다면 그는 다시 죄악의 구렁텅이로 빠져들었을 것이고, 두 번째 집이 없었다면 그는 다시 형벌의 감옥으로 떨어졌을 것이다.

그의 마음은 감사함으로 충만했고, 그의 사랑은 점점 깊어갔다. 그렇게 몇 해가 흘렀고, 코제트는 점점 자라고 있었다.

26. 꽃을 키우는 전쟁 영웅

1831년 파리 마레 지구의 피유 뒤 칼베르 거리에 질노르망이라는 노인이 살고 있었는데, 이웃들에게 그는 하나의 희귀한 골동품과도 같은 존재였다. 그를 골동품이라고 부르는 가장 큰 이유는 아마도 그가 너무 오래 살았기 때문이리라. 그도 예전에는 여느 보통 사람들과 다름없었지만, 이제는 너무 오래 산 나머지 더 이상 주위의 다른 사람들과 같지 않았던 것이다.

그는 거의 1세기 전 사람이었고, 오만한 자의 태도를 마치 훈장처럼 달고 살았다. 그는 아흔 살이 넘은 나이에도 걷는 자세가 여전히 꼿꼿했고, 목소리는 쩌렁쩌렁했으며, 술도 잘 마시고, 치아도 빠진 것 하나 없이 멀쩡했다. 책을 읽을 때만 안경을 쓸 정도로 눈도 여전히 밝았다.

질노르망 노인은 세상사 모든 것의 옳고 그름을 분별하는 자신의 판단력이 가장 정확하며, 또한 자신이 세상 물정에 가장 밝고 명민하다며 자랑하곤 했다. 그는 신의 존재를 믿지 않았고, 정치적으로

는 골수 왕당파에 속했다. 그는 간혹 완고한 말투로 이렇게 말하곤
했다.

"프랑스 혁명정부는 하층민의 불한당 패거리들에 지나지 않아!"

그리고 자신에게 반대하는 사람에게 지팡이를 휘둘렀고, 화가 나
면 쉰 살이 넘은 미혼의 딸도 사정없이 때리곤 했다. 하인들에게 욕
을 퍼붓고 따귀를 때리는 것은 예사였다. 딸은 지나치게 숙녀인 척
했기 때문에 가까운 가족이나 친척 말고는 그녀의 이름을 아는 사람
이 거의 없었다. 그런 탓에 그녀는 그냥 질노르망 양으로 불렸다.

노인에게는 이 딸 말고도 딸이 하나 더 있었다. 맏딸 질노르망 양
이 태어나고 10년 뒤에 태어났는데, 두 딸은 닮은 점이 거의 없었
다. 친자매라는 사실이 믿기지 않을 만큼 성격은 물론 용모까지 판
이했다.

동생은 붙임성이 있고 매력적이어서 꽤 이른 나이에 훌륭한 군인
과 결혼했다. 언니도 결혼을 꿈꾸었으나 '완벽하고 부유한 남자'를
찾으려는 그녀의 꿈은 결국 이루어지지 않았다. 동생은 자신의 이
상형인 남자와 결혼했지만 불행하게도 젊은 나이에 세상을 떠났다.

질노르망 양은 늙은 아버지와 함께 살면서 집안 살림을 도맡아
했다. 이 집에는 이 노처녀 딸과 고령의 아버지 말고도 어린 소년이
함께 살고 있었다.

질노르망 씨는 그 소년에게 항상 엄한 목소리로 말했고, 게다가
종종 아이에게 지팡이를 흔들며 말하곤 했다.

"이리 와, 요 녀석! 어서 이리 오지 못해? 어디 보자, 이놈!"

손자는 그런 할아버지 앞에서 속으로 떨고 있었다. 그러나 할아 버지는 손자를 몹시 아꼈다.

이 무렵 베르농이라는 작은 도시에 조르주 퐁메르시라는 나이 지 긋한 남자가 살고 있었다. 센 강을 가로지르는 아름다운 다리를 건 너본 사람이라면 누구나 그 다리 바로 옆 꽃밭에서 일하고 있는 그 남자를 어렵지 않게 보았을 것이다. 쉰 살쯤 되어 보이는 그는 가죽 모자를 쓰고 나막신을 신고 있었으며, 아래위로 올이 성긴 회색빛 두꺼운 모직 옷을 입고 있었다. 그의 윗옷에는 원래 붉은색이었으 나 누렇게 색이 바랜 리본 하나가 달려 있었다.

햇볕에 까맣게 그을린 그의 얼굴에는 이마에서 오른쪽 뺨을 따라 커다란 흉터가 나 있었다. 거무스름한 얼굴과는 대조적으로 그의 머리카락은 백발에 가까웠다. 허리가 꾸부정한 그가 낫과 괭이를 들고 화단을 가꾸고 손질하는 모습을 사람들은 자주 볼 수 있었다.

센 강가에 있는 그의 꽃밭 끄트머리에는 작은 오두막 한 채가 있 었다. 그는 그 오두막에서 적적한 삶을 살고 있었다. 그에게는 가족 이 없었으나 평범하게 생긴 가정부이자 하녀 하나가 시중들고 있 었다. 네모난 그의 정원에는 아름다운 꽃들이 재배되고 있었는데, 그 꽃들이 바로 그의 살림살이에 적지 않은 보탬이 되었다.

조르주 퐁메르시! 비록 지금은 꽃밭이나 가꾸며 조용히 살고 있지만, 그는 프랑스 군대 역사에 관심이 있는 사람이라면 누구나 한 번쯤은 들어봤을 정도로 유명한 군인이었다. 그는 칼과 소총을 잘 다루는 것은 물론이고 기병대와 보병대를 잘 이끄는 장교로서 능히 두 몫을 해내는 젊고 유능한 군인이었다.

직업군인이었던 그는 나중에 나폴레옹을 따라 엘바 섬에 갔으며, 워털루전투에서는 기병대 지휘관으로 활약하기도 했다. 그는 전쟁터에서 얼굴에 칼을 맞아 피범벅이 되었는데도 적군의 깃발을 빼앗아 황제에게 바쳤다. 나폴레옹은 크게 만족하여 이렇게 말했다.

"그대는 이제 대령이자 남작이다. 그대는 레지옹 도뇌르 오피시에다!"

그러자 그는 겸손하게 답했다.

"폐하, 이제 곧 과부가 될 제 아내를 대신하여 감사드립니다."

왕정복고로 루이 18세가 집권하면서 퐁메르시에게 주어진 황제의 영예는 무효로 돌아갔다. 퐁메르시는 더 이상 대령이나 남작, 그리고 레지옹 도뇌르 오피시에 훈장을 받은 장교로 인정받지 못했다. 그뿐만이 아니었다. 정부는 그를 감시하기 위해 베르농으로 보내버렸다. 하지만 그는 여전히 자필 편지 같은 곳에 '육군 대령 퐁메르시 남작'이라고 서명했고, 언제나 훈장을 받은 장교라는 표시인 누런 약장을 달고 다녔다. 지방 검사는 그에게 훈장을 달고 다니는 것은 불법이라고 경고했지만, 퐁메르시는 이렇게 콧방귀를 뀌었다.

"내가 프랑스 말을 못 알아듣는 건지, 아니면 당신이 프랑스 말을 못하는 건지는 잘 모르겠소만, 어쨌든 나는 당신이 무슨 말을 하는지 도무지 못 알아듣겠소.”

그 뒤로 일주일 동안 그는 줄곧 훈장을 달고 다녔다. 아무도 그를 건드릴 수 없었다. 퐁메르시는 배짱도 배짱이지만, 사람들로부터 존경받는 위인이었기 때문이다. 그러나 그의 봉급은 퇴직 중대장이 보통 받는 금액의 절반밖에 되지 않았고, 쥐꼬리만 한 봉급으로는 베르농에서 가장 작은 셋집을 구할 수밖에 없었다.

나폴레옹 황제가 집권하던 시기에 퐁메르시는 결혼할 기회를 얻었다. 그가 바로 질노르망 씨의 둘째 딸과 결혼한 그 훌륭한 군인이었던 것이다. 늙은 부르주아인 질노르망 씨는 딸의 결혼이 괴롭기만 했다. 골수 왕당파인 그가 퐁메르시 같은 군인에게 딸을 시집보내기가 달가울 리 없었다. 그래서 그는 딸이 결혼한 후에도 간혹 탄식하며 이렇게 말하곤 했다.

“아무리 지체 높은 집안이라도 다른 도리가 없었을 거다.”

둘째 딸은 결혼 후 훌륭한 군인의 아내로서 어느 모로 보나 칭찬받을 만한 삶을 살았다. 그러나 1815년에 그녀는 어린 아들을 남겨두고 세상을 떠났다. 어린 아들은 대령의 인생에 있어 유일한 낙이었다. 그런데 질노르망 씨가 손자의 양육권을 주장하면서 대령은 유일한 낙을 잃어버렸다. 아이의 할아버지는 퐁메르시가 아이를 내놓지 않으면 그 아이의 상속권을 박탈하겠다고 협박했다.

아버지는 아들의 장래를 생각해서 자식을 장인에게 양보했다. 그는 애끓는 부정을 아들 대신 화초에 쏟아부었고, 소소한 일상의 일이나 과거의 영광을 회상하는 일로 외로운 마음을 달랬다.

질노르망 노인은 어쨌거나 한때는 사위였던 퐁메르시와는 전혀 연락하지 않고 지냈다. 다만 가끔씩 옛 사위를 입에 올리기는 했지만, 그때마다 그를 일컬어 '남작 각하'라고 비꼬곤 했다. 두 사람은 퐁메르시가 아들을 만날 수도, 아들과 이야기할 수도 없다는 데 합의했다. 이 합의가 깨지면 퐁메르시의 아들은 상속권을 박탈당하고 쫓겨나기로 되어 있었다. 질노르망 노인과 그의 노처녀 딸은 퐁메르시를 마치 역병에 걸린 환자 취급했다. 그들 늙은 부녀는 자신들의 소신과 방식으로 아이를 기를 작정이었다. 퐁메르시는 그 모든 조건을 받아들이는 것이 아이의 장래를 위한 최선책이며, 그것을 위해서라면 자기는 모든 것을 포기하고 희생해도 좋다고 생각했다. 그리하여 그는 질노르망 노인의 무리한 요구를 군소리 없이 받아들였던 것이다.

*

사실 질노르망 씨의 유산은 그리 대단한 것이 아니었지만, 평생 처녀로 살아온 아이의 이모인 질노르망 양으로부터 받게 될 유산은 상당했다. 그녀는 외가 쪽에서 많은 재산을 물려받아 부자가 되었는데, 그녀에게 혈육이 없는 탓에 여동생의 아들이 유산을 상속받는 것은 당연한 일이었다.

소년의 이름은 마리우스였다. 마리우스는 친아버지에 관한 한 살아 있다는 사실 말고는 아무것도 알지 못했다. 아무도 그에게 아버지에 대해 말하지 않았고, 소년도 누구에게 물어볼 용기가 없었다. 그런 가운데 할아버지가 소년의 아버지에 대해 끊임없이 비난하고 빈정거린 탓에 소년의 머릿속에는 어느덧 친아버지가 수치스럽고 불행한 사람으로 각인되어 있었다.

마리우스가 이렇게 성장하는 동안 퐁메르시는 두세 달에 한 번씩 베르농을 떠나 슬그머니 파리 시로 숨어들어 오곤 했다. 그는 이모가 소년과 함께 미사에 오는 시간에 맞춰 생 쉴피스 성당의 기둥 뒤에 숨어서 질노르망 양이 자기를 보기라도 할까 봐 숨죽인 채 벌벌 떨며 아들을 몰래 바라보곤 했다.

이 성당의 집사는 기둥 뒤에 몸을 숨기고 서 있는 한 남자를 가끔씩 목격했다. 흉터 자국이 있는 얼굴이 눈물로 흥건해지는 것도 아랑곳하지 않고 신도석에 앉아 있는 한 소년을 쳐다보고 있는 그 남자가 누구인지 집사는 몹시 궁금했다. 그리고 그 남자를 몹시 가여워했다.

그러던 어느 날 집사는 베르농의 사제로 있는 그의 형제 마뵈프 신부를 만나러 가는 길에 다리에서 이 남자를 보게 되었다. 집사는 사제와 함께 퐁메르시의 집을 찾아갔고, 이 만남을 계기로 세 사람은 친분을 나눴다. 퐁메르시는 처음에는 두 사람에게 아무 말도 하지 않았으나 점차 마음을 열고 아들에 대해 자세히 이야기해주었다. 그렇게 해서 사제와 퐁메르시는 서로를 아끼며 존경하는 사이가 되었다.

마리우스 퐁메르시는 여느 아이들 못지않게 공부도 잘했다. 소년이 이모인 질노르망 양으로부터 벗어났을 때, 외할아버지는 그를 소위 '순수 고전에 정통한 훌륭한 선생'에게 맡겼다. 그리하여 한창 피어나는 이 젊은 영혼은 숙녀인 체하는 여자로부터 유식한 척하는 학자의 품으로 넘어갔던 것이다. 마리우스는 중학교를 마치고 법률 학교에 들어갔다. 그는 골수 왕당파로 완고하고 냉소적인 할아버지를 좋아하지 않았다. 그런가 하면 아버지에 대해서는 침울한 생각만 가지고 있었다.

마리우스는 고상하고 아량도 있으며 자존심이 강하고 경건하며 열정적이었다. 또 그런가 하면 차가운 면도 있어 냉혹하리만큼 위엄 있고 거만한 일면도 있었다.

1827년 마리우스가 열일곱 살이 된 지 얼마 안 되던 어느 날 저녁, 그가 외출했다 집으로 돌아왔을 때 외조부의 손에 편지가 들려 있었다. 할아버지가 마리우스를 쳐다보며 말했다.

"내일 베르농으로 가거라."

"왜요?"

마리우스는 당황한 표정으로 물었다. 베르농에는 마리우스가 아는 사람이 단 하나도 없었기 때문이다.

"네 아비 보러."

할아버지가 냉랭하게 대답했다.

순간 마리우스는 온몸이 떨렸다. 간혹 아버지를 생각해본 적은 있지만, 실제로 만나리라고는 한 번도 생각해본 적이 없었다. 그로서는 이보다 더 급작스럽고 뜻밖의 일이 없었다. 거리가 먼 곳에 새삼 다가가야 하니 슬픈 것이 아니라 괴로웠다.

아버지는 자신과 정치 노선이 다르고, 더구나 아들인 자신을 사랑하지 않는다고 믿어왔던 탓에 마리우스는 아버지에게 반감과 더불어 어찌할 수 없는 거리감을 느껴온 터였다. 그는 자식을 다른 사람 손에 맡겼다는 사실 자체만으로도 아버지가 자신을 사랑하지 않는 것이라고 생각했다. 그래서 그 또한 아버지를 사랑하지 않았다. 세상에 이보다 더 간단명료한 공식이 어디 있으랴!

할아버지의 말에 너무나 기가 막힌 마리우스는 잠시 아무 말도 할 수 없었다. 그러자 할아버지가 설명했다.

"네 아비가 무척 아픈 모양이다. 널 오라는구나."

그러고는 잠시 멈추더니 재차 말했다.

"내일 아침 일찍 떠나야 할 거다. 위급하다고 하니까. 아침 6시에 출발해서 저녁에 도착하는 마차가 있을 게다."

다음 날 해거름에 마리우스는 베르농에 도착했다. 그는 베르농에 들어와서 맨 처음 본 사람에게 '퐁메르시 씨 댁'이 어디인지 물었다. 마리우스는 '퐁메르시 대령 댁'이라고 말하지 않았다. 그는 마음속으로 왕정복고를 지지했기 때문에 자기 아버지를 남작이나 대령과 같은 호칭으로 부르고 싶지 않았다.

마리우스는 어렵지 않게 아버지의 집을 찾았다. 문을 두드리자 한 여자가 등불을 들고 나와 문을 열어주었다. 마리우스가 물었다.

"퐁메르시 씨 계십니까?"

여자는 대답도 없이 서 있었다. 마리우스가 다시 물었다.

"여기가 그분 집 맞습니까?"

여자는 말없이 고개만 끄덕였다.

"그분을 뵐 수 있을까요?"

그 물음에 여자는 고개를 가로저었다.

"나는 그분의 아들입니다. 그분이 나를 기다리고 계신다고 들었습니다."

마리우스가 말했다.

"이젠 기다리지 않습니다."

여자가 비로소 입을 열었다. 그녀는 울먹이면서 방문을 가리켰다.

마리우스는 급히 방으로 들어갔다. 벽난로 위에 놓인 촛불 하나만이 방을 밝히고 있었다. 방에는 남자 셋이 있었다. 하나는 서 있었고, 하나는 무릎을 꿇고 있었으며, 나머지 하나는 마룻바닥에 누워 있었다. 마룻바닥에 누워 있는 사람이 퐁메르시였고, 무릎 꿇고 있는 이는 기도를 드리고 있는 신부였으며, 서 있는 이는 의사였다. 어슴푸레한 촛불로도 대령의 창백한 뺨 위로 흐른 눈물을 볼 수 있었다. 망자의 두 눈에 이미 빛은 사라졌지만, 눈물은 아직도 마르지 않았다. 눈물은 아버지가 아들을 기다리다 끝내 보지 못한 슬픔의 흔적이리라.

마리우스는 오랜 세월 한 번도 보지 못한 아버지를, 그 남자답고 강인한 얼굴, 뜨고는 있으나 이제 더 이상 아무것도 볼 수 없는 그 남자의 눈을 쳐다보았다. 그 남자의 하얀 머리칼과 억센 두 팔, 그리고 팔뚝 여기저기에 남은 수많은 칼자국과 총알 자국들이 마리우스의 눈에 들어왔다. 이윽고 그는 남자의 얼굴에 있는 커다란 흉터를 찬찬히 바라보았다. 그 흉터는 하느님의 미덕을 풍기는 그의 용모에 용맹함을 더해주고 있었다.

이 남자가 자신의 아버지이며, 이제 아버지가 죽었다는 사실을 깨닫자 마리우스의 온몸에 오싹한 기운이 돌았다. 그러나 그가 느끼는 슬픔이란 여느 타인의 주검 앞에서 느끼는 것과 같았다.

마리우스가 한동안 꼼짝도 하지 않고 서 있자 하녀가 종이쪽지 하나를 건네주었다. 거기에는 대령의 친필로 다음과 같이 쓰여 있었다.

내 아들 마리우스 보아라.

나폴레옹 황제께서 워털루전투에서 나를 남작으로 봉하셨다. 왕정복고 후 정부는 내가 피 흘려 얻은 권리와 작위를 빼앗으려 했다. 그러나 나는 죽은 뒤에도 나의 권리와 작위를 내 아들에게 물려주고자 한다. 내 아들은 나의 권리와 작위를 취하라. 내 아들은 그럴 자격이 있다.

워털루전투에서 테나르디에라는 상사가 내 목숨을 구해주었다. 최근에 그가 파리 변두리의 몽페르메유라는 마을에서 작은 여관을 운영하고 있다는 소식을 들었다. 내 아들이 테나르디에를 만나게 된다면, 그에게 최대한 호의를 베풀기 바란다.

마리우스는 그 편지를 간직했다. 그것은 아버지를 공경해야 한다는 의무감보다 죽음 앞에서 본능적으로 생기는 막연한 경외감 때문이었을 것이다.

가난한 대령은 아무런 유산도 남기지 않았다. 유산은 고사하고 장례를 치르기에도 벅찼다. 가구를 모두 팔아서야 간신히 장례 비용을 충당했을 정도였다. 이제 대령의 것이라고는 아무것도 남지 않았다. 질노르망 씨는 심지어 대령의 칼과 군복마저 고물상에 넘겨버렸다. 또한 대령의 이웃들은 그의 정원에 들어와서 그가 가꾼 소중한 화초들을 마구 뽑아 갔다. 대령의 화초들은 결국 잡초에 점령당해 죽어버렸다.

마리우스는 아버지의 장례를 치르고 파리로 돌아갔다. 그는 베르농에 이틀밖에 머물지 않았다. 그는 검은 상장을 모자에 달기는 했지만, 마치 이 세상에 존재하지도 않았던 사람처럼 더 이상 아버지 생각을 하지 않았다. 퐁메르시는 죽은 지 이틀 만에 땅에 묻혔고, 사흘 만에 완전히 잊혀졌다.

27. 가엾은 아버지, 존경하는 아버지,
사랑하는 아버지

마리우스는 어릴 때부터 매주 미사에 참석했다. 어느 일요일, 그날도 그는 생 쉴피스 성당에 갔다. 그가 어렸을 때 이모를 따라 자주 갔던 성당이었다. 그날 그는 별 생각 없이 기둥 옆 의자에 자리를 잡았다.

미사가 막 시작되려는 찰나 집사 노인이 나타나 마리우스에게 말했다.

"여기는 제 자리입니다."

마리우스는 얼른 옆으로 비켜주었고, 노인은 자기 자리에 앉았다. 마리우스는 미사 내내 그 자리에서 서너 걸음 떨어진 곳에 계속 서 있었다. 미사가 끝나자 노인이 마리우스에게 말했다.

"아까는 젊은이에게 실례했소. 미안하오. 나를 무례하다고 생각했을 거요. 그런데 내가 실례를 범한 까닭을 말해도 되겠소?"

"그러실 필요 없습니다."

마리우스가 대답했다.

"아니요. 나를 나쁘게 생각할 것 같아서 그렇소. 나는 이 자리에 내 나름대로 아주 큰 애착을 가지고 있소. 이곳에 있으면 미사에 더 열중할 수 있으니까. 이 자리는 내게 매우 특별한 의미가 있다오. 여러 해 동안 나는 어느 가엾고도 훌륭한 아버지가 두세 달에 한 번씩 바로 이 자리에 서 있는 것을 줄곧 지켜보았다오. 그 사람이 다른 방법으로는 아들을 볼 수 없다는 것을 나중에 알게 되었지요. 가족 간의 합의 때문에 아들을 떳떳이 볼 수 없었던 겁니다. 그 어린 소년은 자기 아버지가 기둥 뒤에 서 있다는 것을 꿈에도 몰랐지요. 남자는 이 기둥 뒤에 숨어서 눈물 흘리는 모습을 들키지 않으려고 했지요. 그 사람은 그 아이를 몹시 사랑했어요. 나는 그 광경을 똑똑히 보았지요. 그때부터 이곳은 내게 아주 성스러운 자리가 되었어요. 그리고 이곳에서 미사를 드리는 게 습관이 되었고요."

노인은 잠시 마리우스의 안색을 살피더니 계속 말했다.

"나는 그 남자의 사연을 조금 알고 있어요. 그분 장인이 아들을 만나기만 하면 그 아이의 상속권을 박탈하겠다고 협박했답니다. 그 아버지는 아이의 장래를 위해 자신을 희생했던 거지요. 장인은 사위의 정치관이 자기와 다르다는 이유로 그런 협박을 했던 것 같아요. 세상에는 자기 고집을 어느 정도 꺾어야 하는지 모르는 사람들이 있지요. 워털루전투에 참전했다는 이유만으로 그분을 욕해서는 안 되지요. 부자간을 떼어놓을 이유는 더더욱 못 되고요. 나는 사제인 형님을 만나러 베르농에 갔을 때 그분을 보았어요. 그분의 얼굴에는 전쟁터에서 입은 칼자국이 있었고, 이름은 퐁마리라던가 몽페르시라던가, 뭐 그런 이름이었어요. 그분은 나폴레옹 군대의 대령이었죠. 지금은 세상을 떠났고요."

"그분 이름은 퐁메르시입니다."

그렇게 말하는 마리우스의 얼굴이 하얗게 변해 있었다.

"네, 맞아요! 그런데 그분을 아시오?"

"네, 제 아버지였습니다."

늙은 집사는 반색을 하며 마주 잡은 두 손을 가슴에 대고 외쳤다.

"그럼 당신이 바로 그 아이로군요! 맞아요, 그 아이는 지금쯤 청년이 되었을 테니까. 이보시오, 젊은이, 내 한 치도 거짓 없이 말하는데, 아버지는 젊은이를 무척 사랑하셨다오!"

노인의 말에 마리우스는 어안이 벙벙했다. 그는 아무 말 없이 노인을 부축해 집까지 데려다 주었다.

이튿날 마리우스는 할아버지에게 말했다.

"친구들과 사냥을 갈까 해요. 사흘 정도 있다 와도 될까요?"

"나흘인들 못 있겠느냐. 재미있게 놀다 오려무나."

사냥을 간다는 것은 거짓말이었다. 마리우스에게는 다른 할 일이 있었다. 그는 자기를 그토록 사랑했다는 아버지에 대한 궁금증을 억누를 수 없었다. 그것은 단순한 궁금증이 아니었다. 말하자면 그것은 막중한 의무감과 책임감, 그리고 가슴 벅찬 경외감을 예고하는 거대한 궁금증 같은 것이었다. 그는 법률학교 도서관에 가서 공화국과 제국시대의 역사와 조르주 퐁메르시 대령이 언급된 모든 정부 서류철과 신문들을 빠짐없이 찾아 읽었다. 부친에 관한 것이라면 모조리 읽었다. 심지어 부친이 군 복무 시절에 모셨던 장군들 가운데 한 사람을 직접 찾아가 만나기도 했다. 마뵈프 집사를 다시 찾아가 만나기도 했는데 그는 부친이 은퇴 후 베르농에서 보냈던 시절에 대해 들려주었다. 그리하여 마리우스는 세상에서 둘도 없이 진귀한 한 남자에 대해, 한 마리 사자이면서 동시에 온순한 새끼 양의 품성을 고스란히 간직한 한 남자에 대해 모든 것을 알게 되었다. 그리고 그 아버지를 애틋하게 사랑하고 열렬히 숭배하게 되었다.

젊은 마리우스의 정치적 견해에도 크나큰 변화가 찾아왔다. 아버지에 대한 기록들과 그 시대의 역사서들을 읽으면서 그는 순간순간 놀라고 당황하지 않을 수 없었다. 그때까지 공화국이라든가 제국이라는 말은 그에게 경멸스러운 표현에 지나지 않았다. 자신이 아버지를 자세히 알지 못했던 것만큼 조국에 관해서도 무지했다는 사실을 깨달았다. 어느 것 하나 제대로 아는 것이 없었으며, 지금까지 스스로 제 눈을 가린 채 암흑 속에서 살아온 자신을 발견할 수 있었다. 하지만 이제 그의 눈이 크게 열렸고, 찬탄하는 한편 열렬히 사랑했다.

마리우스는 아버지가 이끌던 군대의 수많은 보고서들을 빠짐없이 읽었다. 그것은 다름 아닌 전쟁터에서 기록된 영웅적인 이야기였다. 그 모든 보고서에는 황제의 이름이 등장했고, 아버지의 이름도 심심찮게 등장했다. 마리우스는 위대한 황제의 모습을 보는 것 같았고, 자신의 마음속에 큰 물결이 일고 있음을 느낄 수 있었다. 그와 함께 숨소리가 들릴 만큼 아버지가 가까이 와서 자신의 귀에 뭔가를 속삭이는 듯했다.

그러던 어느 날이었다. 마음속에 무슨 변화가 일어났는지, 혹은 어떤 급작스런 충동에 사로잡혀서 그런 것인지 완전히 깨닫지는 못한 상태였지만, 그는 벌떡 일어나 양팔을 창밖으로 뻗치고 캄캄한 밤하늘을 응시하며 이렇게 외쳤다.

"황제 폐하 만세!"

마리우스는 새로운 정치적 신념에 흠뻑 취해 있었다. 그는 인쇄소에서 자신의 명함을 주문했는데, 거기에는 '마리우스 퐁메르시 남작'이라고 적혀 있었다.

마리우스가 자주 '사냥 여행'을 떠나자 이모는 의구심이 생겼다. 진짜 사냥을 가는 것인지, 아니면 사냥을 핑계로 다른 곳에 가는 것인지 조카의 행방이 궁금하기만 했다.

마리우스의 여행은 언제나 짧은 편이었는데, 그중 한 번은 몽페르메유에 간 것이었다. 그는 아버지의 유언에 따라 워털루전투의 그 늙은 상사를 만나러 그곳에 간 것이다. 그런데 테나르디에의 식당은 장사가 안 돼 오래전 문을 닫았고, 이후 그가 어디로 갔는지 아는 사람이 아무도 없었다.

그 여행은 지금까지의 여행들과 달리 나흘이 걸렸다. 질노르망 씨는 마리우스가 집에 없는 것을 보고 혀를 차며 이렇게 말했다.

"이 녀석이 점점 건달이 돼가는군."

할아버지와 이모는 마리우스의 행동 하나하나를 유심히 살펴보기 시작했다. 그러던 어느 날, 그들은 마리우스의 셔츠 속에서 뭔가를 발견했는데, 그것은 검은색 띠에 달린 조그만 상자 같은 것이었다.

질노르망 양에게는 테오뒬 질노르망이라는 조카가 하나 더 있었다. 그 청년은 기병대 중위였는데, 질노르망 양은 이 청년을 무척 총애했다. 그 이유는 단순히 자주 볼 수 없기 때문이었다. 만날 기회가 없으니 군인인 그가 유능한 장교로서의 자질을 완벽하게 갖추고 있다고 상상했던 것이다. 그는 좀처럼 파리에 올 일이 없어서 사촌 마리우스를 대면한 적이 한 번도 없었다. 그런 까닭에 사촌간이면서도 두 사람은 서로 이름만 알고 있을 뿐 생면부지나 다름없었다.

마리우스가 또다시 '사냥 여행'을 떠날 거라고 하자 질노르망 양은 궁금증을 억누르지 못해 안절부절못했다. 그녀가 궁금증을 억누르기 위해 수놓기에 몰두하고 있을 때 누군가 방문 두드리는 소리가 들렸다. 다름 아닌 테오뒬 중위가 문 앞에 서 있었다. 그녀는 너무나 반가운 나머지 탄성을 질렀다.

"테오뒬 아니냐! 어서 오너라! 그런데 여긴 어쩐 일이냐?"

"지나가던 길이었어요. 오늘 저녁에 떠나야 해요. 우리 부대가 가용의 주둔지로 이동하는데, 파리를 경유해서 가게 되었거든요."

“그럼 다른 군인들과 같이 말을 타고 가는 거냐?”

“아뇨. 저는 고모님을 뵈려고 특별허가를 받았죠. 제 말은 부하가 끌고 가고, 저는 역마차로 가서 부대와 합류할 겁니다. 그건 그렇고 고모님께 여쭤볼 게 하나 있어요.”

“그게 뭐냐?”

“마리우스도 오늘 여행을 떠나나요?”

“그걸 어떻게 알았니?”

그녀는 깜짝 놀라며 물었다. 그러자 마리우스에 대한 호기심이 한층 더 커졌다.

“여기 도착하자마자 저녁에 떠나는 마차를 예약하러 갔는데…….”

“그래서?”

그녀가 다그쳐 물었다.

“어쩌다 탑승자 명단을 보게 됐는데, 거기에 마리우스 퐁메르시라는 이름이 있더라고요.”

“저런! 그놈이 대체 뭘 하려는 거지? 점잖지 못하게 역마차에서 밤을 보내려고 하다니.”

그녀는 궁금해서 못 견디겠다는 듯이 소리쳤다.

“저도 그런데요, 뭘.”

“하지만 경우가 달라. 너는 일이고 의무지만, 그 애는 아니잖아. 뭔가 수상해.”

바로 그때 그녀는 잔꾀 하나가 떠올라 이렇게 물었다.

"마리우스가 널 알아볼까?"

"아뇨. 저는 먼발치에서 본 적이 있기 때문에 그 애를 알아보지만 마리우스는 저를 모를 거예요."

젊은 장교가 대답했다.

"그 마차는 오늘 밤 어디로 가는 거니?"

"앙들리요. 하지만 저는 베르농에서 내려 가용으로 가는 마차로 갈아타야 해요. 마리우스는 어디로 갈지 모르고요."

"테오뒬, 지금부터 내 말 잘 들어라. 네 도움이 필요하단다. 요즘 마리우스가 툭하면 외박한단다. 그놈이 뭘 하고 돌아다니는지 알아야겠어."

"뭘 하긴요? 아가씨 뒤꽁무니를 따라다니는 모양이죠."

테오뒬이 웃으면서 말했다.

"물론 네 말이 맞겠지만, 그래도 확인해봐야겠으니 내 부탁 좀 들어주렴. 마리우스의 뒤를 미행할 수 있겠니? 그 애는 너를 모르니까 어렵지 않을 거야. 아가씨를 만나는 것 같으면 그 아가씨도 가급적 만나보고 모든 사실을 상세하게 편지에 적어 보내주렴. 할아버지께서도 분명 좋아하실 게다."

테오뒬은 썩 내키지 않았지만 용돈으로 받은 루이 금화 열 닢에 적잖이 감동해 이렇게 말했다.

"말씀대로 할게요, 고모님."

젊은 장교는 고모와 작별 인사를 하고 집을 나섰다.

그날 저녁 마리우스는 자신이 미행당하고 있는 줄은 꿈에도 생각지 못하고 마차를 탔다. 그러나 테오뒬은 감시 같은 건 일단 접고 곧 곯아떨어졌다. 다음 날 새벽 마차가 베르농에 도착했다.

테오뒬은 마차를 갈아타기 위해 내릴 준비를 했다. 사실 그는 마리우스의 뒤를 밟을 생각이 없었다. 마차에서 푹 잠을 자는 동안 마리우스가 이미 다른 지역에서 내렸겠거니 생각했다. 그런데 마차에서 내리는 마리우스를 유리창 너머로 보게 되었다. 그때 마침 소녀 하나가 마차 밑에서 꽃을 팔고 있었다.

"꽃 사세요! 아름다운 꽃을 사랑하는 여인에게 선물하세요!"

마리우스는 그 아가씨에게 다가가 꽃다발을 하나 샀다. 그 모습을 지켜본 테오뒬은 얼른 뛰어내리면서 흥미로운 듯 중얼거렸다.

"저렇게 근사한 꽃다발을 받을 여자라면 굉장한 미인이겠는걸!"

이때부터 그는 고모와의 약속이 아니라 순전히 개인적인 호기심으로 마리우스의 뒤를 쫓기 시작했다. 마리우스는 길을 가던 도중 몇몇 매력적인 아가씨들을 스쳐 지나갔지만 그들에게는 눈길 한 번 주지 않았다. 마치 자기 주변에 아무도 없는 것처럼.

'그 여자한테 단단히 빠진 모양이야!'

테오뒬은 이렇게 생각했다.

잠시 후 테오뒬은 마리우스가 성당으로 가고 있음을 알게 되었다.

'오호라! 하느님 앞에서 사랑 고백을 한다? 그것도 나쁘진 않지.'

그런데 마리우스는 성당을 그냥 지나쳐 뒤쪽으로 사라져버렸다.

"성당 밖에서 만나려나? 그럼 아가씨가 더 잘 보이겠네."

테오뒬은 마리우스가 사라진 모퉁이를 돌아서는 순간 깜짝 놀라 제자리에 우뚝 멈춰 섰다. 마리우스가 어떤 무덤 앞에서 무릎을 꿇고 있는 게 아닌가. 그는 꽃다발을 무덤 앞에 놓고 얼굴을 두 손으로 감싼 채 흐느끼고 있었다. 무덤 앞에는 검은색 나무로 만든 소박한 십자가가 서 있었는데, 거기에는 흰 글씨로 '육군 대령 퐁메르시 남작'이라고 쓰여 있었다.

그 순간 테오뒬은 그 '아가씨'가 다름 아닌 무덤이라는 사실을 알게 되었다. 매번 이모와 할아버지의 의심을 사면서까지 마리우스가 찾아갔던 곳은 친아버지의 무덤이었다. 테오뒬은 몹시 당황하면서도 깊이 감동하여 마리우스를 두고 그곳을 떠났다. 그는 고모에게 어떤 말을 써 보내야 할지 몰랐다. 결국 그는 아무것도 써 보내지 않았다.

사흘째 되는 날 이른 아침 마리우스는 파리로 돌아왔다. 꼬박 이틀 밤을 마차 안에서 보냈기 때문에 그는 온몸이 땀에 젖고 몹시 고단했다. 그는 집에 도착하자마자 자기 방에 들어가 옷과 목에 걸고 있던 검은색 띠를 침대 위에 벗어놓고 수영장으로 갔다.

질노르망 씨는 마리우스가 돌아온 것을 알고, 지금까지 어디에 갔다 왔는지 물어보려고 손자의 방으로 들어갔다. 방문을 열자 손자 대신 침대 위에 있는 코트와 검은 띠가 그의 눈에 들어왔다. 그는 코트와 검은 띠를 집어 들고 얼른 아래층으로 내려왔다.

질노르망 씨는 딸이 한창 바느질에 열중하고 있는 방으로 들어가더니 의기양양하게 말했다.

"이제 비밀이 밝혀졌다!"

질노르망 씨는 주름진 손가락으로 띠에 매달린 검은 상어 가죽 상자 뚜껑을 열었다. 아버지와 딸은 그 속에 아가씨의 사진이 들어 있으리라 짐작했다. 그런데 뚜껑을 열자 곱게 접은 종잇조각이 들어 있는 것이 아닌가. 그것을 보고 노처녀가 웃음을 터뜨렸다.

"뭔지 알 만하네요! 연애편지겠죠. 제가 읽어볼게요."

그녀는 안경을 쓰고 종이를 펴서 읽기 시작했다.

"내 아들 마리우스 보아라. 나폴레옹 황제께서 워털루전투에서 나를 남작으로 봉하셨다……."

한동안 그들은 아무 말도 하지 못하고 돌처럼 굳어 있었다. 그들은 어떤 말로도 표현할 수 없는 감정을 느꼈다. 마치 뒤통수를 세게 얻어맞은 기분이었다. 한순간 침묵이 흐르고, 마침내 질노르망 씨가 나지막이 중얼거렸다.

"이건 그 도살꾼의 글씨군."

질노르망 양은 종이를 재빨리 상자 속에 도로 넣었다. 그때 마리우스의 외투 주머니에서 푸른색 종이로 싼 작은 꾸러미가 떨어졌다. 꾸러미 속에는 최근에 인쇄된 마리우스의 명함이 들어 있었는데, 거기에는 '마리우스 퐁메르시 남작'이라는 이름이 박혀 있었다.

노인은 코트와 상자, 명함을 바닥에 내동댕이치더니 하녀 니콜레트를 불러 치워버리라고 했다.

한참 뒤 마리우스가 돌아왔을 때 노인은 명함 한 장을 손에 쥐고 있었다. 할아버지는 손자를 쳐다보며 고압적인 투로 빈정거렸다.

"이런, 이런! 이젠 네가 남작이 되셨군! 축하한다!"

그리고 이렇게 소리쳤다.

"이게 도대체 뭐 하는 짓거리냐?"

마리우스는 얼굴을 붉히며 대답했다.

"그건 제가 아버지의 아들이기 때문입니다."

마리우스의 말이 채 끝나기도 전에 질노르망 씨는 콧방귀를 뀌더니 대뜸 소리쳤다.

"네 아비는 바로 나다, 이놈아!"

마리우스는 고개를 숙이고 있었지만 단호한 목소리로 말했다.

"제 아버지는 공화국과 프랑스를 위해 희생하신 영웅적인 분이셨습니다. 아버지는 우리 역사에서 가장 위대한 인물 중 한 분이며, 25년 넘게 조국을 위해 몸바쳤습니다. 아버지는 밤낮을 가리지 않고 눈보라와 비바람을 맞으며 진흙탕에서 지내셨고, 자신의 신념을 위해 싸우느라 스무 번 넘게 부상을 당하셨습니다. 그런 분께서 혼자 쓸쓸히 돌아가셨고 잊혀졌습니다. 그분이 유일하게 잘못한 게 있다면 배은망덕한 두 존재를 사랑했다는 것뿐입니다. 바로 조국과 아들이었습니다."

이 대목은 질노르망 노인이 도저히 참을 수 없는 말이었다. 그는

'공화국'이라는 말을 듣자마자 몸을 부르르 떨었다. 몸속에서 노기가 솟구치자, 이 늙은 왕당파의 얼굴은 뜨겁게 달궈진 대장간의 쇳덩이처럼 빨갛게 달아올랐다.

"마리우스! 이 고약한 놈! 네 아비가 어떤 놈이었는지 나는 모른다. 알고 싶지도 않고! 허나 이것만은 알고 있지. 그놈들은 죄다 불한당에 깡패들이었다는 사실이다. 나폴레옹이나 로베스피에르를 섬긴 놈들은 모조리 도둑놈에 암살자들이다. 놈들은 왕을 배반한 반역자들이다. 그뿐이냐? 워털루에서 프로이센과 영국군에게 패하고 모두 도망친 비겁자들이었단 말이다!"

마리우스는 그대로 선 채 부들부들 떨었다. 그의 머릿속은 어지럽기만 했다. 어떻게 해야 한단 말인가? 눈앞에서 아버지가 할아버지의 발밑에 짓밟혔다. 어떻게 해야 한쪽을 모욕하지 않고 다른 한쪽에 대해 설욕할 수 있을까? 마리우스는 한동안 비틀거리다가 할아버지를 뚫어지게 쳐다보며 소리쳤다.

"루이 18세, 저 돼지를 타도하라!"

루이 18세는 4년 전에 죽었지만, 그건 아무래도 상관없었다. 그의 의도를 분명히 전달했기 때문이다. 과연 벌겋게 달아올랐던 노인의 얼굴은 어느덧 자기 머리카락보다 더 하얗게 돌변해 있었다. 노인은 잠시 숨을 고른 다음 차갑게 맞받아쳤다.

"너 같은 남작 양반과 나 같은 시민계급 나부랭이는 한 지붕 밑에서 같이 살 수 없다."

이어 그는 두 눈에 서슬 퍼런 노기를 번뜩이며 바르르 떨리는 손가락으로 문을 가리키더니 버럭 소리를 질렀다.

"당장 나가!"

마리우스는 떠났다.

다음 날 질노르망 씨는 딸에게 말했다.

"그 흡혈귀 같은 놈한테 6개월에 60피스톨(1피스톨은 10프랑 상당의 금화)만 보내라. 그리고 그놈 이름은 내 앞에서 두 번 다시 꺼내지 마라."

마리우스는 아버지의 유언이 들어 있는 상어 가죽 상자가 없어진 것에 더욱 격분했다. 사실 그것은 니콜레트가 코트와 함께 들고 가다가 자기도 모르게 어딘가에 떨어뜨린 것이었다. 그러나 마리우스는 할아버지가 그것을 불 속에 던져버렸다고 생각했다.

그 젊은 혁명가는 어디로 간다는 말도 없이, 어디로 갈지 자신도 알지 못한 채 집을 나섰다. 수중에 가진 것이라고는 30프랑과 회중시계, 그리고 가방에 든 옷 몇 벌이 전부였다. 그는 삯마차를 타고 라탱 지구로 갔다.

마리우스의 미래가 어떻게 펼쳐질지, 그것은 아무도 알 수 없었다. 오직 신만이 알 뿐이었다.

〈2권에서 계속〉

레 미제라블 1

초판 1쇄 인쇄 2013년 10월 15일
초판 1쇄 발행 2013년 10월 25일

지은이 빅토르 위고 | **옮긴이** 북트랜스 | **펴낸이** 신경렬 | **펴낸곳** (주)더난콘텐츠그룹

상무 강용구 | **기획편집부** 차재호 · 민기범 · 남은영 · 성효영 · 윤현주 · 서유미 | **디자인** 서은영 · 박현정
마케팅 김대두 · 견진수 · 홍영기 · 서영호 | **교육기획** 함승현 · 양인종 · 지승희 · 이선미 · 이소정
디지털콘텐츠 최정원 · 박진혜 | **관리** 김태희 · 김이슬 | **제작** 유수경 | **물류** 김양천 · 박진철
기획 추지영

출판등록 2011년 6월 2일 제25100-2011-158호 | **주소** 121-840 서울시 마포구 서교동 395-137
전화 (02)325-2525 | **팩스** (02)325-9007
이메일 book@ibookroad.com | **홈페이지** http://www.ibookroad.com
ISBN 979-11-85051-26-0 04800
　　　979-11-85051-25-3 (세트)